손만 잡고 잘게

I

설이수 장편소설

연필

손만 잡고 잘게 1

펴낸날 2017년 5월 31일 초판 1쇄
지은이 설이수

펴낸이 차보현
편집 김보성 권진하 임민택
기획 방경록

펴낸곳 연필 | 에이치비(HB)
출판등록 제2015-000007호
주소 경기도 동두천시 동두천로111, 906호
전화 070-7566-7406 팩스 0303-3444-7406
bookhb.com

손만 잡고 잘게

I'll just hold your hand

설이수 장편소설

I

목차

프롤로그

"내가 얼마나 잠들었지?"

"한나절 조금 넘게 주무셨습니다."

마르멜은 한숨을 삼키며 지끈거리는 이마를 짚었다. 낮게 갈라진 목소리는 아직 잠기운에 취해 있었다.

끊임없이 자고 또 자면서도 깊게 잠들지 못해 계속 몸이 수면을 갈구한다. 피로했다. 지독한 꿈을 꾸었기 때문일까.

그는 기억나지 않는 꿈을 떠올리며 잠시 손바닥으로 눈 위를 덮었다.

'이 정도면 이제 일상생활은 불가능하다고 봐도 좋겠군.'

그가 고개를 숙이자 눈처럼 투명한 머리카락이 흘러내려 얼굴 위로 사르르 쏟아졌다.

"지금은 밤인가?"

"……새벽입니다, 전하."

흑과 백의 세상에서 새벽의 어스름은 밤을 닮아 있었다. 마르멜은 '그런가' 하고 느릿하게 답하며 천천히 고개를 들었다.

창밖은 일렁이는 우윳빛 안개로 가득했다. 그래서 이리도 어두웠던 모양이다. 그는 생각했다.

색을 볼 수 없게 되자 단순한 낮과 밤도 구분하기 힘들어졌다. 시야를 투영하는 색은 이제 고작 두 개뿐이었다.

명 혹은 암.

이제 고작 안개만으로도 그의 세상은 어둠으로 물들었다. 마르멜은 그 사실이 더없이 우스워져 자조적으로 웃고 말았다.

의원은 망설이듯 입술을 여러 번 달싹이다가 말했다.

"지금이라도 제대로 검사를 받아 보셔야 합니다, 전하."

"소용이 없다는 걸 그대도 알지 않나."

"그걸 전하께서 어찌 장담하십니까! 게다가 소용이 없다면 무슨 수를 써서라도 소용이 있게 만들어야지요! 제국 전체를 샅샅이 뒤지고 엎어서라도……!"

"쉿."

마르멜은 비명을 지르듯 외치는 의원의 말을 중간에 끊어냈다. 호선을 그리는 붉은 입술 위에 창백한 집게손가락을 얹는다.

그는 나른하게 눈을 깜빡이다가 천천히 입술을 열었다.

"누구에게도 말하지 마."

길게 드리워진 투명한 속눈썹 사이사이로 장미를 닮은 요요한 눈동자가 서서히 드러났다가 모습을 감추길 반복했다. 천사같이 선한 미소 뒤로 감춰진 압도적인 살기가 마치 금방이라도 숨통을 죄일 듯 넘실거렸다.

"내 병은 내가 잘 알아."

그리고 그의 병은 아무도 고칠 수 없는, 아무에게도 말할 수 없는 병이었다.

"이건 그저 불면증이야. 알지?"

마르멜은 빙긋 웃으며 말했다. 그러자 온몸을 옥죄던 살기가 순식간에 흩어져 사라졌다.

의원은 멈췄던 숨을 토해 내며 더없이 순수하게 웃고 있는 황태자를 흘끔거렸다. 감히 더는 그의 심기를 건드리지 못하고 딱딱하게 굳은 채 눈치만 살폈다.

이제 황태자를 덮친 병의 증세는 고작 불면증이라 말하기 힘들었다. 아니, 이제 와 생각해 보니 처음부터 그게 불면증이었는지조차 확실하지 않았다. 대체 뭘까. 무엇이 그를 덮친 건가.

5년 전 사건 이후 좀처럼 잠들지 못해 수면제에 의존하며 살던 마르멜은, 이제 한 번 잠들면 잘 일어나지 못했다. 수면 시간은 날이 갈수록 점점 더 늘어나기만 했다. 애초에 불면증도 아닌 듯했다. 굳이 부르자면 기면증이라고 칭하는 편이 더 옳으리라.

의원은 그게 두려웠다. 그가 언젠가 잠들 듯 영원히 깨어나지 않게 될까 봐.

"이대로가 좋아."

마르멜은 중얼거렸다. 5년 전 그날 이후, 서서히 무너지는 몸을 보고 그는 늘 생각했다. 자신은 아마 천천히 죽어 갈 준비를 해 왔을지도 모르겠다고.

미쳐 버리거나 죽거나. 그 두 가지 갈래에서 그는 후자를 택했다. 이대로 완전히 미쳐 버리기 전에 차라리 숨이 멎을 때까지 잠들어 죽어 가기를.

죽음이란 그에게 차라리 축복이었다. 영원히 사람으로 남아 있을 수 있는 유일한 길이었다.

의원은 잠시 침묵하다가 하는 수 없다는 듯 입을 열었다.

"햇볕이라도 쬐시는 게 어떤지요. 수면 시간을 조정하는 데 도움이 될 겁니다."

"안개 때문에 어두운걸."

"새벽 안개는 아침이 되면 사라집니다. 해가 떠오르면요."

"그런가."

마르멜은 무심한 눈빛으로 다시 창밖을 내다보았다. 새벽을 알리는 새소리로 어렴풋이 짐작할 뿐, 무채색만을 담는 눈으로는 여전히 알 수 없었다. 이대로 지는 황혼인지, 새벽의 여명인지. 해는 떠오르는가, 지고 있는가.

하지만 얼마 지나지 않아 그의 두 눈은 놀라움으로 물들기 시작했다. 의원의 말이 맞았다. 어김없이 오늘도 해는 떠올랐다. 안개를 거두는 찬란한 햇빛이 빠르게 하늘을 드리우고 창을 투과했다.

그가 슬쩍 눈살을 찌푸렸다. 눈이 시리도록 새하얗고 밝은 빛이었다. 일순 압도당했다고 느낄 정도로 강렬한 빛줄기가 어스름을 몰아내고 그의 세상을 찬연하게 밝혔다.

반짝, 하고.

마르멜은 천천히 자리에서 몸을 일으켰다. 창가 앞에 서서 서늘한 유리 위로 자신의 손을 겹치자 어둠은 거둬지고 오로지 온몸을 부드럽게 감싸 안는 온기만이 남았다.

따뜻했다. 그는 황금빛일 것이 분명한 새하얀 빛줄기를 손 안에 가두어 보았다.

어둠을 몰아내는 빛이라.

"마법 같네."

마르멜은 속삭이듯 중얼거렸다.

your hand

꿈 장인 소니도르

소니도르.

그녀가 지나온 삶을 정의 내리면 순응에 가까웠다. 어쩌면 체념이라 할 수도 있겠다. 주로 부조리에 대한 체념이었으며, 쉽게 말하자면 이거였다.

'발버둥 쳐도 달라질 게 없으니 될 대로 되어라. 빌어먹을 세상아.'

그녀는 태어난 순간부터 많은 이들이 누릴 수 있는 권리를 박탈당해 왔다. 그것은 그녀가 화를 낸다거나, 항의한다고 해서 달라지는 것이 아니었다.

소니도르는 데센시아 부족민으로 태어났으며 사실 본명이 따로 있었다. 원래 그녀가 어머니께 물려받은 이름은 '황금빛으로 이루어진 꿈들'이었고, '소니도르'는 그것을 제국식으로 적당히 번역한 것이다.

그것이 첫 번째 박탈당한 권리였다. 데센시아 부족민 모두가 이름을 제국식으로 바꿔야만 했다.

제국어로 소니도르는 '잘 자! 좋은 꿈 꿰!' 정도의 의미였다. 그래서 제국인 누구라도 처음 그녀의 이름을 듣게 되면 피식 웃어 버리고 말았다.

예를 들면, 그들은 늦은 저녁이 되어 그녀와 헤어질 때 '소니도르, 소니도르!' 하고 외치고선 그게 무슨 대단한 유머라도 되는 양 마구 웃음을 터트렸다. 그 몹쓸 말장난은 수십 번을 들어도 늘 불만으로 다가왔다.

제국법으로 데센시아 부족민은 성姓을 물려받을 수 없었다. 그건 5백 년 전, 아르케 제국이 그들의 땅을 짓밟은 이후부터 꾸준히 이어진 차별이었다.

성을 물려받을 수 없다는 건, 데센시아 부족민은 절대 평민 이상의 지위를 물려받을 수 없다는 의미와 일맥상통했다. 그들이 제국을 위해 얼마나 혁혁한 공을 세웠는가는 상관없는 문제였다. 무조건 귀족이 될 수 없었다.

또, 그들 부족민은 죽을 때까지 제국 땅을 벗어날 수 없었다.

원래 데센시아 부족민들은 남쪽 끄트머리에 위치한 거대한 섬에서 살고 있었다. 섬은 1년 내내 온화한 기후였으며 해양 자원과 마나가 풍부했다. 특히 마나는 '마나의 매립지'라고 불려도 좋을 정도로 넘쳐흘러, 5백 년 전 섬을 침략했던 아르케 제국의 황제는 그곳을 '마나 섬'이라고 불렀다.

신의 축복을 받은 땅. 그곳 원주민들은 하나의 커다란 부족을 이루고 살았는데, 거대한 마나의 기운을 받아 그들은 대대로 신비로운 능력을 다룰 수 있었다.

다룰 수 있는 능력의 정도는 부족민마다 천차만별이었다.

쇠나 철을 구부리는 능력, 사물이나 사람의 기억을 읽는 능력, 바람을 일으키는 능력, 미래를 예지하는 능력 등등. 대부분 능력은 피로 이어져 자식 대대로 사용할 수 있었으며, 마법처럼 마나를 필요로 하는 것이 아니었다.

능력은 분명 '메테오' 같은 광범위 마법에 비하면 사용 범위나 효과가 미미했다. 하지만 그 능력을 사용하는 데 마나가 필요 없다는 건, 체력이 떨어지기 전까지 무한하게 능력을 뽑아낼 수 있다는 뜻이었다. 게다가 마법으로는 관여할 수 없는 이능을 발휘하는 부족민도 있었다.

갖기엔 제국민의 반발이 심하고, 버리기엔 너무나 아까운 존재. 결국, 황제는 데센시아 부족을 제국민으로 인정하지 않는 대신 '장인'이라는 신분을 내렸다.

사유재산을 가질 수는 있으나, 공을 세워도 성과 작위는 절대로 받을 수 없는 노예와 평민 사이의 존재였다. 그래도 노예보다는 사정이 좋았으나, 평민들은 대부분 장인을 무시했다.

소니도르는 꿈 장인이었다. 잠을 자는 사람의 의식과 자신의 의식을 이어 새로운 꿈을 창조할 수 있는 능력이었다.

대체로 죽음을 목전에 둔 노인의 유언을 들어주거나, 이루지 못한 소원 같은 걸 꿈속에서나마 이루어 주는 일을 했다.

가끔가다가 기밀 정보를 빼 오라는 등 위험한 의뢰가 들어오긴 하지만 그건 그녀 조수의 선에서 알아서 쳐내 주었다.

❖

소니도르는 그날도 의뢰를 수행하는 중이었다.

그리고 진심으로 의뢰인을 한 대 때리고 싶었다.

"저, 저, 저는 그러니까 당신을…… 하, 항상, 그러니까……."

벌써 두 번째였다. 그녀는 이를 악물며 인내하고 또 인내했다. 의뢰를 한 번에 끝내지 못한 적은 종종 있었지만, 두 번도 모자라 세 번까지 이어지는 일은 드물었다. 그런데 의뢰인이 하는 꼴을 보아하니 아무래도 세 번까지 이어질 것 같았다.

"노, 노, 노을이 아름답습니다, 라일라 님."

따로 수당을 청구하든가 해야지 안 되겠다. 말을 돌리는 남자를 응시하며 소니도르는 눈가를 파르르 떨었다.

의뢰인의 말을 듣고 하늘로 시선을 돌리니, 코발트색 하늘이 붉은 물감을 떨어트린 것처럼 순식간에 핏빛으로 번져 갔다. 깨어날 시간이 가까워져 오고 있다는 뜻이었다.

땅이 의뢰인의 영역이라면, 하늘은 소니도르의 영역이었다.

소니도르는 어스름하게 기우는 저녁노을을 응시했다. 그녀의 집중력이 흐트러질수록 하늘에는 균열이 생기고는 했는데, 보통 낮에서 갑자기 저녁으로 바뀐다거나, 한여름에 눈이 내린다거나 하는 식이었다. 꿈속에선 정해진 형태나 규칙이 없어서 어떤 모습으로 나타날지는 미지수였지만 말이다.

밥 먹을 때가 됐나? 아니면 화장실? 늘 생리 현상이 문제였다. 그새 하늘에 먹구름이 끼더니 천둥이 치기 시작했다. 우르릉 쾅쾅! 아무래도 배가 고픈 모양이었다.

"갑자기 하늘에서 천둥이!"

그녀는 속 터지는 소리나 하는 의뢰인을 뚱하니 응시했다.

남자는 죽을 때까지 첫사랑을 잊지 못한다는 말이 있다. 소니도르는 지금까지 별로 신경 쓰지 않았던 속설을 떠올렸다.

그녀는 일에 치이느라 연애다운 연애 한 번 못 해 본 처지였다. 남자의 첫사랑 같은 거 아무려면 어떠냐고 여겼는데, 죽기 직전의 소원이 단 한 번이라도 젊은 날의 첫사랑에게 고백해 보고 싶다는 거라니. 정말 그게 그렇게 중요한 거였어?

그녀 자신이 여자라 그런 건지 몰라도 도무지 이해할 수가 없었다. 돈 받고 하는 일이라 하긴 하겠다만.

그건 그렇다 치고.

'좋아한다고 왜 말을 못 하니!'

고백 하나 제대로 못 하니까 죽기 직전까지 여자 손 한번 제대로 못 잡아 봤지.

정신적인 피로가 한계에 달한 그녀는 속으로 폭언을 퍼부었다. 하지만 지금까지 해 온 게 아까워서라도 깨어나기 전에 뭔가를 더 시도해 보고 싶었다.

굴려라, 머리! 남자의 고백을 이끌어 낼 만한 말을!

소니도르는 눈에 띄게 실망한 표정을 지으며 말했다.

"레퐁스가 내게 긴히 할 말이 있다 하여 기대했는데 말이다."

"라, 라, 라일라 님. 그게 아니라⋯⋯."

꿈속의 레퐁스는 70대 노인이 아닌, 라일라를 처음 만났던 스물두 살의 청년이었다. 그리고 라일라는 의뢰인 레퐁스가 젊었을 시절 남몰래 짝사랑하던 아가씨였다. 유서 깊은 백작 가문의 영애로, 정원사로 고용되었던 레퐁스로서는 언감생심 감히 꿈도 꾸지 못할 그런 여자였다.

소니도르는 지금 그 영애의 모습을 하고 있었다.

단 한 번도 보지 못한 영애의 모습을 할 수 있는 건, 꿈의 세계에서는 소니도르가 '의뢰인이 간절히 원하는 사람'의 모습으로 변하기 때문이었다. 꼭 사람이라는 법은 없지만, 지금껏 사람이 아니었던 적은 단 한 번도 없으니 일단 사람이라고 해 두자.

그녀는 손끝을 만지작거리며 말했다.

"정말 내게 할 말이 그게 다야? 레퐁스. 이 만남이 마지막이라고 해도?"

"마지막이라니요. 라일라 님, 그게 무슨 말씀이신가요."

소니도르는 애처롭게 눈물을 글썽이며 속눈썹을 내리떴다. 그녀의 모습을 테리가 봤다면 미쳤느냐고 정색을 했겠지만, 여기는 그녀와 의뢰인 외에는 아무도 간섭할 수 없는 꿈속이었다.

"……나는, 레퐁스 나는…… 네가…….."

의뢰인의 동공이 상하좌우로 지진을 일으키고 있었다. 그야, 늘 멀리서 지켜보기만 했던 영애가 직접 고백 비스름한 걸 꺼내려고 하니 당황할 수밖에 없었다.

그 마음이야 알겠지만 왜 밥상을 차려 줘도 먹질 못하는가. 미치고 팔짝 뛸 노릇이었다.

"레퐁스, 내가 먼저 말하게 할 셈이야?"

소니도르는 아까 의뢰인에게 받은 꽃다발을 꼭 끌어안으며 그를 올려다보았다. 의도적으로 속눈썹을 팔랑거렸다.

노골적인 유혹이었지만 레퐁스는 알아차리지 못한 채 얼굴을 시뻘겋게 물들이기 시작했다. 그가 입술을 달싹였다.

　자, 지금 해라, 고백! 그녀는 살짝 불안한 시선으로 하늘을 응시했다. 하늘에 먹구름이 갈라지고 그 사이로 균열이 보였다. 금이 가듯 쩍쩍 갈라지기 시작했다. 세계가 무너지기 시작한다. 시간이 없었다.

　소니도르의 마음을 읽기라도 한 듯 그가 두 눈을 질끈 감으며 말했다.

　"조, 좋아합니다! 늘 좋아했습니다. 당신을 처음 본 순간부터 아주 오랜 세월 동안, 늘……, 한결같이……."

　그녀는 안도의 한숨을 삼켰다.

　드디어 의뢰를 마쳤다. 어떻게든 시간은 맞춘 모양이었다. 의뢰 내용은 첫사랑에게 고백을 하고 싶다는 거였으니까 여기까지가 그녀의 역할이었다.

　완전히 검게 물든 하늘이 내려앉기 전이었다. 소니도르는 레퐁스의 손을 다정하게 붙잡았다.

　이 이상 해 줄 필요는 없었지만 이렇게 아름다운 색채의 세계를 보여 준 보답이었다. 레퐁스의 의식 속 정원은 꽃들의 조화라든가, 화려하면서도 따뜻한 색채가 한눈에 들어올 정도로 아름다웠다.

　역시 전직 정원사의 의식이 만든 정원은 뭔가 달라도 다른 모양이었다. 전에 제국에서 저명한 화가가 직접 의뢰를 한 적이 있었는데, 그때도 아주 장관이었지. 화폭에 담을 수 있으면 담아 가고 싶을 정도였다.

"고마워. 나도 단 한 순간도 당신을 잊은 적이 없었어."

아름다운 꽃들이 만개한 정원, 그곳에서 영원히 잊지 못했던 첫사랑을 향한, 첫사랑의 고백. 의뢰를 완벽하게 완수했다는 확신이 들자 입가에 저절로 미소가 퍼져 나갔다.

마침내 서서히 좁아지던 시야가 완전히 새까맣게 물들었다.

✢

의식이 천천히 수면 위로 끌어당겨졌다. 현실 감각이 천천히 돌아오는 동시에 소니도르에게 엄청난 두통과 근육통이 몰아쳤다.

죽을 맛이었다. 오늘 이 짓을 세 번이나 했다면 아마 기절하듯 잠들어서 이틀은 깨어나지 못했을 것이다.

그녀는 찌릿찌릿 울리는 발가락을 조금씩 꼼지락거리며 천천히 눈꺼풀을 들어 올렸다.

"으으."

그녀의 손은 의뢰인의 손을 땀이 나도록 꼭 붙잡고 있었다.

잘 알지도 못하는 타인의 손을 붙잡는 건 늘 내키지 않았지만, 신체적 접촉이 없으면 의식 속에 침투할 수 없으니 어쩔 수가 없었다.

그녀는 푹 한숨을 내쉬며 몸이 움직일 수 있을 때까지 기다렸다. 그런데 그때 갑자기 쥐가 난 듯 온몸이 뒤틀리기 시작했다.

소니도르는 죽는소리를 내며 엄살을 부렸다.

"야, 으아악! 야, 테리! 아이고 나 죽네!"

의자에서 꾸벅꾸벅 졸고 있던 소년은 갑작스러운 비명에 놀라 벌떡 몸을 일으켰다. 테리는 비몽사몽 비틀거리다가 다리가 꼬여 제 발에 걸려 넘어졌다.

우당탕!

요란한 소리를 듣고 그녀는 속으로 중얼거렸다. 얼씨구. 하여튼 이놈이고 저놈이고.

테리는 빨개진 코를 붙잡으며 소니도르 앞에서 알짱거렸다.

"이번에 완전히 끝냈어요? 오늘은 야근 안 해도 돼요?"

"내가 고통받는 건 안 보이고 그것만 중요하지?"

"그게 제일 중요한데요. 당연한 소리를 하시네."

"너 진짜 일 제대로 안 하면 수당에서 깎아 버린다. 빨리 일으켜 줘!"

"이상하다. 몸 안 움직이는 거 맞아요? 입은 잘만 움직이는데."

성질 박박 긁는 소리를 하면서 그는 잔말 없이 소니도르의 팔을 주물렀다.

테리는 그녀의 조수였다.

주로 의뢰를 받거나, 손님을 상담하거나, 의뢰를 수행하는 내내 소니도르를 옆에서 지켜봐 주는 일을 했다.

늘 그녀를 쫓아다니면서 옆에서 보조해 주다 보니까 이미 이런 상황은 익숙해져 있었다. 이럴 때 어디를 주로 안마해 주면 그녀의 팔과 다리가 빨리 움직일 수 있는가와 같은, 인생에 하등 쓸모없는 것에 말이다.

테리는 장인인 소니도르와 달리 제국의 평민이었는데 태어나길 빈민가에서 고아로 태어났다. 어린 시절 그는 이름이 없어서 '야' 혹은 '너' 같은 호칭으로 불리곤 했다. 그런 그가 소니도르와 처음 만난 것은 10년 전의 일이었다.

그러니까 테리가 일곱 살이고, 소니도르가 열두 살이었던 시절. 소니도르는 마차 사고로 어이없게 어머니를 여의고 여기저기를 방황하다가 먹을 것을 구걸하는 테리를 발견한다.

빵 쪼가리 하나 쥐여 줬을 뿐인데 아이는 그녀의 뒤를 졸졸 쫓아왔다. 꼬리처럼 졸졸 쫓아온다고 해서 테리라는 이름도 받았다. 그때부터 그는 그녀를 집요하게 쭉 따라다니며 조수를 자처했다.

물론 영 생활력이 꽝인 소니도르와 함께 지내느라 그녀에게 길러진 건지, 그녀를 기른 건지 본인도 헷갈렸지만.

소니도르는 테리를 구원해 줬노라 의기양양하게 말했지만, 테리는 그럴 때마다 차게 식은 얼굴로 대꾸했다. 인생 저당 잡힌 거겠죠.

야무진 손이 완전히 굳어 있는 그녀의 팔을 꾹꾹 누르자 그녀의 입에서 앓는 소리가 터져 나왔다.

다른 장인들과 다르게 소니도르는 능력을 사용할 때마다 저렇게 힘들어하고는 했다. 아무래도 타인과 꿈속을 공유하는 일은 만만치 않은 모양이라고 테리는 생각했다.

"가만히 있어요. 갑자기 움직이면 더 아프니까."

"끙. 아, 살살해, 살살……."

소니도르는 안마받는 할머니 같은 소리를 내다가 겨우겨우 의자에서 몸을 일으켰다. 어느 정도 풀어진 팔다리를 돌리자 우둑우둑 뼈가 엇나가는 소리가 들렸다. 그녀는 가져왔던 짐을 챙기며 어둑어둑해진 하늘을 응시했다.

의뢰인 레퐁스는 아직도 깊은 잠을 자고 있었다. 어쩌면 이번에는 진짜 꿈에서 라일라와 즐거운 시간을 보내고 있을지도 몰랐다.

"의뢰비는 챙겼지? 시간은?"

품속에서 시계를 꺼낸 테리가 휘파람을 불며 답했다.

"6시. 오랜만에 칼퇴근이네요?"

"잘됐네. 근데 테리."

잠시 뜸을 들이던 그녀가 심각한 얼굴로 말했다.

"나 배고파."

"온종일 굶었으니 당연하죠. 덕분에 곁에 있는 저도 굶었고요."

소니도르는 미안하다는 듯 웃다가 어린애 대하듯 그의 머리를 부드럽게 헤집었다.

"고백만 받는 일이 이렇게 오래 걸릴 줄은 몰랐지. 배고프지, 뭐 먹을래?"

"좋으셨겠습니다. 고백도 받고. 누구는 망부석처럼 가만히 앉아만 있었는데."

퉁명스러운 대답에 소니도르의 표정이 순식간에 일그러졌다. 그걸 지금 말이라고. 테리의 머리카락을 살살 쓰다듬던 손이 주먹으로 돌변해서 이마를 쾅 하고 때렸다. 그녀의 조수는 욱신거리는 이마를 쥐며 작게 신음을 흘렸다.

"넌 내가 일하는 게 즐겁고 재밌어 보여? 내가 의뢰인 손 잡고 가만히 엎드려 있으니까 그냥 자면서 쉬는 것 같지, 응?"

"뭘 또 그렇게 예민해요."

"하여튼 뼈 빠지게 일했는데 제대로 한 거 맞느냐, 사기 친 거 아니냐, 그냥 제 스스로 원하던 꿈을 꾼 거 아니냐 하는 진상들 상대해 봐라. 예민하지 않고 못 배기나."

"아이고. 그 말 듣고 또 삐졌어요? 하루 이틀도 아닌데 참."

자신이 가진 유일한 능력을 인정받지 못하는 기분이란 참 더러웠다. 게다가 확실히 일하고 있는데 말이다. 장인이기 때문에 온갖 이유 없는 차별과 경멸은 다 당했지만 가장 참을 수 없는 건 능력 자체를 의심받는 일이었다.

테리는 그런 진상은 어딜 가서도 행패를 부릴 테니 신경 쓰지 말라고 그녀를 위로했다. 소니도르는 어깨를 으쓱이는 그를 뚱하니 응시하다가 오늘 저녁 식단을 멋대로 정해 버렸다.

테리가 가장 싫어하는 생선구이 정식이었다.

그날따라 소니도르의 사무실이 유난히 시끄러웠다.

"그런 추잡한 일은 안 합니다."

잡일을 도맡아 하고 있는 조수, 테리는 으르렁거리며 털을 세웠다.

그의 앞에는 험악한 인상의 남자가 당장에라도 주먹을 휘두를 것처럼 오만상을 쓰고 있었다. 흉흉한 기색에 저절로 몸이 움츠러들 만하지만 테리의 표정은 조금의 동요도 없이 고요했다.

"이게 손님한테 무슨 말버릇이야? 천한 장인 밑에서 일하다 보니까 개념도 다 가져다 버린 거냐?!"

"개념을 가져다 버린 건 당신이고. 여자랑 자고 싶으신 거면 사창가나 가시든가요."

"내가 아무나 붙잡고 자고 싶은 줄 알아? 내 사랑이랑 자고 싶다고, 꽃집의 소피아!"

"아저씨 나이에 몽정하기 힘든 거 알겠는데, 그런 일 안 한다고 몇 번이나 말씀드렸습니다. 더는 우리 사무소를 모욕하지 말아 주시죠."

"이 꼬맹이가 보자 보자 하니까!"

"뭔데 이렇게 시끄러워?"

깊은 잠에서 깨어난 소니도르가 뒷머리를 긁적이며 사무실 안쪽 작은 방문을 열고 나왔다.

피곤해서 그대로 입고 잔 외출복은 여기저기 구겨져 있었고, 하나로 질끈 묶어 올린 머리는 여기저기 삐져나와 있었다.

그녀는 눈가를 비비며 늘어지게 하품을 하다가 사무실 소파에 거만하게 앉아 있는 사내를 응시했다.

소니도르는 잠시 말없이 그를 바라보다 테리와 말없이 눈빛을 교환했다.

'야, 저건 누구야?'

'상대할 필요도 없는 개진상이에요. 제가 쫓아낼까요?'

'음⋯⋯.'

그녀는 고민했다. 그래도 일단 손님으로 왔는데 함부로 막 쫓아내도 될까. 뒤탈이 없어야 할 텐데.

고개를 기울이며 생각에 빠진 사이에, 의뢰하러 온 사내는 소니도르를 위아래로 훑으며 비릿한 웃음을 지었다. 잠에서 막 깨어나 부스스하긴 하지만 꽤 예쁘장했다.

장인들은 웬만해선 다 외모가 평균 이상은 한다더니.

사내의 음험한 속내를 읽어낸 테리는 빠르게 결정을 내렸다. 역시 창밖으로 던져 버리는 게 좋겠다.

딸랑―

그때 갑자기 종소리와 함께 누군가 사무실 내부로 들어섰다. 검은 후드를 머리부터 발끝까지 둘러쓴 음침한 사내 넷이었다.

아무리 좋게 봐 줘도 평범한 의뢰인으로는 보이지 않았다. 안 그래도 팽팽한 긴장감이 감돌던 사무실이 더 복잡해졌다.

'에이 씨. 오늘 일진 왜 이래.'

소니도르는 속으로 중얼거리며 일단 검은 후드를 쓴 이들에게 잠깐 기다리라는 말을 하려고 했다. 그들이 멋대로 들어와서 소파에 앉아 행패를 부리던 사내를 치워 버리지만 않았어도 말이다.

말 그대로 짐짝처럼 들려서 치워지고 있었다. 소니도르와 테리는 등장만큼이나 빠르게 퇴장해 버린 사내를 멍하니 눈으로 좇았다.

"뭐, 뭐야! 네놈들 누구야! 이러고도 무사할 줄 알아?"

사내는 마지막 단말마 같은 비명을 지르며 사무실 밖으로 끌려갔다.

그렇게 진상 의뢰인과 후드를 둘러쓴 두 명의 사내가 순식간에 같이 빠져나가 버렸다. 남은 건 나머지 두 명의 검은 후드들이었다.

방금 뭐가 지나갔지.

소니도르는 멍한 얼굴로 서 있다가 미처 할 말을 정리하지 못하고 멍청히 말을 뱉었다.

"어……. 감사합니다?"

"곤란해 보이길래 치웠을 뿐이다. 도움이 되었다니 다행이군."

몸이 저릿하게 떨릴 정도로 묵직한 음성의 사내가 대답했다.

검은 후드들이 사무실에 들어온 것과 동시에 진상 사내가 치워졌다는 건 어디서 미리 듣고 있었다는 뜻이었다.

혹시 도청이 가능한 마법사들이나 장인인 걸까. 소니도르는 어깨를 움찔 떨다가 반사적으로 소름이 돋아난 팔뚝을 쓸었다.

목소리만으로 사람을 섬뜩하게 할 정도라면 혹시 어디 암흑가에서 좀 놀던 사람이라든가…….

그녀는 미심쩍은 얼굴로 후드들을 보다가 일단 그들에게 자리를 권했다. 그리고 테리에게 차를 내오게 시키자, 소년은 의심 가득한 시선으로 그들을 흘낏거리다가 자리에서 일어났다.

"경계할 것 없어. 의뢰하러 왔을 뿐이니까."

위협적인 목소리를 지닌 사내가 소파에 털썩 주저앉으며 말했다. 그러자 소파 위에 쌓여 있던 먼지가 봄날의 꽃가루처럼 순식간에 일어나 나풀거렸다.

"……."

그는 잠시 침묵했다. 대체 청소를 언제 한 건지 묻는 듯한 시선에 소니도르는 어색하게 시선을 돌리며 맞은편에 앉았다.

사실 그녀는 의뢰가 끝나면 기절한 듯이 잠들어 하루 이틀 뒤에 깨어나는 게 일상이었고 깨어나면 또 의뢰를 수행하러 가야 했다. 그러니 청소도 물론 테리의 몫이었다.

소니도르의 책임이 아니었다. 그녀는 늘 바빴다.

나쁜 테리! 게으른 테리!

목소리가 위협적인 사내는 자리에 앉았고, 또 다른 검은 후드는 그를 지키듯 미동조차 않고 가만히 소파 뒤에 서 있었다. 주종 관계일 수도 있고, 고용 관계일 수도 있었다.

소니도르는 그들을 빠르게 훑으며 판단했다. 아까의 진상과는 다르게 제법 높으신 분들인가 보군.

지체 높으신 분들이라는 건 곧 돈줄이었다.

그녀는 헝클어진 머리카락을 재빠른 손놀림으로 묶어 내고 허리를 꼿꼿하게 세웠다.

"그대가 꿈 장인인가?"

"잘 찾아오셨네요. 저희 꿈 사무소는 늘 완벽한 성공률을 자랑하죠!"

"잘 자고 있던 모양인데 미안하군."

그가 볼 언저리를 툭툭 건드리며 말했다. 그녀의 볼에 빨갛게 눌린 자국이 있었던 것이다.

잘난 척 떠들던 소니도르는 다시 어색하게 시선을 돌릴 수밖에 없었다. 어째 의뢰인에게 게으르다는 인상이 박혀 버린 것 같은데, 그녀로서는 어쩔 수 없는 일이라 억울하기만 했다.

그녀가 민망해하든 말든 남자는 다짜고짜 협박부터 했다.

"일단 이 일이 밖으로 새어 나가면, 미안한 일이지만 그대의 머리가 목 위에 온전히 붙어 있긴 힘들 거라는 말부터 해야겠군."

함부로 입 놀리면 죽여 버린다는 말을 참으로 고상하게도 하신다.

소니도르는 한두 번 들어 본 협박이 아닌지라 대수롭지 않게 고개를 끄덕였다. 의뢰인의 비밀 보장은 기본 중의 기본이었다. 하지만 그게 어떤 의뢰인지에 따라서 얘기가 달라졌다.

"저야말로 죄송하지만, 의뢰는 골라 받고 있습니다. 사람의 정신을 해치거나, 기밀을 빼 오거나 하는 건 불가능해요. 제 능력을 온전히 발휘하려면 상대와 신체적 접촉을 해야만 하거든요. 보통은 손을 잡지요."

그녀는 유난히 자그마한 제 손을 들어 보이며 말했다. 자신이 위험에 처할 수 있는 의뢰는 되도록 받지 않겠다는 뜻이었다.

사내는 갑자기 눈앞에 불쑥 튀어나온 소니도르의 손을 가만히 응시하다가 말했다.

"신체적 접촉은 좀 걸리긴 한다만, 어쩔 수 없지."

그때 부엌에서 달그락거리던 테리가 쟁반에 찻잔을 담아 가져왔다. 사내는 자연스럽게 찻잔을 받아 들며 말했다.

"사람을 살리는 일이다."

"살리는 일? 자세히 말씀해 주시겠어요?"

"영원히 깨어나지 못하는 잠에 빠진 이를 깨워 줄 수 있나?"

영원히 깨어나지 못하는 잠.

주로 약물 중독에 걸리거나 머리에 큰 충격을 받는 등 사고의 후유증으로 나타난다고 들은 바가 있었다. 그녀는 기억을 더듬으며 느릿하게 입을 열었다.

"아…… 그런 증세를 보이는 이가 있다는 말을 들어 보긴 했지요."

"그래. 의원은 코마 상태라 하더군."

그런 일은 한 번도 해 본 적이 없는데. 소니도르는 찻물을 홀짝이며 생각했다.

하지만 그런 일이라면 나중에 보복을 당할 위험 부담은 없을 테고, 수당도 두둑하게 뽑아 먹을 수 있을 것 같았다. 돈도 꽤 많은 것 같은데 어쩌면 몇십 배를 불러도 되지 않을까.

돈에 대한 유혹 때문에 마음이 이리저리 흔들렸다.

"의원에게 직접 진단을 받으셨다면 쓰러진 원인도 들으셨나요?"

"그게 왜 필요하지."

"만약 외상에 의한 거면 제가 개입해도 큰 효과를 보지 못할 거예요."

"그렇다면 상관없겠군. 어느 날 갑자기 쓰러져 깨어나지 않는 것뿐이네."

　그런 거라면 이 일은 소니도르의 영역임이 틀림없었다. 남자의 말에 소니도르는 잠시 고민했다.

　아무 이유 없이 쓰러졌다는 건 무슨 큰 충격을 받았다거나, 별로 깨어나고 싶지 않은 일이 있었던 모양인데. 그럼 그 쓰러졌다는 환자의 의식과 자신의 의식을 이어 꿈을 제작하고 희망을 심어 주면 될 일이었다.

　하지만 역시 성공할 확률을 장담할 수가 없었다. 영원히 깨어나지 않는 건 그만한 이유가 있을 테니까 말이다. 손쉽게 될 리가 없었다. 어쩌면 몇 달, 몇 년을 매달려야 할 수도 있고.

　"흐음, 어렵네요."

　"그대의 명성은 익히 들어 알고 있지. 비쥬티에 백작 부인의 불면증도 고쳤다고 들었다. 잠들지 못하는 병도 고칠 수 있으니, 영원한 잠에서 깨울 수도 있지 않겠나."

　언제 그렇게 소문이……. 그녀는 민망함에 괜히 볼을 붉히며 뒷목을 문질렀다.

　"보수는 부르는 대로 주겠다."

　"열심히 하겠……, 읍!"

　테리는 소니도르의 가벼운 입을 틀어막으며 의심스럽게 물었다.

　"성공한다는 보장이 없습니다. 그래도 괜찮으십니까?"

　"상관없다."

　거봐! 상관없다잖아! 소니도르는 테리의 손을 떼어 내며 눈을 흘겼다.

"자네가 마지막 남은 희망이지. 지푸라기라도 잡는 심정이
지만."

마지막 남은 희망이라는 것치고는 기대치가 낮아도 너무 낮
았다.

지푸라기가 뭐야. 지푸라기가. 그래도 지푸라기보다는 잘할
자신 있는데. 소니도르는 또 자신의 능력이 낮게 평가되자 뚱
한 얼굴이 되어 찻물을 홀짝였다.

"지푸라기가 해지고 너덜너덜해져 결국 갈가리 찢기는 순간
까지 이용해야지."

그리고 이어지는 남자의 말에 찻물을 뿜을 뻔했다.

"마지막 남은 희망이지 않은가."

방금 무슨 말을 들은 걸까. 아마도 일 제대로 못 하면 과로사
로 쓰러져 죽을 때까지 굴리겠다는 이야기? 그럼 부른 대로 준
다는 건 목숨값이라는 뜻인 건가.

이런 미친…….

격하게 기침을 하는 그녀의 등을 테리가 퍽퍽 소리 나게 두
들겨 주었다.

반응이 꽤 만족스러웠는지 사내는 지금껏 둘러쓰고 있던 후
드 모자를 벗어 냈다. 그러자 어딘가 익숙한 중후한 미중년이
눈가를 가늘게 접으며 웃고 있었다.

등골이 오싹해질 정도로 형형한, 먹이를 노리는 매의 시선
이었다.

소니도르와 테리가 동시에 숨을 멈추며 몸을 딱딱하게 굳혔

다. 분명 아는 얼굴은 아닌데 실루엣이 왠지 익숙했다. 한 올도 빠짐없이 완벽하게 올려 넘긴 살짝 빛바랜 금발도, 나이보다 훨씬 정정한 풍채도, 섬뜩하게 보이는 서늘할 정도로 새파란 벽안도 어디서 많이 봤다.

어디서 봤느냐면, 아마도 건국제, 추수제, 무투 대회 때 까마 득히 먼발치서 본 황좌 위에서.

"짐의 잠꾸러기 아들을 깨워 줬으면 좋겠군."

황제는 찻잔을 내려놓으며 말했다. 잠시 그들의 사고가 멈 췄다가, 버벅거리며 뒤늦게 작동했다.

화, 황제 폐하다.

진짜야? 진짜 황제 폐하?

소니도르는 도저히 믿기지 않아서 계속 창밖의 날씨를 흘끔 거렸다. 그녀가 발 디디고 선 곳이 사무실인 이상, 애초에 의뢰 인의 꿈속일 리가 없는데 말이다.

그녀는 차라리 눈을 찌르며 '저는 아무것도 보이지 않습니 다!' 하고 외칠까 고민했다.

폐하께서 대체 이런 누추한 곳까지 직접 어인 일로 오신 거 지? 선대 황제를 죽이고 황위에 오른 걸로도 모자라, 자기 마 누라랑 신하들도 못 믿어서 온화한 성정의 황태자만 빼고 전부 죽였다는 소문이 파다하던데. 그놈의 의심병 아직도 못 고치셨 나.

당장 모독죄로 끌려가 사형당할 만한 생각들이 짧은 찰나에 와글거렸다.

"흠……."

"저, 저는 아무 생각도 하지 않았습니다!"

"이런 오묘한 맛의 차는 또 처음 마셔 보는군."

황제는 연신 이상하다는 듯 미간을 구기면서도 찻물을 홀짝였다.

'테리, 너 설마 나한테 하는 것처럼 찻물에 침 뱉었냐?'

소니도르가 돌아보며 미심쩍다는 눈빛을 보내자 그는 미쳤냐는 듯 고개를 마구 휘저었다.

오묘한 맛의 차는 맞았다. 떫은 것 같으면서도 달고, 단 것 같으면서도 씁쓸하고, 씁쓸한 것 같으면서도 신, 그런 차였다. 온갖 종류의 찻잎을 한데 모아 놓은 것 같은 싸구려 차.

전에 싸게 팔아서 대량으로 구매해 두었다. 별로 귀족들처럼 차향 운운하면서 티타임을 즐기는 건 아니었으니까. 그게 황족의 입맛에 맞을 리가 없었다.

그런데 황제는 그게 마음에 들었는지, 무언의 협박인지 꿋꿋하게 차를 마시고 있었다.

"해 줄 수 있겠나?"

황제가 재차 물었다.

이미 그가 자신의 모습을 드러낸 이상, 의뢰를 받아들이지 않는다면 그녀의 목과 몸은 완벽하게 둘로 분리되어 바닥을 굴러다닐 거다.

소니도르는 지금 자신이 어떤 표정을 짓고 있는지 볼 수 없었으나 짐작은 할 수 있었다. 아마 하얗게 겁에 질린 얼굴이겠지.

황제에게 아들이라고는 단 한 명밖에 없었다. 그게 누구인

고 떠올리니 찻잔을 든 소니도르의 손이 달달 떨리기 시작했
다.

싸구려 찻잎으로 우려낸 차. 이게 이승에서의 마지막 음식
인 건가. 목이 바짝 마른 그녀는 그것을 단번에 마시고 다시 달
달 떨리는 손으로 접시에 내려놓았다. 달그락거리는 소리 한번
요란했다.

"화, 황태자 전하께서 깊은 잠에 빠지셨군요."

대체 언제 황태자 전하께서 코마 상태에 빠지셨답니까! 금
시초문입니다만!

"어쩌면 데센시아 부족민의 저주가 다시 시작되려 하는지도
모르겠군."

황제는 5백 년 전의 일을 들먹이며 협박하듯 입꼬리를 삐딱
하게 올렸다.

장인이 제국민들에게 이유 없이 경멸을 받은 건 아니었다.
그들이 왜 원한을 샀는지에 대해서는 5백 년 전, 그들이 침략
당했던 시절을 되짚어 볼 필요가 있다.

그 당시 아르케 제국의 황제 루칸 5세는 대륙의 가장 끝, 남
쪽 섬이 마나의 매립지라는 사실을 알게 되었다. 그리고 그걸
알게 되자 마법사란 마법사는 다 끌어모아 섬을 침략했다.

그들은 마법을 사용할 수 있는 최상의 조건에서 마나를 운
용해 원주민을 학살했다. 울창했던 숲은 떨어져 내리는 운석에
의해 완전히 무너지고 불타고, 또 썩거나 가루처럼 바스러졌
다.

대지를 물들이는 새빨간 피와 허공을 떠도는 처절한 절규.

그 한 폭의 지옥도를 허망한 모습으로 바라보던 데센시아 부족 최고의 주술사는 피 끓는 목소리로 저주를 내렸다.

─그대들은 태어나되 하늘의 가호를 받지 아니할 것이고, 죽되 대지의 품에 안기지 못하여 평생 지천을 떠돌 것이다.

루칸 5세는 그것을 마지막 발악 정도로 치부했으나 이내 제국은 혼란에 휩싸였다. 제국 황실에서 새로 태어난 황족들이 하나같이 몸이 약하게 태어나, 성인이 되는 날 쓰러져 잠에서 깨어나지 못한 것이다. 세월이 흘러 청년이 노인이 될 때까지, 그리고 숨이 끊어지는 날까지 영원히 말이다.

결국, 아르케 제국의 황족은 더는 후손을 볼 수 없었고, 그대로 대가 끊겼다. 어쩔 수 없이 그때부터 1년에 한 번씩 대귀족들이 돌아가면서 황제를 추천했는데, 황제를 신처럼 떠받들던 백성들의 원성이 많았다.

절대 왕권, 세습 군주제를 수천 년 전부터 당연하게 믿고 따르던 그들은 황족이 없다면 차라리 새로이 황족을 세우라고 반란을 일으켰다.

그때 가장 신임을 받았던 하일론 공작이 성을 '아르케'로 바꿔 아르케 제국을 물려받았고, 그게 지금까지 이어져 내려왔다. 현재 아르케 왕국을 집권하고 있는 황제 또한 하일론 공작 가문의 후손이었다. 이제는 황족이 되었지만 말이다.

그렇게 완전히 끊긴 줄로만 알았던 저주가 5백 년이 지난 지금에서야 다시 발현되었을지도 모른다고 황제는 말하고 있었다. 소니도르는 그 말이 무슨 뜻인지 모를 정도로 멍청하지 않았다.

"짐의 아들은 어릴 때부터 몸도 마음도 참으로 나약했지. 그리고 성인이 되는 날 영원한 잠에서 깨어나지 못하고 있어. 같은 데센시아 부족민으로서 어떻게 생각하지?"

그녀는 움찔 몸을 떨었다.

황태자의 몸이 약하다는 것 또한 금시초문이었다. 설마 이것도 극비 사항 아니야? 어차피 죽일 거니까 말해 주는 건가?

이런 것들을 함부로 알려 줄 때마다 왠지 명줄이 점점 짧아지는 것 같은 기분이었다. 그녀는 황제의 말이 길어질수록 눈에 띄게 창백해졌다.

"저주에는 문외한인지라⋯⋯."

"웃기는 소리. 저주에 걸린 이를 고쳐 주었다는 소문이 자자하던데."

"하하. 누가 그런 헛소문을 막 퍼트리고 다녔을까요."

소니도르는 경직된 웃음을 보이며 생각했다. 설마 완전히 사라진 줄 알았던 부족민의 저주가 다시 시작된 건가.

이 사실이 알려지기라도 한다면 장인들은 더더욱 제국에서 설 자리를 잃어버리게 될 것이다. 어쩌면 백성들의 원성을 잠재우기 위한 제물로 이용될지도 몰랐다. 아르케 제국에서 장인들은 딱 그 정도의 위치였다.

역시 똥 밟은 것 같은데 제국 밖으로 도망칠 수는 없을까.

"재롱은 그쯤 하지. 짐이 그대를 관대하게 봐주는 것도 이번뿐이니."

"사실 제가 저주를 딱 한 번 우연히 풀어낸 적이 있습니다."

소니도르는 냉큼 답했다.

"혹시 흑주술을 아십니까? 아니, 아시옵니까."

"들어는 보았다. 옛 문헌에 이따금 등장하고는 하지."

"이게 그냥 주술과는 또 다릅니다. 굉장히 사악한 힘이지요."

사실 그녀도 흑주술에 대해 자세히 아는 바가 없었다. 5백년 전 사건 이후로 제국민들은 주술, 특히 저주와 연관된 모든 것에 대해 치를 떨고 싫어했기 때문이었다. 심지어 저주에 관련된 지식을 습득하는 것 또한 법적으로 금지되어 있었기에, 제국에서 나고 자란 소니도르는 동료 장인들에게 전해 들은 정도가 다였다.

"흑주술은 악의 힘을 빌려 저주를 걸 수 있는 주술로 알고 있어요. 제가 푼 저주도 이 흑주술의 일종이었고요."

의뢰인은 하마터면 마차에 치일 뻔했다고 하면서 소니도르의 사무실로 찾아왔다.

사실 그녀는 의뢰를 수행하는 처음부터 끝까지 의뢰인이 저주에 걸렸었다는 사실을 몰랐었다. 본인이 직접 꿈 능력을 사용해 저주를 풀어냈음에도 말이다.

하지만 주술 장인을 통해 흑주술에 대한 이야기를 듣고 나서야 뒤늦게 추측할 수 있었다. 아마 위기의 순간에 발걸음이 무거워지는 저주가 아니었을까.

조금만 늦었어도 의뢰인이 죽었을지도 모르는 일이었다.

"운이 좋았을 뿐이죠. 사실 저도 어떻게 그게 풀린 건지 아직도 잘 모르겠어요.”

혹시 나중에 일이 잘못될 수도 있으니 그녀는 최대한 솔직하게 말했다. 황제는 얌전히 그녀의 말을 경청하여 듣고 있었는데 ‘얌전’이라는 단어가 이렇게까지 어울리지 않는 사람은 처음이었다.

저러고 살벌하게 웃으니 무슨 생각을 하고 있는지 알 수 없어 오히려 불안하기만 했다. 설마 지금 억지로 황궁까지 끌고 갈 생각을 하는 건 아니겠지.

“재미있군. 흑주술도 풀어내는 능력이라.”

“하지만 황태자 전하께서 정말 5백 년 만에 나타난 부족민의 저주로 쓰러지신 거라면 같은 부족민인 저는 전혀 도움이 되지 않을 겁니다.”

애초에 모든 참사와 불행을 자처한 장본인은 평화로웠던 우리 부족을 짓밟고 제멋대로 침략해 온 당신들이니까. 그렇게 쏘아붙이고 싶었으나, 목숨을 소중히 여길 줄 아는 소니도르는 뒷말을 삼켰다.

“아니. 오히려 같은 부족민이기에 풀어낼 수 있을지도 모르지.”

딸랑—

다시 종소리가 울렸다.

하필 지금 진상 손님을 대신 버려 주고 온 나머지 후드 사내들이 다시 사무소 안으로 들어왔다.

황제를 지키고 있다면 아무래도 기사였다. 황제의 호위 기사.

그렇다면 '라이젤 가드'인 게 분명했다. 제국에서 가장 뛰어난 실력자들만 모인다는 그들은 각각 한 명이 군대 하나의 병력과 맞먹었다.

라이젤 가드!

기겁하고 있던 테리의 눈이 다른 의미로 반짝 빛났다. 사인이라도 받을 기세였다. 때와 장소를 가리지 않는 저 동경이라는 이름의 집착에 소니도르는 질린 얼굴을 했다.

그만해, 이 미친놈아…….

"마지막으로 묻겠다. 해 줄 수 있겠나?"

황제가 그녀에게 선택권을 주기는 했다. 목매달아 죽을래, 물에 빠져 죽을래.

안 하겠다 하면 당연히 죽고, 하겠다고 해도 과로사로 죽을 느낌이었지만 그나마 조금이라도 살아남을 확률이 있었다.

소니도르는 정말로 먹기 싫은 음식을 억지로 삼킨 것 같은 표정을 지었다. 지금껏 마음에 들지 않는 의뢰인은 쫓아내면 그만이었지만, 황제 폐하를 쫓아냈다가는 그가 자신을 이승에서 쫓아내고야 말겠지.

"원한다면 그대에게 작위도 내려 줄 수 있지."

장인에게 작위를 내려 준다는 건 아주 파격적인 제안이었으나, 그녀는 고개를 저었다. 그런 귀찮고 생명을 위협을 자주 받는 자리는 줘도 가지고 싶지 않았다.

"아, 아뇨. 그건 괜찮습니다. 아니, 괜찮사옵니다."

"말 편히 하게. 따로 원하는 거라도 있는 건가?"

"제 머리의 자리 보존요……?"

"흠, 짐을 너무 잔인한 군주로 보는군. 무턱대고 내 백성을 죽이진 않는다."

무턱대고 죽이지는 않겠지만, 아무튼 실패하면 죽일 거잖아. 지푸라기 다 해져서 뜯어질 때까지 부려 먹다가 과로사로 죽일 거라고 방금 그랬잖아.

소니도르는 뒷말을 꿀꺽 삼키며 테리를 흘낏 응시했다. 황제가 필요로 하는 건 꿈 장인인 그녀 본인뿐이었다. 괜히 그까지 이 위험하기 짝이 없는 일에 휘말리게 할 필요는 없었다.

"그럼 제 조수는 이 일에 빼 주세요."

"뭐요? 싫습니다!"

라이젤 가드를 보고 눈빛이 맛이 간 테리가 소니도르를 노려보았다.

이게 이제 눈깔도 막 부라리네! 자식새끼 키워 봤자 하나도 소용없었다. 그녀는 씩씩거리는 숨소리를 뱉으며 그를 마주 노려보았다.

그런 두 사람을 번갈아 가며 가볍게 훑어본 황제는 만족스럽게 입꼬리를 끌어 올렸다.

"그건 불가하군. 이미 모든 걸 들어 버렸으니."

야, 너도 내가 실패하면 죽은 목숨이란다. 소니도르는 황제의 말에 숨은 뜻을 읽어 내며 말없이 테리의 어깨를 토닥였다.

그녀는 한숨을 삼켰다. 이렇게 된 거 정말 목숨을 걸고 달려들어야겠다. 부디 황태자 전하를 덮친 저주인지, 병마인지가 깊지 않기를 바랄 뿐이었다.

"좋아, 의뢰에 실패했을 경우의 일은 일단 뒤로 미루지. 보상의 얘기를 먼저 하겠다."

잠시 뜸을 들인 황제가 매끈한 턱을 손가락으로 쓸며 말했다. 그는 이미 그들이 원하는 걸 대충 눈치로 알아채고 있었다.

"일단 그대의 조수에게는 내 수하의 기사에게 직접 수련을 받을 기회를 주지."

"……!"

테리의 고동색 눈동자가 휘둥그레 커졌다.

그는 믿을 수 없다는 듯 손가락을 덜덜 떨다가 갑자기 소니도르의 어깨를 꽉 움켜잡았다. 그러고는 그녀를 앞뒤로 흔들며 자신이 혹시 꿈을 꾸는 건 아니냐고 묻는 듯한 시선을 보냈다.

황제의 앞이라 자제하고는 있었지만 지금 당장에라도 소파 위에 올라가 춤을 추며 환호성을 지를 것 같은 얼굴이었다.

"그리고 그대는…… 아무래도 돈인 모양이군."

꼬, 꼭 그런 건 아니거든요.

소니도르는 속으로 투덜거렸으나 굳이 그 말을 입 밖으로 뱉지는 않았다. 황제에게 게으른 속물로 찍힌 것 같은데, 딱히 틀린 말은 아니라는 게 더 슬펐다.

"뭐 돈도 돈입니다만."

기어가는 목소리로 운을 뗀 그녀는 여전히 흥분 상태인 테리를 떼어 내며 말을 이었다.

"장인을 제국민으로 인정해 달라는 것까지는 바라지도 않습니다. 혹 저희의 자유를 보장해 주실 수 있으십니까. 그러니까, 적어도 핍박을 피해 제국 밖으로 나갈 수라도 있게 말입니다."

돈이야 벌면 그만이지만, 이런 일생일대의 기회는 지금이

유일하다는 걸 모를 리가 없었다. 그리고 그녀는 데센시아 부족민으로서 아직도 이유 없이 모욕과 핍박을 견디고 있는 장인들을 외면할 수가 없었다.

이왕이면 잃어버린 그들의 땅을 되찾고, 그동안 잃어 왔던 많은 권리를 되찾고 싶었지만 그런 말도 안 되는 도박은 입 밖에 꺼내는 순간 이 자리에서 즉사겠지.

황제는 미미하게 미간을 찌푸린 채로 말했다.

"무례하군."

"송구합니다."

"좋아. 제국의 유일한 후계자를 깨워 준다면 뭔들 못 할까. 이것 하나는 알아 뒀으면 좋겠군. 아르케 제국의 현존하는 유일한 꿈 장인, 그대에게 짐은 모든 것을 걸겠다. 일을 성사시킨다면 장인들이 이주할 권리와 그대에게는 평생 놀고먹어도 남을 재산을 주지."

부담감에 짓눌려 허리가 꺾여 버릴 것 같은 말이었다. 숨이 턱턱 막히는 것을 억지로 들이쉬며 소니도르는 조심스럽게 물었다.

자신도 모르게 몸을 낮추며 장사치처럼 양손을 싹싹 비비고 있었다.

"저……, 외람되옵니다만, 평생 놀고먹어도 남을 재산이라 하시면……?"

"백억 부크 어떤가."

허어어억!

소니도르는 숨넘어가는 소리를 내며 가슴을 움켜쥐었다. 확실히 평범한 소시민이 듣기에는 심장에 무리가 가는 액수이기는 했다.

테리가 라이젤 가드를 흘끔거리며 얼굴을 붉히는 사이, 소니도르는 백억을 떠올리며 입꼬리를 움찔 떨었다.

아, 침 흘릴 뻔했다.

"그럼 이제 실패했을 경우의 얘기를 해 볼까."

천국에서 지옥으로 떨어지는 건 순식간이다. 순식간에 바닥으로 내팽개쳐진 것처럼 확 정신이 들었다. 그녀는 까맣게 죽어 버린 눈빛으로 천천히 고개를 끄덕였다.

"그건 말씀하지 않으셔도 충분히 알 것 같습니다."

"알고 있다면 다행이로군."

황제는 빙긋, 그린 듯한 미소를 지으며 말했다.

"꿈 장인. 그대의 손으로 이 저주의 시작을 끊어라."

여행의 시작

"흐음."

소니도르는 거울 앞에 서서 자신의 얼굴을 유심히 뜯어보았다.

다른 데는 몰라도 눈은 정말 예뻤다. 이슬 맺힌 풀잎처럼 반짝이는 초록색 눈동자와 크고 또렷한 눈매. 그런데 심하게 굽실거리는 주홍색 머리가 좀 거슬린다. 이놈의 곱슬머리는 아무리 정리해도 부스스하게 일어났다.

"아오."

결국, 풀어 내리는 것을 포기한 그녀는 다시 머리를 하나로 질끈 묶어 올렸다. 깔끔하게 돌돌 말아 올리거나 땋아 내리면 좀 단정해질 텐데 그녀에게 그런 손재주는 존재하지 않았다.

잘 보일 사람도 없는데 황궁이라는 이유로 괜히 신경이 쓰인다. 소니도르는 최대한 보푸라기가 일어나지 않은 셔츠를 골라 걸치고, 그 위에 검은색 베스트를 입었다. 그리고 모직으로 된 회색 코트와 치마를 걸쳤다.

확실히 이런 정장은 여자들이 잘 입는 옷이 아니었다. 소니도르는 편하다고 특별 제작까지 해서 매일 입지만.

그녀는 마지막으로 키가 한 뼘은 훌쩍 커 버리는 마법의 구두를 신었다. 테리는 오늘도 똥자루만 한 키 가리려고 애를 쓴다고 쯧쯧 혀를 찼다. 발도 안 아픈가.

"오늘 나 좀 괜찮지 않아?"

"평소랑 똑같은데요."

"아냐, 잘 봐. 옷도 주름 없이 잘 다렸고 머리도 평소보다 높게 묶었다고."

"듣고 보니 그런 것 같기도 하고."

테리는 건성으로 대답하며 경량화 마법이 걸린 가방에 짐을 챙겼다.

소니도르는 가방에 끝도 없이 쑥쑥 들어가는 짐들과 어느새 텅텅 비어 버린 사무실을 돌아보며 질린 표정을 지었다. 가구를 제외하고 사무실에 있는 물건은 모조리 다 집어넣는 것 같았다.

저렇게 잔뜩 집어넣었다가 나중에 꺼낼 땐 어떻게 꺼내려고.

"넌 어디 피난 가?"

"다시는 여기 못 올 수도 있잖아요. 챙겨 둬서 나쁠 건 없죠."

"재, 재수 없는 소리 하지 마."

인생지사 새옹지마였다.

소니도르는 테리를 타박하면서도 황제의 싸늘한 시선을 떠올리자 몸을 부르르 떨었다. 황태자를 깨워야 했다. 무조건. 지금 그녀에게는 자신의 목숨뿐만이 아니라 테리의 목숨, 나아가 부족민의 운명까지 걸려 있었다.

만약 황태자가 깨어나지 못한다면 그 사실을 영원히 숨길 수는 없을 터였다. 제국민들 사이에 저주가 되살아났다는 소문이라도 돌았다가는 5백 년 전 일어났던 대학살처럼, 또 끔찍했던 피의 역사가 반복될 확률이 매우 높았다.

애써 무시해 왔던 이 일의 심각성을 떠올리자 그녀는 다시 우울해졌다.

평범한 소시민이었던 자신에게 이런 막중한 책임이라니. 무거움에 짓눌려 죽어 버릴 것 같았다.

대부분의 장인처럼 능력을 사용하는 것에 아무런 제약도 없으면 참으로 좋겠지만, 소니도르는 그렇지 못했다. 누구는 숨 쉬는 것처럼 쇠를 구부리는데 그녀는 꿈에 한 번만 들어갔다 나오면 아주 앓는 소리를 내야 했으니까 말이다.

그만큼 차라리 무력으로 팔을 부러트렸으면 부러트렸지, 사람의 기억이나 심리를 건드리고 조작하는 일은 어려운 일이었다.

비슷한 예로, 나라의 흥망성쇠까지 예언할 수 있는 예언 장인들과 시간을 넘나들 수 있는 시간 장인들 또한 능력을 사용하는 데 제약이 넘쳐 났다.

아무튼, 그래서 한 번 들어갈 때 최대한 효율적으로 움직여야 했다. 능력을 사용하면 잠을 자는 의뢰인의 의식과 자신의 의식을 이어 새로운 공간의 꿈을 창조하게 되는데, 그 꿈의 세계는 소니도르가 어찌할 수 있는 게 아니었다.

쉽게 말해 그녀가 꿈속 세계를 설계하는 건 불가능하다는 뜻이었다. 전부 의뢰인이 지금껏 보았던 것, 들었던 것, 경험했던 것, 느꼈던 것을 토대로 세계가 만들어졌다.

그건 어쩌면 과거일 수도 있고, 현재일 수도 있고, 그가 희망하는 미래일 수도 있고, 어쩌면 속으로 망상하던 상상의 나라일 수도 있었다.

소니도르는 어딘지도 모르는 의뢰인의 무의식이 세운 세계에서 열심히 뛰어야만 했다.

하지만 대체로 의뢰를 하러 찾아오는 사람들은 지금 당장 절실하게 바라는 것이 있기 때문에, 본인들이 의도하지 않아도 소니도르가 작업하기 쉬운 세계를 만든다.

가장 최근에 의뢰를 받았던 레퐁스 같은 경우로 예를 들면, 죽기 전에 첫사랑을 만나 꼭 고백하고 싶다는 강렬한 마음이 있었다. 아주 오랜 세월 동안 왜 라일라에게 고백하지 못했는가에 대한 후회도 깊었다. 그래서 의뢰를 한 것이고, 꿈의 세계를 창조하자마자 라일라를 처음 만났던 시절의 정원이 배경으로 만들어졌다. 소니도르도 의뢰인이 가장 바라는 첫사랑의 모습으로 변할 수 있었고 말이다.

그렇게 한방에 이뤄지는 건 운이 좋을 때고, 가끔 운이 더럽게 없으면 생판 처음 보는 곳에 뚝 떨어지기도 한다.

그래서 일단 의뢰인에게 의뢰를 받으면 그 사람에 대해 가능한 모든 것을 캐물어야만 했다. 주변 인물들은 어떻게 되는지, 지금까지 어떤 유년 시절을 겪어 왔는지부터 시작해서 이

성 취향이나 취미, 이루고 싶은 꿈 같은 것 등등 가능한 한 전부 말이다. 그런데 지금 소니도르가 황태자에 대해 아는 건 전혀 없었다.

황태자 마르멜은 누구인가.

그냥 건너 건너 들은 소문으로 학식이 뛰어나고 성정이 온화하여 훗날 대단한 성군이 되지 않을까 기대하고 있는 정도? 황제 폐하와 돌아가신 황후마마를 적절히 닮아 아주 인물이 훤칠하다는 것 정도?

그가 지금 간절히 바라는 게 뭔지, 심지어 왜 쓰러졌는지조차 모르고 있는데 대체 뭘 어쩌란 말인가.

소니도르는 불과 몇 시간 전에 황제와 나눈 대화를 떠올리며 애써 묶은 머리를 헤집었다.

—폐하. 또 하나의 조건이 있습니다.

—뭐지? 말해 보아라.

—제게 한 치의 거짓이나 비밀이 있어서는 안 됩니다. 태자 전하에 대한 모든 정보가 있어야 해요. 유년 시절부터 시작해서 평소 가까이 두시던 주변 분들에 이르는 모든 정보를 말씀드리는 겁니다. 전하를 깨우기 위해서는 꼭 필요해요.

—그런 거라면 딱히 짐이 할 말은 없어 보이는군. 후에 따로 자료를 보낼 테니 다 읽거든 그 자리에서 태우거라.

—음…… 그런 표면적인 기록도 물론 필요하지만…….

대수롭지 않게 답하는 황제 때문에 그녀는 곤란하다는 표정을 지었다. 보통은 본인이 직접 얘기해서 아주 사소한 정보까지 캐물을 수 있었지만, 쓰러져서 깨어나지 않는 황태자에게 물을 수도 없지 않은가.

—예를 들면 무엇을 좋아하고 싫어하시는지 아주 사소한 것까지 필요해요. 아! 날씨에 관련된 거면 더 좋겠네요.

—날씨?

—네. 예를 들면, 비 오는 날을 굉장히 싫어하는데 그 이유가 과거 비 오는 날 끔찍한 일을 겪었기 때문이라든가…… 구름 한 점 없이 화창하게 맑은 날에는 행복했던 추억이 많다거나 이런 것들요.

땅에서 창조되는 것들은 의뢰인의 영역이라 그녀의 의지로 어쩔 수 없었지만, 하늘은 소니도르의 영역이었다. 시간대뿐만 아니라 날씨 또한 설계할 수 있는 영역. 그렇기에 날씨를 통해 억지로 상황을 끌어내는 방법도 있었다.

하지만 황제는 처음으로 불쾌한 기색을 드러내며 미간을 미미하게 찡그렸다.

—왜 짐이 그런 쓸데없는 것까지 알고 있을 거라 생각하는 거지?

—…….

—황태자가 어릴 때부터 봐 왔던 유모라면 알 수 있겠지. 엠보로스 자작 부인이었는데…… 아, 짐이 사형시켰군. 멋대로 혀를 놀려서 어쩔 수 없었다. 자업자득이지.

—…….

황제의 '사형의 역사'에 어느 정도 익숙해진 소니도르는 술렁거리는 마음을 애써 진정시키며 말했다.

─전하의 친우분이라면…….

─걘 친구 없어.

─…….

그렇게 아무런 소득도 없이 대화를 끝마쳐야 했다.

정보가 없다. 이건 그녀로서는 가장 끔찍이 여기고 혐오하는 경우였다. 아주 답 없는 막노동…….

차라리 도망갈까도 생각해 봤지만, 애초에 그 선택지는 막혀 있었다. 황제가 친해지라며 두고 간 라이젤 가드가 그들을 감시하고 있었기 때문이다.

친해지기는 개뿔이.

대체 어디에서 감시하고 있는지조차 파악하기 힘들었다. 라이젤 가드가 최정예 기사라는 말은 들어 봤어도 공기처럼 존재감이 없다는 말은 들어 보지 못했는데 말이다. 혹시 부업으로 암살자라도 하고 계시는 건가.

소니도르는 생각난 김에 괜히 주변을 다시 휙휙 돌아보다가 눈을 가늘게 좁히며 의심스럽게 천정을 응시했다.

"마지막으로 어머니 무덤이라도 가 보고 싶은데."

똑똑─

그 말을 꺼내기가 무섭게 갑자기 누가 사무실 문을 두들겼다.

"히익."

소니도르는 저도 모르게 꼴사나운 소리를 육성으로 뱉었다. 그리고 테리가 한심하다는 시선을 던지자 작게 헛기침을 했다.

그녀가 누구냐고 물을 새도 없이 익숙한 검은 후드의 사내가 문을 열고 들어섰다. 황제가 두고 간 라이젤 가드였다.

"가지. 폐하께서 주변 정리를 할 시간을 주라고 하셨으니 출발은 내일로 미루겠다."

"민간인 사찰은 그만…… 아니, 아무것도 아닙니다."

남자의 날카로운 시선에 그녀가 깨갱 꼬리를 내렸다.

어쩐지 누군가 '최후의 만찬을 즐겨라!' 하고 크하핫 웃는 환청이 들렸다.

주변을 정리할 시간마저 주신다니 거 고마워서 몸 둘 바를 모르겠네. 소니도르는 속으로 빈정거리며 그를 따라나섰다.

테리는 짐을 마저 정리하겠다고 남았으니, 그녀는 이제 얼굴조차 내보이지 않는 사내와 단둘이 길을 걷게 되었다.

익숙한 골목길을 돌고 돌고 하는 사이에 눈에 익은 작은 신전이 보였다. 물론 그때까지 두 사람은 단 한 마디도 나누지 않았다. 그럴 필요도 없었고.

하지만 친해지라는 말을 굳이 남기고 간 황제 때문에 괜히 사내를 흘낏거리며 쳐다보게 되었다. 저쪽은 그럴 의지가 전혀 없어 보여서 얼마 안 가 포기했지만 말이다.

원래 장인의 시신을 신전에 안치하는 건 드문 일이었지만, 황금만능주의가 만연한 제국에서 불가능한 일은 아니었다.

소니도르는 올해로 스물둘이었으나 어머니가 남기신 유산까지 해서 꽤 막대한 재산을 모으고 있었다. 그 돈으로 장례를 치르고, 시신을 안치하고, 또 사무실을 차렸다.

원래 장인들은 계약에 묶여 있거나, 굉장히 하찮은 능력이 아닌 한 대체로 돈을 잘 벌었다. 특히 그녀처럼 희귀하면서 유용한 능력이면 더더욱 그랬다.

"나 참. 관리는 제대로 하는 건가."

소니도르는 허리를 굽혀 무덤에 난 풀들을 뽑으며 투덜거렸다.

"온 김에 좀 도와주시지 그래요."

"……나 말인가?"

"여기 기사님 말고 또 누가 있어요."

망부석처럼 서 있던 사내, 크리스티안은 쭈뼛거리며 다가와 얌전히 풀을 뽑았다.

웬만해선 원하는 걸 들어주라는 명이 있었기에 따르긴 하겠지만 라이젤 가드에게 풀을 뽑게 하다니. 그 명성만 들어도 벌벌 떠는 이들은 많이 봤어도 이런 잡일을 시키는 건 또 처음이었다.

그의 뒤숭숭한 심정은 모르고 소니도르는 곰처럼 커다란 덩치의 사내가 쭈그려 앉아 열심히 풀을 뽑자 푸핫 웃음을 터트렸다.

"잘하시네요. 역시 기사님이라 그런지 힘도 강하시고 속도도 빠르시고. 이야, 못 하는 게 없으시네."

그녀는 웃는 얼굴로 영혼 없는 칭찬을 뱉다가 슬슬 뒤로 빠졌다. 크리스티안도 그걸 눈치챘으나 쪼잔해 보일까 뭐라 하지도 못하고 풀만 뽑고 있었다.

차라리 떠나기 전에 죽이고 싶은 원수가 있다고 청해 왔으면 흔쾌히 들어줬을 텐데 말이다.

소니도르는 어머니의 무덤을 가만히 응시하다가 운을 뗐다.

"어머니께서 살아 계셨다면 많은 조언을 들었을 텐데 말이죠. 저보다 능력을 사용하는 데 더 능하셨거든요. 정말로 어이 없게 돌아가셨지만."

"이젠 네가 제국에 유일하게 남은 꿈 장인이지 않나."

"그렇죠. 폐하께서도 제게 모든 걸 건다고 말씀하셨고. 어깨가 무겁네요."

"마음 약한 소리 하지 마라. 황태자 전하의 운명이 네게 걸렸다."

"모든 게 걸렸죠."

그녀는 비석에 새겨진 글씨를 손가락으로 덧그리다가 그 앞에 무릎을 꿇고 입을 맞췄다. 존경과 사랑을 담은 짧은 입맞춤 뒤 다시 비석을 쓰다듬으며 말했다.

"그러니까 제 선택을 용서해 주세요, 어머니."

억지로 들어 올린 입꼬리가 부들부들 떨렸다. 크리스티안은 그녀의 미소가 어쩐지 애처롭다고 생각했다. 데센시아 부족민으로서 아르케 제국 황태자의 의식을 깨우라 하는 건 어쩌면 가혹한 일일지도 모르겠다고. 동정심은 별로 들지 않았지만 그 심정이 어떨지 대충 짐작은 갔다.

잠시 후 소니도르는 무릎을 탈탈 털고 일어났다. 그리고 고민 가득한 얼굴로 푹 한숨을 내쉬었다.

그 모습이 자못 심각해 보였다.

그녀는 떠나기 전에 단 한 명뿐인 친구에게 마지막 작별 인사를 해야 하는지 고뇌하고 있었다.

지오르지오. 소니도르와 같은 데센시아 부족민으로, 그는 어릴 때부터 제국 우월주의에 걸린 제국민을 보기만 하면 눈이 뒤집히는 사람이었다.

최대한 둥글둥글 원만하게 해결하려고 하는 소니도르에 비하면 도무지 꺾이지 않는 강철 같았다. 옛날부터 무시당하거나 차별받으면 들소처럼 달려들거나 이를 악물고 악착같이 노력했다.

최근에 뜻을 같이하는 부족민들과 함께 장인들의 자유를 위한 혁명군을 창설해, 그 세력을 키우고 있다 들었는데…….

그런 지오에게 연락했다간 당장 그런 정신 나간 짓 때려치우고 혁명군으로 들어오거나 야반도주를 하자고 하겠지. 어떻게 5백 년 전 조상의 뜻을 배반하고 민족의 원수를 도울 생각을 하느냐며 피를 토하며 잔소리를 쏘아 댈 것이다.

'조상의 뜻이라면 황태자는 그냥 저주에 걸려 죽게 하라고 할 게 뻔해. 아니면 차라리 이 자리에서 자결하라고 단검을 쥐여 줄지도.'

역시 관두는 편이 좋겠다.

그녀는 빠르게 결단을 내리며 순식간에 멍한 표정이 되어 크리스티안을 돌아보았다.

"기사님은 뭐 좋아하세요?"

"뭐?"

"폐하께서 친해지라 명하셨는데 역시 허물없어지는 덴 음식만 한 게 없죠."

"됐다."

"전 마지막이라고 생각하니까 진짜 먹고 싶은 게 많거든요. 사무실 건너편에 있는 디저트 가게 보셨어요? 거기 슈바르츠밸더 키르쉬토르테가 아주 죽이는데."

슈바가 뭐? 뭘 죽여? 그녀의 빠른 감정 변화를 따라가지 못한 크리스티안이 난감한 기색을 보였다.

디저트 가게에 있다는 걸 보니 아무래도 디저트 얘기를 하는 건가 본데. 어쩐지 축 처져 있던 소니도르가 먹을 것 얘기를 하자 단박에 활기를 띠었다.

"그런 건 황궁에서도 먹을 수 있지 않나."

"와. 그러네요. 황궁 요리사라면 여기랑 비교도 못 하게 맛있겠네. 그렇다면 여기서밖에 못 먹는 음식 어때요? 저기 맥란 아줌마 주점에 가면 닭찜이 아주……."

그러고는 떠나기 전에 꼭 먹어야 하는 음식들에 대해 주절주절 떠들기 시작했다.

정신없는 여자였다. 크리스티안이 필요한 말 외에는 잘 대꾸하지 않아도 혼자서도 잘 떠들고 혼자서도 잘 놀았다.

오는 길에 붕어빵인지 뭔지 붕어 모양 틀에 밀가루 반죽을 부어 만든 팥빵을 두 봉지나 사게 시켰다. 그는 빵빵한 봉지를 양 옆구리에 끼며 심기 불편한 얼굴을 했다.

손만 들어도 어깨를 움찔 떠는 걸로 봐서 겁도 많은 것 같은데, 익숙해졌다 생각하면 기사를 막 부려 먹질 않나. 수발들게 하지 않나.

"헤헤. 돈을 안 들고 왔네요."

"웃지 마라."

"넵. 저기 사탕도 맛있는데…… 황궁에는 저런 싸구려 사탕 없겠죠?"

"……여기서 기다려."

폐하의 명만 아니었어도 저런 꼬맹이들이 바글거리는 사탕 가게 따윈 눈길조차 주지 않았을 거다. 태어나 단 한 번도 가 본 적 없는 미지의 세계에 들어서면서 크리스티안의 표정이 해괴해졌다. 후드에 가려 아무도 보지 못했지만 당장 뛰쳐나가고 싶은 얼굴이었다.

기다리라고 했는데 굳이 뒤를 졸졸 쫓아온 소니도르가 문틈 사이로 빼꼼 고개를 내밀며 군것질 종류까지 요구했다.

"눈깔사탕이랑 지팡이 사탕. 아, 이왕 사는 김에 캐러멜도 부탁해요!"

"눈깔?"

크리스티안은 그녀를 돌아보며 되물었다. 왜 그런 걸로 사탕을 만들어 먹느냐는 눈빛이었다.

명문 귀족가 출신인 그는 가문에서 만들어 준 군것질 외의 것은 본 적이 없었다. 애초에 과자나 사탕 따위의 달달한 것 자체를 별로 좋아하지 않았으니 평민들이 주로 먹는 군것질 종류를 잘 알 리가 없었다.

그는 눈알까지 먹다니 대체 인간이 먹지 못하는 것은 무엇인가, 그것도 어린애의 간식으로 내놓다니 정신이 나간 것 아닌가…… 따위의 충격으로 굳어져 있었다.

그녀가 터져 나오려는 웃음을 꾹 눌러 참고 있다는 사실은 꿈에도 모른 채.

크리스티안이 굳어져 있는 사이 소니도르의 말소리를 들은 주인장이 알아서 종류별로 꺼내 봉투에 담았다. 자세히 보니 그냥 눈깔 모양 사탕이었다.

소니도르는 총총 걸어 들어와 사탕 봉투를 끌어안고 서비스로 받은 레몬 사탕을 내밀었다.

"아, 손이 없나."

그리고 크리스티안이 양손에 붕어빵 봉투를 들고 있다는 걸 상기해 내고 둘둘 말려 있는 껍질을 까 그에게 내밀었다.

"아."

"……."

"눈깔 아니니까 걱정하지 마세요."

"그 정돈 알고 있……."

진짜 눈깔이라 생각한 게 민망하여 변명하듯 덧붙였으나 말을 끝맺을 수 없었다. 소니도르가 그의 입술이 벌어지길 기다렸다는 듯 사탕을 쏙 집어넣어 버렸기 때문이었다.

그가 끔찍하게 여기는 단맛이 입안 가득 퍼져 나갔다.

"……."

참자. 저 여자가 원하는 걸 들어주고, 무사히 데려오라는 게 폐하의 명이셨다. 그는 사탕을 차마 뱉지 못하고 짜증을 꾹꾹 눌러 삼켰다.

소니도르는 혼자서 붕어빵 한 봉지 하고도 반을 해치웠다. 사탕도 홀로 뽀작뽀작 다 깨부숴 먹고 이제는 저녁을 먹으러 가자고 졸랐다. 대체 저 여자 위장은 어떻게 되어 먹은 건가.

크리스티안은 얼떨결에 소니도르, 그리고 테리와 함께 닭찜을 뜯어 먹으러 오게 되었다. 먹으려면 어쩔 수 없이 후드를 벗을 수밖에 없었다. 그러자 맥란인가 뭔가 하는 주점 주인의 끈 덕진 시선을 먹는 내내 받아야만 했다.

첫 만남부터 당당하게 사인을 요구했던 테리는 역시 라이젤 가드는 얼굴도 빠지지 않는다고 존경 어린 시선으로 떠들어 댔다. 닭이 입으로 들어가는지 코로 들어가는지 모르겠다.

"기사님 잘생기셨네."

소니도르는 이런 태평스러운 소리나 뱉으며 닭다리를 뜯었다. 사심이 하나도 담기지 않은 순수한 감탄이라 크리스티안은 어쩐지 낯부끄러워지기 시작했다.

황궁으로 가는 길은 멀고도 험했다. 마차는 성문을 통과하자마자 험난한 숲길로 들어섰다.

이 커다란 숲은 황궁에 가까워질수록 황실 사냥터로 이어지는데, 안으로 들어서면 길이 잘 닦여 있어 돌부리 하나 뵈지 않았다.

"크리스티안 경, 신원이 확인되었습니다."

사냥터 입구에서 또다시 검문이 있었으나 라이젤 가드는 이유를 불문하고 무조건 통과였다. 절대적인 충성을 맹세한 그들은 황제의 명령 외에는 절대 움직이지 않았으니, 라이젤 가드를 막는 건 황제를 막는 것과 같은 의미였다.

크리스티안은 마차 창밖으로 내밀었던 손을 거둬들였다. 그의 손등 손목에 거쳐서 여러 문양과 낙인들이 기이한 모양으로 찍혀 있었다.

소니도르는 마차 안에 타고 있는 걸 들키지 않기 위해 창문 밑에 바짝 붙어 숨어 있다가 그것을 발견하고는 고개를 기울였다. 그의 손은 검은 가죽으로 된 반장갑에 의해 금세 감춰졌다.

"이제 일어나도 된다."

그 말에 소니도르와 테리는 비척거리며 일어나 다시 좌석에 앉았다.

황태자가 영원히 깨어나지 못하는 것도 비밀이었고, 그 일로 꿈 장인인 소니도르가 고용된 것도 비밀이었다.

황태자가 지금 위독한 상태라는 사실을 알고 있는 건 황제의 최측근이자 기둥, 제국의 충신이라 불리는 이들 몇몇뿐이었다.

그리고 황제 자신과 황제의 개라고도 불리는 라이젤 가드넷, 처음 황태자를 진료했던 의원, 소니도르와 테리만 아는 아주 극비 의뢰였다.

"너희가 황궁에 정식으로 출입할 수 없다는 건 알고 있겠지."

그 말을 들은 소니도르는 고개를 끄덕이며 대답했다.

"위조된 신분으로 잠입하는 것 아닌가요? 시녀나 시종 같은 ……."

"시녀와 시종으로 잠입하기 위해선 사전에 교육을 받아야 한다. 그럴 시간이 없어."

맞는 말이었기에 그녀는 얌전히 입을 다물었다. 귀족가도 아니고 황궁에서 일하는데 얼마나 엄격하게 관리받고 교육받겠는가.

게다가 위험을 감수하고 시녀로 들어가기에는 소니도르의 생활력이 정말 바닥이었다. 황태자의 용안을 씻기다가 눈을 찔러 버리는 사태가 발생할 수도 있었다.

그렇게 엉망진창으로 일하는데 시녀장이나 다른 시녀들의 의심을 피할 수 있을 리도 없으니 아마 금방 들켜 버리겠지.

"출입증을 얻는 법은 여러 가지가 있겠지만, 황태자 전하의 처소에 계속 들락날락하는 건 어떻게 해도 눈에 띌 수밖에 없어. 폐하께서 위조된 신분 대신 비밀 통로를 이용하라 명하셨다."

"비밀 통로요? 잠깐, 비밀 통로라면…… 말 그대로 비밀이잖아요."

"극소수만 알고 있다."

극소수만 알고 있는 비밀 통로라니. 알아서는 안 될 것을 원치 않게 알게 되자 소니도르는 우울한 얼굴을 했다. 자신이 죽어야 할 이유가 또 늘어난 것이다.

"별로 알고 싶지 않은 비밀이었는데 말이죠. 왠지 억울하니까 기사님 비밀 하나 알려 주세요."

그녀가 생각 없이 뱉은 말에 얌전히 앉아 있던 테리가 눈을 빛냈다.

"그거 제가 질문해도 됩니까?"

"아니. 너희 둘 다 조용히 해라. 정신 사납다."

"에이."

소풍이라도 나온 아이들처럼 들뜬 모습에 크리스티안이 이마를 짚었다. 대체 왜 이렇게 태평한 건지 모르겠다.

단호한 거절에 실망한 소니도르는 하는 수 없다고 여겼는지 경량화 마법이 걸린 가방에서 과자 봉투를 꺼냈다. 그리고 열성적으로 먹기 시작했다. 한동안 봉투 바스락거리는 소리와 과자를 씹어 대는 신경 거슬리는 소리만 마차를 가득 울렸다.

크리스티안은 저 여자의 머리가 필시 어딘가 고장 난 것이라고 확신했다. 그렇지 않고서야 마차 안까지 군것질을 들고 와서 와삭와삭 씹어 먹고 있을 리가 없었다.

소니도르의 입장에서는 죽기 전에 먹고 싶었던 것 다 먹고 보자는 심보였으나, 크리스티안이 그걸 이해해 줄 리 없었다.

그는 못 볼 것이라도 봤다는 듯 미간을 구기다가 시선을 살짝 돌렸다. 그러자 조수 테리가 덜덜 떨리는 손끝을 애써 감추고 있는 게 보였다.

그래, 저쪽은 그나마 정상의 범주 안에 들어갔다. 라이젤 가드만 보면 미친 것처럼 구는 것만 빼면 말이다.

크리스티안이 계속 흘끔거리자 소니도르가 봉투를 끌어안으며 물었다.

"드실래요?"

표정은 한 조각도 넘길 수 없다고 말하고 있는 주제에 잘도 말한다.

"필요 없다."

"그럼 사양하지 않고."

그녀는 대놓고 안심한 표정을 지으며 초콜릿 칩 쿠키를 씹었다.

소니도르는 밀대로 얇게 밀어 사람 모양 커터로 찍은 뒤에 설탕을 입힌 진저 쿠키를 떠올렸다. 죽기 전에 진저 쿠키를 먹지 못한다니. 그건 정말 슬픈 일이었지만 황궁 요리사 특제 디저트를 종류별로 맛볼 수 있다면 상관없었다.

"일단 무사히 통로 내부에 잠입하면……, 그만 먹고 좀 진지하게 들어라."

"먹을 땐 언제나 진지합니다. 말씀하세요."

"……잠입하면 폴리모프 마법이 걸린 아티팩트를 줄 테니 그쪽 조수는 날 따라오고, 넌 전하를 모시고 올 때까지 방 안에서 대기하고 있어라."

그들의 계획은 이랬다.

테리가 폴리모프 마법이 걸린 아티팩트 반지를 끼고 황태자 모습으로 변하는 거다. 그가 황태자를 연기하고, 진짜 황태자는 따로 나와서 치료를 받는다. 극소수만 알고 있는 비밀 통로를 이용해서 말이다.

물론 테리가 계속 대타를 하는 게 아니고 연기 장인을 불러 올 동안에만 임시로 하는 거였다.

황태자는 평소에도 잔병치레가 잦았기 때문에 아직은 다행히 몸져누웠다는 변명이 통했다. 하지만 보름, 한 달, 두 달이 넘어가기 시작하면 의심을 받을 수밖에 없었다. 소니도르의 치료법이 얼마나 오래 걸릴지 모르기 때문에 대타는 꼭 필요했다.

하지만 소니도르는 의아했다. 그렇게 쉽게 막 황태자랑 일반 백성이랑 바꿔치기 해도 되는 걸까. 어디 동화에서나 나올 법한 현실감 없는 소리였다. 저것 말고도 다른 방법은 많았다.

"이건 그냥 호기심에 묻는 건데, 전하께서 어디 공기 좋은 시골 영지로 요양을 간다는 식으로 자리를 비울 수도 있지 않아요?"

"궁금한 것도 많군. 뭐든 의심받을 일은 피해야 해."

그녀는 과자를 입속에 던져 넣으며 말했다. 표정은 멍했으나 눈빛은 제법 날카로웠다.

"임시 대타 말인데요. 차라리 평소의 황태자 전하의 모습을 잘 알고 있는 시종을 시키는 편이 나을 텐데."

"폐하의 명이시다. 최소한의 인원으로 가장 효율적으로 움직이는 게 그분께서 바라시는 일이야. 게다가 배짱과 연기력을 타고난 시종을 찾기가 그렇게 쉬운 줄 아나. 그럴 시간적 여유도 없는 데다가 황태자 전하께서 언제 깨어날지 모르는 시점에서 감시해야 할 요소를 더 늘릴 필요는 없지."

"……"

"……"

소니도르는 테리의 옆구리를 팔꿈치로 푹 찌르며 물었다.

"야, 너 연기 잘해?"

본인이라면 나름대로 연기에 자신 있었다. 일종의 직업병이라고 해야 하나 꿈 장인으로서 꼭 필요한 필수 덕목이었다. 그래야 의뢰인의 꿈속에서 능청스럽게 연기하면서 원하는 반응을 이끌어 낼 수 있었으니까. 어릴 적 잠시 어머니께 배운 적도 있고 말이다.

테리는 그녀의 물음에 떨떠름하게 답했다.

"한 번도 해 본 적 없는데요."

"그럼 지금 해 봐. 병약한 미소년 연기."

"아아, 소니도르 님. 창문 밖에 저 잎이 떨어지면 저는 죽고 말 거예요!"

그는 허공에 손을 뻗으며 아련한 눈빛으로 말했다. 아주 극적인 장면이었다. 목소리 톤이 마치 극장 위에서 열연하고 있는 연극배우 같았다.

소니도르는 그런 테리를 말없이 측은하게 응시하다가 크리스티안을 돌아보며 말했다.

"보셨죠? 얘 대타시키면 1분 만에 들통 나고 말걸요."

"……표정 연기는 나름 괜찮지 않나. 어조만 다듬으면 되겠군."

그녀가 전혀 납득하지 못하겠다는 시선을 던지자 그는 한숨을 내쉬며 덧붙였다.

"그냥 입도 뻥긋하지 마라."

"그러면 대타를 세운 의미가 있어요?"

"연기 장인이 황궁에 도착할 때까지만이다. 길어야 사흘이니 그때까지만 버텨. 전하께서 깨어 계신 모습만 보이면 된다."

아무래도 황제는 그들을 한번 쓰고 버리는 장기짝 정도로밖에 보지 않는 것 같았다. 최대한, 끝까지 꾹꾹 눌러 짜 쓰고 버리는 연고처럼 말이다.

테리는 굳이 자신까지 데려온 이유를 깨닫고 똥 씹은 얼굴을 했지만 결국 뭐라고 하지도 못하고 작게 투덜댔다.

'굳이 억지로 데려오지 않아도 알아서 따라왔겠지만.'

소니도르는 그에게 가족 같은 존재와 다름없었고 혼자 보내기는 영 불안했다. 황제가 원한다면 계약 따윈 언제든지 없던일로 만들 수 있었으니까.

계약서를 써서 지장까지 찍어 교환하긴 했지만 찢어 버리고폐기하면 그만이었다. 약속을 지키지 않고 성공하는 즉시 그들을 죽여 버릴 수도 있었다.

크리스티안의 말은 그 사실을 다시금 일깨워 주었다.

"폐하께선 아무나 신뢰하지 않으신다. 그대들도 허튼짓하면바로 그 자리에서 처리하라 이르셨지."

"그, 그걸 본인 앞에서 말씀하시면 어떡합니까……."

소니도르는 말끝을 늘이며 눈썹을 가늘게 떨었다.

"나 말고도 몇 명의 라이젤 가드가 각각 너희를 감시할 거다. 부디 현명하게 행동해 줬으면 좋겠군."

"……."

"그럼 합의는 된 건가."

합의가 아니라 협박이겠지. 그녀는 눈을 가늘게 뜨며 크리스티안을 응시했다.

오늘 아침까지만 해도 나름 친해졌을지도 모르겠다고 생각했다. 기사님은 사실 숫기가 없는 귀여운 사람일지도 모른다고착각했던 자신을 패 버리고 싶었다. 이렇게 피도 눈물도 동정

심도 없을 줄이야. 라이젤 가드가 괜히 황제의 개라고 불리는 게 아니었다.

만약 황제가 이 자리에서 자결하라고 한다면 자신의 심장에 칼을 박아 넣고도 남을 사람이겠지.

소니도르가 죄책감 어린 시선으로 테리를 돌아보자 그는 성가시다는 듯 손을 휘저었다.

"됐어요. 애초에 선택권도 없었고 별수 없잖아요. 그럼 망설이지 마요."

"말을 해도 꼭……."

그녀는 테리의 볼을 아프지 않게 잡아 늘이며 투덜거렸다.

그의 말이 맞았다. 애초에 선택권은 없었다. 도망도 갈 수 없었다. 만약 황태자가 깨어나지 못한다면 부족민 전체가 위험에 처할 것이다.

대를 위해 희생되는 소가 될 줄이야.

그녀 자신도 이렇게 정의감이 투철할 줄은 몰랐는데 말이다. 정의감이라기보단 티끌만치 남아 있는 최소한의 양심에 더 가까웠지만.

"생각해 보니 우리 좀 멋진 것 아냐?"

아무도 모르는 곳에서 비밀리에 동포를 위해 목숨을 걸고 싸우는 것 아닌가.

따지고 보면 지오르지오의 혁명군과 다를 게 없어 보였다. 지오가 알면 역시 화를 내겠지만. 소니도르는 본인이 말해 놓고서는 동의하듯 고개를 끄덕였다. 물론 테리는 머리를 절레절레 흔들 뿐 아무 대답도 하지 않았다.

❖

마차의 속도가 점점 줄더니 어느 지점에서 멈췄다. 잘 닦인 사냥터에서 조금 벗어난 깊고 울창한 숲 속이었다.

그녀는 커튼을 걷고 창밖을 내다보았다. 아침부터 달렸는데 벌써 해가 뉘엿뉘엿 지고 있었다. 세상이 온통 붉게 물든 오후였다.

크리스티안이 가장 먼저 마차 문을 열고 나왔다. 그리고 마부 대신 세워 둔 꼭두각시 마법이 걸린 나무 인형을 처리했다. 조각조각 토막 내서 말이다. 소니도르는 입을 떡 벌린 채 그 광경을 바라봤다.

'저 비싼걸!'

나무 재질로 된 게 가장 저렴하기는 했다. 그렇다고 일회용으로 쓰고 없앨 정도로 저렴한 건 아니었다. 믿을 수 없는 파격적인 돈 씀씀이에 소시민이 기함하며 심장을 움켜쥐었다.

그녀가 그러거나 말거나 크리스티안은 바닥에 쌓인 나뭇잎을 발로 슥슥 치웠다. 그리고 그 위에 손을 얹고 뭐라고 작게 중얼거렸다. 그러자 그의 반장갑에 달려 있던 손톱만 한 펜던트가 반짝였다. 환영 마법 비슷한 게 걸려 있었던 모양이다.

아무것도 없었던 흙바닥에 사람 한 명 겨우 들어갈 만한 철문이 생겼다.

"먼저 들어가라. 난 마지막으로 문을 닫아야 하니까."

철문은 기름칠해 두었는지 아주 매끄럽게 열렸다. 그러자 수직으로 동그랗게 구멍이 파인 지하 통로가 나타났다.

사다리를 내려가려면 먹는 건 여기서 관둬야 했다. 소니도르는 마지막 남은 과자를 아쉬운 눈으로 보다가 테리 입에 넣어 주고는 히죽 웃었다.

손을 탁탁 털어 낸 그녀가 씩씩하게 구멍 안으로 발을 내디뎠다.

"테리, 미끄러우니까 내려올 때 조심해."

"소니도르 님이나 조심해요. 그러니까 그런 신발 신고 오지 말지, 좀."

"키 높이 구두는 포기 못 하거든?"

"참 애쓰시네요."

"너 방금 뭐라고 했어, 이 자식아."

미끌미끌. 쇠로 된 사다리를 타고 끝도 없이 내려갔다. 크리스티안이 입구를 봉해 버리자 아예 앞이 보이지 않아 더 속도가 늦어졌다.

한참을 끙끙거리며 내려가다 보니 조금씩 밑에서 어슴푸레한 빛줄기가 새어 나오기 시작했다. 지하 지면에 점점 가까워지는 것 같았다.

마침내 발이 땅에 닿자 소니도르는 주변을 둘러보며 작게 '오오' 하고 감탄사를 뱉었다. 지하 통로는 꽤 그럴듯하게 만들어져 있었다. 아니, 오히려 훌륭했다.

통로 벽은 전부 벽돌로 하나하나 길이 만들어져 있었고 일정한 간격으로 설치된 발광석이 반짝이며 내부를 밝혔다. 횃불과 엇비슷한 밝기인 것 보니 하나하나 마법을 새겨 넣은 모양이었다. 역시 황궁 스케일은 뭔가 달라도 한참 달랐다.

"여기서부터 날 잘 따라와라. 길을 잃을 수 있으니까."

가장 마지막에 바닥에 발을 디딘 크리스티안이 먼저 앞장서서 그들을 안내했다.

통로라 해서 황궁에서 숲으로 이어져 있는 길일 거라고만 생각했는데 마치 미로처럼 잔뜩 꼬여 있었다. 소니도르는 호기심에 여기저기를 기웃거리며 걷다가 결국 테리에게 뒷덜미를 붙들렸다.

그녀는 질질 끌려가는 모양새로 물었다.

"여기서 밖으로 이어지는 통로가 많은 건가요?"

"아니, 통로는 하나다. 길이 많이 나 있는 건 대체로 침입자를 막는 용도고 방도 많아."

"흐음, 개미굴 같은 느낌인가."

"불쾌한 비유군."

크리스티안은 그녀의 말에 대꾸하며 어느 한 곳에 멈춰 서더니 그 위에 손을 얹고 주문을 중얼거렸다. 그러자 다시 펜던트가 반짝하고 빛을 발하면서 돌문이 나타났다. 돌문은 매우 무거워 보였지만 라이젤 가드인 그는 그것을 아주 손쉽게 옆으로 밀어냈다.

소니도르는 두 눈을 깜빡이며 돌문 너머 아래로 내려가는 계단을 보았다.

"들어가라, 꿈 장인."

"네……? 저 혼자요?"

그녀는 토끼 같은 눈을 하더니 절대 놓치지 않겠다는 듯 테리를 꼭 끌어안았다.

"지금 와서 무슨 소리를 하는 거냐."

기사는 그 둘을 억지로 떼어 놓으며 말했다.

"밑으로 내려가면 방이 있으니 거기서 대기해. 곧 거기로 전하를 모셔 오마."

"하지만 이거 대기가 아니라 감금에 가까운 거 아닌가요."

돌문은 소니도르가 밀려고 애써 봐도 분명 꿈쩍도 안 할 게 분명했다. 그녀가 설마 하는 목소리로 되묻자 크리스티안은 잠시 침묵하다가 느릿하게 고개를 끄덕였다.

어차피 이 지하 통로를 빠져나올 거라고는 생각 안 하지만 만약을 대비해서 나쁠 건 없었다. 움직이지 못하도록 한곳에 가둬야 그가 안심하고 움직일 수 있었다.

"부정은 못 하겠군."

"……기사님 너무 솔직한 거 알아요?"

"자주 듣긴 하지. 시간이 없으니 빨리 들어가라."

"꺅! 밀지 마세요!"

돌문이 닫히기 직전 그녀는 필사적으로 외쳤다.

"잠깐, 가장 중요한 걸 까먹으셨는데요! 제 저녁 식사는요?"

"그렇게 먹고도 또 먹을 생각인가. 요리사에게 부탁해서 가져올 테니 얌전히 있어."

"저 잊어버리면 안 돼요? 까먹고 안 가져오시면 울 거예요! 아, 그리고 제가 일할 땐 당분이 필요하기 때문에 이왕 가져오실 거면 식사 대신 디저트 종류로……."

드르르륵— 쾅!

말을 끝마치기도 전에 소니도르는 그대로 갇히고 말았다.

"아 진짜 중요한 건데."

저번에 먹지 못했던 슈바르츠밸더 키르쉬토르테가 자꾸 미련에 남았다. 먹고 싶다고 생각하면 더 먹고 싶어지는데. 한번 떠올리면 무슨 일이 있어도 먹어야지 직성이 풀렸다.

메뉴라도 좀 듣고 갈 것이지. 소니도르는 투덜거리면서 계단을 내려왔다.

지하 통로는 전체적으로 깨끗했으나 워낙 감옥 같은 음산한 분위기라 별로 기대하는 바가 없었다. 그냥 기껏해야 황태자를 뉘일 침대와 소니도르가 앉을 의자 정도만 있을 줄 알았다.

하지만 그녀는 계단을 완전히 다 내려온 순간 펼쳐진 광경에 입을 다물지 못했다. 황궁에서 그대로 가구와 물건을 공수해 온 것처럼 고풍스러운 것들로 가득 차 있었기 때문이다.

사이즈가 좀 작을 뿐 그냥 황태자 처소라 해도 믿을 정도였다.

침대 기둥에는 금으로 양각된 사자가 포효했고, 천장에서부터 이어진 붉은 벨벳 휘장이 늘어졌다. 그리고 바닥 전체에 깔린 카펫은 캐시미어 울과 실크 금사로 수놓여 있었다. 보는 각도에 따라 달라지는 색감과 문양에 감탄하는 사이, 호랑이 가죽으로 된 양탄자를 밟고 육성으로 '힉!' 하는 소리를 내고 말았다.

"깜짝이야."

소니도르는 놀란 가슴을 쓸어내렸다. 하여튼 높으신 분들 악취미는 알아줘야 한다니까. 불쌍하게 동물 죽여서 껍질을 벗겨 놓고 왜 자랑하듯 집구석에 장식해 두는지 모르겠다.

그녀는 양탄자를 밟지 않기 위해 조심하다가 실수로 탁자 위에 놓인 도자기를 깰 뻔하고는 얌전히 의자에 착석했다. 역시 가만히 있는 게 좋을 것 같았다.

한참이 지난 후 크리스티안이 내려왔다. 소니도르는 그의 발걸음 소리가 들리자마자 귀를 바짝 세우고 미소를 지었다. 드디어 기다리던 저녁이 내려온 것이다.

무슨 디저트를 가져왔을까 기대하며 문 앞으로 쪼르르 달려갔다. 그런데 그의 품 안에는 달콤한 케이크 대신 하얀 머리의 남자가 안겨 있었다.

"와. 품 안에 쏙……."

"문제 있나?"

"문제가 있다기보다는, 음. 만약 황태자 전하께서 깨어나시면 정신적 타격이 크지 않으실까요."

"무슨 소리를 하는지 모르겠군."

"모르시면 됐습니다."

거대한 크리스티안에 비하면 체구가 작긴 하지만, 그래도 누가 봐도 건실한 청년인데. 소니도르는 제국에 하나밖에 없는 황태자, 마르멜을 잠시 동정 어린 눈으로 응시했다.

하긴 황태자를 짐짝처럼 어깨에 짊어지고 올 수도 없고 옮기는 방법이 참 난감하긴 할 것이다. 저렇게 정중하게 모시고 오는 게 가장 현명하긴 하지만…….

보는 쪽도 옮겨지는 쪽도 참으로 민망하답니다, 크리스티안 경. 다음부턴 차라리 등에 업고 왔으면.

그녀는 침대 위에 곱게 눕혀진 마르멜을 다시 유심히 뜯어 보았다.

투명하고 새하얀 피부가 마치 은은한 달빛 같았고 단정하게 잘린 머리카락은 눈처럼 새하얐다. 길고 풍성한 속눈썹은 눈꽃 이 그 위에 내려앉은 것처럼 반짝였다. 흐트러진 앞머리 사이 로 드러난 매끈한 이마마저 성스러웠다.

전체적으로 하얘서 그런 걸까, 눈을 감은 채 얌전히 잠든 황 태자를 보면 떠오르는 확연한 이미지가 있었다.

순백. 순수. 청아. 우아. 고결. 고요.

마르멜은 얼음으로 지어진 성안에 곱게 잠들어 있는 눈의 왕자님 같았다. 실제로는 그보다 더 높은 황태자였지만. 아무 튼, 감히 함부로 다가갈 수 없을 만치 고아했다.

그녀는 지금껏 잘생김과 못생김을 구분할 줄은 알았어도 잘 생김에 등급이 있다고는 한 번도 생각해 보지 못했다. 잘생긴 거는 그냥 잘생긴 거지.

하지만 마르멜의 모습을 보니 확실히 알 수 있었다. 저건 특 등급이었다. 빠르게 결론지은 그녀는 역시 세상은 오래 살고 볼 일이라며 고개를 끄덕였다.

'이렇게 잘생긴 사람이 존재하다니.'

만약 신이 지상에 내려온다면 아마 저런 얼굴을 하고 있지 않을까. 너무 조각 같아서 오히려 현실감이 없었다.

정말 아름다운 건 알겠지만, 일단 얼굴 감상보다는 저녁이 먼저였다.

"기사님, 먹을 거는요?"

"일단 네 능력을 한번 보여 봐. 그러면 주지."

"이게 눈에 보이는 능력이 아니에요. 빠른 성과를 얻기도 힘들고요."

"네 말대로 빠른 성과를 보기 힘드니 최대한 빨리 시작하라는 거다."

물론 그게 맞는 말이기는 한데 다짜고짜 일을 시작하라니. 그녀는 아직 황태자에 대한 자료조차 받지 못한 상태였다. 능력에 시간과 체력적 제한이 있는 만큼, 무턱대고 들어가기보단 효율적으로 움직이는 게 현명했다.

"전하에 관한 최소한의 정보를 주셔야죠."

"극비 문서는 서기관을 통해 직접 건네받아야 해서 오늘 당장은 힘들다."

소니도르는 신음인지 침음인지 알 수 없는 소리를 뱉다가 호소하듯 외쳤다.

"한 번 갔다 오는 게 얼마나 힘든지 아세요? 적어도 식사는 주고 부려 먹어 주세요!"

"네가 저번에 말했던 케이크 가져왔다만."

"어, 기억하고 있었어요?"

그녀가 놀란 목소리로 말하자 크리스티안이 살포시 눈가를 찌푸렸다.

"슈바 어쩌고 토르테라고 하니까 알아서 주더군."

"요리사님께서 용케도 알아들으셨네요."

"애초에 그렇게 길게 꼬아서 부르는 이유가 뭐지? 그냥 평범한 체리 케이크잖아."

"슈바르츠밸더 키르쉬토르테를 모욕하지 말아 주시죠!"

소니도르는 흥분해서 외쳤다.

평범한 체리 케이크라니. 스펀지케이크 사이사이를 버터크림과 체리브랜디를 섞어 만든 생크림으로 채우고 겉면을 덮은 뒤, 그 위로 얇게 간 초콜릿을 뿌려 마지막은 체리로 장식하는 케이크였다.

여기의 어디가 평범하단 말인가. 게다가 스펀지케이크도 평범한 게 아니라 코코아 가루를 섞은 초코 스펀지케이크였다. 체리와 초코가 절묘하게 어우러지는 환상의 하모니!

"갔다 와. 그럼 준다고 말했다. 번복은 없어."

크리스티안은 경량화와 보존 마법이 걸린 가방에서 케이크가 담긴 상자를 꺼내며 말했다.

그녀는 불끈 쥔 주먹을 서서히 풀며 울상을 지었다. 한 번 꿈속에 들어가는 게 체력 소모가 엄청나다는 걸 분명 강조했는데 크리스티안은 막무가내였다.

그가 원하는 게 희망 고문이라면 지금 성공했다. 그것도 아주 확실하게.

소니도르는 의자를 끌어다가 마르멜 옆에 앉아 조심스럽게 그의 손을 붙잡았다. 겉모습부터 눈의 황태자님답게 손끝도 굉장히 찼다. 물론 케이크를 목전에서 잃은 그녀의 마음도 싸늘하게 식어 가고 있었다.

"전 분명 말씀드렸습니다. 배고파서 더 일찍 깰지도 몰라요."

소니도르는 입술을 삐죽이며 투덜거렸다. 그리고 침대에 이마를 박고 엎드려 잠들 듯 두 눈을 감았다.

편한 자세를 찾기 위해 몇 번 뒤척이던 그녀는 잠시 후 온몸이 축 늘어졌다.

✧

마치 잠든 것같이 보였지만 그녀는 의식은 지금 열심히 마르멜의 의식을 찾아 헤매고 있었다. 꿈을 창조하기 위해서는 의식과 의식을 연결하는 작업이 꼭 필요했다.

'어라……?'

생각보다 빨리 찾았다. 영원히 잠든 사람의 의식은 찾아내는 게 더 힘들 거라고 어림짐작했는데 말이다.

거대하게 일렁이는 새까만 덩어리는 마치 날 찾아 달라 외치는 듯했다. 주변을 떠도는 사념도 검은 의식에 공명하듯 크게 울렸다.

저게 황태자의 의식인가? 소니도르는 의식의 끝을 뻗어 재빨리 그 덩어리와 엮었다. 별다른 저항도 없다는 게 신기했다.

겉모습은 새하얀 눈의 황태자님인데 의식은 조금도 들여다보이지 않는 새까만 색이라니. 이렇게 선명한 색도 오랜만이라 조금 꺼림칙해졌다. 보통 색이 뚜렷하지 않고 흐려서 반투명하거나 여러 색이 군데군데 섞여 있기 마련인데. 그것도 아주 선명한 검은색이라 안 좋은 예감이 들었으나 재빨리 떨쳐 냈다.

꿈속에서는 '왠지 위험할 것 같다'고 생각하면 정말 위기가 닥칠 위험성이 늘어난다. 생각을 통제하고 또 통제해야만 했다.

'날씨. 날씨는 무난하게 구름 한 점 없이 맑은 가을날의 오전으로 하자.'

원래 속마음 깊은 곳을 파고들기 위해서는 낮보다는 밤이 더 좋았지만, 첫 시도부터 모험하고 싶진 않았다. 일단 그의 꿈을 파악하는 게 먼저였다. 평소에 그가 무엇을 꿈꾸는지 알아둘 필요가 있었다. 황태자가 황태자 자신의 모습을 하고 있지 않을 가능성도 있기 때문이다.

꿈의 주인이 누군지도 모르는 모습으로 아주 깊숙한 곳에 숨어 있으면 그건 정말로 최악의 경우였다.

'바로 찾아낼 수 있어.'

그렇게 생각하며 눈을 뜨자 눈앞에 무채색의 풍경이 펼쳐졌다. 아마도 숲 속인 듯했다. 빽빽한 나무와 우거진 숲, 흐르는 개울물이 보였다.

꿈은 보통 경험을 토대로 재구성되기 때문에 실제로 느꼈던 오감을 똑같이 구현할 수 있었다. 물론 더 생생하게 느끼는 경우도 있었다. 자신이 어떤 감각을 느끼는지는 생각하기 나름이기 때문이었다.

그런데 이곳은 주위가 모두 흑과 백으로 이루어진 무채색이었다. 색채가 없으니 낮으로 설정했음에도 온통 어둠으로 보였다.

황태자 전하께서 색맹이라는 건 금시초문이었다. 소니도르는 의아하게 생각하며 걸음을 옮겼다.

"......?"

아니, 옮기려고 했으나 어쩐지 몸이 자유롭지 못했다. 뭐지? 고개를 숙여 자신의 몸을 내려다본 그녀는 잠시 할 말을 잃었다. 목부터 그냥 길게 이어진 것이 아무래도 뱀의 몸체였기 때문이다.

믿을 수가 없었다. 본래 소니도르는 의식의 주인이 가장 원하는 상대로 모습이 바뀌어야만 했다.

그런데 지금 황태자가 가장 원하는 상대가 뱀? 뱀이라니.

'기르다가 죽은 애완 뱀이라도 있나?'

그녀는 대체 왜 자신이 기어 다녀야 하는가 한탄하며 풀밭을 기어 강물에 자신의 모습을 비춰 보았다. 작고 하얀 실뱀이었다.

진짜 하얀 것인지는 모르겠다. 지금 그녀는 온 세상이 색을 잃은 무채색으로 보였으니까.

힘차게 흐르는 강물은 소리가 없었다. 풀벌레가 찌르르 우는 소리, 바람에 나뭇잎이 부대끼는 소리도 없었다. 숲 속인데 자연의 소리는커녕, 어떤 여인의 흥얼거리는 노랫소리가 들려왔다.

으음, 음, 아아—

음울하게 귓가에 늘어지는 노래는 가사 없는 허밍이었고 가끔 귀에 거슬리는 쇳소리를 냈다.

노래에도 색이 있다면 이건 응고된 타르 덩어리 같은 진득한 검은색이리라. 몹시도 축축하고 섬뜩하게 뒷목을 쓸어내리고 목덜미를 사슬처럼 꽁꽁 얽매였다.

소니도르는 고개를 흔들어 노랫소리를 털어 내려 했으나 소용이 없었다.

'거 노래 취향 참······.'

회색, 그보다는 밝은 흰색에 가까운 강물에서 검은 웅덩이가 아지랑이처럼 피어났다. 강물은 순식간에 검게 물든다.

갑자기 코를 찡하게 울리는 쇠 비린내에 물가에서 고개를 떨어트리자, 아까는 보지 못했던 것들이 눈에 들어오기 시작했다.

"······."

그녀는 그대로 얼어 버렸다.

강물 바닥에는 사람의 머리가 있었다. 그것도 하나가 아닌 수십, 수백 개의 머리가 동공이 괴이하게 확장된 채 입에서, 코에서 검은 물을 콸콸 뿜어냈다.

'히이익!'

이런 미친!

뒤늦게 강물에서 머리를 떼어 낸 그녀는 최대한 빠르게 숲을 기었다.

아, 아냐. 프로답지 못하게 당황하면 안 돼. 침착하게 마인드 컨트롤을, 그래. 마인드 컨트롤을 하는 거야. 저건 그냥 검은 물을 뿜는 돌이다. 응. 돌이야.

그때 멀지 않은 곳에서 아주 거대한 드래곤이 보였다. 집채만 한 것이 상상의 동물 드래곤이 분명한데 이상하게 목이 없었다. 목이 잘린 채 기형적으로 생긴 드래곤이 꼬리를 흔들자 나무 수십 개가 단번에 허리가 꺾여 바닥을 굴러다녔다.

반짝이는 검의 나신을 들고서 그 앞을 막아서고 있는 건 마르멜이었다. 그의 새하얀 머리카락은 색채가 없는 세계에서도 햇빛에 반사되어 눈부실 정도로 빛을 발하고 있었다.

꿈의 주인을 발견했다.

드래곤을 해치우는 꿈이라. 다정하고 온화하단 소문이 자자한 황태자는 사실 여느 평범한 사내아이처럼 영웅을 꿈꾸었던 걸까.

소니도르는 숨죽인 채 그들을 가만히 지켜보았다.

마르멜은 검으로 드래곤의 몸을 단번에 도륙했다. 둘로 갈라진 목 없는 드래곤은 검은 피를 흩뿌리며 그가 꺾어 놓은 나무들처럼 바닥을 굴러다녔다.

피는 분수처럼 솟구쳤다. 마르멜의 몸과 숲을 새까맣게 물들고 남을 정도로 솟아오르고 또 솟아올랐다.

하하.

그는 검날을 흠뻑 적신 핏물을 털어 냈다. 그리고 뭐가 그리 우스운지 한참 공허한 웃음을 허공에 토해 내고는 고개를 젖혔다.

하늘은 순식간에 황혼의 빛깔로 물들었다. 구름 한 점 없는 하늘이 붉게, 소니도르의 눈에는 검게 피어났다. 깨어나려는 징조였다.

마르멜은 목 없는 드래곤을 향해 작게 중얼거렸다. 온몸이 오싹할 정도로 낮고, 귓가에 울리는 허밍만큼이나 음울하고, 퇴폐적인 저음이었다.

"아버지……."

노래는 점점 격해졌고 하늘은 조금씩 갈라지기 시작했다. 조각조각 벌어진 까만 황혼의 틈에서 눈부시도록 흰 빛줄기가 새어 나왔다. 까맣게 점멸한 세상을 조금씩 영광으로 물들였다.

이변을 느낀 황태자는 하늘을 응시하다가 천천히 등을 돌렸다.

"……."

소니도르를 발견한 그의 입꼬리가 기괴하게 비틀리기 시작했다. 조금도 웃지 않는 순백의 속눈썹 사이사이로 새까맣게 반질거리는 눈동자가 정확히 그녀를 직시했다.

검날을 그녀에게 겨눈 마르멜이 맹수가 포위망을 좁히듯 느긋하게 가까워졌다.

소니도르는 딱딱하게 굳어서 꿈쩍도 할 수가 없었다.

황태자는 미쳐 있었다. 그것도 아주 고요하게.

세상은 완전히 무너져 빛을 받은 설원처럼 새하얗게 번쩍였다.

화이트아웃.

시야상실로 한동안 정신을 차릴 수가 없었다. 의식이 돌아올 때까지 그녀는 시린 눈 때문에 눈물을 줄줄 흘려야만 했다.

꽉 묶어 두었던 마르멜의 의식을 그녀 스스로 완전히 뿌리치듯 놓쳐 버리고 말았다.

❖

　서서히 현실의 감각이 내려앉았다.

　볼 언저리에서 침대 시트의 보드라운 촉감이 느껴지자 소니도르는 돌아왔다는 생각에 크게 안도했다. 흐르는 눈물이 생리 현상 때문인지 안도감 때문인지 헷갈릴 지경이었다.

　'방금 그거 죽일 기세였지.'

　잠시 침묵한 소니도르는 일단 침착하게 말했다.

　"기사님, 저 좀 일으켜 주세요."

　사실 전혀 진정할 기분이 아니었지만, 크리스티안 앞에서 호들갑 떠는 모습을 보이고 싶지는 않았다. 일단 계약을 하고 의뢰를 맡은 이상 믿음직스러운 모습을 보여야 하지 않겠는가.

　사실 이것보다 심한 꿈도 몇 번 만난 적이 있었다. 죽을 뻔한 적도 많았고, 실제로 죽은 적도 있었다. 솔직히 그렇게 기괴한 꿈은 처음이었지만, 새삼 놀랄 일도 아니었다.

　소니도르가 계속 속으로 자기 세뇌를 할 때 옆에서 가만히 지켜보던 크리스티안은 무성의하게 그녀의 어깨를 짚었다. 그러자 겨우 그쳤던 눈물이 다시 뚝뚝 흐를 정도의 격통이 느껴졌다.

　호들갑 떨지 않겠다는 그녀의 결심은 순식간에 무너졌다.

　히, 힘줄이……!

"꺄악! 내 어깨! 어깨 부러져요!"

"하? 그냥 건드렸을 뿐이다."

"본인의 힘 좀 자각해 주시겠습니까! 주물러 주실 수 없으세요?"

"이젠 안마까지 시키는군."

그는 한숨을 내쉬며 엄지손가락으로 꾹꾹 그녀의 어깨를 지압했다. 안 그래도 크리스티안은 황궁으로 이동하는 내내 테리에게 '소니도르 취급법'을 듣고 난 뒤였다.

요약하자면 능력을 사용하고 나면 한동안 몸이 굳으니 잘 풀어 줘야 하고, 연속으로 두 번 이상 사용하면 다음 날은 내리 잘 테니 건드리지 않는 편이 좋다.

가끔 하루를 넘어서 기절 수준으로 잠들 때가 있는데 그땐 먹을 것으로 회유하거나 달콤한 냄새를 피우면 된다. 이번 의뢰는 장기 의뢰인 만큼 찡얼거림이 심할 테니 제때 먹을 걸 준비해 두도록 하자.

대충 이런 것들이었다.

먹을 것만 잘 챙겨 줘도 절반은 가니 참으로 단순하기 짝이 없었다.

"……어깨 느낌이 이상한데 빠진 거 아니죠?"

"엄살도 정도껏 해라. 내일쯤 의원이 올 테니 그때까진 참아."

"의원?"

"전하의 상태를 가장 처음 진단한 의원이다. 그가 앞으로 네 일을 도울 거야."

소니도르는 최소한의 인원으로 가장 효율적이게 움직이라는 황제의 신조를 떠올리고 눈썹을 가늘게 떨었다. 정말 최소한의 인원으로 알차게 부려 먹고 있잖아.

"의원님이 계시면 저야 감사하죠."

왠지 의원에게도 명복을 빌어 줘야 할 것 같지만 말이다. 최소한의 인원이라는 건 즉 최소한의 베어 낼 머리라는 것 아닌가.

그녀는 깊은 한숨을 몰아쉬면서 아직도 감각이 둔탁한 손목을 빙빙 돌렸다.

마르멜은 분명 목 없는 드래곤을 단방에 도륙한 뒤 그것을 아버지라고 불렀다. 그 공허한 목소리가 뇌리에서 사라지지 않았다.

그건 자신의 아버지, 즉 황제를 죽이고 싶다는 그의 내면의 욕망이 표출된 걸까?

그게 사실이라면 소니도르는 당장 이것을 황제에게 알려야만 했다. 그녀가 만들어 낸 꿈의 세계에서 일어난 일들은 전부 의뢰인의 무의식과 연관이 되었기 때문이다. 아무리 괴이한 꿈이라도 개꿈 같은 건 있을 수가 없었다.

그녀는 자신이 본 것을 어떻게 전달해야 할지 곰곰이 생각했다.

아무래도 전하께서 정신이 회까닥하신 것 같아요? 얼마나 가셨는지 살다 살다 그렇게 괴이한 정신세계는 또 처음이에요? 아무래도 조만간 폐하처럼 천륜을 어기실 것 같습니다만?

어떤 말을 꺼내도 멱살을 잡힌 뒤 그 자리에서 즉결 처분을 당할 것 같았다.

'이름은 마시멜로처럼 말랑말랑한 양반이······.'

꿈도 그렇게 혀에 감기는 순간 달콤하게 녹아내릴 듯이 몽글몽글하면 얼마나 좋아. 그녀가 개탄하는 사이 크리스티안이 옆 탁자에 케이크 조각을 놓아 주었다. 그는 지금 테리의 '소니도르 취급법'을 착실히 따르고 있었다.

"앗, 세상에. 잘 먹겠습니다!"

그녀는 짧게 감탄사를 뱉으며 얼른 케이크를 들어 포크로 잘게 조각내 입에 넣었다. 저 흉악한 꿈을 봐야 했던 것도 전부 이 깜찍한 것을 위해서였지.

입안에서 사르르 녹는 것이 피로까지 녹이는 기분이었다. 그녀는 두 눈을 꼭 감으며 좋아 죽겠다는 표정을 지었다.

"그래서 어땠지?"

"시트의 진한 초콜릿 맛이 달콤하면서 쌉싸름하네요. 체리 절임과 생크림의 조화가 굉장해요! 게다가 완전 촉촉해서 솜사탕같이 혀에 닿는 순간 녹아요. 이야, 역시 황실 요리사님은 달라도 한참 달라······."

"누가 그걸 물어봤나. 전하께서 잘 지내고 계시는지 묻는 거다."

그럼 처음부터 그렇게 묻지 왜 주어를 생략해서 말한담. 속으로 잠시 투덜거려 본 소니도르는 떨떠름한 얼굴로 눈동자를 데굴 굴렸다. 그러고는 흘낏 잠든 마르멜을 훑어보았다.

여전히 저주에 걸려 얼음 궁전에 잠든 황태자님이었다. 검은 핏물을 뒤집어쓴 모습은 상상조차 되지 않을 정도로 고아했다.

"잘 계시느냐고 묻는다면 잘 계시기는 하는데요."

정신세계는 참으로 아스트랄 하시지만.

"대답이 이상하군."

"그…… 음. 건강하고 씩씩하게 계세요. 멀리서 뵙기만 했지만요."

"그런가."

크리스티안의 안도 어린 대답에 소니도르가 물었다.

"황태자 전하는 어떤 분이세요? 그러니까 기사님이 느끼기에요."

"글쎄. 내가 감히 그분의 그릇을 논할 자격은 없지만, 굉장히 어질고 온화하신 분이시지. 아랫것들에게도 다정하시고. 입가에는 늘 인자한 미소를 짓고 계신다."

"……저도 그리 듣기는 했습니다만."

"여기서 이러고 계실 분이 아니야. 그래서 꿈 장인인 네 역할이 그만큼 중요한 것이고."

황제의 측근인 라이젤 가드도 저렇게 말할 정도라면 세간에 퍼져 있는 소문이 틀린 게 아니었다. 그렇다고 소니도르의 능력에 문제가 있을 리도 없었다. 그녀가 본 마르멜의 광기는 분명 헛것이 아니었다.

그러면 그가 자신의 감정을 한계까지 꾹꾹 밀어 삼키고 있다는 결론밖에 나오질 않았다.

"혹시 평소에 전하께서 억눌려 계신다는 느낌은 받지 못하셨나요?"

"무슨 말인지 모르겠군."

"기사님 평소에 무심하다는 소리 자주 들으시죠?"

"자주 듣긴 하지."

"그럼 됐습니다아."

소니도르는 푹 한숨을 내쉬며 괜히 볼을 긁적였다. 어쩐지 황태자가 미쳐 있다는 사실을 아는 건 그녀 혼자뿐일 것 같다는 생각이 들었다.

세상에서 가장 무서운 게 얌전하게 미친 사람들이었다. 얼마나 큰 광기를, 얼마나 오랫동안 눌러 왔고, 또 언제 그것이 터질지 알 수가 없어서.

감히 이걸 내가 입에 담아도 될까? 그녀는 스스로 되물었다.

황태자가 표출하지 않았다면 그만한 이유가 있었을 것이다.

"하아……."

소니도르는 다시 한 번 땅이 꺼지도록 한숨을 토해 냈다. 역시 함부로 말할 수가 없었다. 애초에 그녀의 역할은 그저 마르멜을 깨우는 것이지 그의 속마음을 읽어 내 오는 게 아니었으니까 말이다.

게다가 그의 광기를 목격한 것도 고작 한 번뿐이었으니 확언하기에도 일렀다.

그래, 잘못 봤을 수도 있었다. 평생을 가도 한 번쯤 있을까 말까 한 착오가 일어난다면 말이다. 인간은 누구나 실수를 하는 동물이니까. 그녀는 애써 스스로 타협하며 마음의 안정을 되찾았다.

"테리는 잘하고 있나요?"

"문제가 생겼다면 내 쪽으로 연락이 왔겠지."

다행히 테리도 아직 얌전히 의뢰를 수행하고 있는 모양이었다.

아마 황태자의 모습으로 가만히 침대에 누워 있었겠지. 늘 바쁘게 일하다가 그 녀석도 나름 휴가 나온 기분일지도?

소니도르는 테리가 들으면 욕을 한 바가지 쏟아부을 생각을 하며 새 케이크 조각을 가져갔다. 어느새 케이크는 절반 가까이 그녀의 입안으로 사라지고 없었다.

그녀가 먹는 것을 묵묵히 관찰하던 크리스티안이 천천히 입술을 달싹였다.

"먹고 다시 들어가 줄 수 있나? 이번에는 성과가 있었으면 좋겠군."

"지금 상태로는 다시 전하의 꿈속으로 들어가도 소용이 없어요. 서기관을 통하면 언제쯤 서류가 도착하죠?"

"빠르면 내일이다."

"그럼 들어가도 의미가 없다니까요? 차라리 오늘은 체력을 비축하고 내일 들어가는 게 효율 면에서……."

"곧 의원이 온다 하지 않았나."

"……너무하시는 거 아닌가요."

지푸라기가 너덜너덜 해어지다 못해 갈가리 찢길 때까지 이용한다는 황제의 말이 떠올랐다.

잠깐만 그게 비유가 아니었어? 갈가리 찢기면 의원 데려다가 붙여 놓고 다시 찢고 그럴 생각인 건가. 그렇다면 그녀는 진지하게 도주를 고민할 의향이 있었다.

"먹고 싶은 게 있다면 뭐든지 말해."

무조건 거절의 말만 뱉으려고 했던 소니도르의 입술이 잠시 뚝 하고 멈췄다.

뭐든지? 고작 먹을 걸로 날 회유할 생각이냐고 호기롭게 말하려고 했는데 갑자기 입이 제멋대로 나불거리기 시작했다.

아니 입, 네가 감히 주인의 의지를 배반하다니.

나불나불.

"마롱글라세. 산딸기나 블루베리로 만든 밀푀유랑 바닐라 크렘 브륄레요."

마롱……. 거기까지 기억한 크리스티안이 적으라고 종이를 내밀었다.

소니도르는 방금 부른 메뉴를 적은 뒤에 거기에 덧붙여서 자신이 즐겨 먹는 디저트 이름을 적어 내려가기 시작했다. 디저트의 종류가 스물다섯 가지를 넘어갈 즈음에 기사는 억지로 그녀의 손에서 종이를 강탈해 갔다.

도저히 인간의 언어가 아닌 것 같은 이름들을 눈으로 쭉 훑은 그가 말없이 그녀에게 고개를 까딱였다. 먹고 싶으면 알아서 들어가라는 뜻이었다.

소니도르는 손등으로 입가를 스윽 닦고는 다시 얌전히 의자에 착석해 황태자의 손을 잡았다. "잠깐, 지금 어딜 닦고 그 더러운 손을 전하께 들이대는 건가."

할 말이 많은 듯 크리스티안의 미간이 살짝 구겨졌으나 그녀는 그 말을 듣고도 모른 척했다. 손을 닦으라고 귀찮게 굴 게 뻔했기 때문이다.

소니도르는 재빨리 아까처럼 침대에 고개를 기댄 채 엎드려 눈을 감았다. 그리고 자신의 의식을 길게 늘어트려 마르멜의 의식을 찾아 헤매기 시작했다.

아까와 마찬가지로 굉장히 쉽게, 그의 의식을 붙잡을 수 있었다.

선악과

‘여전히 흑백이네.’

소니도르는 재구성된 꿈에서 자신의 몸을 내려다보고 한숨을 삼켰다. 착각은 개뿔. 그녀의 능력에 실수는 전혀 없었다. 문제는 전에도 지금도 황태자의 정신세계에 있을 뿐이었다.

아까도 뱀이더니 또 뱀이라니. 다른 점이라면 새하얀 실뱀에서 화려한 무늬의 꽃뱀이 되었다는 것 정도뿐이었다.

이쯤 되면 굳이 정보를 캐지 않아도 황태자가 어지간히 뱀을 좋아한다는 것쯤 예상할 수 있었다. 그녀는 꿈속에서 가장 보고 싶은 소중한 존재로 변하고는 하니까 말이다.

그런데 왜 하필 뱀일까. 뱀 종이 변한 것을 보니 기르던 애완뱀이 있는 것도 아닌 것 같고.

아마 추측하기에는 그리워하는 소중한 존재가 없어서 그가 적당히 좋아하는 뱀으로 대체되어 변한 것 같았다.

어떤 인간도 좋아하지 않고, 그나마 좋아하는 건 한 손에 목을 비틀 수 있는 꽃뱀이라니. 여기서 소니도르는 마르멜의 정신 상태뿐만 아니라 인간성까지 의심할 수밖에 없었다.

지위도 지위인 만큼 주변에서 죽어 나간 사람은 셀 수 없이 수두룩할 텐데. 정말 그들 중에 그리워하는 사람이 하나도 없어?

정말로?

'그럼 곤란한데.'

소니도르는 끙 앓는 소리를 내며 주변을 살폈다.

색상이 다채로웠던 세계에 있다가 갑자기 전색맹이 되어 버리니 주변을 분간하는 게 힘들었다. 그나마 다행인 점은, 시간을 밤으로 설정해도 낮이랑 보이는 게 별다를 바가 없다는 것이었다.

단지 좀 더 분위기가 음산하고 소름 끼친다는 게 문제라면 문제랄까. 아까 낮으로 설정했다가 마르멜에게 썰릴 뻔했으니 이번에는 밤으로 하자는 단순한 사고 회로가 일으킨 참사였다.

한참 고개를 휙휙 돌리며 관찰한 끝에 그녀는 이곳이 황실의 복도이고, 누군가의 방문 앞이라는 걸 깨달았다. 화려한 장식들로 양각된 거대한 문짝 두 개가 고개를 아무리 젖혀도 끝없이 보였다. 그녀의 눈높이가 완전히 바닥까지 줄어들어 그렇게 보인 걸지도 모르겠다.

그녀는 이제 제법 익숙해진 몸놀림으로 앞으로 기어갔다.

꿈에서 '문'이라는 장치는 꽤 커다란 의미를 가진다. 그것도 자신의 방이라는 지극히 개인적인 공간의 문은 말이다. 어쩌면 숨겨진 진심이나 마음 같은 것이 담겨 있을지도 몰랐다.

하지만 굳게 닫힌 방문은 그녀가 다가가길 기다렸다는 듯

스르르 열렸다. 황태자의 의식을 빨리 찾아낸 것처럼, 누가 오길 기다렸다는 듯이 열리는 문에 소니도르는 의아함을 느꼈다.

자욱한 연기가 깔렸다. 그녀가 기는 것을 멈추고 주변을 살피며 혀를 날름거렸다. 아무것도 보이지 않을 정도로 안개는 새하얬다. 하지만 이내 수증기처럼 순식간에 걷히더니 소니도르의 시야에 순식간에 들어차는 인물이 있었다.

마르멜이었다.

창가에 나른하게 기대선 그가 뱀을 발견하고 고개를 기울였다. 그의 새하얀 머리카락은 마치 창밖의 어둠에 물들어 있는 것처럼 짙게 보였다.

"또 보는군. 이번엔 꽃뱀인가."

그는 그녀의 눈을 맞추며 짧게 말했다. 뱀의 종이 달라졌음에도 마치 알아보는 것 같았다.

'……어떻게?'

그녀는 다시 머릿속으로 의아함을 떠올릴 수밖에 없었다. 그 자리에 멈춰선 채 쉭쉭거리는 소리만 내는 뱀을 향해 마르멜이 손을 뻗었다.

"나의 낙원에 무슨 볼일이지? 멋대로 헤집고 다니는구나."

그는 이곳을 낙원이라고 부르고 있었다. 진심인가.

소니도르는 마르멜이 낙원의 사전적 의미를 알고는 있는 건지 궁금해졌다. 낙원이 아니라 세기말 풍경에 더 가깝지 않나. 누구는 이 꿈속에서 마인드 컨트롤을 수십 번은 외친 것 같은데 말이다.

"게다가 넌 내가 만든 것이 아닌데."

'만들어?'

그녀는 속으로 다시 한 번 되물었다. 만들어? 이 세계가 수면자의 모든 정보를 토대로 창조되는 세계이긴 한데, 그걸 본인의 의지대로 만들 수 있는 게 아니었다.

'꿈이라는 걸 자각하고 있다는 건가?'

자각몽을 꾸는 사람들에 대한 얘기를 들어 본 적은 있었다. 꿈이라는 걸 자각하고 있으면, 보통 현실보다 더 현실 같은 꿈을 꾸는 경향이 강하다고 들었다. 그러다가 그게 깊어지면 자신이 원하는 대로 행동하고 휘두를 수 있다고. 실제로 보는 경우는 처음이었다.

그럼 여기가 황태자의 무의식이 아니라 그가 의식을 가지고 창조한 세계라는 뜻이 되는데.

'그렇다면 역시 부족민의 저주에 걸린 게 아니잖아.'

그냥 본인이 깨어나기 싫어서 버티고 있는 거다. 뭐 이런⋯⋯.

소니도르는 이것이 제발 저주가 아니기를 바랐으나, 진짜 저주가 아니라니까 안도감이 이는 동시에 속에서 무언가 울컥 치솟았다. 잠꾸러기 황태자님 때문에 평화로운 일상에서 벗어나 목숨도 위협받고 이게 뭐람.

일어나세요, 황태자여. 지금 당신에게 수십, 어쩌면 수백, 수천의 목이 걸려 있답니다.

"뱀이라⋯⋯ 뭐, 나쁠 건 없지. 나름 좋아하거든."

눈을 감고 있을 땐 전혀 몰랐는데 표정을 없애니 제법 싸늘한 인상이었다.

마르멜은 한참 그녀를 빤히 내려다보다가 새초롬하게 올라 간 눈매를 곱게 접으면서 고개를 기울였다. 마냥 성스러웠던 이미지가 순식간에 돌변했다. 투명하고 맑게 개일수록 어둠에 물들기 쉬운 것처럼. 크리스티안이 말했던 '인자함'이라고는 도저히 찾을 수 없는 퇴폐와 향락의 미소였다.

"아아, 그래. 너라면 대답할 수 있겠구나. 마침 물어볼 게 있었어."

마르멜은 굳어 있는 소니도르를 조심스럽게 손에 올리고는 그렇게 말했다.

그녀는 떨어지지 않기 위해 그의 팔목에 둘둘 몸을 감을 수밖에 없었다. 해칠 의사가 없어 보이니 일단 가만히 사태를 지켜보는 게 최선이었지만, 그가 무슨 돌발 행동을 할지 몰라 두려웠다.

그때 시녀복을 입은 여인이 과일 하나가 얹어진 쟁반을 들고 마르멜의 앞에 다가갔다.

언제 나타난 거지 하고 유심히 쳐다보니, 시녀는 목 위에 얼굴이 없었다. 머리가 아주 깔끔하게 절단된 것이다.

절단된 지 오랜 시간이 흐른 듯 절단면에는 새살이 돋아나 있었고 피 한 방울 새어 나오지 않았다. 그냥 목이 없는 인형 같았다. 그 괴기한 모습에 소니도르는 몸을 움찔 떨었다.

머리가 없는 드래곤. 머리가 없는 시녀. 강물에서 보았던 수많은 절단된 머리.

'아, 뭔가 알 것 같기도.'

소니도르는 두서없이 미친 것처럼 보였던 마르멜의 꿈에서 한가지의 규칙을 찾아냈다.

"뱀아, 대답해 주련. 내가 이걸 먹어야 할까?"

마르멜은 쟁반 위에 과일을 들어 가볍게 위로 던져 받으며 물었다. 보는 것만으로도 군침이 도는 굉장히 탐스러워 보이는 과일이었다. 그가 또렷한 입매에 나른한 미소를 덧그리며 되물었다.

"응?"

그걸 지금 나한테 묻는 건가. 소니도르는 쉭쉭거리며 답했다.

뱀에게 의사소통을 바라다니. 조각처럼 빛나는 얼굴을 마주 보고서 뱀의 머리가 상하좌우로 움직였다.

먹든지 말든지. 먹든지 말든지. 사실 그녀는 포유류도 아닌 파충류가 되어 제대로 된 소리 하나 못 내는 게 내심 불만이었다.

"……."

그녀의 성의 없는 대답에서 무엇을 읽었는지 마르멜은 입꼬리를 싸악 올리더니 단번에 과일을 콱 움켜쥐었다. 순식간에 그의 손아귀에 뭉개진 과일에서 새까만 과즙이 뚝뚝 떨어졌다.

소니도르는 움직임을 딱 멈추고 잠시 식은땀을 흘렸다. 뱀이 식은땀을 흘릴 수 있는지는 잘 모르겠지만, 아무튼 심정이 그랬다는 거다.

혹시 황태자의 머리 없는 컬렉션에 꽃뱀도 새로 추가되는 거 아닐까.

아무리 꿈속이라도 머리와 몸이 분리되는 체험은 사절이었다. 그녀는 깝죽거리는 것을 관두고 순순히 고개를 끄덕였다.

"먹으라고?"

끄덕끄덕.

"흐음."

대답해 줘도 불만인 모양이었다.

혹시 원하는 대답이 아니었나. 답은 이미 정해져 있으니 그가 원하는 대답을 해야 하는 걸까.

소니도르가 이번엔 고개를 가로저으려 할 때쯤 마르멜의 얼굴이 살짝 일그러졌다. 아주 작은 변화였지만 어쩐지 굉장히 불만스러워 보이는 표정이었다.

마르멜은 과즙을 흘리는 과일을 던졌다가 받으며 물었다.

"다시 말해 보련. 뱀아. 내가 이걸 먹어야 할까?"

"……."

두 번이나 물었다. 아무리 눈치 없는 사람이라도 이쯤 되면 아마 알 수 있을 것이다. 황태자는 저 과일을 먹기 싫어했다.

'근데 왜 나한테 물어봐?'

저 과일은 그의 꿈속에서 그저 단순히 '과일'의 의미를 지니고 있는 게 아닌 모양이었다. 가만히 그것을 응시하던 소니도르는 갑자기 퍼뜩 깨달았다.

'소스다.'

꿈속에서 새로운 정보를 제공해 주는 물건이나 사람을 그녀는 소스라고 칭했다. 보통 소스는 꿈 곳곳에 힌트처럼 숨어 있고는 했다. 비유하자면 수면자의 내면 깊숙한 곳으로 유인하는 빵가루 같은 것이었다.

그런데 저렇게 대놓고 소스를 들이대며 물어보는 경우는 또 처음이었다. 자각몽이라 그런 건가. 본인도 저것이 어떻게 작용하는지 알고 있다는 걸까.

파충류의 반질거리는 눈동자가 일순 반짝하고 이채를 띠었다.

"……먹으면 어떻게 되는 건지 알고 계신가요?"

그리고 본인이 말하고도 깜짝 놀랐다. 뭐야. 말할 수 있잖아!

꿈에서 동물이 된 건 처음이라 이제 알았다. 입을 움직여서 말한다는 느낌보다는 자신의 의사를 직접 상대에게 전한다는 느낌에 더 가까웠다.

계속 파충류인 상태는 불만스러웠으나, 의사소통이 가능하다면 그렇게 절망적인 상황은 아니었다.

"말을 할 줄 알아?"

마르멜은 잠시 놀랍다는 얼굴을 해 보였다. 그러더니 갑자기 웃음을 터트리기 시작했다. 지금껏 보아 왔던 그의 모습 중에서 가장 유쾌해 보였다.

한참을 웃던 그가 웃음을 꾹 눌러 참는 표정으로 그녀를 내려다보았다. 마치 '이걸 어떻게 요리해 먹을까?' 하고 말하는 것처럼 보였다.

"말하는 뱀이라. 나의 낙원에 말할 수 있는 건 존재할 수 없는데 말이다."

왜, 왜죠. 소니도르는 왜냐고 묻고 싶었지만, 왠지 돌아올 대답을 예상할 수 있을 것 같았다. 그야 전부 목이 없기 때문이지. 그래서 말도 할 수 없는 거지.

'하하, 전하께서는 침묵을 즐기는 사람이군.' 라고는 입이 찢어져도 말하기 힘들었다.

다시없을 성군이 아니라 희대의 폭군이 될 싹을 지금 여기서 발견한 것 같습니다만. 부자가 쌍으로 폭군이라니 제국의 장래는 참으로 암담했다.

마르멜이 거의 확신에 찬 어조로 물었다.

"넌 분명 외부에서 왔어. 정말 뱀이 맞긴 맞는 건가."

역시 황태자는 이미 그녀가 이곳의 존재가 아니라는 걸 짐작하고 있는 듯했다.

'어쩌지.'

소니도르는 자신의 정체를 밝혀도 되는 걸까 꽤 오랫동안 고민했다.

보통의 경우는 꿈에서 이곳이 꿈이라 말하는 것과 그녀가 외부의 존재라고 말하는 건 금기였다. 금기를 어기는 경우 수면자의 영역인 '땅 위의 존재'들은 그녀를 밀어내려고 했다. 그 사실을 들키지 않기 위해 소니도르가 자동으로 수면자의 기억 속 존재로 변하는 것이다.

하지만 황태자의 경우 얘기가 달랐다. 그는 여기가 꿈속이라는 걸 알고 있는 건 물론이고, 하필이면 소중한 존재도 없는 데다가 미쳐 있었다. 그녀가 외부에서 온 거라는 걸 눈치채는 것은 시간문제였을 것이다.

그렇다면 금기를 어겨도 되지 않을까? 땅 위의 존재들이 어떻게 반응할지 모르겠으나 해 볼 가치가 있는 도박이었다.

차라리 이렇게 된 거 정체를 밝히고 그가 꿈에서 깨어날 것을 부탁해 보는 게 낫겠다. 이 답 없는 막노동에서 그게 가장 빠르고 쉬운 길이었다.

"저는 전하께서 말씀하시는 낙원의 존재는 아니지요. 뱀도 아니고요."

"그럼 사람이란 말이냐. 대체 이곳엔 어떻게 들어온 거지?"

그녀는 대단한 비밀이라도 말하는 것처럼 소곤거렸다.

"저는 꿈 장인 소니도르입니다."

"꿈 장인? 꿈속에 들어올 수 있는 장인인 건가. 신기하군. 폐하께서 널 불렀나?"

"정확하십니다. 저는 의뢰를 받고 전하를 깊은 잠에서 깨우려고 왔어요."

갑자기 마르멜이 작게 휘파람을 불며 엄지와 검지로 그녀의 입을 틀어막았다.

순간 혀를 깨물 뻔한 소니도르가 놀란 눈으로 그를 올려다보았다. 그는 잠시 말없이 입꼬리만 올리고 있다가 고갯짓으로 목 없는 시녀를 가리켰다. 소니도르를 돌돌 감은 손목을 자신의 얼굴 근처까지 바짝 올린 그가 낮은 목소리로 속삭였다.

"방금 엄청난 살기가 느껴졌어. 널 죽이고 싶은 모양이군."

시녀는 머리가 없었지만, 정확히 소니도르 쪽을 바라보고 있었다. 목이 없어 아무 말도 하지 않은 채 그저 몸을 틀었을 뿐이지만 도리어 그게 더 섬뜩했다.

순간적으로 겁을 먹은 소니도르는 뱀의 몸체로 더욱 꽉 마르멜의 팔목을 조였다.

"가, 갑자기 왜요?"

"네 말에 반응한 것 같던데."

무슨 말에요? 되물을 새도 없이 그가 말을 이었다.

"머리가 없어 말은 하지 못해도 이상하게 들을 수는 있는 모양이더군."

뭐야 그거 무서워. 그럼 지금 그들이 나눈 대화도 다 들었다는 걸까? 그녀는 몸을 잔뜩 움츠리고 마르멜의 귓가에 속닥거렸다.

"전하께서 다 알고 계신 것 같아 괜찮을 거라 생각했는데. 역시 땅 위의 존재들은 금기를 어기면 절 죽이려 드는군요."

"금기? 그게 뭐지?"

"그러니까 이곳이 꾸…… 아니, 어딘지 말하는 거요."

소니도르는 의뢰의 대상에게 이렇게 정보를 술술 불어본 적이 없었다. 연극배우 뺨치는 연기력을 구사한 적은 있어도 말이다.

하지만 마르멜이 낙원이라 칭하는 이쪽 세계의 규칙은 그가 더 잘 알고 있는 것 같았기에 일단 모든 걸 털어놓았다. 이쪽에서 진솔하게 접근해 오면 저쪽에서도 마음을 열고 그녀에게 정보를 제공해 주거나, 깨어나고자 결심을 할지도 몰랐다.

"꿈이라고 말하는 건 상관없어. 네가 꿈이라고 떠들어도 딱히 반응을 보이지 않았잖아."

"그렇죠. 저도 그래서 안심했던 건데……."

"여기가 꿈속인 건 나도 아니까. 저들도 내가 안다는 걸 인지할걸."

마르멜이 어깨를 으쓱이며 말했다.

"문제는 아마 네가 그다음에 말하려고 했던 단어일 거라 생각하는데."

소니도르는 그 말을 듣고 아까 자신이 하려고 했던 말을 다시 떠올렸다. 분명 꿈 얘기 뒤에 하려고 했던 말은 폐하의 의뢰를 받고 전하를 깊은 잠에서 깨우기 위해 왔다는 것이었다.

거기서 금기가 될 만한 단어라면, '깨운다'밖에 없었다. 그렇다면 저들은 지금 마르멜이 꿈에서 깨어나는 걸 두려워하고 있다는 걸까.

땅 위의 존재는 보통은 수면자가 이곳이 꿈이라는 걸 알아채는 것을 가장 두려워했다. 그들은 꿈속에서밖에 존재할 수 없어서 자신이 지금 사는 현실이 수면자에 의해 순식간에 허상이 되는 것을 못 견디게 분노했다. 만약 소니도르가 꿈이라는 사실을 일깨워 준다면 그녀를 죽이고 또 수면자를 죽일 정도로 날뛰고는 했다. 예전에 그러다가 죽었던 적이 몇 번 있고 말이다.

그런데 여기는 대체 뭘까. 마르멜은 이곳이 꿈이라는 걸 알고 있었다. 그럼에도 죽이지 않고 놔둔다는 건 자신들이 허상의 존재인 건 괜찮은데, 사라지긴 싫다 이건가? 꿈속에서 깨어나면 그들의 존재도 사라지니까 말이다.

소니도르는 자신의 꼬리로 이마를 탁 때렸다. 꿈 장인 경력 10년이지만 지금 같은 경우는 생전 처음이었기에 골치가 쑤셨기 때문이다.

"살기가 보통이 아니니 되도록 그 단어는 꺼내지 않는 편이 좋겠군. 네 말대로 금기라는 그것만 조심하면 딱히 해칠 일이 없을 거다. 쟤네들은 멍청하거든."

"다행이네요."

"하지만 어쩔 땐 예리하지."

"……어느 쪽인 거죠."

"조심해서 나쁠 건 없다는 뜻."

설마 황태자가 날 구해 준 건가. 그녀는 뜻밖에 도움을 받게 되어 살짝 감명을 받았다. 미친 사람 취급을 속으로 계속했는데 그게 좀 미안해지기 시작했다.

그냥 정말로 이런 풍경을 낙원이라고 생각하는 독특한 취향의 소유자일지도 모르지 않는가.

하지만 마르멜의 이어지는 말에 소니도르는 단박에 그 생각을 접었다.

"네게 물어볼 게 한둘이 아닌데 꿈속에서 죽어 버리면 곤란해."

위기를 겨우 넘겼더니 새로운 위기가 닥친 모양이었다. 소니도르는 속으로 공허한 웃음을 터트렸다. 하하, 망할. 마르멜은 순식간에 얼굴을 달리했다. 과일을 먹을까 말까 하는 시답잖은 질문을 할 때와는 진중한 눈빛부터가 달랐다.

잔뜩 당황해서 쉭쉭거리는 그녀를 응시하며 마르멜이 혼잣말하듯 중얼거렸다.

"다 봤지?"

"뭐, 뭘요?"

"전부."

이미 질문이 아니었다.

그는 소니도르를 어떻게 처리해야 할지 스스로 되묻고 있는 것처럼 보였다. 아니, 죽어야 할 이유가 또 늘었어? 거기서 늘어날 게 더 있었나.

그녀는 울상을 지었다. 꿈속에서 아무리 죽을 고비를 넘긴다고 한들 현실에서 죽게 생겼는데 그게 무슨 소용일까 싶었다.

그런데 마르멜이 소니도르의 미래를 예언했다.

"폐하께서 직접 불렀다면 넌 결국 죽게 되겠군."

아주 비관적인 미래였다.

"살기 위해 지금 열심히 뛰고 있습니다만."

그녀는 소심하게 반박했다.

"아니, 죽어. 아마 여기 있는 시녀처럼 즉결 처분이겠지."

"……."

목이 뎅겅 잘린다는 말일까. 예상은 했지만 마르멜의 입에서 직접, 그것도 아주 확신에 찬 말을 듣고 나니까 더 절절하게 와 닿았다.

그는 이미 소니도르를 죽은 사람 취급하기로 한 모양이었다. 다시 마주친 그의 눈빛이 그렇게 말하고 있었다.

"어차피 죽을 목숨이라면 다 봤다 한들 상관은 없겠군."

"……죽이지 않는다는 선택지는 없는 건가요, 전하."

"그냥 말하는 뱀이었다면 죽지 않겠지. 내가 폐하께 간청해서라도 말이다."

"사람도 간청해 주시면 안 될까요!"

"내가 왜 그래야 하지?"

그냥 좀 살려 주세요.

말하는 뱀보다 못한 존재가 된 소니도르는 하늘을 붙잡고 오열하고 싶어졌다.

마르멜의 꿈속에서 짙은 패륜의 흔적을 발견했음에도 비밀을 지켰건만. 돌아오는 보답이 이거라니 다 때려치우고 배 째라며 뒹굴고 싶은 심정이었다.

그냥 일확천금은 포기하고 테리와 함께 도주 루트를 파악할까. 그녀는 의미 없는 생각을 하며 우울한 얼굴을 했다. 어차피 이 일에 부족민들의 목까지 걸려 있으니까 황태자를 깨울 수밖에 없지만 말이다.

아무리 고민해도 선택권은 없었고 결론은 늘 같았다. 마르멜은 갑자기 조용해진 뱀을 가만히 내려다보다가 그녀의 마음을 읽기라도 한 듯이 물었다.

"죽인다 해도 큰 동요가 없는 걸 보니 약점이라도 잡힌 모양이군."

"잘 아시네요."

"아버지는 그런 분이시니까."

마르멜은 이 상황이 굉장히 익숙해 보였다. 황제의 손에서 죽어 간 수많은 생명을 떠올리면 무리도 아니었다.

잠시 눈을 내리뜬 채 생각에 잠겼던 그는 이내 피식 웃으면서 물었다.

"내가 잠든 지 얼마나 오래되었지? 이곳에 있으면 시간 개념이 점점 사라져."

"글쎄요. 아마 2주 전후 정도 되지 않았을까 생각해요."

"그런가. 오래도 있었군."

그가 아무런 감정도 담기지 않은 무심한 목소리로 말했다. 마치 '오늘은 내가 좀 늦잠을 잤군.' 하고 말하는 것처럼 말이다.

마르멜은 흐음, 하고 말꼬리를 늘이더니 창가에 기댄 몸을 떼어 내며 천천히 발걸음을 옮겼다.

그가 움직이자 그의 뒤를 목 없는 시녀가 졸졸 쫓아오려고 했다. 소니도르가 기겁하니 마르멜이 시녀에게 꺼지라는 듯 손짓을 했다. 그러니 정말로 따라오지 않고 얌전히 다시 그 자리에 인형처럼 굳어졌다.

"슬슬 움직일 때도 되었어. 내가 어떻게 해야 하지? 널 따라가면 되나?"

"전하께서는 지금 코마 상태에 빠져 계세요. 아마 쉽게 깨……, 아니 원래대로 돌아가실 수 없을 거예요. 하지만 그 '소스'를 먹으면 뭔가 달라질지도 모르죠."

소니도르는 그의 손에 들린 과일을 꼬리로 가리키며 말했다. 마르멜은 그녀의 말을 듣고 눈가를 찌푸리며 되물었다.

"소스?"

과일은 이미 그의 손안에서 상당 부분이 찌그러져 있었다.

"전하의 내면 깊은 곳으로 이끌 거예요."

"내면 깊은 곳이라. 하하, 어쩐지 먹기 싫더라니."

"무슨 과일인지 모르셨어요?"

"글쎄. 이게 무엇인지는 알 수 없었지만 먹어야 한다는 건 알고 있었지."

그가 친절하게 덧붙였다. 하는 말들은 무심한 듯 차가운데 어투는 습관으로 굳어진 듯 다정하고 배려심이 묻어났다.

소니도르는 마르멜의 본성이 대체 어떤 건지 헷갈렸지만 사근사근한 말투에 용기를 얻어 물었다.

"먹지 않으면 아무것도 변하지 않아요. 전하께선 계속 이곳에 계실 거고요."

"그러고 보니 머리가 있는 건 너와 내가 유일하구나."

마르멜은 그녀의 말에 답하는 대신 뜬금없는 말로 화제를 돌리며 피식 웃었다. 마치 그 말이 넌 왜 머리가 달려 있니? 하고 묻는 것처럼 들려왔다.

설마 악취미 컬렉션에 새로 등재하고 싶다는 뜻인가. 제발 상냥한 말투로 그런 말 좀 하지 말아 줬으면 좋겠다. 진짜 꿈에 나오겠네. 아, 이미 꿈인가.

"내가 이걸 정말 먹기를 바란다면 날 유혹해 봐."

"……예?"

유, 유혹? 뜬금없이 고난도 미션이 주어졌다. 대체 뱀의 몸을 하고서 어떻게 유혹을 하라는 걸까. 인간의 몸이라면 황태자의 여자 취향에 대해 아는 것이 없더라도 시도라도 해 볼 텐데 말이다. 그녀는 심각하게 고뇌했다. 뇌쇄적인 코브라 댄스를 춰야 하나?

"그, 그렇다면 음악이라도 주세요."

마르멜은 대체 무슨 소리를 하느냐는 듯 그녀를 쳐다보았다.

"대화가 통하는 상대도 네가 유일하니 어디 그 간사한 혀를 놀려 보라는 뜻이다."

그래서 뱀 아닌가. 그는 그리 물으며 입꼬리를 삐딱하게 올렸다.

다행히 정신이 혼미해질 때까지 몸을 현란하게 꿈틀거리는 짓은 하지 않아도 되는 모양이었다.

소니도르는 눈에 띄게 안도하며 자신만만하게 고개를 뻣뻣하게 치켜들었다. 꿈 장인 경력 10년, 목숨 걸고 돌아다니며 인간의 볼꼴 못 볼꼴 모두 통달한바.

통나무같이 뻣뻣한 몸은 재기 불능이었으나 간사한 혀라면 아주 잘 놀려 줄 자신 있었다.

"내면 깊숙한 곳을 감당하기 힘드시다면 괜찮아질 때까지 계속 곁에 있을게요."

소니도르의 말에 마르멜은 아주 어이없는 말이라도 들은 것처럼 실실 헛웃음을 흘렸다.

"네가?"

"한 치 앞도 보이지 않는 미래가 두려우세요? 아니면 발버둥 쳐도 변하지 않는 과거가 두려우세요? 이미 지나가 버린 과거는 어떻게 할 수 없지요. 하지만 제가 곁에서 들어 드릴 순 있어요."

"네 무엇을 믿고?"

"뱀의 말을 믿는 사람은 없죠. 전하께서도 믿으실 필요 없으십니다. 하시고 싶은 말이 있으면 하시면 되고, 믿을 수 없다면 아무 말도 하지 않으시면 돼요. 저는 그저 묵묵하게 들을 뿐이니까요."

게다가 어차피 죽을 목숨인데 믿고 말고가 어디 있어요.

차마 비참해서 뱉지 못한 뒷말을 삼키며 소니도르가 속으로 눈물을 흘렸다.

하얀 머리의 청년은 잠시 침묵했다. 웃음을 뚝 그치고서 아무 감정도 담기지 않은 싸늘한 눈빛으로 그녀를 위아래로 훑었다.

소니도르는 긴장할 수밖에 없었다. 꿈은 언제나 마르멜을 중심으로 흘러갔다. 이렇게까지 했는데 그가 자신의 세계에서 그녀를 밀어낸다면, 그녀로서는 어쩔 도리가 없었다.

이내 마르멜은 눈가를 가늘게 접으며 웃었다. 드물게 관용을 베푸는 배부른 맹수 같은 웃음이었다.

"그래, 널 믿지는 않으마. 적어도 이젠 심심하지 않겠구나."

그가 손을 타고 흘러내리는 과육을 길게 핥아 올렸다. 살짝 드러난 혀가 색이 없음에도 색정적이다. 반쯤 뜨인 눈은 정확하게 소니도르를 응시하고 있었다.

반짝이는 속눈썹 사이로 비치는 검은 눈이 요요하게 빛났다. 검은 색채가 이리도 다채로울 수 있다는 게 신기했다.

"낙원에서 깨어날 시간이야."

금단의 열매.

선과 악을 깨닫게 된 태초의 인간처럼 황태자는 부드럽게 웃었다. 그것도 금기를 입에 담으면서 말이다.

누구나 찬송해 마지않았던 천사와 같은 선한 미소가 그의 얼굴 전체에 번져 있었다.

다시 한 번, 세계가 무너졌다.

❧

　그녀가 눈을 떴을 때 마르멜은 여전히 밀랍 인형처럼 누워
서 고른 숨을 내쉴 뿐이었다.

　'그렇게 쉽게 깨어나진 않으시려나.'

　과일을 먹으면 혹시나 눈을 뜨지 않을까 기대했는데 말이
다. 역시 그냥 소스일 뿐이었나. 실망한 소니도르는 깊게 한숨
을 내쉬었다.

　하지만 수확이 전혀 없는 건 아니었다. 소스를 발견했으니,
다음부턴 더욱 깊은 내면으로 들어갈 수 있었다. 그래도 뭔가
진전이 있어서 다행이었다. 게다가 마르멜도 딱히 그녀를 거부
하는 기색 없이 순순히 응해 주는 것 같았고 말이다.

　그나저나 꿈속에서 '깨어난다'는 금기를 직접 입에 담았는
데 괜찮으시려나.

　소니도르가 멀뚱멀뚱 눈만 깜빡이고 있자 크리스티안이 곧
바로 다가와 어깨를 주물렀다. 여전히 기사의 안마는 기술도
없었고 무엇보다 무식하게 아팠다.

　그녀는 한참 끙끙 죽는소리를 내다가 고통에 익숙해지고 나
서야 얌전해졌다.

　"오래도 걸렸군. 벌써 아침 해가 밝았다."

　하루를 꼴딱 새서 일한 것이다. 소니도르는 거의 잠꼬대하
듯 웅얼거렸다. 눈은 이미 피곤함으로 인해 반쯤 감겨 있었다.

　"전하께서 혹시 기르던 뱀이 있으셨나요?"

"뱀?"

의무적으로 소니도르의 어깨를 꾹꾹 누르던 크리스티안이 잠시 곰곰이 생각하다가 답했다.

"특별히 기르던 동물은 없으셨다. 야생동물을 좋아하신다고 들은 것 같긴 하군."

그녀는 그 말을 듣고 마르멜이 작은 새를 손가락에 얹고 랄랄라 노래를 부르며 다람쥐와 토끼와 함께 춤을 추는 것을 상상했다.

소문으로 들리는 그의 대중적인 이미지는 아마 그게 맞았다.

하지만 꿈에서 본 그의 본성이라면 아마 어깨에 매를 얹고 뱀을 팔목에 감으며 늑대 옆에 나른히 기대 있겠지.

근데 다 머리가 없을 것 같은 건 기분 탓인가.

"네가 부탁했던 자료 여기 있다."

소니도르는 지금 당장 쓰러져서 잠들고 싶은 마음이 강렬했으나 크리스티안이 건네는 서류 때문에 그러지 못했다. 잠을 잠시 뒤로 미뤄도 상관없을 정도로 마르멜에 대한 정보가 더 궁금했기 때문이었다.

대체 어떤 삶을 거쳐 와야 인간이 그렇게 착실하게 미칠 수 있는 걸까. 그녀는 고개를 꾸벅꾸벅 떨구면서도 악착같이 종이를 펼쳐 들었다.

그 속에는 가장 먼저 마르멜의 신상에 대해 적혀 있었다.

제국의 유일한 적자, 마르멜 리카르얀 K 아르케. 나이는 올해로 갓 성인이 된 열아홉 살이었다.

어른스러우면서도 묘하게 아이 같았던 건 실제로 어리기 때문인 건가. 소니도르는 자료를 슥슥 눈으로 훑다가 양피지 위에 그의 초상화를 마법으로 그대로 옮겨 놓은 부분에서 잠시 시선을 멈췄다. 부드러운 미소를 머금고 있는 청년은 새하얀 머리카락에 선명한 붉은 눈동자를 가지고 있었다.

그녀는 잠시 감탄했다. 무채색의 세계에서 마냥 새까맣게 보였던 눈동자가 사실은 이리도 보석처럼 반짝이고 예쁜 선홍색이었다.

눈 뜬 모습도 한번 실제로 보고 싶네. 눈 감은 모습도 이리 조각 같은데 눈을 뜨면 숨을 쉬는 걸 잊어버릴 정도이지 않을까. 그녀는 그렇게 생각하며 팔랑팔랑 종이를 넘겼다.

그 뒤로는 마르멜의 유년 시절부터 현재까지의 일대기가 적혀 있었다.

소니도르는 한 살에 말을 깨치고 세 살에 글을 터득했으며 네 살부터는 제국사와 제왕학을 공부하기 시작했다는 위인전 같은 기록을 찬찬히 살폈다. 천재 소리 들을 만도 하지만 양질의 교육을 받는 제국의 황태자라면 이 정도 비범하다 한들 딱히 특별할 게 없었다.

그 뒤로도 마르멜은 열셋에 황태자 즉위식을 올린 뒤 열다섯 살 때 앤더슨 공작 가문의 참한 영애와 약혼을 하고 정해진 황태자의 길을 밟으며 착실하게 성장하고 있었다.

대체 사람이 그렇게까지 미치게 될 계기는 어디에 있는 걸까.

"음."

원인을 찾는 건 생각보다 쉬웠다. 문제는 그의 주변 환경에 있었다. 유년 시절, 그와 관계된 인물들은 하나같이 사형을 당하거나 즉결 처분되었던 것이다.

이건 상태가 소니도르의 생각보다 더 심각했다. 서서히 졸음이 달아나는 걸 느끼며 그녀는 진지한 태도로 붉은 줄이 그어진 인물들을 하나하나 살폈다.

사형당한 가장 대표적인 인물로는 마르멜을 낳은 친모이자 전 황후였던 아우디케, 그가 갓난아기였던 시절부터 쭉 보살펴 온 유모, 엠보로스 자작 부인. 그리고 외숙부이자 늘 곁에서 아버지처럼 든든한 지지자가 되어 주었던 호위 기사가 있었다.

그들 모두 각각 죄를 짓고 단두대형에 처해졌다. 황후와 기사는 반역, 유모는 황실 모독죄……. 게다가 마르멜의 담당 시녀와 시종은 거의 한 달에 한 번꼴로 쫓겨나거나 즉결 처분되어 사망 처리가 되었다.

즉결 처분이라면 아마 그거겠지. 그 자리에서 바로 목을 베어 버리는 것.

소니도르는 꿈속에서 마르멜이 했던 말을 떠올렸다. 그는 목이 없는 시녀를 가리키며 이렇게 말했다.

'아마 여기 있는 시녀처럼 즉결 처분이겠지.'

그때는 그게 이 시녀랑 똑같이 머리가 없어질 거라 협박하는 건 줄로만 알았다. 그런데 어쩌면 목이 없는 시녀는 사실 그의 기억 속의 존재일지도 모르겠다는 생각이 들었다.

강물에서 보았던 수많은 잘린 머리들도, 사실은 전부 그의 주변에서 죽어 나간 사람들의 머리가 아니었을까. 그렇다면 그때 마르멜이 했던 말은 이 시녀가 즉결 처분되었던 것처럼 너 또한 그렇게 될 거라는 뜻일 것이다.

아마도 황제에 의해서.

황제, 카딘의 의심병에 대한 소문은 아주 유명했고 소니도르도 몇 번 들은 적이 있었다. 주변에 있는 그 누구도 신뢰하지 못한다고 들었다. 한때 사랑을 속삭이던 여인도 믿지 못해 사형을 내렸는데 누군들 믿겠는가. 그런데 그가 제 아들의 주변 인물들에게까지 손을 뻗칠 줄은 몰랐다.

설마 황태자와 조금이라도 접점이 있으면 지금껏 다 죽여 온 건가? 대체 왜…….

'설마 그런 이유로 전하께서 동물을 좋아하시는 건가.'

그것도 황제의 눈에 띄기라도 할까 봐 직접 기르지 못하고 야생동물을 좋아한 거야? 그녀는 고작 뱀에게 아주 진지하게 말을 걸던 마르멜을 떠올리고는 입을 틀어막았다. 부, 불쌍해!

소니도르는 다시 자료를 팔락거리며 뒤로 넘겼다. 하지만 주변 사람들이 죽어 나가는 것도 열세 살을 기점으로 서서히 줄어들기 시작했다. 황태자 즉위식을 올린 그 직후에 처형식이 있었고, 이후로는 완전히 멈췄다. 대체 무슨 일이 있었던 건지는 모르겠지만, 그때부터 마르멜도 굉장히 바쁘게 움직였다.

가난한 평민을 위한 의료 시설이나 보육 시설을 설립하고 핍박받는 장인들을 위한 인권 보장도 꾸준히 주장했다. 물론 주장만 할 뿐 특별히 나서서 행동한 건 아니지만, 그것만 해도 꽤 용기 있는 발언이었다. 제국민들은 대체로 장인을 쓰레기장의 성가신 벌레 정도로 취급했으니까 말이다.

성군이 될 재목이라는 소리를 듣게 된 것도 이때부터였다. 소니도르는 마르멜을 좀 더 냉정하게 평가하기로 했다.

알차게 미쳐 있는 그의 내면으로 봤을 때 저건 연기일 가능성이 높았다. 이미지 메이킹을 아주 잘했다. 장인을 옹호하고도 제국민의 사랑을 한몸에 받고 있으니 말이다.

어쩌면 보다 낮은 곳으로 임하는 자세는 '신성 제국의 영원히 타오르는 촛불'이라 불리는 교황 성하를 모티브로 삼은 걸지도 몰랐다.

연기라는 건 곧 진심이 아니라는 뜻이다. 자신의 얼굴 위로 모두에게 사랑받을 만한 새로운 가면을 덧댄 것이다. 그것도 자신을 제외한 모든 이들에게 철저히 숨겨 가면서까지 말이다.

이유는 아마도 그가 마음을 다해 사랑하거나 관계를 맺는 사람들은 결국 전부 죽고 마니까. 더는 상처받지 않기 위해 스스로 마음의 문을 닫는 쪽을 택한 것이다.

그리고 그건 황제가 바라던 게 틀림없었다. 그 이후부터 황태자의 주변에서 사람이 죽어 나가는 일은 없었기 때문이다.

"전하께서 잠드신 이유 알 것 같아요."

소니도르는 조용히 입술을 달싹였다. 그러자 크리스티안이 드물게 놀란 얼굴로 되물었다.

"그 이유가 뭐지?"

"그냥 전하께선 한계에 달하셨던 거 아닐까요."

황태자가 영원한 잠에 빠져든 것은 데센시아 부족민의 저주 때문이 아니었다. 스스로 깨어나지 않고 버티고 있는 것 또한 아니었다. 계속 자신을 갉아먹다가 지쳤거나 현실에 진절머리가 나서 쓰러졌을 뿐이었다.

"그냥 낙원으로 휴양 가신 것 같은데."

"뭐?"

"반항기라고 해야 할까."

일종의 일탈 혹은 파업이었다. 거기까지는 좋았다. 문제는 그다음에 있었다.

"그러다가 깨어나는 방법을 모르셔서 정체되신 것 같은데요."

한마디로 말하자면 미아? 소니도르가 덧붙이자 크리스티안은 전혀 이해하지 못하겠다는 얼굴을 했다.

그녀도 이해받고자 한 말이 아니었기에 뒷머리를 긁적이며 중얼거렸다. 곤란함이 가득 묻어 나오는 목소리였다.

"길을 잃으신 것 같으니 최대한 빨리 모시고 올게요."

타나토스

그로부터 하루가 더 지났다.

찰싹찰싹.

크리스티안은 깨어나지 않는 여자의 뺨을 살살 쳐 보다가 결국 깨우는 것을 포기했다. 이건 잠든 게 아니라 거의 기절 수준이다. 깨우려고 별짓을 다 했지만 기절 상태 그대로였다.

아무리 능력을 사용한 직후라 힘들다고는 해도 여자가 이리 무방비해서야. 그는 그녀의 조수가 걱정하는 것도 무리가 아니라 생각하곤 가볍게 혀를 찼다.

하는 수 없이 크리스티안은 테리의 '소니도르 취급법'을 떠올렸다. 깨어나지 않을 땐 달콤한 냄새를 풍기라고 했던가. 그는 그녀가 종이에 적었던 스물다섯 가지의 디저트를 직접 하나하나 지하 통로까지 옮겨 왔다.

작정하고 깨울 땐 일어나지 않더니 음식을 코앞에 들이대니까 조만간 눈을 떴다. 소니도르는 제 앞에 있는 설탕 입힌 밤을 보고는 아 하고 입을 벌려 받아먹었다.

"……."

이건 새끼 새인가.

크리스티안은 혹시 이 여자 일부러 이러는 것 아닌가 하고 눈을 가늘게 떴지만 읽어낼 수 있는 건 없었다. 소니도르는 여전히 잠에서 덜 깬 멍한 얼굴이었기 때문이다. 심지어 얼마 지나지 않아 본인도 어리둥절한 눈빛이 되어 가만히 크리스티안을 올려다보았다.

내가 왜 밤을 씹어 먹고 있지? 하는 표정이었다.

그녀는 졸음이 아직도 듬뿍 묻어 나오는 목소리로 말했다.

"왠지 볼이 얼얼한데요."

"착각이다."

"정말요?"

"그래."

이상하다. 소니도르가 시큰거리는 제 볼을 손으로 감싸며 고개를 기울였다.

약간 부은 것 같기도 한데. 너무 많이 자서 그런가? 그녀가 중얼거리자 크리스티안은 작게 헛기침을 하며 디저트가 담긴 접시를 탁자 위에 올려놓았다.

지금 그녀가 있는 곳은 지하 통로의 수많은 방 중 하나인 작은 쪽방이었다. 쪽방이라고는 해도 침대도 있고 씻을 욕실도 있고 없는 게 없었다. 음식은 전부 크리스티안이 황실 요리사를 통해 직접 제공해 주고, 꼭두각시 마법을 걸어 둔 인형이 씻을 물을 조달하거나 요강을 비워 주었다.

그 비싼 꼭두각시 인형을 고작 잡일에 사용하다니 역시 황족 씀씀이는 단위가 다르다 이거지. 심지어 마르멜이 잠들어 있는 방 전체에는 클린 마법이 걸려 있었다.

"그나저나 여기 좋네요. 지하 통로에 없을 게 없잖아요. 그냥 여기서 살아도 되겠는데요?"

하아암. 소니도르는 잠시 침대 위를 굴러다니며 길게 하품을 했다. 이내 몸을 일으켜 세운 그녀가 고양이처럼 유연하게 기지개를 켜자 그걸 가만히 지켜보던 사내가 무뚝뚝하게 답했다.

"내가 편의를 제공하니 편한 거다."

"그렇죠. 역시 기사님이 최고로 멋있어요."

"……입에 침이나 바르고 말해라."

"진짠데. ……헉."

그녀는 영혼 없는 칭찬을 뱉다가 탁자 위에 놓인 스물다섯 가지의 디저트를 발견하곤 입꼬리가 귀까지 걸렸다. 먹고 싶은 걸 종이에 적긴 했지만 설마 다 가져올 거라고는 상상도 못 하고 있었는데. 뭐지, 나 설마 아직도 꿈인가?

소니도르는 조심스럽게 침대에서 몸을 일으켜 미끄러지듯 탁자 앞까지 다가갔다. 그러고는 덜덜 떨리는 손으로 디저트가 담긴 접시를 들었다.

음식을 흡입하며 맛보는 사이, 영혼 없는 말은 어느새 영혼까지 팔아 버린 칭찬이 되어 있었다.

"아무리 폐하의 명이라도 이렇게 세심하게 챙겨 주는 사람이 어디 있어요? 보는 사람 아무도 없는데 그냥 대충대충 하고 말지. 기사님이 절 욕하고 무시해도 아무도 뭐라 할 사람 없다고요. 이야, 멋있다. 청렴결백! 기사도의 표본! 저와 결혼해 주세요!"

"거절하지."

처음 해 본 고백이었는데 단박에 차였다. 은근히 상처네 이거.

소니도르는 실연의 슬픔을 털어 내기 위해 다시 디저트를 열심히 입에 퍼 나르기 시작했다. 원래부터 먹고 있었지만 말이다.

"정말 그렇게 생각한다면 이제 슬슬 다시 일하는 게 좋겠군."

그런데 크리스티안은 그녀를 찬 것도 모자라서 다시 알차게 부려 먹으려고 하고 있었다.

"진심이세요? 저 지금 피곤해서 쓰러질 것 같은데요."

"하루를 내리 잤으면 충분한 것 같은데."

"몸도 몸인데 이런 어두침침한 지하에 있으니까 정신적으로 피폐해지는 것 같기도 하고……."

"언제는 여기서 살고 싶다고 하지 않았나."

"테, 테리가 어떻게 지내는지 궁금하네요!"

"잘 지내고 있다. 계속 꼼짝도 못 하고 누워 있으니까 미칠 것 같다고 전해 달라더군."

"큭! 이 부러운 자식!"

어떻게든 시간을 끌어 보려는 그녀의 계획은 결국 수포로 돌아가고 말았다.

소니도르는 눈물을 삼키며 빈 접시를 탁자 위에 올려놓았다. 사실 그녀의 정신을 피폐하게 만드는 건 이 지하 통로가 아니라 바로 마르멜의 꿈이었다.

아직도 음식이 남았는데 다시 그 카오스한 꿈의 세계로 발을 들이밀어야 한다니. 서늘한 파충류의 몸이 되는 건 이제 거절하고 싶었다.

아니지. 황태자가 벌레를 좋아하지 않아 다행으로 여겨야 하는 건가.

소니도르는 크리스티안과 함께 쪽방 문을 열고 나가 마르멜이 머무는 곳으로 향했다. 이제는 이 미로 같은 곳의 지리를 어느 정도 파악할 수 있을 것 같았다.

그가 벽을 짚고 주문을 읊자 이제 익숙해진 거대한 돌문이 눈앞에 나타났다. 아무리 안전을 위해서라지만 저런 무식한 걸로 문 앞을 막아 두면 어째 감금당하는 것 같을 텐데.

그녀는 황태자가 의식을 되찾으면 뭐라고 할지 궁금해졌다.

안에 들어서자 여전히 잠들어 있는 황태자와 분주히 움직이고 있는 꼭두각시 인형이 보였다. 그리고 의자에서 꾸벅꾸벅 졸고 있는 처음 보는 사내도 있었다.

음? 소니도르는 고개를 기울이며 물었다.

"누구예요?"

"의원."

인제 보니 녹색 머리의 사내는 흰색 가운을 입고 있었다. 피곤하셨나 보네. 저렇게 불쌍하게 주무시지 말고 안쪽에 침대 있는 방에서 주무시면 좋을 텐데.

그녀가 그렇게 생각하며 고개를 끄덕이자 갑자기 크리스티안이 의원을 잡아 족칠 기세로 성큼성큼 다가가기 시작했다.

소니도르는 저도 모르게 그를 붙잡아 당황한 목소리로 말했다.

"뭐 하시려고요?"

기사는 당연한 걸 묻는다는 듯 답했다.

"깨우려고 한다만."

"눈빛이 그게 아닌데요. 두들겨 패서 깨우려는 건 아니죠?"

"착각이다."

"정말? 얼굴에 숨기지 못한 혐오와 살기가 가득한데요."

소니도르가 눈을 가늘게 뜨자 크리스티안이 그녀의 시선을 피했다.

대체 그녀가 자는 사이에 기사와 의원 사이에 무슨 일이 있었는지는 모르겠지만, 그를 싫어한다는 사실 하나는 똑똑히 알 수 있었다.

대체 무슨 일을 당해야 저런 질색하는 표정을 할 수 있는 거지.

'싸웠나? 애들도 아니고 참.'

그녀는 속으로 사돈 남 말을 하며 작게 쯧쯧 하고 혀를 찼다.

"많이 고단하셨나 본데 저 갔다 올 동안 깨우지 않는 게 좋지 않을까요? 어차피 지금은 의원님이 일어나도 딱히 하실 일도 없잖아요."

소니도르가 묻자 크리스티안은 탐탁지 않다는 얼굴을 하다가 깊은 한숨을 뱉으며 말했다.

"갔다 와. 네 말대로 깨우지 않을 테니."

124

"넹. 아, 혹시 입이 심심하시면 제 진저 쿠키 드셔도 돼요."

"필요 없어."

"진저 쿠키는 빨리 안 먹으면 도망치는 거 알아요? 막 접시 위에서 사라져 있을걸요. 그 전에 드세요."

"까불지 마라."

전의 눈깔사탕 사건을 떠올리며 깐죽거리자 그의 기색이 자못 살벌해졌다. 헉, 너무 나댔나. 도망쳐야겠다. 순식간에 쪼그라든 소니도르는 얼른 마르멜 옆자리에 착석했다.

그녀는 어제보다 더 반짝반짝 빛이 나는 황태자를 질린 얼굴로 보다가 이내 손을 잡고 눈을 감았다.

그런데 이상했다. 전에는 그리도 선명했던 황태자의 의식이 온데간데없이 사라졌다. 그녀를 경계하고 좀 더 깊숙한 곳에 숨은 건지 의식을 더 길게 뽑아도 흔적조차 찾을 수 없었다.

고작 두 번 들어간 거로 벌써 이렇게 경계해? 아닌데. 그때 분명 사정 설명 다 해 줬는데. 설마 그때 소스를 먹어서 의식 더 깊숙한 곳으로 들어가서 그런가? 아니면 그의 무의식이 스스로 자신을 보호하기 위해 만든 방어 체계일지도 몰랐다. 이런 경우는 처음이었다.

잠시 눈을 감은 채 끙끙거리던 그녀는 속눈썹을 파르르 떨면서 천천히 들어 올렸다. 으음, 이거.

"아무래도 접촉 면적을 더 늘려야겠는데요."

크리스티안이 되물었다.

"접촉 면적을 늘려?"

"손을 잡는 걸로는 부족하다는 뜻이지요."

"그렇다면?"

"마주 안는다거나?"

주저하며 답하자 그가 괜히 허리께에 찬 검 손잡이를 만지작거렸다. 히익.

"변태가 아닙니다. 순수한 포옹. 허그."

"잘 모르겠군. 이건 나 혼자 결정할 사안이 아니라……."

아니 무슨 사안까지야. 소니도르는 아주 심각한 얼굴로 변하는 기사에게서 아이를 과보호하는 부모의 모습을 겹쳐 보고는 차게 식었다. 어쩐지 굉장한 파렴치한이 된 기분이었다.

순결한 몸인 건 이쪽도 마찬가지인데! 아니 오히려 이쪽이 더했다. 일할 때를 제외하곤 남자 손 한 번 제대로 잡아 본 적 없으니까.

반박하다 보니 어쩐지 더 슬퍼졌기에 그녀는 그쯤에서 생각하는 것을 그만두었다.

"의원이라고 생각해 주세요. 지금 전하를 깨울 수 있는 유일한 사람은 바로 저잖아요. 할 수 있는 거라면 전부 시도해 봐야 할 텐데 벌써 막히면 어떡해요."

잠시 고민하던 크리스티안은 결국 머리를 쓸어 올리며 한숨을 뱉었다. 모든 방법을 동원해서라도 깨어나게 하라는 황제의 명령을 떠올렸기 때문이다.

"어쩔 수 없군."

사실 맨살끼리 닿아야 더 효과가 좋지만 그걸 입 밖에 뱉으면 기어코 저 검을 뽑아 도려내고야 말겠지. 그녀는 자신의 목숨이 소중한 줄 아는 사람이었다.

소니도르는 옷을 탁탁 털고 일어나 마르멜이 누워 있는 침대에 올라갔다. 침대가 워낙 커서 그런지 두 사람이 들어가고 나서도 여전히 자리가 넉넉히 남았다.

의자에 쭈그리고 엎드려서 일하는 것 때문에 늘 허리가 아팠는데 이러면 좀 편할지도. 그녀는 얼음장같이 차가운 청년을 조심스럽게 끌어안으며 생각했다. 얼굴이 워낙 단아하게 생겨서 잘 못 느꼈는데 역시 남자라 그런지 골격이 단단했다.

머리 하나는 훌쩍 큰 사내를 품 안에 안는 일은 생각보다 힘들었다. 한참 자세를 고치며 끙끙거리던 소니도르는 결국 보다 못한 크리스티안에 의해 마르멜의 품에 꼭 안긴 자세가 되었다.

그녀는 황태자의 허리에 둘린 자신의 팔을 꼼지락대다가 어색하게 눈을 도록 굴렸다. 심장에 무리가 가는 용안이 바로 지척에 있었다.

어허, 떽. 아무리 잘생겨도 저분은 환자야. 게다가 황태자 전하이시기까지 하다. 프로 의식이 부족하구먼!

속으로 자신을 타박하고 있자니 크리스티안이 눈썹을 들어 올리며 물었다.

"얼른 안 하고 뭐 하는 거지?"

"지금 하려고 했거든요."

어쩌면 이 일에 실패했을 경우 가장 먼저 자신을 처분하는 건 황제가 아니라 크리스티안일지도 모르겠다고 소니도르는 생각했다. 설렐 틈도 없었다.

그녀는 순식간에 심장의 안정을 찾고 곧바로 눈을 감았다.

쿵쿵거리는 마르멜의 심장 소리가 아주 가까운 곳에서 크게 박동하는 게 느껴졌다.

✦

그의 의식은 멀지 않은 곳에 있었다. 찾는 게 처음처럼 쉽지는 않았지만, 그래도 서로의 의식을 엮을 수 없을 정도로 먼 곳이 아니라 다행이었다.

그녀는 안도하며 재빨리 꿈의 세계를 생성했다. 날씨는 지금과 같은 봄날의 아침으로 설정했더니 얼마 있지 않아 눈앞에 황궁의 정원이 펼쳐졌다.

내심 기대했던 소니도르는 황망하게 중얼거렸다.

"대체 뭐가 달라진 건지 모르겠네."

바싹 마른 가시덩굴로 둘러싸인 황폐하고 삭막한 정원이었다. 꽃 어디 있어. 꽃! 얼마 전 보았던 전직 정원사의 꿈속 정원과 너무 비교돼서 이곳을 정원이라 부르기도 미안할 지경이었다. 심지어 여전히 흑백 풍경이다.

황제 폐하께서는 대체 황태자 전하께 무슨 짓을 하신 겁니까. 의심병 도져서 사람 죽일 시간에 전하 심미안이나 좀 신경써 주셨으면 이 지경은 아니었을 텐데.

"이럴 거면 대체 그 과일은 왜 먹은 거지."

그때 바로 옆에서 나른한 목소리가 들려왔다.

"많은 것이 달라질 거야. 여긴 이제 나의 낙원이 아니거든."

심장이 내려앉았다.

소니도르는 너무 놀라 꽥 소리도 내지 못하고 발을 헛디디고 말았다.

……잠깐만. 발? 이번에는 뱀이 아니었어? 자신의 정체가 뭐인지 파악할 틈도 없이 그녀는 황태자의 어깨 위에서 떨어지고 말았다. 꿈속이라 한들 느끼는 고통은 똑같았기에 저도 모르게 눈을 질끈 감았다.

하지만 그녀를 받은 건 딱딱한 흙바닥이 아니라 마르멜의 유려한 손바닥 안이었다. 소니도르는 반동 때문에 그의 손바닥 안에서 데굴데굴 구르다가 이내 완전히 멈추고서 슬며시 감았던 눈을 떴다.

"조심해야지."

이번에는 날지 못하는 새로구나.

빛을 등지고 선 그는 그렇게 말하고는 눈가를 곱게 접어 웃었다.

티 없이 말간 웃음을 마주한 소니도르는 잠시 할 말을 잊었다. 왠지 태도가 묘하게 더 유해진 것 같은 건 착각인가. 왜 더없이 다정한 저 모습이 이렇게 살 떨리는지 모를 일이었다.

그녀는 이번에 자신이 새가 되었다는 걸 마르멜의 입을 통해서 전해 듣고는 자신의 날개를 펼쳐 살펴보았다. 어째 몸체가 전체적으로 구체처럼 동글동글해진 것 같았다. 무슨 새인거지.

"왜 매번 그런 귀여운 모습으로 들어오는 거지? 잔망스러워."

마르멜은 침묵하는 뱁새의 자그마한 부리를 톡하고 건드렸다. 깜짝 놀란 그녀가 파드득 떨며 작은 날개를 활짝 펼쳤다. 제 딴에는 굉장히 위협적이라고 생각하고 있는 듯했다. 날개를 파닥이다가 뜻밖에 나는 법을 터득한 그녀는 허공을 가로질러 빙빙 돌다가 그의 어깨 위에 앉았다. 주변 풍경 때문에 날아도 별로 유쾌한 기분이 아니었다.

"이건 제 의지가 아니라서요. 보통 전하께서 좋아하시는 걸로 형태가 바뀌어요."

"귀여운데 좀 깨물어 봐도 되나?"

"아니요. 제발 깨물지 말아 주세요……."

단순히 뱁새가 귀여워서 친절해진 모양이었다. 소니도르가 간절하게 애원하자 마르멜은 아쉽다는 얼굴을 하며 순순히 물러났다. 왜 상대가 좋아하는 모습이 되어도 생명의 위협을 느껴야 하는 건지 모르겠다.

"대체 절 어떻게 알아보시는 거죠. 매번 모습이 달라지는데."

"머리가 있으니까."

"……."

소니도르는 더 이상 아무것도 묻지 않기로 했다. 됐어. 나는 저 말에 의미를 부여하지 않을 거야. 내게 머리가 있어 불만인 것처럼 해석하지 않을 거라고.

"그 이유도 있지만 네가 늘 내 곁에 있겠다고 말하지 않았나. 그러니 네가 이곳에 오자마자 나와 마주친 거고 내가 널 알아본 것일 테지.”

그는 넌지시 꿈속의 규칙 하나를 알려 주고는 빙긋 웃었다. 말한 대로 이루어질 테니 입을 조심하라는 경고인 걸까? 그럴 수도 있었고 아닐 수도 있었다. 그녀는 긴장한 기색을 보이며 천천히 고개를 끄덕였다.

그때였다. 마르멜은 황폐한 정원의 풍경 안에서 묵묵히 서 있다가 갑자기 묘한 얼굴을 했다.

“이상하군.”

“뭐가요?”

“네가 들어온 이후로 몸이 따뜻해졌어.”

마르멜은 체온이 낮아 현실에서도 꿈에서도 늘 손발이 찼다. 그런데 갑자기 뱁새가 등장한 이후로 훈훈한 온기가 느껴졌다. 그렇다고 뜨거운 것도 아니었다. 미적지근하지만 질척거리지 않고 부드러운.

그는 허공을 향해 손을 뻗더니 마치 떠도는 공기를 잡아 쥐는 것 같은 손동작을 해 보였다. 그러고는 공기를 붙잡았던 손바닥을 내려다보면서 살짝 눈가를 찌푸렸다.

“공기가 말랑하군.”

“……”

소니도르는 침묵으로 답했다. 그거 제가 껴안고 있어서 그럴걸요.

아무리 치료를 위해서였다지만 본인의 허락을 구하지도 않고 멋대로 끌어안은 건 잘못이었다. 그녀는 순순히 이실직고할까 고민하다가 이내 그만두었다. 어차피 이쪽은 죽을 목숨인데 좀 끌어안은 게 어때서. 절대 목이 잘릴까 두려워 이러는 게 아니다.

그녀는 작게 헛기침을 한 뒤 재빨리 화제를 돌렸다.

"······크음. 그런데 여기가 낙원이 아니라는 게 무슨 말씀이세요?"

그런데 그가 바로 대꾸를 하지 않았다. 아무래도 깊은 고민에 빠진 것 같았다. 소니도르는 날개를 펼친 뒤 그의 손바닥까지 날아가 앉았다.

손끝을 문지르며 의아한 기색을 보이던 마르멜은 진짜 말랑한 게 손에 닿자 잠시 움찔 떨었다. 동글동글한 털 뭉치 같은 게 자신의 손바닥 안에서 고개를 갸웃거리고 있었다.

"너 일부러 그러는 건가."

뭔가 찜찜하다는 얼굴을 하고 있던 그의 얼굴은 순식간에 풀려 버렸다.

"나더러 믿지 않아도 된다 하더니 그 모습은 반칙이잖아."

마르멜은 뱁새의 머리를 손가락으로 부드럽게 쓰다듬고는 그 어느 때보다 다정한 미소로 물었다. 웃을 때 드러난 새하얀 송곳니가 햇빛에 반짝하고 빛났다.

"깨물어 보면 안 돼?"

"안 됩니다. 전 연약하고 작은 새라고요."

"너무 매정하군. 오는 게 있어야 가는 것도 있는 법이지."

"그래도 깨무는 건 안 돼요······."

이런 말까진 안 하려고 했는데 터진다고요.

소니도르가 아연한 눈빛으로 말끝을 흐리자 그가 다시 아쉬운 기색을 보이며 물러났다. 마르멜은 미련이 뚝뚝 흐르는 얼굴로 뱁새를 내려다보다가 결국 모든 것을 술술 털여놓았다.

방금 그가 했던 말대로 뱁새는 굳게 닫힌 그의 마음을 순식간에 부수고 들어올 정도로 작고 귀여웠다.

"말 그대로 여긴 낙원이 아니야. 낙원에서는 모든 게 내 통제 아래였거든. 뭐든 할 수 있었지."

"그럼 이제는 꿈이 전하 뜻대로 흘러가지 않는다는 말씀이세요?"

"아주 엉망진창이다. 이젠 주변 풍경 정도밖에 통제를 못 하겠어."

풍경은 통제할 수 있었구나. 소니도르는 가시 정원과 흑백 세상을 바라보고 순식간에 납득해 버렸다. 이왕이면 풍경도 통제할 수 없게 되었으면 좋았을 텐데. 뭐, 통제할 수 없게 된들 그의 정신세계는 같으니 꿈속 풍경은 다 거기서 거기겠지만 말이다.

"그럼 이제부터 본론입니다, 전하. 일단 밖으로 가시기 위해선 계속 소스를 찾아내야 해요. 전하께서 깊은 잠에 빠지신 원인을 찾아내 해결하려면 내면 깊은 곳으로 가야 하기 때문이죠. 혹시 낙원에서처럼 이곳 소스도 뭔지 아시겠나요?"

"전혀."

마르멜은 짧게 답하며 잠시 고민에 빠졌다. 그러다가 갑자기 뭔가 생각난 듯 장난스러운 미소를 지으며 물었다.

"그러면 깨어날 수 있나?"

힉! 소니도르는 저도 모르게 기겁하는 소리를 냈다. 마르멜이 금기를 또 입에 담은 것이다. 저번에는 소니도르의 능력이 끊기기 직전에 한 말이라 어영부영 넘어갔지만, 지금은 분명 똑똑히 들었다.

이제 죽는 건가? 진짜로 죽는 거야?! 소니도르야 죽으면 깨어날 뿐이지만, 마르멜같이 불안정한 상태에서 죽임을 당하면 아예 영원한 잠에 빠져 버리는 수가 있었다. 물론 운이 아주 좋으면 깨어날 수도 있지만 그건 너무 위험부담이 컸다.

만약 잘못해서 심연보다 깊은 곳까지 의식이 빠지면 그녀로서는 손 쓸 도리가 없었다.

현실에서도 죽는 건가! 부족민들의 운명은 결국 이대로……. 어머니, 죄송해요. 전 나름대로 최선을 다했어요. 지오, 미안나 때문에 결국 모두가 은연중에 두려워했던 학살이라는 참사가 다시 재현될지도 몰라. 테리, 그동안 내 수발을 들어 줘서 고맙다. 근데 네가 만든 빵은 언제나 버터가 너무 많이 들어갔어. 돈이 아깝단 말이야…….

그러나 그런 일은 일어나지 않았다. 땅 위의 존재들이 죽이려고 덤벼들기는커녕 아예 나타나질 않았다. 두 눈을 꾹 감은 채 바들바들 떨고 있던 소니도르는 천천히 눈을 떴다. 시선을 들자 마르멜이 입꼬리를 꿈틀거리고 있는 게 보였다. 그는 결국 참지 못하고 큰소리로 웃음을 터트렸다.

"아, 진짜 귀여워."

뭔진 모르겠지만 놀림당했다! 그녀가 색색거리는 숨소리를 냈다. 뱁새 특유의 울음소리였다.

그는 한참 끅끅대며 웃다가 눈물을 닦아 내며 말했다. 목소리엔 아직도 웃음기가 가득했다.

"난 깨어난다는 말을 해도 죽지 않는 것 같아. 아직은."

"아, 아직은?"

그게 무슨 말이냐는 듯 되묻자 마르멜은 턱을 쓸며 잠시 말을 골랐다.

"낙원에서는 내가 그 말을 꺼내기만 하면 머리 없는 것들이 나타나 내가 좋아하는 걸 내놓지 못해 안달이었어. 평소에 즐겨 먹는 음식이나, 오락 따위들 말이야. 현실을 자각하거나 지루할 틈 없이 내 말에 복종하고 원하는 걸 들어줬다. 하지만 지금은 어떻지? 네가 소스라고 칭했던 과일을 먹은 이후로 아무도 나타나지 않아."

그렇다면 이보다 더 깊은 내면으로 들어간다면? 그는 그렇게 덧붙이며 가늘게 웃었다.

"널 따라가면 내 처지도 조만간 위험해질지도 모른다는 증거지."

"헉. 그럼 그 말 하지 마요!"

뱁새가 역시 금기어는 입에 담으면 안 된다며 색색거리고 울었다. 마르멜은 그런 그녀의 머리를 톡톡 두들기며 자애롭게 웃었다. 애써 참고 있지만 귀여워 죽겠다는 기색은 여전히 지우지 못한 채였다.

"내 추측일 뿐이야. 아니길 바라야지."

"제발 아니었으면 좋겠네요. 전하께서 잘못되면 큰일 난다고요."

소니도르는 땅이 꺼지도록 한숨을 내쉬고 나서야 조금 진정

할 수 있었다.

꿈에서는 정말 말이 씨가 되는 경우가 많단 말입니다. 그녀는 몹쓸 장난을 치는 마르멜을 살짝 흘겨본 뒤에 일단 빨리 일에 착수하자고 결심했다. 소스를 찾는 것이 급선무였다. 일을 오래 끌면 틀어질 수 있으니 어서 움직이기 시작하자고 말하자 마르멜이 물었다.

"대체 소스란 건 어떤 거지?"

"아주 소중한 기억이나 물건, 장소, 행동, 신념, 믿음, 애정, 욕구 등등이 소스가 될 수 있어요."

"그건 그냥 전부잖아."

"그러니 전문가인 제가 있는 것 아니겠어요. 제가 앞에서 언급한 것들은 거의 '추억'과 '간절한 희망'을 기반으로 하고 있어요. 꿈속에서 일어나는 모든 일은 우연이 아니랍니다. 제가 옆에서 길잡이가 되어 드릴게요."

물론 마르멜이 낙원에서 먹었던 과일 같은 경우는 그 어디에도 해당하지 않았다. 하지만 그가 했던 말처럼 왠지 모르겠지만, 그 과일을 먹어야 한다는 강한 끌림을 느꼈을 것이다. 그것만으로도 소스가 될 이유는 충분했다. 꿈은 원래 비논리의 영역이었으니까. 그걸 재빨리 눈치껏 알아차리는 것이 가장 중요했다.

"그럼 소스를 찾기 위한 첫 단계로 가죠. 여긴 어디인가요?"

"프리지아 궁 정원."

궁의 정원……? 그것도 꽃 이름이 붙었으면 그냥 궁이 아니라 황후마마의 궁일 터였다. 황제 폐하께서는 따로 후궁을 두지 않았으니까.

"전혀 안 그래 보이는데요."

이 풍경이 보통은 아니라는 걸 자각하고는 계신 거겠지. 소니도르가 설마 하며 묻자 마르멜은 주변을 가볍게 슥 둘러보며 말했다.

"어머니께서 늘 직접 가꾸셨으니까 지금은 아마 이렇겠지."

역시 여기가 돌아가신 황후마마의 궁인 모양이었다. 그를 따라 정원을 살피다가 그녀는 떨떠름한 목소리로 말했다.

"아무리 정원을 방치해도 가시덩굴이 자라진 않을걸요."

"그런가."

고개를 기울인 마르멜이 손을 뻗으며 가볍게 좌우로 스윽 훑자 정원을 뒤덮고 있던 가시덩굴이 전부 사라지고 없어졌다. 풍경을 그의 의지대로 통제할 수 있다는 게 이런 뜻인 모양이었다.

신기한 것도 잠시, 차라리 가시덩굴이라도 있는 게 나아 보일 정도로 삭막한 황무지 같은 풍경이 펼쳐졌다. 홀로 덩그러니 서 있는 화려한 분수대와 정자가 어째 불쌍해 보였다.

심지어 가시덩굴에 가려 보이지 않았던 목 잘린 정원사가 보였다. 그는 정원사용 가위를 들고 있었는데 그 모습이 자못 살벌했다. 명색이 꿈 장인인데 땅 위의 존재를 볼 때마다 이렇게 움찔 떨게 하다니. 이건 순전히 황태자의 꿈이 잘못한 것이었다.

그녀가 당황한 목소리로 말했다.

"어…… 전하의 기억 속에도 이렇진 않죠? 최대한 과거의 기억에 가깝게 만들 순 없나요."

"기억이 안 나."

네 살 때부터 제국사와 제왕학을 공부했다는 사람답지 않은 기억력이었다.

소니도르는 잠시 의아했다. 서기관은 원래 목에 칼을 들이대도 진실만을 기록해야만 하는 직책이니 그게 거짓은 아닐 텐데. 그들은 아마 황제가 머리를 자른다고 협박해도 기록에 '폐하께서 내 머리를 자른다 하셨다.' 하고 적을 사람들이었다.

마르멜은 기억을 더듬는 듯 눈썹 사이를 좁히더니 아주 천천히 입술을 달싹였다.

"……아마 프리지아로 가득했던 것 같아. 어머니께서 가장 좋아하셨던 꽃이셨지. 어떻게 생겼는지 까먹었지만."

그가 손을 펼치자 허공에 정체를 알 수 없는 꽃 한 송이가 피어났다. 지옥에서 피는 꽃이 이럴까 싶을 정도로 기괴하게 뒤틀려서 꺾여 있었다.

아냐……. 이거 아니야……. 까먹는 정도가 아니라 아예 인간계에서 벗어난 새로운 무언가를 창조했잖아.

소니도르는 고개를 마구 저으며 물었다.

"알고 계시는 꽃이 있으세요?"

그리고 보니 가장 처음 꿈이었던 울창한 숲에 떨어졌을 때도 꽃은 한 송이도 피어 있지 않았던 게 기억났다. 황태자는 심미안도 심미안이지만 잠시 멈춰 서서 정원에 핀 꽃을 감상할 정도의 감수성도 없는 모양이었다.

소니도르는 추억을 재현하는 걸 깔끔히 포기하기로 했다.

그냥 가시덩굴이라도 있는 게 다행이라고 여길 때쯤 마르멜이 답했다.

"내 탄생화는 어떻게 생겼는지 기억해."

"오. 그럼 그 꽃을 정원에 심는 건 어때요?"

"별로 좋은 생각은 아닌 것 같다만."

그가 다시 허공에 손을 가볍게 젓자, 제법 널찍한 정원에 수십, 수백 개의 꽃이 일제히 피어났다. 동시에 마치 코를 찌르는 듯한 날카로운 향기가 주변을 가득 메웠다. 겹겹이 쌓인 검은 꽃잎은 향기만큼이나 굉장히 강렬한 모양새를 띠고 있었고, 장미보다 더욱 날카로운 가시를 품고 있었다.

"타나토스."

꽃 한 송이를 따낸 그는 가시에 찔려 피를 흘리는 손가락을 무감각하게 내려다보며 말했다.

"꽃말은 죽음이지."

"……."

꽃을 통해 추억을 재현하고 마르멜의 마음을 이름만큼이나 말랑말랑하게 만들려는 계획은 애초부터 실패였다. 말랑말랑은 무슨 곁에 있다간 그대로 휩쓸려서 끌려들어 갈 것처럼 질척질척했다. 우울의 늪이었다.

보통 꽃 하면 꿈과 희망을 떠올리기 마련인데 대체 왜 항상 결론이 이렇게 나는 걸까.

왜 하필 황태자는 타나토스의 날에 태어나서!

'갈 길이 멀구나.'

소니도르는 한숨을 삼키며 혼돈 그 자체인 정원을 응시했다.

그래. 일단 소스고 나발이고 정신적인 안정이 시급했다.

"죽음이란…… 삶과 가장 가까운 존재이죠. 탄생이 있기에 죽음도 있고 죽음이 있기에 탄생도 있는 것. 그러니까 죽음이란 곧 삶이에요. 서로 떼어 놓으려 해도 떼어 놓을 수 없는, 공존하는 것이기 때문에 타나토스의 꽃말은 탄생이자 삶입니다."

내가 뭐라는 거지. 소니도르는 자신이 말하고도 뭐라고 하는지 알 수 없어 잠시 말을 멈췄다. 하지만 열변을 토하는 그녀의 의지는 충분히 전해진 모양이었다. 꺾은 꽃을 흙바닥에 떨어트린 마르멜이 짙게 웃었다.

"새가 되어도 혀를 놀리는 건 어설픈 뱀과 같구나."

"전하. 우리 좀 더 밝고 희망찬 미래를 보아요. 세상은 자세히 들여다보면 정말 아름답답니다."

아름다운 하늘! 아름다운 해와 달과 별! 아름다운 산과 들! 아름다운 강과 바다! 아름다운 꽃과 나무!

그녀는 날개를 활짝 펼치며 지저귀었다. 붉게 타오르는 저녁놀이 얼마나 경이로운지, 쏟아질 듯 하늘에 수놓인 은하수가 얼마나 찬란한지, 색색의 빛을 뽐내는 꽃들이 얼마나 화려한지 말이다.

"인간의 손에서 만들어진 예술품 또한 훌륭하죠. 예술은 좀 더 넓은 범위를 가진답니다."

"흐음, 그렇다면 나의 예술은 어떻지?"

그가 타나토스로 둘러싸인 정원을 가리키며 말했다.

"어…… 음. 도, 독특하다고 할까. 장식무늬로 보아 아라베스크 요소가 뚜렷하다고 해야 할까."

대체로 그로테스크합니다만. 특히 꿈에 등장하는 인물들이 전부 목이 없다는 점에서요. 물론 그게 예술적인 기준에서 떨어진다는 건 아니었지만, 정신 건강에는 하나도 도움이 되지 않을 게 분명했다.

마르멜은 잠시 생각에 잠긴 듯 눈을 내리떴다. 그러자 갑자기 땅에서 자라난 마른 넝쿨들이 얽히고설켜 가시가 돋친 옥좌 같은 것을 만들어 냈다. 그는 그 위에 깊숙이 기대어 앉더니 낮은 한숨을 흘렸다.

"네가 말한 것들이 그렇게 중요한 건가? 난 그것들을 아름답다 여긴 적이 별로 없어."

사실 지금껏 그가 보여 주었던 모습만 보아도 그럴 거라고 생각하긴 했다. 프리지아를 대신해서 지옥의 꽃을 창조해 낼 정도였으니 말이다.

소니도르는 애써 그를 이해하고자 노력하며 고개를 끄덕였다.

"뭐, 미의 기준은 사람마다 다른 거니까요."

"아니. 아니야. 아름다워서 이리 둔 게 아니다."

"그럼요?"

"사실 아름답다는 것도 뭔지 잘 모르겠어. 대체 그런 것에 가치를 부여하는 이유가 뭐지?"

그가 매끈한 이마를 살포시 구겼다. 목소리는 점점 낮아지고 속삭이는 것에 가까워졌다.

하는 수 없이 뱁새는 더 가까이서 듣기 위해 날개를 퍼덕여 그의 앞을 맴돌았다. 그녀의 행동에 마음이 풀렸는지 그가 잠시 작게 피식거리는 웃음소리를 냈다.

"사람들이 무엇에 감탄하고 무엇에 감동하는지 알고는 있어. 네가 방금 말했던 것들이지."

"보통 그렇죠."

소니도르가 답하자 마르멜은 양손을 맞잡아 깍지 낀 후 그 위에 자신의 턱을 얹었다.

"단지 내게는 그게 쓸모없다고 여겼을 뿐이야."

"정원의 꽃들이?"

"모든 것이."

모든 것이? 그녀는 그의 말을 되풀이한 뒤 잠시 침묵했다. 모든 것이 쓸모없다고 하는 그에게서 짙은 허무를 읽어 낼 수 있었다. 뱁새는 이내 작은 부리를 달싹였다.

"……그래서 전하의 세상이 빛을 잃었나요? 쓸모없어서?"

마르멜은 소니도르 쪽을 흘깃 응시하더니 입꼬리를 끌어올려 매력적인 미소를 지었다. 대답은 없었지만 그 웃음은 분명 무언의 긍정이었다.

그녀는 할 말을 잃었다. 고작 '미쳤다.', '우울증에 걸렸다.', '어린 시절을 비관하고 아버지가 두려워서 코마 상태에 빠졌다.'라는 식으로 단정 짓기에 그의 염세주의는 생각보다 깊어 보였다.

"내게 너무 많은 것을 강요하지 마라."

그가 딱 선을 그어 말했다.

하지만 선을 긋는다고 물러설 소니도르가 아니었다.

철벽을 친다면 깨부순다.

그녀는 못 들은 척하며 허공을 맴도는 것을 관두고 그의 무릎 위에 앉았다. 그리고 종종 뛰어 점점 그에게 가까이 다가왔다.

콕 박힌 구슬 같은 눈을 깜빡이며 고개를 갸웃거리자 마르멜이 미소를 지은 채로 굳어졌다. 그는 서서히 고개를 숙이더니 결국 한 손으로 자신의 눈가를 덮으며 말했다.

"그만해. 부정맥이 올 것 같으니까."

"새는 쓸모없지 않나 보죠?"

"귀엽잖아."

"······그것참 편협한 판단이로군요."

염세주의에 찌들어 있는 사람이라도 그나마 좋아하는 게 있어서 다행이었다. 만약 마르멜이 귀여운 동물마저 좋아하지 않았다면 어떻게 그를 깨워야 할지 상상만 해도 막막했다.

소니도르는 황태자가 천천히 자신의 심장 위 옷자락을 움켜쥐는 것을 지켜보다가 입을 열었다. 입에 발린 말이기는 하지만 그녀의 진심이기도 했다.

"전하께선 쓸모없다고 하셨지만 전 전하의 눈동자 색이 정말 예쁘다고 생각했거든요. 잘 익은 체리처럼 선명한 붉은색이에요. 이슬이 맺힌 것처럼 반짝였죠. 전 초상화를 봤을 뿐이지만 실제로 보면 분명 더 아름다울 거예요."

"······그런다고 색이 입혀질 것 같나."

마르멜이 눈가를 찌푸리며 딱 잘라 말했다. 하지만 그녀는 그 속에서 언뜻 스쳐 지나가는 붉은빛을 본 것 같았다.

'오.'

황태자는 칭찬에 약하다! 아니, 뱁새에 약하다! 무언가 깨달음을 얻은 소니도르는 두 눈을 반짝이며 빠르게 칭찬을 쏟아 내기 시작했다. 주로 그의 외모를 찬양하는 내용이었는데, 듣는 사람의 손발이 다 오그라들 지경이었다.

그녀의 모습에서 무언가 겹쳐 보였다. 마치 살롱 주인이 드레스를 맞추러 온 귀부인의 용모를 찬양하는 것만 같았다.

"그러니까 마치 동화 속에 나오는 눈의 정령이나 요정이 이럴까 싶을 정도로……."

"그만."

"넵."

과유불급이었다. 수다스러운 새 때문에 안정을 되찾은 마르멜은 그 말을 가만히 침묵한 채 듣다가 결국 단호하게 끊어 냈다. 그는 시무룩해진 뱁새의 머리를 손가락으로 톡 치며 말했다. 소니도르는 고개가 살짝 뒤로 젖혀진 채 움직일 생각을 하지 않자 찡찡거리는 소리를 냈다.

"자꾸 옆길로 새는군. 소스를 찾는데 네가 말하는 아름다운 풍경과 색채가 필요한 건가?"

"그럼요. 전하의 이 뭐냐……."

정신 나간 것 같은…… 아, 아니. 그게 아니라…….

소니도르는 잠시 말꼬리를 늘이며 속으로 순화된 표현을 골랐다.

"……독창성 있는 예술적 감각이 추억을 재현하는 일을 방해하고 있어요. 이곳은 분명 기억의 장소인데 기억과 같은 게 거의 없잖아요. 그러니까 일단 이곳을 바깥 세계와 비슷한 모습으로 되돌리는 것이 급선무라 생각해요."

대공사 작업이 필요했다. 일단 색채를 원래대로 돌려야 하고, 또 지옥의 식물이 자라지 않게 해야 하고, 마지막으로 가장 중요한 것은 땅 위의 존재들의 목을 돌려놓는 것이었다.

만약 사형당해 죽은 황후가 목이 없는 상태로 마르멜 앞에 나타난다 한들 그것은 모자간의 감동적인 상봉이 아니라 한 편의 공포물이었다. 그것으로 추억을 재현해도 과연 얼마나 큰 효과가 있을지 그녀로서는 알 수가 없었다.

하지만 그게 과연 가능할지 모르겠다. 자신의 능력에 한해서 늘 자신이 넘치는 소니도르였지만 이것만큼은 솔직히 할 수 있을 거라 단정하기가 힘들었다. 염세주의가 뿌리 깊게 박혀 있는 사람인 데다가 그를 귀여운 동물로 꼬여 내는 것밖에 방법이 없으니 말이다. 일단 노력은 해 보겠지만.

"그건 힘들 것 같군."

그런데 오히려 마르멜 쪽에서 불가능한 일이라 못을 박았다.

"일단…… 내 기억이 뒤죽박죽이다."

"네?"

"기억이 나는 것도 있지만 아닌 것도 많아. 떠올리려 하면 마치 새하얀 물감을 부어 버린 것처럼 머리가 뿌옇게 흐려져."

"아. 스스로 기억을 지워 내셨나 보네요. 큰 충격을 받았을 땐 가끔 그런 경우가 있어요."

소니도르는 고개를 끄덕이며 대수롭지 않다는 듯이 말했다. 보통이 아닌 일이었지만 그녀는 전문가였기 때문에 마치 의원이 환자를 진단할 때처럼 침착하고 태연하게 답했다.

그녀는 잠시 고개를 왼쪽 오른쪽으로 갸웃갸웃하며 생각하다가 결국 푹 한숨을 내쉬었다. 어떻게 머리를 굴려 봐도 상황이 생각보다 심각하다는 결론밖에 나오지 않았다.

"추억은 포기하고 전하께서 바라는 희망이자 미래로 방향을 트는 게 좋을지도 몰라요."

"내 희망?"

"네. 전하께서 간절히 바라시는 거요."

마르멜은 한동안 답이 없었다. 입가에 잔잔히 스며 있었던 부드러운 미소가 단박에 사라지고 없었다. 급격한 감정의 변화였다.

그는 자신의 무릎 위에서 콩콩 뛰어다니는 소니도르의 동그란 몸체를 단번에 잡아챘다. 갑자기 숨이 옥죄어진 그녀는 깜짝 놀라 저도 모르게 억눌린 신음을 낼 수밖에 없었다.

"뀨!"

아프진 않았지만 버둥거려도 그의 손안에서 옴짝달싹도 할 수가 없었다.

"내가 바라는 게 뭔지는 아나?"

가시덩굴 옥좌에서 몸을 일으킨 마르멜은 눈매를 나른하게 접으며 물었다. 말투는 높낮이가 없었으나 길들지 않은 맹수처럼 낮게 으르렁거리는 목소리였다.

묵직한 음성에 몸이 저릿저릿 울렸다. 소니도르는 눈앞에 천적을 마주한 초식 동물처럼 몸이 굳어 버리고 말았다.

"아아, 그래. 모를 리가 있나. 넌 모든 걸 다 봤는데."

알고 있잖아. 내가 원하는 것.

그가 그녀에게 서서히 얼굴을 가까이하며 속삭였다. 완전히 사람이 돌변한 것처럼 그의 새까만 눈동자가 광기를 품고 번들 거렸다. 바닥까지 떨어진 자의 악귀 같은 표정이었다. 소니도 르는 곧바로 마르멜이 용의 몸체를 단번에 도륙하던 순간을 떠 올렸다.

그녀는 잠시 동요하고 말았으나, 이내 진정하고서 다시 입 을 열었다.

"뀩!"

"……."

"뀨……."

"……."

그런데 몸체가 억눌려서 말이 잘 나오지 않았다. 마르멜도 어이가 없었는지 한참 그녀를 내려다보다가 갑자기 무언가 깨 달은 얼굴을 했다.

그는 천천히 손에 힘을 죄었다 풀기 시작했다. 마치 어린아 이들이 가지고 노는 삑삑이 인형처럼, 욕조 위에 둥둥 띄워 놓 는 고무로 된 오리 인형처럼. 그럴 때마다 뱁새의 입에서 뀩뀩 거리는 소리가 튀어나왔다.

마르멜의 표정은 점점 풀어지다가 언제 살벌하게 위협했느 냐는 듯 얌전하게 돌아왔다.

아니 이분이?

묘하게 기분 더럽네, 이거.

소니도르는 한참을 장난감이 된 기분으로 있다가 겨우 그의 손에서 풀려날 수 있었다. 그녀는 마르멜이 놓아주자마자 최대한 그에게서 멀리 떨어져서 허공을 빙빙 맴돌았다.

그녀는 한참 동안 상공을 가로지르다가 얼마 지나지 않아 마르멜의 머리 위에 제멋대로 내려앉았다. 발톱으로 그의 머리카락을 꽉 움켜쥔 것은 나름 소심한 복수였다.

"아 진짜 저 사람 죽여 버리고 싶다. ……라는 생각을 한 번도 해 본 적이 없는 사람이 과연 있을까요? 물론 그런 성녀님 같은 사람도 존재야 하겠지요. 하지만 대부분 그렇지 못해요."

"또 무슨 세 치 혀를 놀리려고."

"저는 함부로 말할 수 없는 처지이긴 하지만 전하께서 그런 감정을 품을 만하다는 뜻이죠."

"……정말 함부로 말하는군. 네가 뭘 안다고 지껄이는 거지."

그의 목소리가 한층 더 낮아졌다.

"제 말이 불쾌하셨다면 죄송해요. 이 일에 대해서 더는 언급하지 않을게요."

소니도르는 마르멜을 꿈속에서 처음 봤을 때를 떠올렸다. 언제 터질지 모를 활화산 같았고, 동시에 폭풍이 몰아치기 전 고요함 같기도 했다. 성질이 전혀 다른 것이 동시에 떠오를 정도로 그는 정말 위태로워 보였다.

사실 그녀에게 맡겨진 임무는 그가 깨어나는 순간 끝나는 것이었기 때문에, 그 이후의 문제는 아무렴 어때 하고 생각했었다. 하지만 그와 대화를 나눌수록 자꾸 연민이 생기는 건 어쩔 수 없는 문제였다. 아무리 일이라지만 그녀가 감정이 없는 꼭두각시 인형도 아니고 말이다.

"아무튼, 제가 하고 싶었던 말은 깊은 증오라는 감정으로 이곳을 벗어나는 건 힘들다는 거예요. 증오의 불길은 굉장히 강렬하고 또 강한 힘을 가지고 있지만, 수명이 짧아요. 금방 허무라는 감정으로 돌변하기 쉽죠."

지금은 아주 가까운 거리에서 얘기하고 있지만, 마르멜은 제국의 유일한 황태자였고 그녀는 멸시받는 장인이었다.

만약 그가 깨어난다면 그녀를 거들떠보지도 않겠지만, 아니 애초에 그 전에 죽겠지만 말이다. 적어도 꿈 장인으로서 이 꿈 안에서 일어났던 일들이 그에게 긍정적으로 작용하기를 바랐다.

"제가 굳이 희망이라고 칭한 이유가 있답니다, 전하. 아름다움을 논한 것도 다 이유가 있어서였어요. 그런 것들은 잘 느껴지지도 않고 우리가 무심코 지나치기 쉽지만 늘 마음의 세계 어딘가에 작은 불씨를 피우고 있어요. 그걸 키우는 방법은 여러 가지가 있겠지만 가장 확실한 건 사람과 사람 사이의 유대를 통하는 거예요."

바로 그곳에 소스가 있는 거죠. 앞에서 언급했던 신념, 믿음, 애정, 욕구가 바로 여기에 해당한답니다.

그녀가 덧붙여 말하는 순간 갑자기 마르멜이 머리 위에 앉아 있는 뱁새를 다시 잡아챘다. 그는 다시 겁을 먹고 찍소리도 못하는 뱁새를 내려다보며 불만스러운 얼굴을 했다.

"낙관론자로군."

"'꿈' 장인에게 뭘 더 바라십니까."

"하, 사람과 사람의 유대라. 그래 네 말이 맞았다고 쳐. 대체 이 꿈속에서 맺을 수 있는 유대가 어디 있다는 거지?"

"그러게요. 저밖에 없네요."

소니도르는 덜덜 떨면서도 웃음기 어린 목소리로 답했다.

"어."

순식간에 시야가 뒤바뀌었다. 소니도르는 멍청한 얼굴로 눈을 깜빡였다. 그녀는 누군가의 가슴팍에 고개를 파묻고 있었다.

청량한 비누 향이 코끝을 스치고 일정한 심장박동 소리가 귓가를 두들겼다. 체온이 서늘해서 기분 좋다고 멍하니 생각하다가 그녀는 화들짝 놀라며 마르멜의 품 안에서 벗어났다. 그러자 흑백이 아닌 총천연색의 세계가 눈앞에 펼쳐졌다.

황태자는 여전히 눈을 감은 채 미동도 없이 잠들어 있었다. 뭐지? 하늘에서 깨어날 징조 같은 건 보지도 못했는데 뜬금없이 깨어났다.

"쫓겨났나."

소니도르는 작게 중얼거리며 아직 감각이 돌아오지 않은 손을 쥐었다 펴길 반복했다. 아마도 황태자가 꿈에서 자신을 밀어낸 모양이었다.

자연히 깨어난 것도 제법 고통이 동반되지만, 강제적으로 깨어날 경우는 그게 상상을 초월했다. 마치 강에서 헤엄치던 물고기가 억지로 물 밖으로 건져 올려졌을 때와 엇비슷한 고통이 닥쳐왔다.

그녀는 자신의 운명을 예감하고 침대에 얌전히 엎드렸다. 잠시 후 그녀는 침대보를 꾹 쥐며 입술을 피가 배어 나오도록 깨물어야만 했다.

"흐어어어엉."

망할 태자 전하 같으니. 소니도르는 이럴 때마다 진심으로 그냥 다 뒤엎어 버리고 싶다. 아무리 유대를 맺기 싫어도 그렇지 차라리 꺼지라고 말을 하든가. 일방적으로 쫓아내 버리면 이쪽이 죽어 나간다는 걸 미리 말해 둘 걸 그랬다. 말한다고 그가 배려해줄 리도 없지만.

얼마나 그러고 있었을까. 눈물 콧물 다 짜내며 꿈틀거리고 있는 그녀를 누군가가 말없이 어깨를 꾹꾹 주물러 주었다. 당연히 크리스티안일 줄 알고 가만히 안마를 받고 있었는데 어쩐지 손길이 이상했다. 시원하다 못해 아플 정도로 꾹꾹 눌러 주던 기사와는 달리, 지금의 손길은 뭔가 좀 더 숙련된 기술자의 손길이었다. 고통이 어느 정도 풀리기 시작했다.

그러고 보니 슬슬 테리가 올 때도 되었다. 연기 장인이 황궁에 도착했다면 말이다. 그녀는 설마 하는 목소리로 물었다.

"테리?"

"의원입니다."

"의원요?"

"네. 태자 전하의 직속 주치의지요. 하기스라고 합니다."

아, 의원님. 그리고 보니 크리스티안이 그런 말을 했었다. 의원님이라면 앞으로 그녀의 안마를 책임져 줄 아주 소중한 분이니 친해져서 나쁠 게 없었다.

소니도르는 두 눈을 깜빡이다가 이내 활짝 웃으며 답했다. 엎드려 있는 상태라 얼굴은 보이지 않았으나 그녀의 목소리에 담긴 절절한 안도는 그대로 상대에게 전해지고도 남았다.

"반가워요! 전 꿈 장인 소니도르라고 해요."

"소니도르? 소니도르(좋은 꿈 꿔)?"

"하, 하하. 그렇죠, 뭐."

살가운 미소를 짓던 그녀의 얼굴이 미묘하게 일그러졌다. 하기스가 웃음기 어린 목소리로 되묻는데 나중에 이름 가지고 말장난을 하지는 않을지 두려웠다.

왠지 할 것 같다. 수년간의 경험상 그런 직감이 왔다. 분명할 거야! 소니도르는 혹시 그가 쓸데없는 소리를 할까 봐 재빨리 말을 돌렸다.

"역시 의원님의 전문적인 손길은 뭔가 다르네요. 저 진짜 아팠는데 덕분에 살 것 같아요."

입 안에 사탕처럼 구는 건 그녀의 전문이었다. 어느 정도 진심이기도 했다. 크리스티안의 무식하기 짝이 없는 안마에 비하면 이 정도는 거의 신의 손놀림이었다. 그런데 그 말을 들은 하기스가 하핫 웃음을 터트리며 말했다.

"제 손 테크닉이 좀 죽이죠. 인정합니다. 하지만 오빠가 잘하는 게 안마뿐만이 아닌데."

"네?"

"편하게 오빠라고 불러요. 저 스물여덟 살인데 저보다 어리죠? 말 놓을게."

"······네?"

"꿈 장인이라고 했지? 그럼 일이 끝나면 오빠 꿈속에도 놀러 올 수 있나? 오빠가 꿈속에서도 아주 죽여주는데. 하핫, 농담."

꿈속에서 아주 죽여 달라는 말인가. 소니도르는 두 눈을 멍하니 깜빡였다. 하기스는 하나로 머리를 올려 묶어 훤히 드러난 목덜미를 보더니 또 영문 모를 말들을 하기 시작했다.

"솜털 뽀송뽀송한 거 봐. 아가네 아가. 우리 아가 뽀뽀는 해 봤어?"

그녀는 엎드린 그대로 딱딱하게 굳었다. 목덜미가 서늘한 게 아무래도 소름이 돋아난 것 같았다. 아니 통성명을 한 지 얼마나 됐다고 순식간에 말을 놓는 것도 모자라서 성희롱까지? 뭐 이런 의원이 다 있어.

가뜩이나 고통을 참느라 힘들었던 그녀의 기분은 아주 바닥까지 곤두박질치고 말았다.

소니도르는 의심과 경계가 가득한 목소리로 물었다.

"······그런 건 왜 물으시는데요?"

"우리 아가 너무 까칠하다. 손길을 느껴보면 대충 감이 오지 않아? 오빠 복근도 있어. 소녀들 아주 난리 난다?"

"아, 예······."

"오빠 비싼 몸인데, 소녀한테만 보여 줄까?"

······미친 건가. 소니도르는 몸이 움직이지 않아 제자리에 굳어 버린 채 질겁했다.

하지만 정신 나간 것 같은 말과는 다르게 손은 성실하게 그녀의 어깨를 주무르고 있었다. 그는 순차적으로 어깨에서 팔로, 팔에서 등으로 담백한 손길로 뭉친 근육을 풀어 주었다.

사실 그녀는 지금 피로가 한계에 달해 있었다. 노곤하게 밀려오는 잠기운에 저도 모르게 끔뻑끔뻑 눈이 감길 때쯤 하기스가 그녀의 귓가에 속삭였다.

"소니도르, 소니도르."

훅. 그가 귓속에 뜨거운 숨결을 불어넣자 그녀의 인내심이 그대로 끊어졌다.

악! 정말 꿈속에 들어가서 죽여 버리고 싶다! 순식간에 정신을 차린 소니도르가 꽥하고 소리를 질렀다.

"기사님! 기사님!"

마르멜의 꿈속에서 꽤 오랜 시간을 지체했기에 벌써 하루가까이 지나 있었다. 크리스티안은 기둥에 기댄 채 잠시 쪽잠을 자고 있다가 갑작스러운 외침에 눈을 떴다. 그는 라이젤 가드답게 순식간에 걸음을 옮겨 하기스를 그녀에게서 떼어 냈다.

소니도르는 벌떡 몸을 일으키려다가 삐끗한 뒷목과 허리를 붙잡으며 재빨리 하기스에게서 멀어졌다.

"뭐지?"

심지어 하기스는 진짜로 복근을 보여 줄 생각이었는지 셔츠 단추에 손가락을 얹고 있었다.

"기사님, 의원님이 미친 것 같아요!"

강한 악력에 어깨를 붙들린 의원은 눈을 동그랗게 뜨더니 고개를 마구 흔들었다. 그러자 목덜미 언저리에서 반듯하게 잘린 그의 결 좋은 녹색 단발머리가 찰랑거리며 흔들렸다.

"대체 무슨 짓을 한 거지."

"저는 크리스티안 경께 직접 들은 대로 굳은 몸을 풀어 주고 친목을 도모했을 뿐인데요!"

"엄청나게 저질적인 농담을 했어요! 제 영혼이 상처 입었어요!"

"저질이라니? 오빠가 좀 농담한 걸로 너무하잖아!"

"누가 오빠라는 거예요? 전 외동딸이거든요! 아가라는 둥 소녀라는 둥 하질 않나, 당신 의원 아니지!"

꺅꺅! 시끄럽게 짹짹거리는 두 사람 때문에 크리스티안은 지그시 눈을 감았다. 방금 막 잠에서 깨어나 평소보다 더 저기압인 상태였다. 그는 잠시 눈가를 손바닥으로 꾹꾹 누르더니 이내 살벌한 목소리로 읊조렸다. 낮게 깔린 음성에는 짙은 살기가 담겨 있었다.

"지금 시국에 그녀가 얼마나 중요한 존재인지 모르는 건 아닐 테고. 대체 무슨 쓸데없는 말을 했는지 모르겠다만 사과해."

"죄송합니다."

하기스는 순식간에 꼬리를 내리고 얌전하게 사과의 말을 뱉었다. 이 사람 과연 생각이라는 걸 하고 말을 뱉는 건지 의문스러울 정도로 빠른 수긍이었다.

그것도 잠시 그는 뭔가 떠올랐다는 듯 갑자기 눈을 반짝 빛냈다. 그리고는 크리스티안을 향해 한쪽 눈을 찡긋해 보이며 능글맞은 목소리로 말했다.

"하긴 복근은 크리스티안 경이 더 죽이죠. 복근도 복근이지만 개인적으로 경은 가슴 근육이 더 예쁘다고 생각⋯⋯."

"⋯⋯이 자리에서 널 죽이겠다."

그는 망설임 없이 검을 뽑아들었다. 왜 그가 하기스를 학을 떼며 싫어했는지 알 수 있는 대목이었다. 그건 그와 1분이라도 대화해 본 사람 모두가 그렇게 느꼈을 것이다.

저런 영문 모를 성희롱과 추파는 남녀를 가리지 않는구나. 대체 얼마나 시달렸으면. 소니도르는 그때 크리스티안이 하기스를 두들겨 패러 가는 것을 뜯어말린 과거의 자신을 나무랐다. 잘한다고 응원은 하지 못할망정.

검이 허공을 갈랐고 재빨리 고개를 숙인 하기스의 머리카락도 허공을 나부꼈다. 소니도르는 저대로 그냥 놔두고 싶었지만, 전하께서도 계시는 이곳을 살인 현장으로 만들 수는 없었다.

"차라리 힘껏 패 주세요!"

그녀는 검을 든 크리스티안을 붙잡으며 필사적으로 외쳤다.

그는 작은 키 때문에 자신의 팔뚝에 대롱대롱 매달리게 된 여자를 보고 어처구니없다는 표정을 지었다.

"뭐 하는 거냐. 놀아 달라고?"

"그럴 리가 있겠습니까. 기사님을 말리고 있는 거잖아요."

"다친다. 떨어져."

갈궂지만 노력이 가상하다고 느낀 모양이었다. 크리스티안은 한숨을 내쉬며 자신의 팔뚝에서 소니도르를 떼어 냈다.

그가 뽑아들었던 검을 다시 검집에 집어넣자 그녀는 잠시 안도의 한숨을 내쉬었다. 이 모든 분란을 일으킨 하기스는 혼자 강 건너 불구경이었다.

그녀는 뱁새눈을 뜨며 말했다.

"대체 어떻게 태자 전하의 주치의를 하셨습니까. 용케도 폐하께서 살려 두셨네요."

"원래 입이 무겁고 능력이 뛰어나면 신용을 얻는 법이란다."

"그쪽의 신용이 바닥이라는 건 아주 잘 알겠습니다."

소니도르가 싸늘하게 답했다.

"진짜라니까? 오빠 말을 못 믿네."

저 말을 누가 믿겠는가. 차라리 황태자의 꿈속이 밝고 희망차다고 하겠다. 사람이 말이 되는 소리를 해야지.

소니도르는 코웃음조차 나오지 않아 정색한 채로 하기스를 위아래로 훑었다. 그러자 옆에서 크리스티안이 그 말도 안 되는 소리가 사실이라고 못을 박았다.

"황궁에선 안 저랬어. 과묵하고 성실한 편이었지."

"말도 안 돼."

하긴 황궁에서까지 저런 모습이었으면 그는 지금 이 자리에 없었을 것이다. 이미 싸늘한 시체, 그것도 목이 없는 시체가 되어 땅속에 파묻혀 있겠지.

때와 장소를 가리는 건 소니도르도 늘 하는 일이었지만, 목숨의 위협이 없다고 저 정도까지 막 나가지는 않았다. 대체 헛소리를 해서 앞으로 함께 일할 사람들을 적으로 돌리는 게 무슨 이득이 있다고 저러는지 모르겠다.

"하핫, 어차피 죽을 목숨인데 뭐 막 나가면 어때!"

하지만 이어지는 하기스의 말에 순식간에 이해해 버리고 말 았다. 소니도르가 어차피 죽을 목숨 세상의 모든 디저트를 다 먹고 말 테다! 하고 덤비는 것처럼 저 사람도 지금껏 꾹꾹 눌러 왔던 본성을 다 드러내고 막장으로 살 작정인 듯했다.

의원이랑 엮이는 건 불쾌한 일이었지만, 결국 같은 처지인 건 마찬가지라서 그를 크게 나무라기가 힘들었다.

변태가 자신의 운명을 직감하는 건 매우 위험한 일이었구 나.

"후…… 아무튼 의원님, 적당한 선은 지켜 주셨으면 좋겠습 니다."

본인의 입에서 이런 말이 나올 줄이야. 소니도르가 세상 오 래 살고 볼 일이라며 속으로 한탄하자 하기스는 고개를 끄덕이 며 말했다.

"그래그래. 일단 여기 앉아. 지금 근육 확실히 풀어 두지 않 으면 나중에 고생한다? 가만히 앉아 있으면 오빠가 알아서 다 해 줄게."

"제 말 듣기는 하셨어요?"

"이 정도면 많이 자제한 거지. 어휴, 피부 야들야들한 거 봐."

아니 이 사람이 또! 그녀는 팔을 주무르다가 은근슬쩍 손등 을 만지작거리는 그를 찰싹 때렸다.

그러자 언제 그랬냐는 듯 삐끗한 그녀의 목 근육을 조심스 럽게 풀어 주었다. 실실거리는 웃음을 서서히 지워 낸 그는 그 제야 제법 정상적인 말들을 꺼내기 시작했다.

"전하의 상태는 양호해. 네가 꿈속에 들어가 있는 동안 회복 마법도 걸어 두었고 수액 주사도 놔 드렸으니 영양상의 문제는 크게 없을 거야. 그러니까 그쪽 걱정일랑 하지 말고 열심히 전하의 의식을 깨워 드리렴."

정 힘들면 나중에 오빠한테 전신 마사지는 어때? 하기스는 그렇게 물으며 자신의 품속을 뒤적이다가 연고 하나를 찾아내어 그녀의 손에 쥐여 주었다.

소니도르는 이 사람이 또 헛소리한다고 화내려다 말고 갑자기 내밀어 진 연고를 내려다보았다. 작은 생채기에 바르는 약이었다. 뭐지? 하고 뒤돌아보자 하기스가 자신의 입술을 톡톡 건드리며 한쪽 눈을 찡긋했다.

그녀가 반사적으로 자신의 입술을 더듬거리자 순간 따끔한 통증이 일었다. 아까 고통을 참을 때 물어뜯느라 생긴 상처였다.

"이왕이면 느긋하게 가자, 우리."

하기스는 콧노래를 흥얼거리며 다시 그녀의 뒷목을 주물러 주었다.

불야성

하기스는 사람의 정신을 반쯤 빼놓는 데 천부적인 재능이 있었다. 처음에는 순수한 분노만을 불러일으켰지만, 그의 입담에 어느 정도 익숙해진 지금은 달관의 경지에 이르게 된 것이다.

반나절 정도 지나자 그가 옆에서 뭐라고 농을 던지든 허허롭게 웃을 수 있게 되었다. 소니도르가 유난히 적응력이 빨라서 더 그랬던 건지도 몰랐다.

"하핫, 잘 먹는 모습이 보기 좋아. 힘들어 보이는데 오빠가 먹여줄까?"

"떠먹여 주시게요? 그럼 빛보다 빠른 속도로 제 입으로 날라야 할걸요. 조금이라도 늦어지면 구박할 거니까 관두세요."

그녀가 농담을 가볍게 받아치며 저녁 식사를 즐기는 동안에 크리스티안은 여전히 살기등등한 얼굴로 하기스를 노려보고 있었다.

그의 시선은 아주 노골적이었다. 폐하의 명이긴 하지만 지금 저걸 살려 둬도 괜찮을까. 짙은 빛을 띠는 눈빛이 그렇게 말하고 있었다. 그가 손을 자꾸만 허리께로 가져가는 것은 결코 우연이 아닐 것이다.

"크리스티안 경, 그렇게 쳐다보면 제가 부끄러운데요."

하지만 하기스는 진득한 살기에도 무사태평이었다. 소니도르는 매콤한 양념을 발라 구운 거대한 통닭을 열심히 뜯어 먹다 말고 쯧쯧 혀를 찼다.

정말 목숨이 아깝지 않은 건가. 아, 어차피 죽을 거 맘대로 행동하겠다고 결심했다고 했던가. 이해가 가지 않는 것도 아니었다.

그녀는 잠시 고민에 빠졌다가 갑자기 생각난 듯 크리스티안에게 말했다. 그녀 자신은 자각하지 못했지만 대체 하기스와 뭐가 다른가 싶을 정도로 능글맞은 표정이었다.

"기사님, 근데 진저 쿠키가 진짜 도망간 거 알아요? 아까 일어나 보니까 접시밖에 없던데?"

"……."

"멀리 도망가기 전에 빨리 잡아야 할 텐데요."

가만히 듣고 있던 하기스가 소니도르의 말을 자연스레 받아쳤다.

"진저 쿠키라면 그 사람 모양 쿠키? 그거라면 분명 크리스티안 경이 도중에 납치를……."

"둘 다 입 다물고 먹어. 아니면 내가 다물 필요가 없게 만들어 주겠다."

잠깐 그게 무슨 뜻이에요. 턱을 빼내어 놓겠다는 뜻? 해석의 여지가 너무 많은 표현이었다. 크리스티안의 협박으로 소니도르가 여러 가지 잔인한 상상을 하며 덜덜 떨었다.

그사이 하기스는 무슨 생각을 한 것인지 '어머, 어머, 어떻게 그런 말을! 제가 아무리 매력적이어도 그렇지.' 하고 자신의 양 볼을 감싸 쥐었다. 입가에는 장난스러운 미소가 가득했다.

기사는 곧바로 그의 얼굴에 스테이크를 접시째로 던져 버렸고, 의원은 단말마 같은 비명을 지르며 바닥에 널브러졌다.

저분, 일상생활은 가능하신가. 소니도르는 자신이 하기스와 한덩어리 취급을 당했다는 것에 울상을 지으며 착실히 닭의 살을 입으로 옮겼다. 그 와중에 버려진 스테이크가 아까웠다.

크리스티안의 협박으로 한동안 그들 사이에 강제적인 침묵이 찾아왔다. 그들은 모두 무거운 침묵 속에서 저녁 식사를 마쳤다.

일단 소란스러움은 일단락될 줄 알았지만, 잠시 후 그보다 더 큰 소란이 일었다. 늦은 밤 굳건히 닫혀 있던 돌문이 열리면서 테리와 처음 보는 라이젤 가드가 등장한 것이다.

"테리?"

소니도르는 디저트로 나온 케이크를 티스푼으로 퍼먹고 있다가 두 눈을 동그랗게 떴다. 사실상 조수와 떨어진 채로 지낸지 그리 오래되지도 않았건만 왠지 굉장히 오랜만에 만나는 것 같은 기분이었다.

죽을 고비를 여러 번 넘겨서 그런 건가. 그 감정은 테리도 마찬가지로 느꼈던 것인지 그녀의 조수 또한 굉장히 반가운 얼굴로 눈물을 글썽거렸다.

"소니도르 님!"

"오오, 테리!"

그녀는 자리에서 벌떡 일어나 테리와 감동의 상봉을 했다. 그는 자신에게 달려와 안기는 소니도르를 번쩍 들어 올리며 제자리에서 빙글빙글 돌다 말고 갑자기 정신을 차렸다. 그러더니 굉장히 절망적인 표정이 되어 그녀를 내려놓았다.

뭐라고 해야 할까. 툭 건드리면 무조건 죄송하다고 외칠 것 같은 얼굴이었다. 평소 무심한 얼굴로 잔소리나 독설을 툭툭 뱉기나 하는 그녀의 조수답지가 않았다.

"저 아무래도 사고 친 것 같아요."

그가 잔뜩 주눅이 든 목소리로 말하자, 근처에 있던 라이젤 가드가 그의 말을 받았다.

"같은 게 아니라 사고를 쳤지. 연기 장인이 수습 가능하다고 장담을 해서 살아남은 것이니 다행으로 여겨라."

"우리 애가 무슨 짓 했어요?"

소니도르가 조심스럽게 물었다. 테리의 발 같은 연기를 봤을 때부터 불안하기는 했는데, 설마 그 사흘 사이에 무슨 일이 있을까 하고 가볍게 넘기고 말았었다. 하지만 그의 연기 실력을 너무 과대평가한 모양이었다.

가만히 누워 있는 것도 못 해서 도중에 사고를 칠 줄이야.

그녀의 질문을 받은 라이젤 가드는 직접 물어보라는 한마디만 남긴 채 이곳을 떠났다. 남은 건 망연자실한 테리와 흥미진진하다는 얼굴로 관망하는 하기스와 눈을 가늘게 좁히고 있는 크리스티안뿐이었다.

소니도르가 테리를 한심하다는 듯 쳐다보자 그는 그게 아니라고 고개를 저었다. 그리고 억울함이 가득한 목소리로 이렇게 외쳤다.

"아무리 제 연기 실력이 그렇다지만 가만히 누워 있는 환자 연기까지 못 하지는 않거든요!"

"그래서 대체 뭔데?"

"중간에 황태자 전하와 약혼하신 공녀님께서 갑작스럽게 찾아오셨어요."

"헉, 정말? 그랬으면 당연히 들켰겠네!"

"아니 들킨 건 아닌데……."

"그럼?"

그는 한숨을 푹 내쉬며 양손에 자신의 얼굴을 파묻었다. 그리고 웅얼거리는 목소리로 그동안 있었던 일을 설명하기 시작했다.

✤

그들이 황궁에 도착한 첫날 밤, 테리는 황태자 궁에서 잔뜩 긴장한 채로 하루를 꼬박 새다가 겨우 쪽잠을 잤다.

마치 구름 위에 누워 있는 것 같은 부드러운 침대도, 정신 사나운 화려한 장식들도 부담스럽기만 했다. 방이 너무 넓어서 자신이 누워 있는 곳이 방인지 광장인지 헷갈릴 지경이었다.

방 한복판에 분수대가 있어도 위화감이 없을 만큼 컸다.

그는 자신이 잠자리를 가릴 줄은 꿈에도 몰랐다며 한참 속으로 초원을 뛰노는 양의 개수를 세야만 했다.

양 397마리. 양 398마리. 양 399마리……

이래서 송충이도 솔잎을 먹어야 한다고 하는 건가 보다.

그는 황태자 팔자가 상팔자라는 걸 직접 체험하는 중이었다. 아픈 척 끙끙대고 누워 있으니 알아서 씻겨 줘, 옷 입혀 줘, 밥도 차려 줘, 청소도 다 해 줬다. 조수 생활 10년 차, 드디어 집안일에서 벗어나 자유를 만끽하고 있음에도 몸이 근질근질했다. 솔직히 말해서 미친 척하고 방바닥을 굴러다니며 발광하고 싶었다.

악! 다 내가 할 수 있다고! 악! 악! 내가 손이 없냐 발이 없냐!

'아니, 씻는 것조차 제 손으로 안 하나. 소니도르 님도 씻는 건 적어도 본인이 했는데.'

대체 내가 언제까지 이러고 있어야 하는 건지.

그는 자신의 중지 손가락에서 반짝이는 아티팩트를 만지작거리다가 푹 한숨을 내쉬었다. 지금 시녀들에 의해 씻겨져서 인형처럼 치장을 받는 중이었다. 눈앞에 뭔가 휙휙 지나가고, 머리에 뭔가를 치덕치덕 바르니 향기로워졌다. 남자가 무슨 꽃 냄새야.

'어울리기는 하지만.'

테리는 코를 찌르는 향기에 튀어나오려는 재채기를 억지로 꾹 참고 인상을 썼다. 그러자 거울 속에 비치는 라이젤 가드가 그를 향해 눈빛을 보냈다. 그 기세가 자못 살벌했다.

표정 관리해라.

기사의 말에 따르면 황태자는 몸이 아파 골골대도 시종일관 웃고 있었다고 한단다. 그게 인간이야? 테리는 불만을 꾹 참으며 입꼬리를 당겨 부드러운 미소를 지어 보였다.

마르멜의 얼굴이 아주 잘생긴 나머지 아무리 표정을 개떡같이 지어도 그럴듯해 보이는 효과가 있었다. 단지 입꼬리를 올렸을 뿐인데 구원의 손길을 내미는 천사의 형상이 되었다.

거울로 자신의 얼굴을 마주 본 테리가 다시 인상을 썼다. 거, 이 형님 인생 한번 편하게 사시네.

한참 치장을 받는 도중 갑자기 밖에서 한차례 소란스러움이 일었다. 테리는 남 일 보듯 멀뚱멀뚱 두 눈만 깜빡이다가 지금 자신이 황태자의 임시 대타라는 걸 떠올리고 얼른 외쳤다.

"무슨 일이지?"

그러자 처소 밖을 지키던 기사 하나가 들어와 곤란하다는 얼굴을 해 보였다. 왜 곤란해 보일까. 분명 크리스티안은 테리에게 아픈 척 연기만 하면 된다고 했는데 말이다. 원래의 예정대로라면 씻는 것을 마치고 다시 침대 위에 환자처럼 누워서 잠만 내리 자면 될 뿐이었다. 뭔가 돌발 상황이 일어난 게 틀림없다. 그것도 왠지 무척 귀찮고 성가신 일 같았다.

테리는 갑자기 현기증이 이는 것처럼 이마를 짚으며 콜록콜록 기침을 뱉었다. 그날 저녁에 연기 장인이 도착할 것이라고 미리 통보가 온 상태였다. 저녁까지만 버티면 되는데 갑자기 무슨 일이란 말인가. 하지만 상대는 테리가 아파하든 말든 아랑곳하지 않고 제 할 말을 꺼냈다.

"앤더슨 영애께서 지금 알현을 요청하십니다. 쾌유를 기원하는 선물이라도 잠시 전해 드리고 싶다 하시는군요."

테리는 라이젤 가드를 통해 대충 마르멜의 주변 인물에 대해 들은 상태였다. 이사벨라 앤더슨은 황태자의 약혼녀이자 앤더슨 공작 가문의 영애였다.

"지금……, 말인가?"

너무 갑작스러워서 변명할 거리도 생각나지 않았다. 하지만 지금 황태자의 모습으로 약혼녀를 만나는 건 일종의 자살행위라는 것 하나는 똑똑히 알겠다.

테리는 잠시 침묵하며 머리를 굴리다가, 거울 속 라이젤 가드와 눈을 맞췄다. 그는 그렁그렁한 눈을 하며 필사적으로 물었다. 저 이제 어떻게 해요? 라이젤 가드는 고개를 절레절레 흔들며 단호한 표정을 지었다.

그들은 매우 필사적으로 거울을 사이에 두고 눈빛을 주고받으며 대화하고 있었다.

"요즘 꼴이 말이 아니라 유감이로군. 몸을 추스를 시간이 필요하니 영애껜 미안한 일이지만 내일이 어떻겠나."

테리는 최대한 자상하고 자애로운 말투를 흉내 내어 말했다.

"그냥 선물만 전해 드릴 뿐이라고 하십니다. 그걸 드시면 조만간 쾌차하실 거라고……. 몹시 어렵게 구해 왔으니 성의를 봐서라도 지금 한 번만 만나 뵐 수 있는지 물으십니다."

무슨 전설의 포션이라도 되는 모양이었다. 잠시 약을 전해 줄 뿐이라는데 이러면 거절할 명분도 없었다. 테리는 다시 절박한 시선을 라이젤 가드에게 던졌다.

한숨을 뱉으며 이마를 짚은 그가 천천히 고개를 끄덕였다. 테리는 저절로 울상이 지어지는 것을 억지로 참아 내며 이를 악물었다.

"그러도록."

"예! 영애께 그리 전하겠습니다!"

하, 망했다. 테리는 속으로 중얼거리며 까맣게 죽어 버린 눈빛을 했다. 마르멜의 약혼녀가 곧 이곳으로 찾아온다니까 치장하는 손길이 한결 더 분주해졌다. 그를 조금이라도 빨리 절벽 끝에 몰아세우지 못해 안달이 난 듯했다.

'이젠 나도 몰라…….'

내 인생. 될 대로 되라지. 테리는 애초에 소니도르를 만난 그 순간부터 자신의 인생은 꼬인 게 틀림없다고 한탄했다. 그리고 얼마 지나지 않아 수줍은 얼굴로 들어오는 이사벨라를 보고는 꼬일 대로 꼬인 시선을 던졌다. 그녀로 인해 조만간 죽을 위기에 처했으니 좋게 보이는 게 더 이상했다.

미리 언질도 없이 그것도 황태자의 궁을 불쑥 찾아오는 약혼녀라니, 개념이라는 걸 팔아먹었다. 분명 온실 속 화초처럼 곱게 곱게 자라 세상 물정을 모르는 아가씨임이 틀림없다고 테리는 생각했다.

이사벨라는 장차 황제가 될 사람의 약혼녀라 그런지 과연 보기 드문 굉장한 미인이었다. 하지만 공포로 머리가 새하얗게 질린 테리에게 그런 게 보일 리가 없었다.

그녀는 눈이 마주치자마자 갑자기 눈물을 글썽이기 시작하더니, 이내 커다란 눈에서 눈물을 뚝뚝 떨어트리기 시작했다. 뭐가 그리도 서러웠는지 곧 어깨를 들썩이기까지 하면서 그에게 달려와 품에 안겼다.

'억! 뭐, 뭐야.'

그는 대체 손을 어디에 둬야 할지 몰라 고개를 최대한 뒤로 뺀 채 손을 허공에 띄웠다. 누가 봐도 거절하는 모양새였다. 순간 실수했다는 생각이 들었지만 마르멜이 평소에 그의 약혼녀를 어떻게 대해 왔는지 테리가 알고 있을 턱이 없었다.

"전하……."

아니, 울고 싶은 건 나인데. 왜 자기가 울고 난리야. 테리는 눈물이 차올라서 고개를 들어 올린 채로 하, 낮게 한숨을 토해 냈다. 그러자 이사벨라가 그를 꼭 끌어안고 있다가 어깨를 움찔 떨었다.

그녀는 그의 품 안에서 벗어난 뒤 두 눈을 토끼같이 휘둥그레 뜨며 덜덜 떨리는 자신의 손끝을 맞잡았다.

"전하. 몸이 매우 좋지 않으시다 들었습니다. 제가 너무 불쑥 찾아와 혹 불쾌하신 것인지요."

"……그럴 리가 있겠습니까. 오랜만입니다, 영애."

"가, 갑자기 그렇게 절 딱딱하게 밀어내실 정도로 불쾌하셨군요. 절 평소처럼 불러 주시지 않는 건가요?"

이사벨라는 굉장히 충격을 받은 얼굴이었다. 그녀는 입술을 파르르 떨면서 간절히 애원하는 목소리로 말했지만, 평소에 마르멜이 그녀를 뭐라 불렀는지 알 턱이 없었다. 허니? 스위트하트? 설마 그럴 리가. 아주 점입가경이었다.

테리는 세상만사 다 해탈한 눈빛으로 천천히 시선을 창밖으로 던졌다. 그냥 미친 척하고 창밖으로 뛰어내릴까 하고 생각하는 중이었다.

하지만 그 모습이 이사벨라의 눈에는 자신을 외면하는 모습으로밖에 비치지 않았다는 게 문제였다. 그녀는 더더욱 충격으로 굳어질 수밖에 없었다. 늘 자신을 상냥한 미소로 맞아 주던 마르멜이 저렇게 차갑게 돌변한 것이다.

황태자는 늘 정적이었다. 타다 남은 재 같은 사람이었다. 백성들은 모두 그를 성군이 될 재목이라 찬양했지만, 그를 곁에서 지켜본 중신들의 평은 그다지 좋지 못했다. 흔들리지 않고 주관이 뚜렷한 듯 보이면서도 어느 적당한 선 내에서는 타협하는 모습이 특히 그랬다.

늘 온화한 얼굴로 특별하게 해가 없다면 쉽게 포기하고, 선뜻 자신의 품을 내주고는 했다. 그 모습이 발톱을 숨기는 호랑이인가 싶으면서도, 어떨 때는 무력하기 그지없어 그저 빛 좋은 개살구가 아닌가 싶기도 한 것이다.

황궁의 인사들은 대부분 알고 있었다. 마르멜이 황제의 꼭두각시 인형과 다름이 없다는 것을.

이사벨라는 자신 스스로 그 꼭두각시 인형의 부인이 되고자 나선 여자였다. 그녀의 만만치 않은 뒷배만 보더라도 그 내막은 속이 다 비쳐 보이는 천과 같았다. 이 여자야말로 가녀린 웃음 속에 날카로운 가시를 품고 있는 꽃이었다.

그녀는 붉고 탐스러운 입술을 꾹 깨물었다. 순간 그녀의 푸른 눈에서 표독스러움이 스쳤으나 이내 흔적도 없이 사라졌다.

이사벨라는 다시 한 번 눈물을 글썽이며 그의 옷자락을 잡아챘다.

"그렇군요. 평정을 유지하기 힘드실 정도로 매우 아프셨던 거군요. 안색이 생각보다 좋으셔서 겉모습만 보고 많이 나으신 것 아닐까 하고 제가 지레짐작을 했습니다. 저, 전하…… 앗!"

하지만 그 꽃도 미처 예상하지 못한 게 있었다면, 지금 황태자는 그녀가 알고 있는 마르멜이 아니라는 것이었다. 이쯤 되면 안색을 풀고 부드러운 웃음으로 마주해야 할 그가, 무려 이사벨라의 희고 고운 손을 뿌리쳤다.

순간 아주 무거운 정적이 내려앉았다. 두 사람 다 순간적으로 얼이 빠진 얼굴이었다.

테리는 갑자기 뭐가 자신을 잡아당긴 것에 깜짝 놀랐다. 현실도피의 일환으로 허공을 응시하고 있었기에 이사벨라의 말을 듣지 못한 것이다. 게다가 그는 원래 소니도르를 비롯한 몇몇 지인, 그리고 그가 열광하는 라이젤 가드를 제외한 모든 이들에게 무심한 편이었다.

"저, 전하."

"영애……."

변명하자면 애초에 누가 아무 말 없이 자신을 만지는 걸 좋아하지 않았다. 이건 사고였다. 머리가 반응하기도 전에 몸이 먼저 반사적으로 움직인 거야. 없던 일로 돌이키고 싶었으나 불행하게도 이미 엎질러진 물이었다.

"방금 제 손을……?"

이사벨라는 뿌리쳐진 자신의 손을 감싸 쥐며 믿을 수 없다는 듯 중얼거렸다. 테리도 지금 자신이 저지른 일을 믿을 수가 없었다. 나 진짜 죽고 싶어 환장한 건가. 그가 방금 한 행동은 그의 전 인생을 통틀어 일으킨 가장 큰 대형 사고라고 할 수 있었다.

"하."

테리는 저도 모르게 헛웃음을 터트렸다. 자신의 행동이 너무나도 어이가 없어 저절로 튀어나온 웃음이었는데, 그게 이사벨라의 가슴에 비수를 꽂았다. 마치 이제 너 따위는 질렸으니 꺼지라는 듯한 행동으로 보였기 때문이다.

왜, 왜? 이사벨라의 눈동자가 사정없이 흔들렸다.

원래 마르멜은 친절하기 그지없으나 이쪽에서 먼저 다가가지 않는 이상 절대로 가까워지지 않는 사람이었다. 아니, 다가가면 다가간 만큼 거리를 벌리는 사람이었다. 그래서 그녀는 늘 무리를 해서라도 그에게 꾸준하게 자신을 알리려 애쓰고는 했다. 마치 오늘처럼 말이다.

아무리 그가 그녀를 다정한 태도로 외면한다고 해도 만남이 반복되면 언젠가는 마음을 열 거라고 굳게 믿었다.

'오늘은 날이 아니구나.'

그녀는 재빠르게 판단을 내리고 가져온 선물을 테리의 품에 안겨 주었다. 고급스러운 천에 싸인 약통이었다. 그리고 절절히 짝사랑하는 상대에게 외면당한 비운의 여주인공이라도 된 듯 입술을 파르르 떨었다.

"저, 저는 이만 가 보겠습니다. 꼭 쾌차하시길 기원할게요!"

이사벨라는 눈물을 흩뿌리며 사라져 갔다. 허리까지 탱글탱글 말려 있던 화려한 금발이 잔상처럼 스쳐 지나갔다. 홀로 남겨진 테리도 속으로 눈물을 흘렸다. 등 뒤가 매우 따가웠다. 그가 존경해 마지않는 라이젤 가드가 그를 죽일 듯이 노려보고 있었기 때문이다.

그녀가 자신이 황태자가 아니라는 것을 알아보지 못한 건 다행이었으나 그것 외에 다행인 게 하나도 없었다. 테리는 이제 완전히 죽을 목숨이 된 것이다. 고작 평민 주제에 황태자와 약혼녀의 사이를 틀어 놓다니. 혹시 이 일이 파혼으로까지 번지면, 한 번이 아니라 골백번 고쳐 죽어도 모자랄 게 뻔했다.

만약 뒤늦게 도착한 연기 장인이 잘 설득해 주지 않았으면, 그는 정말 오늘이 이승에서의 마지막 날이었을지도 몰랐다. 연기 장인은 생명의 은인이었다. 그녀가 없었다면 내일 뜨는 태양을 보지 못할 뻔했다.

테리가 감격한 얼굴로 눈물을 글썽이자 그 여자 장인은 피식 웃으며 이렇게 말했다.

"고마우면 몸으로 갚든가?"

그때부터 테리는 고마워하는 것을 그만두기로 했다.

⚜

모든 얘기를 전해 들은 소니도르는 뭐라 대꾸해야 할지 몰라 잠시 침묵했다. 일단 그 상황에서 섣불리 입을 나불거려 일을 그르치지 않아서 다행이라고 해야 하는지. 아니면 공녀의 손을 뿌리치다니 제정신이냐고 다그쳐야 하는지. 하지만 테리의 연기 실력을 떠올렸을 때 이 정도면 굉장히 잘해 주었다는 결론이 나왔다. 일단 테리가 황태자 본인이 아니라는 건 들키지 않았으니 말이다.

마지막 연기 장인의 한마디는 혼란 그 자체였으나, 일단 그건 못 들은 걸로 하기로 했다. 그녀가 하기스와 비슷한 과라는 건 별로 알고 싶지 않은 정보였다.

"어이구, 무사해서 다행이네."

소니도르가 테리의 볼을 손바닥으로 마구 비비면서 귀여워해 주자, 그는 기겁하는 소리를 내며 고개를 뒤로 뺐다.

"아, 왜 이래요!"

조수의 신경질적인 비명에 그녀의 이마에 힘줄이 돋더니, 더욱 강하게 그의 볼을 꼬집었다. 그녀가 말했다. 내가 지금 다행이라 하긴 했다만 결코 널 칭찬하는 건 아니란다.

테리는 한참 버둥거리다가 겨우 그녀의 손길에서 벗어날 수 있었다.

"너 다음부터 나한테 연기 수업이라도 듣자."

"또 뭔 수업이에요."

"명색이 내 조수인데 사람이 그렇게 대처 능력이 없어서 되겠어? 창피하다, 창피해."

"솔직히 다시는 하고 싶지 않거든요. 연기 같은 거. 태자 전하 대역 한 번으로 충분합니다."

그는 얼얼한 볼을 문지르며 입술을 삐죽거렸다.

"전 그냥 제 일이나 열심히 하고 싶어요."

테리의 일이라면 꿈 장인 사무소에서 잡일을 하거나 손님을 상대하고, 또 소니도르를 보좌해 주는 일이었다.

그녀는 아무 생각 없이 고개를 끄덕이다 말고 그를 잠시 빤히 응시했다. 저러다가 홀로 서지 못하면 어쩔까 일순 걱정이 일었기 때문이었다. 언젠가 테리도 본인이 하고 싶은 일을 찾아서 그녀에게서 독립해야 할 텐데 말이다.

물론 계속 살아 있다면 말이다.

그래, 계속 살아 있는 것. 그게 제일 문제였다. 사느냐 마느냐를 판가름하는 저울의 무게가 후자에 치우쳐져 있는 지금, 독립하고 말고를 따질 때가 아니었다. 지금 그녀가 신경 써야 할 것은 제발 황제가 그들에게 자비를 베풀기를 기도하거나, 아니면 황태자가 즉결 처분을 선처해 주길 설득하는 것 두 가지밖에 없었다.

소니도르는 푹 한숨을 몰아쉬면서 소매를 걷어붙였다.

"잘됐네. 나 저녁 먹었으니 슬슬 일해야 하거든."

"네. 그럼 옆에서 지켜봐 드릴게요. 오 여기 의자 편해 보이네요……."

자연스럽게 그녀가 앉을 의자를 들어 올린 테리는 서서히 말끝을 흐렸다. 소니도르가 황태자가 누워 있는 침대로 기어 들어 가는 걸 보고 만 것이다. 그는 그대로 의자를 툭 떨어트렸고, 그것은 요란한 소리를 내며 바닥에 쓰러졌다. 테리는 할 말을 잊고 입을 붕어처럼 뻐끔거리다가 그녀를 향해 삿대질하며 외쳤다.

"지, 지, 지금 뭐 하시는 거예요?!"

"뭐 하냐니. 일하려고 하잖아."

"침대에는 왜 올라가는데요!"

"어쩔 수 없어. 전하께서 예민해서 의식이 잘 안 잡힌단 말이야."

"그걸 지금 말이라고⋯⋯!"

소니도르는 대수롭지 않다는 듯 답하다가 자신의 조수를 돌아보았다. 입에 거품이라도 물 기세였다. 대체 왜 저렇게 예민한 반응을 보이는지 알 수가 없어 그녀가 고개를 기울였다.

뭔데. 엄마를 뺏기기 싫은 아들의 마음? 애초에 의료상의 행위일 뿐인데 대체 여기에 무슨 의미를 부여하는지 모르겠다. 오히려 마르멜이 알게 되면 그쪽에서 아주 불쾌하게 여길 것이다.

그녀는 뒷목을 붙잡는 테리에게 타박하듯 말했다.

"이놈아, 일 방해할래?"

그러자 사태를 관망하던 하기스가 히죽 웃으며 멋대로 테리를 질질 끌고 뒤로 빠졌다. 그리고 멋대로 팔짱을 끼고는 이렇게 말했다.

"아가, 남녀가 일하는 데 막 방해하고 그러는 것 아니다?"

"⋯⋯뭣! 당신 누군데!"

"의원? 거사를 치르는데 옆에서 알짱거리지 말고 이리 와서 나랑 놀자."

오해의 소지가 더 깊어질 말이었다. 애 앞에서 무슨 소리를 하는 거야. 소니도르는 눈썹을 가늘게 떨며 입술을 달싹이다가 그대로 입을 다물었다. 갑자기 변명하는 게 귀찮아졌기 때문이었다. 뭐 따지고 보면 거사는 거사였다. 이 일에 많은 것들이 걸려 있었으니 말이다.

그녀는 날뛰는 테리와 능글거리며 그를 붙잡고 놓아주지 않는 하기스를 번갈아 보다가 고개를 절레절레 흔들었다. 하여튼 못 말리겠다. 뭐 기사님이 알아서 수습해 주겠지.

그녀는 이제 제법 능숙하게 잠들어 있는 마르멜을 끌어안았다. 다행히도 어느 정도 익숙해져서 처음처럼 시선을 어디다 둘지 몰라 안절부절못하진 않았다. 여전히 저 인간 같지 않은 얼굴은 적응되지 않지만 말이다.

"흐음."

소니도르는 눈을 꾹 감으며 열심히 의식을 붙잡기 위해 끙끙거렸다. 바로 직전에 그에게 쫓겨났었기 때문에 자꾸만 마르멜의 의식이 그녀를 밀어내려고 하고 있었다. 그녀는 몇 번 더 시도하다가 결국 그의 등 뒤로 둘렀던 손을 서서히 올렸다. 그리고 유일하게 맨살이 드러나 있는 목덜미 뒤쪽에 자신의 두 손을 겹쳤다. 그 손은 점점 더 위쪽으로 올라가더니 결국 마르멜의 양 볼에 안착했다.

"소, 소니도르 님이 태자 전하를 더듬거리고 있……."

그녀는 테리의 충격 어린 중얼거림을 무시한 채 기어코 마르멜의 의식을 잡아챘다. 핫, 월척이다! 소니도르는 속으로 쾌재를 부르며 재빨리 꿈의 세계를 창조했다.

✣

계절은 그녀가 정하기도 전에 세계가 제멋대로 지난번에 강제로 끊겨 버렸던 봄날의 아침을 구현해 냈다. 그녀는 이번에도 무채색 풍경에 죽음의 꽃이 즐비해 있는 정원이 펼쳐질 거라고 예상하며 눈을 깜빡였다.

그런데 막상 꿈속에 들어서자 소니도르는 자신의 눈을 의심할 수밖에 없었다. 무채색인 것은 여전했으나, 정원에는 아름드리나무들이 빽빽하게 심겨 있었던 것이다. 가장 첫 번째 꿈에서 보았던 그 숲에 있던 나무들이었다. 어찌나 많던지 하늘이 보이지 않을 지경이었다. 만약 정원임을 증명하는 벤치와 분수대가 있지 않았다면 영락없이 울창한 숲이라고 생각했을 것이다.

그녀는 입을 헤 벌린 채로 나뭇잎 사이사이를 투과하는 햇빛을 응시하다가 서서히 시선을 내렸다. 그러자 바닥에는 발디딜 틈 없이 한가득 클로버가 피어 있었다. 들풀에 피어난 꽃도 꽃은 꽃이지. 토끼 꼬리처럼 하얗고 동글동글한 토끼풀이 클로버 사이사이에 고개를 내밀었다.

뭔가……, 발전한 건가?

적어도 지옥이 아니다! 사람이 사는 세상이야! 그녀는 너무도 감격하여 저도 모르게 입을 열었다. 그러자 생전 듣도 보도 못한 이상한 울음소리가 자신의 입에서 튀어나왔다.

"욹욹오롤롲."

뭐지.

"욹오롤롤로로로롤롲."

뭐지?!

"읅읅읅오롤로로로로로롤룫."

멈추지 않는다!

소니도르는 한참 허공을 올려다보며 울다가 갑자기 자신을 들어 올리는 손길에 몸을 뻣뻣하게 굳혔다. 이 꿈속에서 그녀를 만질 사람이라고는 단 한 명밖에 없었다. 알고 보니 목 없는 정원사가 그녀를 들어 올렸다거나 하는 반전만 없다면 말이다.

다행히 그런 생각만 해도 소름 끼치는 반전은 아닌 듯했다. 마르멜이 그녀의 귓가에 봄날의 산들바람같이 부드러운 목소리로 속삭였으니까.

"늦었잖아, 여우야."

오랜 연인에게나 할 법한 꿀이 떨어지는 말투에 소니도르는 순간 울화통이 터졌다.

아니, 본인이 쫓아내 놓고 무슨 소리래! 그녀는 몸이 덜렁 들어 올려지자 버둥거리다가 낑낑하며 울었다. 그러자 그녀를 들어 올린 손의 힘이 느슨해졌다. 소니도르는 그때를 노려서 재빨리 뒷다리로 그의 배와 명치를 뻥뻥 차서 뿌리쳤다. 바닥까지 꽤 높이가 있었으나 몸이 본능적으로 가장 충격을 완화하는 자세로 움직였기 때문에 무사히 착지할 수 있었다.

그녀는 재빨리 마르멜과 거리를 벌렸다.

"이젠 안아 볼 수 있을까 했더니."

그는 얻어 차인 곳에 손을 얹은 채로 살짝 미간을 구기고 있었다. 소니도르는 눈을 서서히 접으며 그를 가늘게 뜬 눈으로 보았다. 마치 자신이 언제 쫓아냈느냐는 듯 기다리고 있었다는 어투가 심히 거슬린 것이다.

"전하. 절 이 꿈속에서 강제로 쫓아내시면 제가 어떻게 되는 줄 아시나요?"

마르멜은 멀찍이 떨어져 앉은 여우를 따라 허리를 숙였다. 그리고 쭈그리고 앉아 그녀와 눈을 맞췄다. 여우의 눈은 무채색이었으나 굉장히 신비롭고 오묘한 회색 빛깔을 띠고 있었다.

"어떻게 되지?"

"고통에 몸부림치게 된답니다."

"……."

그는 잠시 입을 꾹 다문 채로 그녀를 찬찬히 살폈다. 마르멜의 시선이 여우의 쫑긋거리는 귀와, 새하얀 가슴 털, 그리고 양말을 신은 것처럼 까만 발끝에 닿았다가 떨어졌다. 그리고 마침내 뾰족하고 빳빳하게 늘어진 꼬리에 이르렀다. 여우를 대대로 사람 홀리는 요물이라 칭하는 이유가 다 있었다.

그대로 마음을 빼앗겨 간이고 쓸개고 다 내놓게 될 테니까.

마르멜은 여우가 뒤로 물러날수록 안타까움에 젖은 시선을 던졌다. 한참 머뭇거리던 그는 마침내 입을 열었다.

"내가 잘못했어."

그는 사과를 뱉으며 소니도르에게 한 걸음 다가섰다. 그녀는 다가오는 만큼 한 걸음 물러서며 일정한 간격으로 거리를 벌렸다. 다시 한 걸음 다가가도 마찬가지로 아무 말 없이 물러서기만 할 뿐이었다. 참다못한 마르멜이 결국 성큼성큼 접근해 오자 여우는 반대 방향으로 마구 달리기 시작했다. 오히려 거리가 더 벌어지기만 했다. 그가 걸음을 멈추고 초조한 표정으로 다시 쭈그려 앉았다.

살랑이는 봄바람이 서로 대치해 있는 그들을 한차례 어루만지고 지나갔다.

"이리 와."

"싫어요. 다가오면 물러날 거예요."

"내가 다 잘못했어."

"뭘 잘못했는데요?"

"일부러 널 쫓아내려고 한 건 아니었어."

그건 사실이었다. 원래 꿈속 세계는 수면자가 순간순간 느끼는 감정에 크게 공명한다. 그러므로 마르멜이 딱히 소니도르를 쫓아내려고 하지 않아도 가끔 제멋대로 행동하는 경우가 있었다. 만약 수면자가 그녀에게서 아주 강력한 거부감을 느낀다면 말이다.

소니도르의 불만은 거기에 있었다. 그가 세계를 향해 그녀를 밖으로 쫓아내라고 명령한 건 아니지만, 아무튼 강한 거부감을 느꼈다는 것 아닌가. '나와 유대를 맺자.'는 한마디에 말이다. 그의 명백한 거부 때문에 기분이 상했다거나 한 게 아니라, 앞으로 갈 길이 멀었다는 것이 불만이었다. 유대라는 것이 그렇게 거창한 것도 아닌데 말이다.

옆에 없으면 허전하고, 가끔가다가 문득 떠오르는 정도만으로도 충분했다. 하지만 이 별것 아닌 것이 마르멜에게는 굉장히 어려운 일인 모양이었다. 하긴 누구라도 마르멜과 같은 성장 배경을 겪어 왔다면 사람을 사귀는 것에 엄청난 거부감과 두려움을 느끼겠지. 내가 마음을 내주는 사람 모두가 결국 싸늘한 시체가 되어 돌아오는데 미치지 않고는 못 배길 것이다.

마르멜이 택한 길은 차라리 미쳐 버리는 쪽이었다.

온화한 가면 뒤에 걷잡을 수 없이 부피를 키워 가는 광기를 담아 두면서, 그는 무슨 생각을 했을까. 과연 평생 그것을 한계까지 꾹꾹 눌러 잠재울 생각이었을까? 본인도 그것이 언젠가 터질 것을 알고 있었으며, 사실은 그저 터지기를 기다리며 내버려 둔 것은 아니었을까. 지금 마르멜이 쓰러진 것은 일종의 전조 증상에 가까워 보였다.

마지막 경고 같은 것 말이다.

이 이상 날 한계까지 밀어붙이면, 나도 내가 무슨 짓을 할지 몰라.

저런 경우 무조건 들이댄다고 해서 마르멜에게 큰 변화가 찾아올 것 같지 않았다. 그는 동물을 보면 눈이 뒤집히는 것 같으면서도, 막상 자신의 내면을 깊게 파고들면 살기등등한 모습을 보였다. 근본적인 해결이 필요했다.

오랜 고민을 끝마친 소니도르는 바닥에 앉아 고개를 꼿꼿하게 들었다. 조금도 미동이 없는 꼬리와 마르멜을 올곧게 응시하는 눈동자는 무심한 듯하면서 요염했고, 요염한 듯하면서도 도도했다.

사실 저번처럼 쥐어짜일까 봐 찝찝해서 거리를 벌렸다는 건 별로 중요하지 않은 사실이었다.

"전하는 이상해요."

"뭐가 말이지?"

"절 쫓아내고 싶은 충동을 느낀 건 사실이잖아요. 그렇죠?"

"……여우야."

"그런데 왜 절 기다렸다는 듯이 말해요?"

"널 기다렸으니까."

"왜요?"

소니도르는 그 이유를 알고 있음에도 모르는 척 눈을 깜빡이며 물었다. 마르멜이 그 질문에 답하면서 처음으로 자신의 마음을 마주 보고 그가 느꼈던 감정들을 솔직하게 털어놓길 바란 것이다. 그런 과정을 겪어야만 곪아 가는 마음을 치유하고 더 앞으로 나아갈 수 있었다.

하지만 그는 한동안 말이 없었다.

"……그대와 유대를 맺고 싶진 않아."

"그럼요?"

"나는 그저 동물이 좋을 뿐이야. 그들은 들어도 말하지 못하니까."

말하지 못한다는 것은 함부로 입을 놀리지 않는다는 것이다. 함부로 입을 놀리지 않으면 죽임을 당할 위험도 자연스럽게 줄어들겠지.

소니도르는 그 말을 듣고 문득 생각했다. 땅 위의 존재들도 목이 없는 이유가 의심병 황제 때문도 있겠지만, 들어도 말하지 못한다는 이유로 그런 모습이 된 것 아닐까.

"제가 동물의 탈을 쓴 인간이라서요? 들어도 말하지 못하는 건 저도 마찬가지일 텐데요."

어차피 죽을 목숨이니까요. 그녀가 덤덤히 덧붙이자 마르멜이 갑자기 표정을 굳혔다.

"그래서 싫다는 거다."

"어차피 죽을 저와 유대를 맺는 게 싫다고요?"

"그래. 싫어."

"또 소중한 것을 잃을까 봐요?"

"……네가 그걸 어떻게 알지?"

예상했던 대로 마르멜이 전처럼 다시 살벌한 목소리를 냈다. 소니도르는 잠시 얼굴을 팍 구겼다.

그가 하는 말은 모순 덩어리였다. 유대를 맺기 싫다고 말하면서 정원을 나무가 우거진 숲으로 만들지를 않나. 동물을 좋아하는 이유가 들어도 말하지 못한다는 이유 때문이라면서 정작 소니도르는 들을 수도, 말할 수도 있는 존재 아닌가.

그렇게 동물을 좋아하면 동물을 만들면 될 텐데 그가 뭐든지 할 수 있었다던 낙원에서도 동물은 코빼기도 비치지 않았다. 땅 위의 존재들은 전부 말할 수 없도록 목을 베어 없애 버린 사람뿐이었지. 목을 베어 버리면 더는 죽을 일도 없을 테니까 말이다.

대체 그가 왜 그런 짓을 한 건지 생각해 보면 결론은 하나밖에 나오지 않았다.

마르멜이 진정 원하고 있는 것도, 한없이 두려워하고 있는 것도 결국 사람과의 유대였다. 소니도르가 사람 말을 하는 동물이라 좋은 게 아니라, 동물의 모습을 한 사람이라 좋은 것이다.

"그럼 제가 이대로 더는 전하의 꿈속에 찾아오지 않는다면요?"

"……."

그는 그대로 침묵했다. 절대 먼저 입을 열지 않겠다는 듯 입술을 꾹 다물었지만, 그건 소니도르도 마찬가지였다. 마르멜이 솔직하게 답해 주지 않으면 절대 말을 꺼내지도, 가까워지지도 않을 기세로 동상처럼 앉아 있을 뿐이었다. 그대로 돌이 되어 버린 게 아닌가 싶을 정도로 미동조차 없었다.

결국, 먼저 백기를 든 건 귀여운 것에 한없이 약한 마르멜이었다.

"네가 찾아오지 않는다면 난 이곳에 영원히 갇혀 있게 되겠지."

"그걸 묻는 게 아니라는 걸 알고 있으시잖아요."

"……가지 마, 여우야."

애처로운 목소리에 순간 소니도르는 숨이 턱하고 막혔다. 쏘아붙이려던 다음 말을 잊어버릴 정도로 움찔 떨고 말았다.

표정은 여전히 덤덤하기 그지없었다. 하지만 그의 눈빛은 한없이 간절했다. 유심히 뜯어보지 않으면 알아채기 힘들었으나 묘하게 끝이 처져 있는 눈꼬리도 신경 쓰였다.

저런 얼굴에 저런 목소리에 저런 말투라니. 그녀는 평정을 되찾지 못하고 그대로 넋을 잃은 채 마르멜에게 다가갈 뻔하다가 겨우 정신을 붙잡을 수 있었다.

여우를 유혹하다니!

역시 황태자는 보통 사람이 아니었다. 소니도르는 작게 헛기침을 하며 흐물흐물 풀어지려고 하는 표정을 다잡았다. 어차피 여우라서 표정이라는 게 별로 티도 나지 않았겠지만 말이다.

그녀가 콧잔등을 찡긋거리고 있는 사이에 마르멜이 다시 입을 열었다.

"모르겠어, 나도. 널 어떻게 하면 좋지?"

그는 곰곰이 생각하다가 결국 생각하기를 포기한 듯싶었다. 어릴 때부터 인간이라면 당연히 누릴 수 있는 권리를 박탈당해온 그였다.

사실 마르멜은 인간이 느끼는 감정에 대해서 굉장히 취약했으며, 그건 자기 자신의 감정도 포함되었다. 왜 그런 기분이 드는 것인지, 왜 자신이 그렇게 행동하는 것인지조차 잘 알지 못했다.

"그냥 이리 와서 안기면 안 되나?"

그가 팔을 벌리면서 묻자 소니도르가 고개를 좌우로 흔들었다.

"내면의 소리를 외면하지 마세요. 그냥 전하께서 원하는 걸 말하면 되는 그런 간단한 문제인걸요."

물론 그에게는 전혀 간단한 일이 아니라는 것을 알고 하는 말이었다. 단 한 번도 누구에게 속내를 내비친 적 없는 사람인데 그게 쉬울 리가 있을까. 어쩌면 자기 자신을 속이면서까지 그 위태롭기 짝이 없는 가면을 덧쓰고 있었을지도 몰랐다.

"나는……."

"네. 듣고 있어요."

"소중한 걸 만들 생각이 없다."

"잃을까 봐 두려워서요?"

"아니. 잃는 것과 달라."

유려했던 그의 말투는 자신의 솔직한 진심을 드러낼수록 점점 어색해졌다. 마치 말을 배운 지 얼마 되지 않은 아이처럼 말이다.

마르멜은 잠시 시선을 허공에 고정한 채 말을 고르다가 이내 입술을 달싹였다.

"지키기 위해 별짓을 다 해 봤어. 사정하고 애원하고 반항도 해 봤지만 결국 돌아오는 건 상자에 곱게 담긴 머리더군. 내가 그토록 지키고자 했던……. 내 손으로 죽이는 것과 뭐가 다른가 싶었지."

"……."

"내가 여기서 뭘 어떻게 더 해야 하는 걸까. 내가 살기 위해선 어떻게 해야 하는 거지? 아무리 머리를 쥐어뜯어도 결국 한 가지밖에 생각이 나지 않아."

"……."

"나의 아버지를 죽이고, 황위를 계승하는 것."

어때, 이건 좀 네가 원했던 대답인가? 어느새 평정을 되찾은 마르멜이 나무에 편하게 기대앉아 한쪽 입꼬리를 삐딱하게 끌어 올렸다.

소니도르는 이미 예상하고 있던 바였으나 그걸 직접 황태자의 입을 통해 전해 들으니 기분이 묘해졌다.

전에 얘기할 땐 아주 살기와 광기를 흩뿌리며 말하더니. 지금은 좀 얌전해진 걸 보면 어느 정도 마음을 연 거라고 해석해도 되는 걸까?

역시 여우의 매력은 세계 최강이었다. 그녀는 고개를 주억

거리다가 말고 고개를 기울이며 물었다.

"전하께서 그럴 필요 전혀 없으신 거 아시죠?"

그의 유년 시절이 얼마나 불우했는지는 들려오는 소문과 자료만 뒤져 보아도 가히 짐작할 수 있었다.

하지만 그의 미래는 창창했다. 모두가 그를 사랑했다. 황제가 마르멜을 제외한 황족들을 제 선에서 처리했기 때문에 치열한 권력 다툼도 필요 없었다.

아니, 오히려 폭정을 휘두르는 황제가 굳건히 지키고 있기 때문에, 황태자를 탐탁지 않게 여기는 불만 세력으로부터 무사할 수 있었던 게 아닐까.

그는 깨어나 이미 닦인 길을 걷기만 하면 되었다. 중간에 정신이 완전히 붕괴해서 학살을 일으킨다거나 하지 않으면 그가 황권에서 물러날 일도 없었다. 이왕이면 성군이 되어 주셨으면 좋겠지만 말이다.

소니도르는 서서히 나무 기둥 밑에 앉아 있는 마르멜에게 다가갔다. 가까이 다가가면 멀어지고, 또 멀어지니 곁으로 오는 여우를 보고 그가 피식 웃었다.

"알아. 내가 어리광 부리고 있는 거."

"어리광은 아니죠. 솔직히 그 정도면 충분히 살의를 품고도 남는다고 봅니다만."

제삼자의 측면에서 본다면 황제는 황태자에게 일종의 필요악처럼 느껴졌다. 그를 단단히 받치고 있는 악의 기둥이라고 해야 할까.

솔직히 말해서 지금 마르멜이 자신의 아버지를 살해했을 경우, 그 또한 목숨을 보전하기 힘들지 않을까 어렵지 않게 추측할 수 있었다. 본인을 위해서라도 그건 별로 좋은 생각이 아니었다.

분명 마르멜도 그걸 알고 있었다. 그렇다면 방금 그가 한 말의 뜻은 '아버지도 죽고 나도 죽겠다.' 내지는 '파멸이다, 멸망해라 세상!' 정도가 되지 않을까.

다 때려치우고 자폭하고 싶어지는 심정도 충분히 이해가 갔다.

그렇다고 한계까지 쌓아 둔 광기를 처리하지 못해 자멸의 길로 빠지는 걸 원하는 것 같지도 않았다. 누군들 원할까. 인간은 기본적으로 누구나 자신이 행복해지길 바란다.

'많은 이들이 찰나의 행복을 위해 수많은 불행도 견뎌 내며 살아가고 있지.'

마르멜이 듣는다면 또 낙관론자라고 하겠지만 말이다.

"전하."

소니도르는 생각이 극단적으로 치우쳐져 있는 마르멜의 다리에 자신의 발을 턱하니 올리며 말했다. 여우의 발바닥에 있는 토실토실 말랑말랑한 핑크 젤리가 그의 허벅지를 꾹꾹 눌렀다.

"그럼 이번에는 무슨 일이 있어도 지켜 내세요."

신비롭고 몽환적이라 생각했던 여우의 깊은 눈이 마르멜과 정확히 시선을 맞춰 왔다.

"소중한 인연을 두려워하기 전에, 모든 걸 끌어안고 자멸을 택하기 전에, 그 각오로 지켜 내세요. 죽을 각오로 달려들란 말입니다."

그리고 제 발로 무릎 위에 올라와 몇 번 중심을 잡더니 두 발로 서서 그의 어깨에 두 발을 짚었다.

"……."

여우에게 벽으로 밀쳐진 자세가 된 마르멜이 잠시 떨떠름한 표정을 지었다.

"여우야."

하지만 그것도 잠시, 그가 그토록 원했던 여우가 지척에서 눈을 깜빡이고 있다는 걸 깨달은 모양이었다.

"그러지 않는 한 폐하께서는 절대 바뀌시지 않을 거예요. 불행의 굴레는 계속 돌겠죠."

"너는 정말……."

마르멜이 짧게 웃음을 터트렸다. 광기에 찌든 웃음이 아닌 매우 청량하게 느껴지는 소년 같은 웃음이었다. 그는 서서히 손을 뻗더니 조심스럽게 여우의 느낌 좋게 감기는 털을 쓰다듬었다.

"내게 무리한 부탁만 하는구나."

그렇게 말하고는 촉촉하고 새까만 코에 쪽 하고 입을 맞췄다.

그의 얼굴이 점점 다가오는가 싶더니 뭔가 부드럽고 가벼운 게 나비가 내려앉듯 콧잔등에 닿았다가 떨어졌다.

소니도르는 멍청한 표정으로 두 눈을 깜빡였다. 이게 뭔지 파악하기도 전에 코가 갑자기 간질간질해지기 시작했다. 그녀는 반사적으로 고개를 숙이며 재채기를 했다.

"엣취!"

코를 앞발로 문지르고 있자니 마르멜이 실실거리는 웃음을 지으며 그녀를 그대로 품 안 한가득 끌어안았다. 그러고는 여우의 얼굴에 자신의 볼을 비비면서 만족스러운 웃음을 흘렸다.

"드디어 잡았다."

어찌나 행복해 보이던지 세상을 다 가진 사람처럼 웃고 있었다. 동물을 좋아한다는 건 진작부터 알고 있었지만 이렇게 서슴없이 품에 안기고 뽀뽀까지 받다 보니 정신이 하나도 없었다.

사고 회로가 정지한 소니도르는 얌전히 마르멜의 품 안에 굳어 있다가 화들짝 놀라 펄쩍 뛰었다. 그리고 뒷걸음으로 빠르게 그에게서 멀어졌다.

일자로 반듯한 마르멜의 눈썹은 불만으로 휘어졌고, 소니도르는 놀란 심장을 부여잡았다.

와, 여우 주둥이가 길어서 다행이다. 콧잔등에 입술을 붙이는 마르멜의 얼굴이 더 가까이서 보였다간 심장이 터져서 죽었을지도 몰랐다.

경고도 해 주지 않고 이런 기습이라니, 역시 황태자는 매우 잔인한 사람이 틀림없다.

"여우야. 계속 그렇게 도망치면 붙잡아 버린다?"

그는 그것만으로도 모자랐는지 도망가 버린 여우를 향해 손가락을 까딱였다. 그러자 마른 덩굴이 그녀의 발밑에서 꿈틀거리며 자라나기 시작했다.

"히익!"

소니도르가 기겁하며 그를 돌아보자 마르멜이 말없이 입꼬리를 싸악 쪼개서 웃었다. 천진난만하게 웃으며 잠자리 날개를 쥐어뜯던 아이와 겹쳐 보여서 순간적으로 소름이 쫙 끼쳤다.

잠시 몸을 부르르 떤 그녀는 덩굴을 피해서 이리저리 뛰어다니기 시작했다.

잠깐, 이런 플레이는 싫습니다!

"왜, 왜 이러세요!"

"유대를 쌓자고 하더니 가까워지면 도망가고, 멀어지면 다가오고……."

"방금 건 도망갈 수밖에 없었거든요! 전하, 제가 사람이라는 자각은 있으세요?"

"별로 그렇게 느껴지지 않는 건 사실이지."

"그리고 여자랍니다."

"그렇군. 알고는 있었다만."

마르멜이 순순히 인정하며 덩굴을 거둬들였다. 안도의 한숨을 내쉰 소니도르는 아직도 간질간질한 자신의 코를 다시 앞발로 문질렀다. 그러자 그가 억지로 끌고 오기 전에 순순히 와서 안기라는 듯 양팔을 벌렸다.

그녀는 심란한 심정이 되고 말았다. 자신의 도발을 그냥 무리한 부탁 정도로 넘기는 걸로 봐서 유대를 쌓을 마음이 아직 없는 줄 알았다.

그런데 그게 오히려 반대인 모양이었다. 무리해도 상관이 없을 정도로 여우에 빠진 모양이었다.

하, 역시 여우의 매력이란. 동물 애호가란 정말 어쩔 수가 없군요. 황태자님께 제국 환경보호 단체 회원증이라도 드려야겠어요.

소니도르는 고개를 절레절레 흔들며 생각했다. 이러다가 나중에 마르멜이 깨어나면 자신을 끌어안고 있는 그녀를 보자마자 정색하며 즉결 처분할지도 모르겠다고.

아니, 왠지 그런 확신이 왔다.

솔직히 의도한 건 아니었지만, 자신이 귀엽고 요염한 여우로 변하는 건 아주 심각한 사기인 것 같았기 때문이다.

지금 그가 마시멜로처럼 말랑말랑한 건 순전히 그녀가 동물이기 때문이었다. 소니도르는 자신이 사람이라는 걸 다시 한 번 일깨워 줘야 하나 골똘히 고민했다.

하지만 그녀가 말을 꺼내기도 전에 마르멜이 먼저 참다못해 입을 열었다.

"내가 졌으니까 이리 와. 이상한 짓 하지 않으마."

언제 우리가 싸웠던가. 그녀는 어리둥절한 얼굴을 하다가 순순히 그에게 다가갔다. 끌어안는 것 이상으로 이상한 짓을 하지 않는다면 다가가지 못할 것도 없었다. 어차피 현실에서 그의 품에 자발적으로 안겨 있는 건 소니도르였기 때문이다.

마르멜은 점점 가까이 다가오는 여우에게 손을 뻗어 자신의 무릎에 앉혀 놓고는 말없이 털을 쓰다듬었다. 그녀는 무릎 위에서 몸을 동그랗게 만 채로 엎드려 있다가, 그의 손이 턱을 긁어 주자 골골골 하는 소리를 내었다.

잠깐 이거 은근히 기분 좋잖아.

"하. 치유받는 것 같아."

따뜻하게 내리쬐는 햇볕 아래에서 그가 노곤한 목소리로 중얼거렸다. 마르멜이 나른하게 기대앉은 나무 기둥도 바닥에 빼곡하게 피어난 토끼풀도 마치 동화책 한 장면인 양 평화로웠다.

"정말요? 제가 좀 도움이 됐어요?"

"입만 좀 다문다면 말이지."

"……."

소니도르는 다시 고개를 앞발 위에 얹으며 속으로 투덜거렸다. 이쪽은 전하께 도움이 되기 위해서 무리해서 열심히 떠들었는데 겨우 이런 취급이라니.

"그러고 보니 장인이라고 했던가. 이름이 뭐지?"

엎드려 있던 그녀는 귀를 쫑긋거리며 답했다.

"아직 제가 말 안 했던가요? 아, 전에 스쳐 가듯 말씀드린 것 같기도 하네요."

"기억해. 꿈 장인 소니도르. 장인이라면 이게 본명은 아닐 테지."

그녀는 천천히 고개를 들어 마르멜을 올려다보았다. 그의 동공이 비치지 않을 정도로 새까만 눈동자와 시선이 맞부딪쳤다.

아무런 감정 없이 그저 가만히 내려다보는 눈빛에서 읽어낼 수 있는 건 없었다. 소니도르는 느릿하게 눈을 깜빡이다가 그것보다 한 박자 늦게 답했다.

"어…… 맞아요. 신기하네요. 그걸 물어보는 분은 처음이에요."

데센시아 부족민들은 침략당한 순간부터 그들의 언어를 사용할 수가 없었다. 고대에서부터 5백 년 전까지 사용하던 부족어는 이제 거의 완전히 사라져 잊혀 버렸고, 그나마 지금까지 이어져 내려온 것이 부족민식 이름이었다.

하지만 이름마저도 제국식으로 바꿔야만 사유재산을 얻을 수 있는 권리를 줬기 때문에 대부분 장인은 본명을 따로 가지고 있었다.

대부분의 아르케 제국민들은 그 사실에 대해서 알지도 못했고 관심도 없었다. 그런데 제국의 황태자가 직접 본명을 물어보니 소니도르는 왠지 머쓱한 기분이 들었다. 장인들을 제외하곤 그 누구에게도 꺼내 본 적 없는 이름이었다.

"황금빛으로 이루어진 꿈들이에요."

"길군."

"원래 부족민 이름이 그렇거든요!"

"응. 예쁜 이름이네."

소니도르는 살짝 상기된 말투로 말을 더듬으며 물었다.

"그, 그런 말도 하실 수 있으세요?"

"너무하는군. 이래 봬도 겉치레는 자신 있는데 말이지."

"……그래서 겉치레라는 건가요."

너무한 건 마르멜이었다. 하긴 제국민이 듣기에는 굉장히 낯선 형식의 이름이겠지.

그녀는 괜히 용기 내어 말했다고 후회하면서 제 앞발로 눈을 가렸다. 그녀에게 본명은 오랜 시간 소중하게 간직해 온 서랍장 속 보석 같은 의미였는데 말이다.

"황금빛으로 이루어진 꿈들이라……."

그는 소니도르의 머리를 살살 쓰다듬으면서 말했다.

"그래. 너에게 어울리는군."

무심하게 툭 던져진 말에 순간 소니도르의 얼굴이 순식간에 붉게 달아올랐다. 털에 덮여 있어서 보이지는 않았지만 말이다.

갑자기 손이 따뜻하게 달아오르자 마르멜이 잠시 의아해하다가 이내 작게 웃음을 터트렸다.

그가 눈을 둥글게 휘며 자신의 얼굴을 가리고 있는 그녀의 앞다리를 떼어 냈다. 그리고 눈가를 부드럽게 쓸면서 물었다.

"이 꿈도 황금빛으로 이루어져 있나?"

"그럼요. 찬란한 햇빛이 지금 이 정원을 아름다운 황금빛으로 물들이고 있겠죠."

부끄러워하는 와중에도 직업 정신에 투철한 그녀가 웅얼웅얼 답했다.

"별로 궁금하진 않아."

"……."

그럼 대체 왜 물어본 겁니까.

혹시 이 무채색 향연인 세계를 빛으로 물들일 의사가 생겼나 기대했지만 역시였다. 혹시는 왜 항상 역시로 귀결되는 걸까. 하긴 쓸모없다는 이유로 색을 지워 버린 사람에게 너무 많은 걸 바란 듯싶다.

순식간에 심장의 안정을 되찾은 그녀가 뚱한 얼굴로 고개를 들었다. 마르멜은 여전히 여우의 수염 털과 눈가를 살살 쓸고 있었다.

그는 잠시 곰곰이 생각하는 듯하더니 사뭇 진지한 눈빛으로 입을 열었다.

"황금이라. 그러고 보니 여우의 눈은 아주 아름다운 황금색이라지."

"……."

모든 것이 쓸모없다던 사람이 여우의 눈을 빤히 응시하며 욕망 어린 시선을 던졌다. 여우의 눈 색은 쓸모없음에 포함되지 않는 모양이었다. 마르멜은 가만 보면 꽤나 단순했다.

소니도르는 잠시 어이없어하다가 재빨리 그 말을 받았다.

"전하, 그거 아세요?"

그녀는 꼬리를 살랑살랑 흔들면서 말했다.

"여우는 머리부터 발끝까지 아름답지 않은 구석이 없어요. 주홍색 털은 너울거리는 불꽃과 같이 화려하고 강렬하죠. 푸른 숲과 어우러지면 한 폭의 그림 같은 풍경을 연출할 거예요."

여우가 순진해 보이는 눈망울을 깜빡이며 속삭이자 마르멜이 잠시간 말이 없었다. 실패한 건가 싶어 고개를 숙이자 마르멜이 손으로 짚고 있는 바닥부터 아주 서서히 연둣빛으로 물들어 가기 시작했다.

행복을 상징하는 세 잎 클로버가 그의 손안에서 제 빛을 되찾아 갔다. 수십 개에서 수백 개, 수천 개로 퍼져 가는 수많은 들풀이 수줍게 고개를 내밀었다.

꼬리처럼 살랑이며 흔들리는 동그란 토끼풀은 새하얬고, 마르멜이 기대어 앉은 나무는 검은색에 가까운 아주 짙은 고동색이었으며, 숲은 푸른빛으로. 투명한 물에 아주 강렬한 색감의 물감을 떨어트린 것처럼 빠르게 번져 갔다. 나뭇잎 사이사이 투과하는 햇빛은 소니도르의 말대로 숲을 찬연한 황금빛으로 물들였다.

색이 눈부셨다. 찬란하다는 말로도 부족할 정도로 다채로웠다. 소니도르는 순식간에 시야가 상실된 것처럼 두 눈을 꾹 감았다.

"눈 떠."

마르멜이 그녀의 턱을 붙잡으며 낮게 잠긴 목소리로 속삭였다.

그 말에 잠시 움찔 떤 소니도르는 서서히 눈꺼풀을 들어 올렸다. 그러자 역광에 그림자 진 그의 얼굴이 바로 지척에서 보였다.

마르멜이 콧잔등에 입을 맞췄을 때만큼 가까운 거리에 그녀가 잠시 숨을 멈췄다. 각각의 개성을 뽐내며 찬란하게 빛나는 색들 사이에서도 유난히 강렬한 붉은빛이 지척에서 반짝였다.

색을 되찾은 그의 눈은 동공이 훤히 들여다보일 정도로 맑고 깨끗한 선홍색이었다.

빨려 들어갈 것 같다.

소니도르는 잠시 넋을 잃은 채 그것을 응시했다. 진중한 시선 위로 눈처럼 투명하게 반짝이는 그의 머리카락이 가볍게 흔들렸다.

서로서로 홀린 듯이 응시하고 있는 그 묘한 대치를 깬 것은 마르멜의 한마디였다.

"너…… 아름다운 정도가 아니잖아. 심장이 터져 죽을 것 같아."

"……."

"날 죽일 생각이었나?"

누가 할 소리를 하는 건지.

그제야 소니도르는 자신을 꽁꽁 옭아매고 있던 속박에서 벗어날 수 있었다.

푸하! 숨을 한꺼번에 몰아쉰 그녀는 거칠어진 호흡을 가다듬으며 고개를 숙였다. 그리고 가까이 붙어서 떨어질 생각을 하지 않는 유해 물질, 마르멜의 얼굴을 피하려고 그의 품에 고개를 파묻었다.

그는 반사적으로 품에 안겨 오는 여우를 끌어안았다.

"여우야, 그냥 계속 여기서 나랑 살자."

"안 됩니다. 전하께서도 아시다시피 이 일에 성공하든 실패하든 전 죽을 목숨이라고요."

"그럼 나와 같이 죽겠군."

"아니…… 뭐라고요?"

그녀는 할 말을 잃고 잠시 버벅거렸다. 여우를 위해 목숨까지 바치겠다니 동물 애호가도 정도가 있지.

"소중한 인연을 위해 죽을 각오로 달려들라는 말은 그런 뜻이 아닙니다!"

같이 파멸의 길로 달려들자는 말이 아니란 말입니다! 이기적으로 들릴 수도 있겠지만 사실 저와 친해져서 폐하로부터 좀 지켜 달라는 뜻이었어요!

이쪽은 나름 필사적으로 한 말이었는데 대체 그 절박한 말을 어디로 들으면 저런 결론에 도달할 수 있단 말인가. 저승길로 가는 길동무는 이 이상 필요 없었다.

"차라리 빨리 이곳을 벗어나셔서 여우 열 마리든 백 마리든 키우시면 되잖아요!"

"필요 없어. 내 여우 하나면 되니까."

"언제부터 제가 태자 전하의 여우가 된 겁니까……."

뭐 이런 막무가내가.

소니도르가 그의 품 안을 벗어나기 위해 버둥거리자 마르멜은 그녀를 숨 막히도록 꼭 끌어안기만 할 뿐 놔줄 생각을 하지 않았다.

잠자는 숲 속의 공주님, 아니 왕자님이 왜 이렇게 팔심이 강한지 모르겠다. 발톱으로 그의 옷을 박박 긁어 대다가 포기한 그녀는 결국 축 늘어졌다.

"그거 저와 유대를 쌓고 싶다고 해석해도 되는 건가요."

"아마도."

"제가 여우가 아니게 되면요?"

"그건……."

잠시 말을 멈춘 그가 덧붙였다.

"글쎄. 역시 너라면 뭐든 귀엽지 않겠어? 다음은 뭐지? 토끼?"

아뇨 전 인간인데요. 하지만 꿈속에서는 아무래도 계속 동물일 것 같았기에 소니도르는 그의 말에 딱히 트집을 잡지는 않았다.

"난 한번 발동 걸리면 미친 것처럼 하나만 보고는 하니까."

혼잣말하듯 중얼거린 마르멜은 잠시 자신의 코와 입술을 여우의 이마에 문지르며 생각에 잠겼다. 완전히 그녀를 베개 내지는 인형 취급을 하고 있었다.

소니도르는 이 인간이 또 이상한 짓을 한다고 속으로 기겁하며 버둥거렸다. 그러던 와중에 실수로 위로 폴짝 뛰다가 그에게 박치기를 날리고 말았다.

잘못 부딪쳤는지 그의 입술이 찢어져 있었다. 안 그래도 붉은 입술에 그보다 짙은 핏방울이 맺혀 있었다. 그는 그녀에게서 살짝 고개를 떨어트린 채로 인상을 찌푸렸다.

마르멜은 핏물을 손가락으로 훔치며 눈가를 뱀처럼 가늘게 휘었다. 살짝 피가 번져 있는 그의 입꼬리가 서서히 올라가면서 야릇한 미소를 만들어 냈다.

"역시 나도 어찌 될지 모르겠군."

그는 어느새 그녀의 양 겨드랑이 사이에 손을 집어넣고 번쩍 들어 올렸다. 소니도르는 반사적으로 다시 그를 걷어차며 품 안에서 벗어났다.

이 정도면 충분히 화를 낼 법도 하지만 마르멜은 여전히 마시멜로같이 말랑말랑했다.

"아야야."

그가 신음을 뱉으며 자신의 명치를 부여잡았다. 소니도르는 한없이 친절한 그에게서 뒷걸음질 쳐 거리를 벌렸다.

이제 그녀가 동물이 아니게 되었을 경우 어떻게 돌변할지 상상만 해도 두려워질 지경이었다. 저렇게 상냥한 얼굴이 순식간에 싸늘하게 굴으면 여러 의미로 충격받을지도.

"어어?"

그때였다. 못 말린다는 듯 고개를 절레절레 흔들던 그녀는 아까까지 없었던 황궁을 발견하고 눈을 동그랗게 떴다.

아름드리나무 너머로 웅장한 성벽과 그 위로 삐죽 솟은 일곱 개의 성탑이 굳건히 자리를 지키고 있었다. 저런 어마어마한 크기의 건물이 지금까지 보이지 않았다는 건 말이 되지 않으니, 방금 생긴 모양이었다.

그녀는 앞발을 뻗어 그곳을 가리키며 흥분한 목소리로 외쳤다.

"전하 저기! 저기 봐 봐요!"

마르멜은 미간을 살짝 구긴 채로 몸을 일으킨 뒤 흙이 묻은 바지를 탁탁 털며 말했다.

"저게 생겼으면 소스를 찾은 거라고 봐도 되나?"

"음? 전하께서 만든 게 아니에요?"

"난 아무것도 하지 않았어."

"저절로 생겼다면 소스의 조건을 충족한 모양이죠."

"조건이라면 여우에 대한 애정인 건가……."

"……그런 조건은 충족하지 않아도 처음부터 가지고 계셨을 것 같은데."

일단 가까이 가 보죠.

소니도르는 그렇게 말한 뒤에 빠르게 발걸음을 옮겼다. 열심히 네발을 놀리며 다다다 걸어가는 그녀의 뒤를 마르멜이 여유로운 걸음으로 따랐다.

티타늄 재질로 된 거대한 성문은 그들이 앞에 다가서자마자 스르르 열렸다. 그렇게 쉽게 열리는 이유는 당연히 바로 옆에서 꿈의 주인인 마르멜이 버티고 있기 때문이었다.

그는 스스럼없이 자신의 내면 깊은 곳에 작은 여우를 들여보냈다.

극야

"왠지 시선들이 부쩍 는 것 같은데."

소니도르는 황궁 복도를 지나다니는 목 없는 시녀들과 시종들을 응시하며 작게 중얼거렸다.

머리가 없으니 시선이라고 할 것이 없음에도 왠지 등이 따끔따끔하고 뒷목이 서늘했다. 그들은 마르멜과 소니도르를 스쳐 지나가다 말고 갑자기 휙 뒤를 돌아본다거나, 스쳐 지나가서 사라지는 순간까지 몸을 틀어 응시한다거나 했다.

소스를 찾아서 내면 깊숙이 들어갈수록 땅 위의 존재들이 그들을 경계할 거라는 마르멜의 가설이 사실인 걸까.

그녀는 당당하게 걷다 말고 슬슬 주위를 살피며 황태자의 옆쪽에 가서 붙었다.

그가 물었다.

"무서우면 내가 안아 줄까?"

"제발요."

"즉답이네. 솔직한 모습도 나쁘지 않아."

사실 처음 이 꿈에 왔을 땐 마르멜이 제일 무서운 존재였지만 말이다. 마르멜의 다리에 꼭 붙어 있던 소니도르는 그가 들어 올리자마자 품 안에 찰싹 안겼다.

그러기가 무섭게 갑자기 창밖에서 거대한 폭풍이 몰아치기 시작했다.

"허어억!"

빛이 번쩍이더니 얼마 지나지 않아 천둥소리가 지축을 울렸다. 새파란 하늘이 순식간에 검게 물들더니 짙은 어둠이 내려앉기 시작했다.

하필 상황이 상황인지라 소니도르는 기겁하며 황태자의 머리에 매달렸다.

마르멜은 자신의 얼굴에 펄쩍 뛰어오른 여우의 뒷덜미를 붙잡아 떼어 내며 얌전히 좀 있으라고 타일렀다.

깨어나려는 징조가 시작되었다. 그녀는 황태자의 단단한 품을 파고들며 덜덜 떨다가 다시 빼꼼 고개를 들었다. 마르멜은 겁도 없는 것인지 아무런 망설임 없이 앞으로, 그리고 앞으로 성큼성큼 걸음을 옮겼다.

복도가 끝쪽에 가까워질수록 점점 인기척도 적어지고 분위기도 음산해지기 시작했다. 색채가 사라진 세계도 살 떨리게 무서웠는데 색채가 있다고 해서 두려움이 덜해진다거나 하는 건 전혀 없었다.

그녀는 앞으로 다시는 황태자의 꿈을 밤으로 설정하지 않겠다 다짐했다. 지금은 깨어나려는 징조일 뿐이니 곧 있으면 깨어나겠지만, 꿈속을 돌아다니는 내내 계속 어두컴컴한 밤에 있으려면 어휴.

계단 근처에 다다랐을 때였다. 그녀는 굉장히 익숙한 뒤통수를 발견하고는 다가가려다가 말고 고개를 기울였다. 얼음처럼 투명해 보일 정도로 옅은 흰 머리카락은 굉장히 익숙했다.

"전하, 저 아이⋯⋯."

"⋯⋯."

머리카락의 빛깔은 마르멜이 확실한데 이상하게도 굉장히 작았다. 마치 대여섯 살 먹은 아주 어린 아이처럼 말이다.

소니도르는 자신을 품에 안고 있는 큰 마르멜과 계단 끝에 서 있는 작은 마르멜을 번갈아 보며 고개를 기울였다.

작은 마르멜 옆에는 허리를 꼿꼿하게 세운 훤칠한 사내가 서 있었다. 그는 깔끔하게 올려 넘긴 화려한 백금발을 하고 있었다.

'잠깐. 머리가 있다고?'

소니도르가 속으로 중얼거렸을 때였다. 백금발의 사내가 어린 마르멜을 향해 말했다.

"여기 가만히 서 있거라."

뒷모습이라 누군가 긴가민가했지만 이내 확신했다. 소니도르가 기억하는 것보다는 젊은 목소리였지만 고막을 긁어내는 듯한 오싹한 저음은 분명 황제의 것이었다. 저런 목소리가 황궁에 둘이나 있을 것 같지는 않으니 분명 황제였다. 다시 보니 옷도 고위급 장교들이나 입을 법한 정복이고.

멀리서 그들을 가만히 지켜보던 마르멜이 입을 열었다.

"여긴 내 어린 시절이군."

"네, 아마. 머리가 있는 걸 보면 땅 위의 존재라기보단 기억의 잔재인가 보네요."

"흐음, 기억의 잔재는 말을 할 수 있는 건가. 처음 보는군. 신기해."

"일종의 허깨비 같은 거죠. 그냥 나와서 과거를 재현할 뿐이에요."

기억의 잔재는 잊어버린 기억을 되살릴 때나, 아니면 뇌리에 깊숙이 박혀 있는 기억을 돌이킬 때 종종 나타나고는 했다. 소니도르에게는 수면자에 관해 더욱 자세히 알 수 있는 일종의 힌트로 작용했다.

그녀는 말없이 그들을 응시했다. 그것을 보고 가만히 침묵하는 건 마르멜 또한 마찬가지였다.

황제는 불안한 얼굴을 한 어린아이를 계단 끝에 세워 두고는 자신은 계단을 내려갔다.

한 칸, 두 칸, 세 칸…….

어느새 그들의 사이는 꽤 많이 벌어져 있었다. 황제의 허벅지에도 미치지 못하는 어린 황태자가 그를 까마득하게 내려다볼 정도였으니 말이다.

마르멜을 똑 닮은 젊은 날의 황제는 양팔을 벌리며 말했다.

"그대로 이 아비를 등지고 서."

그리고 마르멜은 그의 명을 따랐다. 그가 등을 돌리자 동시에 소니도르와 시선이 마주쳤다. 진짜로 마주친 게 아니라 그냥 그녀가 우연히 그 자리에 서 있었을 뿐이었다.

어린아이의 눈은 가엾게도 겁에 잔뜩 질려 있었다. 그는 단

풍잎 같은 두 손을 꼭 쥔 채 입술이 파랗게 질리도록 꾹 깨물었다.

"거기서 뛰어내려 보아라. 짐이 밑에서 받아 주마."

"......."

"이 아비를 믿는다 하지 않았느냐. 네 믿음을 증명해 보아라."

마르멜의 커다란 눈동자가 잠시 흔들렸으나 그는 네 믿음을 증명해 보라는 말에 이내 두 눈을 질끈 감았다.

아이는 결심한 듯 아슬아슬한 계단 끝에서 뒤로 몸을 던졌다. 당연히 그의 아버지가 자신을 받아 줄 거라고 믿고.

하지만 아이는 밑도 끝도 없이 계단을 구르고 또 굴렀다. 여린 몸에 피멍이 새겨지고 살이 찢어지도록 계속 굴렀다.

아이가 몸을 던질 때 받아 주지 않은 채 옆으로 피했던 황제는 마르멜이 계단을 구르는 동안 그저 가만히 방관할 뿐이었다.

계단 끝까지 굴러떨어진 아이는 이마가 찢어져 피를 철철 흘렸다. 그는 몸을 벌레처럼 둥글게 말며 작게 떨었다.

계단을 구른 고통보다 아버지가 자신을 받아 주지 않았다는 사실이 더 충격이었겠지.

아이는 실수로 받지 못했다, 미안하다. 그런 말이 돌아오기를 기다렸다.

"누군가를 믿는다는 게 얼마나 어리석은 행동인지 알겠느냐. 네 나약한 마음 한구석도 내비쳐서는 안 된다."

하지만 황제는 마르멜을 등지고서 뒤도 돌아보지 않은 채 계단을 올랐다.

"너의 믿음에 대한 내 답이다. 믿음에는 반드시 배반이 따라오지."

"쿨럭! 컥! 허억, 헉."

"이게 네게 해 줄 수 있는 내 유일한 가르침이다. 어리석게 굴지 마라."

마지막 말을 남긴 기억의 잔재는 그대로 마르멜과 소니도르를 지나쳐 복도 끝으로 사라졌다. 그와 동시에 아까부터 불안불안했던 하늘이 서서히 붕괴하기 시작하더니 조금씩 무너져 내렸다.

그녀는 다급하게 마르멜을 올려보았다. 그는 싸늘하게 식어 버린 눈빛으로 자신의 어린 시절을 내려다보고 있었다.

"전하⋯⋯."

소니도르는 저도 모르게 그를 향해 손을 뻗었다. 하지만 그녀의 앞발이 채 닿기도 전에 세상이 완전히 무너져 내려 아무것도 보이지 않게 되었다.

시끄러운 천둥소리도 완전히 멎어 버리고, 고요한 침묵만이 귓가를 감싸 안을 뿐이었다.

❖

꿈에서 깨어나게 된 그녀는 번쩍 눈을 뜨며 잠들어 있는 마르멜의 품속에서 서서히 벗어났다.

온몸이 욱신거리며 비명을 질러 댔지만, 그보다 이상한 타이밍에서 깨어났다는 찜찜함이 더했다.

"하아……."

겨우겨우 어떻게든 맘을 열어 놓은 것 같았는데. 하여튼 황제는 꿈에서든 현실에서든 상황을 최악으로 만드는 데 일가견이 있었다.

"일어났군."

눈을 비비던 소니도르는 조금 전 꿈속에서 들어 본 것 같은 목소리에 어깨를 움찔 떨었다. 꿈보다는 훨씬 중후해지고 깊이가 있어진 목소리였지만 분명 같은 사람이었다.

설마 하며 눈꺼풀을 들어 올리자 왠지 굉장히 익숙한 얼굴이 눈앞에 있었다.

여전히 꿈인 건가? 아니 제발 꿈이었으면 좋겠는데.

"그래서 이게 어떻게 된 건지 설명해 줄 수 있나?"

황제는 꿈과 한 치도 다름없는 강압적인 눈빛으로 누운 채로 뻣뻣하게 굳어 있는 그녀를 내려다보았다.

최악의 상황이었다.

황제가 꿈 사무소에 직접 발걸음을 했을 때부터 그녀는 언젠가 이럴 날이 올 줄은 알았다.

일이 잘되어 가고 있는지 직접 확인하고 싶었겠지. 아무도 믿지 말라며 아들을 계단에서 밀어 굴러 떨어트린 사람인데 아무렴.

반쯤 비몽사몽 하던 정신이 찬물을 끼얹은 듯 순식간에 돌아왔다. 고작 시선만으로 사람을 꽁꽁 옭아매는 건 부자가 똑

같았다. 분명 그 의미는 달랐지만 말이다.

공포로 숨이 턱 하고 막힌 그녀는 눈동자를 굴려 재빨리 주변을 돌아보았다.

처음부터 황제의 사람이었던 크리스티안은 깍듯하게 허리를 숙여 경례했고, 하기스는 실실거리는 변태 같은 웃음을 완전히 거둔 채 매우 진지한 얼굴을 가장하고 있었다. 그리고 그 옆에서 초조한 기색으로 입술을 물어뜯고 있는 테리가 보였다. 당장 소니도르에게 달려가고 싶어 하는 기색이었다.

하지만 달려들기 직전의 그를 하기스가 옷자락을 꾹 움켜쥔 채 놔주지 않았다. 변태 의원이 도움될 때가 있었다.

소니도르는 안심한 얼굴로 테리와 눈을 맞추며 가만히 있으라는 듯 고개를 흔들었다.

"몸을 일으키기 힘든 모양이군. 짐이 직접 나서길 바라는가."

"괘, 괜찮습니다."

필사적으로 대꾸한 그녀는 무리하게 몸을 벌떡 일으켰다. 그리고 동시에 온몸에서 뼈가 엇나가는 소리가 들렸다. 굳어 있던 근육이 뒤틀렸다.

소니도르는 눈물을 뚝뚝 흘리며 자신의 어깨를 움켜쥐었다가, 황제의 서늘한 푸른 눈과 시선을 맞췄다. 냉기가 떨어지는 것 같았다.

"폐하. 오해입니다. 치료 과정 일부였을 뿐이에요."

"그야 그렇겠지. 설마 장인인 네가 황태자에게 허튼 마음이라도 품었겠느냐."

그냥 단순히 손만 잡겠다면서 끌어안고 있는 것을 나무라는 모양이었다.

'후우······.'

다짜고짜 목을 자르지는 않는구나. 하긴 아직 제대로 써먹지 못한 장기짝을 제 손으로 뚝 부러트릴 리가.

황제가 아무리 의심병인 데다가 미쳐 있다지만 그나마 냉정한 이성이란 게 있어 다행이었다. 그녀는 느릿하게 한숨을 뱉은 뒤에 턱을 타고 흐르는 눈물을 손등으로 닦아냈다.

"수단과 방법을 가리지 말라 이른 건 짐이었지만 그렇게 부둥켜안는 건 좀 곤란하군."

"저도 이것 외에 다른 방법이 있었다면 이렇게까지 하지는 않았겠지요."

"손만 잡는 걸로는 부족하다는 말이냐."

"태자 전하의 의식이 생각 외로 먼 곳에 있어서······."

"나약한 놈."

황제는 쯧 하고 혀를 차고 침대 기둥에 등을 기대더니 삐딱하게 기울어진 얼굴로 잠든 마르멜을 내려다보았다.

그의 눈에 살짝 스치는 감정이 대체 뭔지 짐작도 하기 힘들었다. 그의 내면은 마르멜보다 더 복잡하면 복잡했지 덜하지는 않을 것 같았다.

"대체 뭐가 문제인지 모르겠군."

"······."

폐하, 당신요.

소니도르는 차마 목 끝까지 차오르는 말을 뱉어내지 못하고 삼켰다. 겨우 건진 목숨을 말 한마디 때문에 다시 날려 버릴 수는 없는 노릇이었다.

게다가 지금 와서 황제에게 아무리 당신의 양육 방식은 잘못되었다고 백날 설득해 봐야 뭐가 달라지겠는가. 이미 한계에 달한 마르멜은 잠들어서 깨어나지 않는데.

마음에 들지 않는다. 왜 항상 이겨 내고 강해져야 하는 건 피해자 쪽이지? 쌓이고 쌓이다가 한계에 달해 너덜너덜해진 사람의 마음을 어떻게 나약하다 일축할 수 있느냔 말이다.

지금 황제는 본인이 잘못했다는 자각 자체가 없었다. 그래서 성질이 뻗쳤지만, 그렇다고 해서 소니도르가 나설 수 있는 일이 아니라 더욱 짜증이 났다.

마르멜이 이 최악의 상황을 벗어나도록, 자신이 도와줄 수 있는 건 죽을 각오로 달려들라는 말 한마디뿐이라는 것도 말이다.

'제 목숨도 간수하기 힘든 내가 도움은 개뿔이.'

그녀는 속으로 읊조렸다.

"진척은 좀 있나?"

"네, 확실히. 조금씩 나아지고 계세요."

"그건 다행이군."

"그런데 폐하께서 여기까진 어인 일로……."

특별한 일 아니면 그냥 수하를 시켜서 물어보면 될 텐데 말이다. 크리스티안도 그런 이유로 옆에서 소니도르를 감시하고 있는 건 아니었나. 의심병이라는 건 원래 주기적으로 도지는 건가.

의아한 듯 쳐다보자 황제가 말없이 그녀를 빤히 내려다보더니 갑자기 손을 뻗었다.

'꺄악!'

그녀는 저도 모르게 입 밖으로 튀어나오려고 하는 비명을 황급히 틀어막았다.

뭔진 모르겠지만 죽는다! 그렇게 확신하고 눈을 질끈 감았지만, 황제는 그저 그녀에게 손을 내밀었을 뿐이었다.

막 정사를 마치고 온 것인지 투박해 보이는 그의 손에는 군데군데 검은 잉크가 번져 있었다. 소니도르는 잔뜩 겁을 먹은 채로 살며시 눈을 뜨며 그 손을 내려다보았다.

"뭐 하나. 잡지 않고."

잡는 순간 손목이 뎅겅, 뭐 이런 건가. 그녀가 덜덜 떨리는 손을 그의 거칠기 짝이 없는 손바닥 위에 올리자, 황제가 침대 위에 앉아 있는 그녀를 당겨 일으켜 세웠다.

그럼 혹시 일으킨 순간 곧바로 바닥에 매치기? 몸을 잔뜩 긴장시켰으나 그녀가 일어나자마자 얌전히 손을 놓는 걸로 보아 그것도 아닌 모양이었다. 두 다리로 선 채 어리벙벙하게 굳어 있는 그녀를 그저 바라볼 뿐이었으니까.

뭐야, 진짜 그냥 일으켜 준 거야?

"화, 황송······."

열 길 물속은 알아도 한 길 황제의 속은 알 수가 없었다. 정말로 모르겠다. 친절하다는 이유 하나만으로 이렇게 사람을 두렵게 할 수 있다니.

대체 평소에 무슨 생각을 하는 건지 언젠가 그의 꿈속에 들어가고 싶다는 충동까지 일었다. 하지만 소니도르는 이내 그 무시무시한 충동을 털어 내었다.

마르멜의 꿈속과는 비교되지도 않을 정도로 혼돈으로 가득 차 있을 것이 분명했다. 그녀는 그것을 도저히 감당할 자신이 없었다.

"짐이 그대를 너무 풀어 둔 것 같아. 원래 기한이 없으면 늘어지기 마련이지."

그가 품 안에서 휴미더를 꺼내더니 케이스를 열어 시가를 입에 물고는 빙긋 웃었다.

손가락을 까딱이자 여전히 고개를 숙이고 있던 크리스티안이 황제에게 다가가 시가 끝에 불을 붙여 주었다. 척하면 척 움직이는 것이 한두 번 해 본 솜씨가 아니었다.

소니도르는 오만상을 쓰지 않으려 노력하며 풀풀 풍기는 담배 냄새를 피해 고개를 틀었다.

"아직 일주일도 채 되지 않은 것 같은…… 아니, 고작 며칠이 좀 지났습니다만."

"여유는 충분히 만끽한 듯하니 지금부터라도 쫓기듯 해야 하지 않겠나."

지금도 충분히 쫓기듯이 해 왔는데요! 폐하의 충실한 기사님이 하도 닦달을 해서 말입니다!

그녀가 속으로 비명을 지르든 말든 그는 바닥에 담뱃재를 털며 다시 훅하고 연기를 내뿜었다.

"쿨럭!"

"2주 주겠다."

216

"콜록, 켁. 14일요?"

"황태자의 품에 안겨 일을 하는데 그 정도면 충분할 듯싶은데."

"……."

설마 지금 황태자 끌어안고 있었던 거 때문에 이러는 건 아니겠지? 허허, 그럴 리가.

"게다가 저 아인 날 닮아 훤칠하지 않나."

이어지는 황제의 말에 소니도르는 잠시 할 말을 잃었다.

마르멜이 황제를 닮아 훤칠하게 잘생긴 건 사실이었지만, 반박하고 싶은 게 한둘이 아니었다.

넉넉잡아 한두 달은 줘도 모자랄 마당에 영원히 잠든 사람을 2주 안에 깨우라니. 억지를 부리는 것도 정도가 있었다.

게다가 타인의 꿈에 들어가는 작업이 그냥 부둥켜안고만 있으면 잠들 듯 편하게 할 수 있는 게 아니란 말입니다!

비명이 목구멍까지 올라왔지만 소니도르는 제 목숨이 소중한 줄 아는 사람이었다.

그래도 반항심이 드는 건 어쩔 수가 없었다.

"만약 못 하면요?"

"죽겠지."

"……해내도 그리하실 걸 압니다."

"무엇을 의심하는 거지? 그대와 계약서까지 교환하지 않았나."

"태자 전하께는 아무도 믿지 말라 계단에서 굴러 떨어지게 하지 않으셨습니까."

"호오, 능력으로 거기까지 알아낼 수 있나?"

어차피 뭘 하든 죽게 될 거라는 생각이 드니 저도 모르게 빈정거리는 말투가 나오고 말았다.

황제는 까칠하게 말하는 소니도르를 하룻밤 강아지 보듯 하더니 피식 웃었다. 웃는 얼굴이 영락없이 마르멜과 닮아 있었다.

"그대 하는 걸 봐서."

그는 용기 내어 물어본 말을 가볍게 넘겨 버린 뒤 다시 손가락을 까딱였다. 그러자 뒤로 물러나 있던 크리스티안이 곁으로 다가와 황제에게 손바닥을 내밀었다.

그는 기사 쪽은 쳐다보지도 않은 채로 반장갑을 낀 그의 손바닥 위에 시가를 비벼 껐다. 치지직 가죽이 타들어 가는 지독한 소리와 냄새가 방 안을 가득 메웠다. 잠시 후 기사의 미간이 고통을 참는 듯 찌푸려졌다.

소니도르는 얼이 빠져서 입을 벌린 채로 그 자리에 굳어졌다.

아니 기사의 손을 담뱃불로 지지는 건 또 뭐고, 그걸 당연하게 여기며 손을 내미는 쪽은 또 뭐란 말인가. 기사에게 손은 예술가만큼이나 중요할 텐데.

테리 또한 늘 존경해 왔던 라이젤 가드가 저러는 것을 보고 넋이 나간 표정이었다.

'황제의 개…….'

그녀는 라이젤 가드의 또 다른 이명을 떠올리곤 말없이 시선을 돌렸다. 아무래도 기사들의 정점에 있다는 라이젤 가드의 처우는 생각하는 것만큼 낭만적이지 못한 것 같았다.

시가는 황제에게 일회용인 모양이었다. 그는 불이 꺼진 시가를 크리스티안의 손에 던져 버린 뒤, 떠나기 전에 한마디를 남겼다.

"그러고 보니 네가 전에 물었지. 태자가 눈을 좋아했던 것도 같군."

눈? 소니도르는 그가 떠나고 나서야 갑자기 뜬금없는 그 말이 왜 튀어나왔는지 알 수 있었다. 황제가 처음 의뢰를 하러 왔을 때, 마르멜이 좋아하는 날씨에 관해서 물은 적이 있기 때문이었다.

그것에 대한 답을 지금에서야 들려준 모양이었다. 사람을 시한부 인생으로 만들어 버리고서 말이다.

눈이라…….

황제는 그때 분명 그 질문을 듣고 굉장히 불쾌한 표정을 지었던 걸로 기억하는데.

그녀는 대체 뭐가 뭔지 헷갈리는 표정으로 황제가 사라진 자리를 빤히 응시하며 생각에 잠겼다.

그것도 잠시, 소니도르는 크리스티안의 손을 덥석 붙잡은 뒤 하기스를 불렀다. 그러자 기사는 그녀의 손을 가볍게 뿌리치며 말했다.

"됐다. 다치지도 않았어."

"기사님, 혹시 고통을 즐기는 타입이세요?"

"또 까부는군."

"아니라면 얌전히 치료받으세요."

크리스티안은 성가셔 죽겠다는 얼굴을 하더니 결국 얌전히 치료를 받는 쪽을 택했다. 싫다고 하면 더 귀찮게 굴 것이 뻔하기 때문이다.

하기스는 다시 봐도 정말 적응이 되지 않는 진지한 얼굴로 회복 주문을 외웠다.

황실의 의원들은 의료 기술만 있는 것이 아니라 기본적인 치료 마법도 쓸 수 있었다. 그렇기에 그들 하나하나의 가치가 높게 평가되는 것이다.

황제가 그를 곧바로 죽이기엔 아까워서 여기에 투입 시킨 것도 다 이유가 있어서였다.

소니도르는 그의 손이 완전히 낫자 조금 안심한 얼굴을 했다. 어느새 정신을 차린 테리는 환기를 시켜야 한다고 난리를 치며 꼭두각시 인형을 부려 먹었다.

어차피 클린 마법 덕분에 곧 사라지긴 하겠지만, 현재는 방 안이 아주 잡다한 냄새들로 매캐했다.

황제는 여러 의미로 주변을 초토화시키는 재주가 있었다. 인간관계도 파괴하고, 생명도 파괴하고, 환경도 파괴하고, 건강도 파괴하고…….

그녀는 주변을 둘러보다 말고 테이블 위에 차려져 있는 딸기 시폰 케이크를 발견했다. 그녀가 일하는 동안 크리스티안이 가져다 놓은 모양이었다.

그걸 보니까 문득 설움이 밀려왔다.

"2주…… 하, 2주."

이걸 다 못 먹어 보고 죽는다니. 왠지 억울하니까 조만간 기사님에게 디저트 종류 백 가지는 알려 드려야겠다.

그녀가 우는소리를 내며 케이크를 먹자 치료를 다 마친 하기스가 다가와서 그녀의 근육을 풀어 주었다. 어깨를 꾹꾹 누르는 손길이 어째 저번보다 성의로 가득했다. 심지어 체력을 회복시키는 주문까지 영창하기 시작했다.

"하핫, 느긋하게 가자는 거 취소. 먹고 어서 들어가, 어여."

"의원님 속 보여요. 어차피 제가 성공해도 우리 다 죽을 거거든요?"

하는 것 봐서 살려 준다는 말을 한 것도 같았지만, 어차피 그런 말 안 믿었다. 차라리 황제가 인간이 아니라 사실은 악마였다는 말을 더 믿겠다.

"이왕 죽을 거면 미련 남지 않게 끝까지 노력해야지."

"미련 없이 먹겠습니다."

소니도르가 투덜거리면서 하기스를 흘겨보았다. 그럴듯한 말로 포장하기는. 하여튼 이 인간은 정말 얄밉다. 어차피 피곤한 것도 다 잊어버릴 정도로 발등에 불이 떨어졌으니, 케이크를 마저 다 먹으면 바로 들어갈 생각이었다.

그녀는 스푼으로 크림과 케이크 시트를 팍팍 뭉개면서 전투적으로 퍼먹었다. 그래, 이렇게 된 거 무슨 일이 있어도 성공해 보이고 말겠다.

능력을 증명해 보여도 기어코 자신을 죽이고야 말겠다면 죽는 순간까지 당당하게 따질 것이다.

황제 당신이 얼마나 삐뚤어졌고 자기 아들을 망쳐 왔는지, 그게 앞으로 어떤 파멸을 불러올 것인지 말이다.

'하, 진짜 태자 전하는 어쩌지.'

어느덧 케이크 한 판을 해치운 그녀는 스푼을 내려놓으며 한숨을 토해 냈다. 무슨 말로 위로를 해야 하는 건지 감조차 잡히지 않았다.

기억 한 조각의 무게도 그 정도였는데 앞으로는 더 얼마나 엄청난 기억들이 있을지 모르겠다. 소니도르는 전에 태평스럽게 '스스로 기억을 지우셨나 보네요!' 하고 답했던 자신의 입을 쥐어뜯고 싶었다.

본인의 기억을 머릿속에서 지워 낼 정도면 얼마나 괴로웠던 기억이겠어. 나름 눈치는 빠른 편이라고 자부하고 있었는데, 왜 그런 말을 했는지 모르겠다. 정작 황태자 본인은 별로 신경 쓰지 않는 눈치였지만.

역시 귀여운 동물로 치유해 주는 것밖에 방법이……

다시 꿈속으로 들어가기 위해 자리에서 일어나는 그녀를 테리가 붙잡았다. 그리고 그의 볼에 묻은 생크림을 손가락으로 훔쳐 주며 걱정스러운 얼굴을 했다.

소니도르는 습관적으로 조수의 부스스한 갈색 머리카락을 쓱쓱 쓰다듬었다.

"괜히 또 무리하지 마요. 전 괜찮으니까."

"그래, 인마. 이렇게 된 거 기다리는 동안 기사님이랑 좀 놀고 있어. 네가 어릴 때부터 라이젤 가드, 라이젤 가드 하고 노래를 불렀잖아?"

"저도 그러려고 했는데요. 저 변태 의원이 자꾸 저한테 치근 댄다고요."

그 말을 들은 하기스는 빙글 돌아 의자를 반대로 앉은 뒤 등받이에 턱을 올리며 히죽 웃었다.

　"반응이 귀여운걸. 진짜 아가라 그런가."

　"이제 당신 도발에 넘어가지 않을 겁니다."

　"흐응, 과연 그럴 수 있을까?"

　그녀는 이상한 걸로 호승심을 불태우는 두 사람을 어이없이 쳐다봤다. 크리스티안 쪽을 흘깃 응시하니 그 또한 그녀와 비슷한 표정을 짓고 있었다. 귀찮은 게 둘이나 생겨 골치 아프다는 얼굴이었다. 소니도르는 고개를 절레절레 흔들었다.

　"사이좋게 지내고 있어. 기사님, 잘 좀 부탁해요."

　"알아서 할 테니 신경 쓰지 마라."

　말 참 예쁘게 하신다. 소니도르는 안마를 받았음에도 온종일 누워 있느라고 찌뿌둥한 허리를 주먹으로 통통 두들겼다. 그리고 마르멜을 꼭 끌어안으며 의식을 찾아 헤맸다.

　어째 그의 품이 점점 익숙해지는 것 같은데 이게 좋은 건지 나쁜 건지 모르겠다. 훗날 운이 좋아 어찌어찌 살아남는다고 해도 황태자 얼굴 생각나서 평생 결혼 못 하고 그러는 거 아닐까.

　그녀는 정말 한 치 앞도 보이지 않는 마르멜의 의식을 뒤지다가 푹 한숨을 내쉬었다.

　아오, 이게 다 폐하 때문이야! 하필 깨어나기 직전에 그런 기억의 잔재만 나타나지 않았더라도!

　소니도르는 누운 채로 짜증을 삼키며 다리를 파닥거리다가 조금씩 눈치를 살피며 입을 열었다.

"기, 기사님."

"뭐지."

"전하 옷 좀 벗겨도 돼요?"

"……."

"……."

"와우."

하기스의 짤막한 감탄사만이 침묵으로 내려앉은 방 내부를 울렸다.

방금 제법 쿨한 척 굴었던 테리가 표정을 순식간에 무너트리며 그들에게 다가오려고 했다. 그걸 옆에서 의원이 웃음을 참는 표정으로 막았다.

"이리 와, 이리 와."

빨판이 달린 문어 다리처럼 달라붙어 꽉 붙잡은 채 놔주지를 않았다. 몇 번 버둥거리던 소년은 성인 남성의 힘을 이기지 못하고 결국 성질을 부렸다.

"에이 씨, 놔요!"

"푸흡, 남녀가 하는 일을 방해하면……."

"당신 진짜 짜증 나!"

"도발에 넘어오지 않는다며? 혹시 소니도르 좋아하니?"

"아니거든요! 징그럽게!"

꽥 소리친 테리는 한참 씩씩거리더니 두 눈을 질끈 감으면서 외쳤다.

"어머니가 아버지 놔두고 바람난 걸 보는 것 같단 말입니다!"

"……."

"……."

"푸하하하학!!!"

혼자 빵 터진 하기스가 바닥을 굴러다닐 기세로 웃었다. 테리는 얼굴은 물론이고 목까지 새빨갛게 물들이며 손바닥으로 자신의 얼굴을 가렸다. 창피해서 쥐구멍이라도 찾아다닐 것 같은 모습이었다.

대체 뭐가 그리 웃긴 것인지 배를 부여잡고 숨넘어갈 때까지 웃음을 터트린 의원은 결국 시끄럽다는 이유로 기사에게 뒷목을 얻어맞았다.

"푸흐흐…… 아, 미치겠다."

그는 억 소리를 내며 바닥에 쓰러지고 나서도 실실거리며 웃고 있었다.

"야 나한테 남편이 어디 있어……."

소니도르가 황당하다는 듯이 눈을 깜빡이며 묻자 테리가 괜히 성질을 부렸다.

"아 몰라, 맘대로 해요! 옷을 벗기든 속옷을 벗기든!"

"속옷을 왜 벗겨?!"

대체 무슨 오해를 하는 건지 모르겠다. 맨살이 닿는 게 의식을 찾기 더 쉬워지니까 그냥 살갗이 좀 닿는 걸로 충분한데 말이다. 이왕이면 심장에 가까운 쪽으로.

'아, 그러면 굳이 벗길 필요 없이 그냥 옷 안으로 손을 집어넣어서 끌어안으면 되는 거잖아?'

소니도로는 뒤늦게야 깨닫고 다시 마르멜을 끌어안았다. 그리고 그의 등 뒤 옷 안으로 슬슬 손을 집어넣기 시작했다.

"치한이 된 기분인데."

왠지 찜찜해진 소니도르가 작은 목소리로 중얼거렸다. 그러자 여전히 바닥에 누워 있던 하기스가 말했다.

"애써 네 정체성을 부정하지 않아도 된단다."

"무슨 소릴 하는 거야! 당신에게 그런 말 듣기는 싫거든요!"

이건 분명 치료 목적이었다. 사적인 감정은 아주 조금도 들어 있지 않았다. 마르멜이 의식을 점점 안쪽으로 끌고 들어가지만 않았어도 이렇게까지 하지는 않았을 거다.

소니도르는 속으로 할 필요도 없는 변명 같은 것을 주절거리며 눈을 꾹 감았다. 왠지 부드러울 것 같았던 그의 맨살은 매끈하면서도 생각 외로 꽤 탄탄…… 아냐, 생각하지 말자.

그녀는 속전속결로 마르멜의 의식을 찾아 휙휙 묶어 버린 뒤에 재빨리 세계를 창조했다.

✢

"으아아, 눈 내린다."

그녀는 말할 때마다 뽀얗게 일어나는 입김을 보며 중얼거렸다.

황제의 말만 듣고 괜히 겨울날로 했나 싶었지만, 뭐든 간에 시도해 봐서 나쁠 건 없었다.

마르멜이 눈을 좋아하는 게 사실이든 아니든 그는 어차피 귀여운 동물이라면 뭐든 좋아했으니까 말이다.

이번에는 또 무슨 동물일까. 분명 작고 귀여운 거겠지. 그녀는 소복소복하게 쌓여 있는 눈밭을 내려다보며 코를 킁킁거리다가, 눈발이 코에 들어가서 재채기를 터트렸다.

하늘에서 함박눈이 펑펑 내리고 있었다. 주변을 돌아보니 빽빽하게 솟아 있는 침엽수들이 무거운 눈을 매달고서 가지를 축 늘어트리고 있었다. 온 세상이 새하얬다.

그녀는 눈밭을 폴짝폴짝 뛰어다니면서 제자리를 빙빙 돌았다. 발이 좀 시리기는 했지만, 몸에 하얀 털이 수북하게 나 있었기 때문에 그렇게 춥지는 않았다.

어째 눈높이가 전보다 높아진 것 같은데 이거. 소니도르는 아무도 발자국을 내지 않은 새하얀 눈의 성역을 마구마구 짓밟다가 자신의 발바닥을 내려다보았다.

여우랑 비슷한 것 같은데 묘하게 다른가? 젤리가 있는 걸 보니 같은 개과 동물인 건 확실했다.

그때 그녀는 누군가의 발자국을 발견했다.

소니도르는 일자로 쭉 찍혀 있는 그것을 눈으로 쭉 훑다가 그것을 따라 달리기 시작했다. 확인하나 마나 마르멜의 것이었다.

새로 쌓이는 눈이 그것을 덮기 전에 얼른 쫓아가야 했다. 그녀는 혀를 빼물고 헥헥 달려가면서 큰소리로 짖었다.

"컹컹!"

개과 동물이 아니라 개였다!

자신의 정체를 깨달으며 빠른 속도로 달려가니 마르멜이 전에 봤던 황궁 성벽에 가만히 기대어 있는 게 보였다.

"……?"

거의 무릎까지 푹푹 쌓여 있는 눈을 가만히 내려다보던 그는 문득 시선을 들었고, 자신을 향해 달려오는 새하얀 개를 보았다.

너무 새하얘서 멀리서 봤을 땐 그냥 눈과 한 덩어리인 줄 알았는데 자세히 보니 개였다. 털이 복슬복슬한 것이 마치 곰 같았다.

개가 자신을 향해 마치 온몸으로 부딪칠 것 같은 기세로 달려오고 있었다.

우중충한 분위기를 뿜고 있던 마르멜은 오직 그거 하나에 마음이 부드럽게 풀렸다. 살기를 순식간에 거둬들인 그는 어서 이리 오라는 듯 몸을 숙여 팔을 벌렸다.

"컹!"

그리고 온 힘을 다해 달려든 사모예드의 공격에 맞고 쓰러져 같이 눈밭을 굴렀다. 순간 내장이 터지는 줄 알았지만 아파도 좋을 만큼 하얀 털은 솜같이 보송보송했고, 그보다 더 따뜻했다.

마르멜은 눈밭에 누워 있는 채로 눈을 꼭 감은 뒤 입가에 미소를 그렸다.

소니도르는 헥헥거리다가 마르멜의 뺨을 혀로 길게 핥았다. 황태자는 작게 아이 같은 웃음을 터트렸고 그녀는 그녀 스스로 놀라고 말았다.

아니, 내가 전하의 뺨을 핥다니! 모습이 개가 되더니 정말 내가 개인 줄 아나!

깜짝 놀랐지만 마르멜의 웃음소리를 더 듣고 싶어서 또 핥았다. 그가 간지럽다는 듯 눈가를 찌푸리며 웃자 또 핥아 버리고 말았다.

그러는 와중에 네 정체성을 부정하지 말라는 하기스의 말이 떠올라 갑자기 우울해지기 시작했다.

아냐, 난 변태가 아니라고…….

하지만 행복하다는 듯이 웃고 있는 마르멜은 성인 남성임에도 불구하고 정말 천사 같았다.

하, 지켜 주고 싶다. 저 미소. 계속 저렇게 웃고 있으면 참 좋을 텐데. 그럼 미소로 사람들을 녹이고 세계를 제패하는 것도 꿈이 아닐 텐데 말이다.

하지만 얼마 지나지 않아 마르멜은 언제 그랬냐는 듯 함박웃음을 지우고 다시 붉은 눈을 섬뜩하게 빛냈다. 한쪽으로 삐딱하게 기울어지는 입꼬리를 잡아다가 끌어 내려 주고 싶었다.

"추웠어."

"겨울이니까요. 황궁에서 옷 좀 찾아 입으시지."

"계속 내 여우를 기다렸는데 네가 왔네."

"그래서 싫어요?"

"아니, 따뜻해."

그는 사모예드의 가슴 털에 고개를 파묻으며 웅얼거렸다. 추운 북극지방에서 썰매를 끌며 살아왔다던 견종답게 굉장히 체온이 높았다.

마르멜은 한참 그러고 있다가 고개를 들어 그녀를 물끄러미 올려다보았다. 반쯤 접힌 눈과 살짝 벌어진 입이 마치 환하게 미소를 짓고 있는 것처럼 보였다.

"천사같이 웃고 있잖아."

그가 사돈 남 말을 하며 다시 소니도르를 꽉 끌어안았다.

"그런데 왜 갑자기 겨울이 됐지?"

소니도르는 그 말을 듣고 사실을 말해야 할지 말지 고민했다. 과연 전하께서 눈을 좋아하신다고 폐하께 전해 들었다고 말해도 될까?

말랑말랑한 마르멜이 다시 살벌하게 변할 것 같으니 지금 상황에서 황제의 얘기는 꺼내지 않은 게 좋을 것 같았다. 이런 건 그의 분노가 어느 정도 풀렸을 때 말해 주는 게 더 낫겠지.

그녀는 눈밭을 굴러다니는 것을 그만두고 몸을 일으켜 앉았다. 그리고 그가 그녀를 따라 성벽에 기대앉는 것을 지켜보며 넌지시 물었다.

눈을 좋아한다면 이런 것도 좋아하지 않을까.

"전하, 제가 썰매 끌어 드릴까요?"

"썰매?"

마르멜이 한쪽 눈썹을 까딱이며 되물었다. 별로 달가워하는 눈치는 아니었다.

"타 본 적 없다만."

"어…… 눈 싫어하세요?"

"눈은 좋아하지만 추운 건 싫어. 체온이 낮아서 겨울에는 더 추워지니까."

눈은 좋아하는데 추운 건 싫다니. 치즈는 좋아하는데 우유는 싫다는 것과 비슷한 건가. 애초에 눈 자체가 차가운 거잖아.

까다롭기 짝이 없는 황태자의 취향을 맞춰 주기 위해 소니도르가 낑낑 앓는 소리를 냈다. 그사이에 마르멜은 품 안 가득 들어오는 사모예드를 끌어안으며 그녀의 머리 위에 턱을 얹었다.

"춥긴 춥다만 이상하게 현실의 겨울보다는 따뜻하군."

소니도르는 전에 그가 공기가 말랑하다고 말했던 것을 떠올리며 조심스레 물었다.

"……혹시 유난히 등 뒤가 따끈하지 않으세요?"

"네가 그걸 어떻게 알지?"

"아무것도 아닙니다."

저번처럼 얼버무리려던 그녀는 왠지 양심의 가책을 느꼈다. 그냥 몰래 끌어안는 것까지는 치료의 목적이라고 한다지만 맨 등에 손을 대는 것까지는 좀.

하기스한테까지 치한 취급을 받은 터라 솔직히 지금 정신적으로 많이 타격을 입은 상태였다.

고민 끝에 결국 그녀는 솔직하게 털어놓기로 했다.

"사실 제가 전하를 밖에서 껴안고 있어요."

"나를?"

"그, 전하의 의식을 붙잡기 위해 어쩔 수 없는 절차였다고 할까."

"나도 지금 너를 안고 있잖아."

"아니 지금은 동물 대 사람이잖아요. 밖에서는 사람 대 사람이라 좀 의미가 다릅니다."

"별로 와 닿지는 않는데. 네가 귀여워서."

"그러니까 밖에서는 이 귀여운 동물이 아니라 성인 여성이라니까요. 성인 여성이 성인 남성을 끌어안은 채로 잠들어 있는 상태라고요. 누가 보면 의심할 여지 없이 그렇고 그런 사이라고 생각하고 말걸요!"

소니도르는 답답함에 앞발로 눈밭을 퍽퍽 내리쳤으나 마르멜은 별로 심각하게 느껴지지 않는 모양이었다.

"괜찮아. 넌 귀여우니까."

"밖에서는 안 귀엽다니까요."

"흐음, 귀여울 것 같은데."

이곳에서는 늘 이렇게 귀엽잖아. 그는 그렇게 덧붙이며 고개를 기울였다.

"분명 코도 까맣겠지. 온몸이 부드러운 털로 뒤덮여 있고."

"……그럴 리가 있겠습니까."

그건 이미 인간이 아닌데요.

그녀는 그냥 말을 말기로 했다.

여기서 사모예드의 치명적인 귀여움으로 아무리 설득을 해봤자 전혀 귓등으로도 들어오지 않겠지. 차라리 꿈에서 깨어난 뒤에 현실을 자각하는 게 더 빠를 듯싶었다.

빠르게 현실을 자각하고 난 다음이 문제였지만 말이다.

"아무튼, 괜찮으시다니 다행입니다. 그럼 허락받은 걸로 알고 있을게요."

"응."

"추운 게 싫으시다면 황궁 안에서 눈을 보면서 따뜻한 코코아나 한잔 하실래요?"

"넌 대체 날 몇 살로 보고 있는 건가."

마르멜이 소니도르의 까만 코를 손가락으로 살짝 튕기면서 말했다.

앗 따거!

속으로 비명을 지른 그녀는 고개를 좌우로 흔들면서 털을 부르르 털었다. 그러자 투명한 은색 털에 맺혀 있던 눈들이 사방에 튀었다.

"전하께서 저보다 어린 건 사실인데요, 뭐."

"……네가 나보다 나이가 많다고?"

그는 왠지 모르게 충격받은 얼굴이었다.

왜, 뭐, 왜. 무려 세 살이나 더 많은데. 소니도르는 자리에서 벌떡 일어나 다시 물기를 털어 낸 뒤에 전에 들어간 적이 있었던 황궁으로 발걸음을 옮겼다. 그리고 따라오라는 듯 마르멜을 돌아보았다.

그는 그녀가 자신보다 연상이라는 사실이 여전히 믿기지 않는지, 탐탁지 않은 기색을 내비치고 있었다.

"추운 게 싫으시다면 일단 내부에 들어가요."

"코코아는 싫다."

"알았어요. 커피로 드릴게요."

"……."

코코아든 커피든 결국 같은 애 취급인 것 같아 그의 표정이 좋지 못했다. 여전히 불만이 가득했지만 어쨌든 그는 사모예드를 따라 다시 황궁으로 들어섰다.

저번과 마찬가지로 황성 내부로 들어서자 땅 위의 존재들이 계속 그들을 돌아보았다. 소니도르는 저들이 저러고 쳐다보는 건 몇 번을 봐도 익숙해지지 않는구나 생각하며 애써 시선을 돌린 채 계속 앞으로 나아갔다. 그래도 저번보다는 평정을 되찾을 수 있어 다행이었다.

"혹시 눈 내리는 날에 관련된 행복한 추억이 있으세요?"

특히 그의 아버지와 관련해서 말이다. 그녀는 황태자가 눈을 좋아한다는 것을 황제가 콕 집어 얘기한 이유가 궁금해졌다.

'분명 뭔가 짚이는 게 있으니까 꺼낸 말이겠지.'

하지만 마르멜은 그녀와 보폭을 맞춰 걸으며 고개를 흔들었다. 기억, 특히 어렸을 때의 기억은 찢기고 뒤섞이고 또 상상까지 덧붙여져 거의 엉망진창에 가까웠다.

"말했잖아. 내 기억은 뒤죽박죽이라고."

"그래도 분명 뭔가 있으실 텐데요! 사소한 거라도 좋습니다!"

"몰라. 기억 안 난다."

"그럼 찾아보도록 하죠."

사모예드는 활동량도 많고 운동량도 많았다. 부드러운 털로 덮여 있긴 하지만 사실은 아주 근육질이었다.

그녀는 턱을 치켜들며 아주 충직하고 믿음직스럽게 말했다. 그리고 당당하게 앞장서서 걸어가다가 황궁의 길을 몰라 마르멜에게 길 안내를 부탁했다.

"그럼 이제 주방으로 갑시다!"

황실 요리사라면 목이 없어도 수용할 수 있다! 왜냐하면, 그들은 금과 같은 손을 가지고 있기 때문이지.

그녀가 큰소리로 당당하게 요구하자 그는 잠시 털북숭이 개를 빤히 내려다보았다. 대체 자신의 기억을 찾는 것과 주방이 무슨 상관관계가 있느냐는 얼굴이었다.

"왠지 전하의 잊어버린 기억이 그곳에 있을 것 같은데요?"

소니도르는 꿈 장인의 직감이라고 박박 우기기 시작했다.

"게다가 일단 코코아든 커피든 마시려면 주방으로 갈 필요가 있답니다."

"필요 없는데."

"그런!"

마르멜은 개가 충격으로 굳어졌다가 콧구멍을 벌렁거리며 귀를 움찔 떠는 것을 말없이 응시했다. 관찰하는 듯한 시선이었다.

"……하지만 꿈 장인의 직감이라면 가보는 편이 좋겠지."

"네!"

개가 얼음 상태에서 벗어나 꼬리를 살랑살랑 흔들었다. 그리고 앞장서는 마르멜의 뒤를 엉덩이를 씰룩거리며 쫓았다.

그녀는 주방에 도착하자마자 펄쩍펄쩍 뛰어다니며 이리 기웃 저리 기웃하기 시작했다.

"마카롱 주세요."

믹싱 볼을 품에 안고 거품기를 마구 젓고 있는 사람을 향해 다짜고짜 요구했다.

"……."

그러나 주방에서 분주하게 움직이고 있는 목이 없는 요리사는 묵묵부답이었다.

"이럴 수가!"

꿈 안에 멋대로 침입한 외부인의 말을 땅 위의 존재가 들어 줄 리가 없었다.

마르멜은 그 모습을 뒤에서 팔짱을 낀 채로 관망하다가 어이가 없다는 듯 웃음을 터트렸다.

추억은 무슨, 그냥 단순히 디저트를 먹고 싶어서 여기에 온 것이 아닌가. 진작부터 속이 빤히 들여다보였지만.

"단 거 좋아하나?"

"환장하죠."

"황실 특제 장미 머랭 마카롱이 있는데 어때."

"주인님……."

그녀는 제멋대로 호칭을 정해 버린 뒤 꼬리를 살랑살랑 흔들며 말했다. 미소 천사라고도 불리는 사랑스러운 웃음이 그녀의 얼굴에 가득 번져 있었다.

마르멜은 사모예드의 치명적인 애교에 잠시 할 말을 잃고 멍하니 있다가 부들부들 떨리는 손으로 제 입을 천천히 틀어막았다.

그의 귓등이 조금 붉게 달아올라 있었다. 놀랍게도 부끄러워하고 있는 듯했다.

"목줄을 채워도 될까."

"아니, 그건 좀."

단박에 거부감을 드러냈으나 생각해 보니 자신은 지금 개였다.

개라면 상관없나?

"하지만 분명 답답할 텐데요."

소니도르의 생각이 '황실 요리사 특제 마카롱을 위해서라면 목줄 정도야…….'로 기울어 갈 때쯤 마르멜이 무덤덤한 목소리로 덧붙였다.

"농담이다."

어째 전혀 농담으로 들리지 않았는데 말이다. 정말 진심에서 우러나오는 말 같았는데. 하지만 그가 농담이라고 했으니 굳이 말꼬리를 붙잡고 늘어져 따지고 싶은 생각은 없었다.

마카롱에 비하면 별로 아무래도 상관없는 일이었으니까.

요리사에게 마카롱과 허브티를 시킨 뒤에 그들은 마르멜이 머무는 처소로 향했다. 마르멜은 느긋하게 걸음을 옮기면서 자신을 졸졸 쫓아오는 개를 돌아보며 말했다.

"곧 시녀가 가져다줄 거다."

"땅 위의 존재가 전하의 말을 잘 듣나 보죠?"

"아직은. 낙원에서처럼 자발적으로 나서지는 않지만 시키면 들어."

"와, 다행이다."

소니도르는 안도의 한숨을 내쉬었다. 아직은 그나마 경계를 받는 단계일 뿐이라는 것에 안심한 것이다. 절대 마카롱을 먹을 수 있어서가 아니었다.

그녀가 이젠 좀 안심해도 되겠다 싶어 목 없는 사람들의 시선을 무시한 채로 씩씩하게 걷기 시작했다.

그런데 아까부터 뭔가 떠올릴 듯 말 듯 미간을 팍 구기고 있던 마르멜이 갑자기 걸음을 멈췄다.

"아, 시녀……."

그는 두통이 이는 것인지 오만상을 쓰며 관자놀이를 꾹꾹 눌렀다.

"시끄러워."

"네?"

소니도르가 갑자기 무슨 소리냐는 듯이 되물었다. 황궁은 완전히 정적으로 가득 차 있는데 말이다.

그녀가 눈을 동그랗게 뜨자 마르멜이 고개를 푹 숙인 채로 이마를 짚었다. 그의 얼굴선을 타고 식은땀 한 줄기가 뚝 하고 떨어져 내렸다. 그 모습이 굉장히 괴로워 보였다.

"시끄러운 소리가 들려. 지금처럼 눈도 내리고."

"혹시 뭔가 기억나세요?"

"날 멜이라 부르는 목소리도 들리는군. 어린아이의……."

황태자의 애칭을 부르는 사람이라면 혹시 소중한 존재였던 걸까. 왠지 저번과 같은 일이 일어난 것 같은 불길한 예감이 들었다. 마르멜의 곁에 있는 사람들은 하나같이 황제의 손에 죽었으니까 말이다.

눈을 좋아한다 해서 분명 눈에 관련된 즐거운 추억을 떠올릴 줄 알았는데, 역시 황제의 말을 듣는 것이 아니었다.

소니도르가 걱정 어린 얼굴로 그에게 다가가려고 하자 갑자기 어디선가 까르륵하는 어린아이의 명랑한 웃음소리가 들렸다.

동시에 기억의 잔재가 그들을 스쳐 지나갔다. 짙은 캐러멜

색 머리카락을 양 갈래로 땋아 내린 어린 소녀와 그 옆을 함께 달리는 같은 머리색의 소년이었다.

두 아이는 콧잔등에 콕콕 박힌 주근깨까지 마치 남매처럼 똑 닮아 있었다.

"멜, 이리 와! 내가 신기한 걸 발견했다고!"

"야, 이 멍청아! 황자 전하라고 부르라고 했지!"

두 소년과 소녀는 투닥거리면서 장난스럽게 서로를 밀치며 복도를 내달렸다. 그들은 딱 봐도 시종, 시녀들이나 입을 법한 옷을 입고 있었다.

그래서였을까, 도저히 고위급 귀족의 자제로는 보이지 않았다. 황자 시절의 마르멜의 놀이 상대라면 보통의 신분이 아닐 텐데, 그들에게선 오히려 평민에게서나 볼 수 있는 거칠 정도의 활달함과 생기가 느껴졌다.

"친구끼리 황자 전하가 뭐냐! 정 떨어지게."

"아버지께서 하신 말씀은 콧등으로 들었냐!"

"여기선 내가 뭐라는지 아무도 안 듣는데 뭔 상관이람. 이 잔소리 할망구가."

"야!"

황자의 이름은 같은 황족이 아닌 한 아무도 함부로 입에 담을 수 없다. 그건 저 아이들이 만약 귀족이라고 하더라도 마찬가지였다.

어린 소녀는 소년이 다시 '멜'이라는 호칭을 입에 담으려고 하자 재빨리 그의 입을 틀어막고는 등허리를 퍽퍽 쳐 댔다.

마르멜은 이마를 짚고 있던 손을 천천히 내렸다. 어딘가 아득히 먼 곳을 보는 것 같은 그의 붉은 눈동자는 사정없이 흔들리고 있었다.

하지만 그것도 아주 잠시뿐이었다. 그는 순식간에 동요하는 기색을 지워 버리고 무표정으로 돌아왔다. 그리고 기억의 잔재를 외면하듯 시선을 돌렸다.

"천사야."

"네?"

설마 그거 절 부르시는 겁니까.

"이만하면 됐다. 돌아가자."

"하지만……."

그는 꺅꺅대며 웃는 아이들을 등지고 걸어갔다. 소니도르는 하는 수 없이 마르멜의 옆에 서서 그를 졸졸 따라갔다.

미련 없이 성큼성큼 옮기는 다리를 괜히 주둥이로 툭툭 건드리자 그가 반사적으로 사모예드의 머리를 쓱쓱 쓰다듬었다. 표정은 굳어 있지만, 손길은 여느 때처럼 다정했다.

그때 마주 달려오는 어린 시절의 마르멜이 몸을 통과해 스쳐 지나갔다. 기억의 잔재였다. 저번에 계단 근처에서 보았던 기억의 잔재보다 조금 더 성장해 있었다.

가늠해 보자면 여덟 살 전후? 유난히 색소가 옅기 때문인지 선이 가늘기 때문인지 어린 시절의 그는 어쩐지 유약해 보이는 인상이 강했다.

아니, 실제로 몸이 아파 보였다. 앞서 뛰어가는 아이들을 쫓아서 뛰다가 가끔 무릎을 짚으며 작게 기침을 토해 내고는 했다.

기억의 잔재가 거친 숨을 헐떡이며 말했다.

"멜이든 황자 전하든 결국 나니까 상관없어. 그래서 대체 신기한 건 뭐지?"

"새끼 고양이! 어미를 잃어버렸나 봐!"

소년이 쾌활한 목소리로 답하자, 소녀가 그 옆에서 덧붙였다.

"찾은 건 쟤인데 돌봐 준 건 저예요."

"와, 생색내는 거 봐라, 저거. 찾은 내가 더 대단한 거거든?"

"내가 없었으면 굶어 죽었거든? 내가 더 대단하거든?"

"너만 돌봐 줬냐? 나도 돌봐 줬다! 내가 두 개나 했으니까 내가 더 대단하거든?"

"둘 다 좀 조용히 해. ……그래서 그 새끼 고양이는 어디에 있지?"

어린 마르멜은 시큰둥한 표정을 가장하며 입꼬리를 씰룩거렸다. 그의 창백한 볼은 이미 기대감으로 발갛게 달아올라 있었다. 저때부터 이미 동물을 좋아했던 모양이었다.

아이고, 귀여워라. 소니도르는 저도 모르게 새까만 눈동자를 반짝하고 빛냈다. 그녀는 달려가는 어린 소년의 뒷모습을 눈으로 좇다가 헤실거리며 웃었다.

빨간 보석 같은 눈도 동글동글, 두상도 동글동글, 양 볼은 젖살로 동글동글한 게 쭉 잡아 늘이면 모차렐라 치즈처럼 늘어질 것 같았다.

"눈 내리는데 밖에 놔두면 위험하잖아."

"당연히 마구간에 넣어 뒀죠."

소녀가 허리에 양손을 얹으며 의기양양하게 말하자, 갑자기 소년이 걱정스럽다는 듯이 물었다.

"고양이를 마구간에 넣어 놔도 돼? 말이 잡아먹는 거 아니야?"

그러자 그녀가 헛숨을 삼키며 눈을 휘둥그레 떴다. 어찌나 식겁하는지 눈이 튀어나올 것 같았다.

쌍둥이로 보이는 소년과 소녀는 서로 눈을 맞추며 시선을 교환했다. 그러고는 빨리 가 봐야겠다고 아까와 비교도 되지 않을 정도로 빠른 속도로 달려 나갔다.

그들이 순식간에 사라져 흔적조차 뵈지 않자 홀로 남겨진 어린 마르멜이 천하의 멍청이들을 보는 얼굴로 중얼거렸다.

"말은 초식동물이다……."

그는 숨을 고르며 푹 한숨을 내쉬다가 다시 쌍둥이들의 뒤를 따라 달리기 시작했다.

큰 마르멜은 어린 시절의 자신에게 한눈 팔려 있는 채로 움직일 생각을 하지 않는 소니도르를 잠시 뚱하게 응시했다. 심지어 몇 번 불러 보기까지 했는데 듣지 못한 것인지 요지부동이었다.

그는 결국 작게 중얼거렸다.

"역시 목줄을 채워야 하는 건가."

"네? 방금 뭐라고 하셨어요?"

"아무것도."

뭔가 음산한 목소리가 들린 것 같은데 말이다.

그녀가 이성을 되찾고 위를 올려다보자 마르멜이 그녀를 비스듬하게 내려다보고 있었다.

어릴 때에 비하면 유약한 인상은 완전히 사라졌고 키도 훌쩍 컸지만, 한없이 치명적이라는 점에서는 달라진 게 하나도 없었다.

특히 새빨간 눈을 나른하게 반쯤 감으면, 하얀 속눈썹 사이로 비치는 붉은빛이 마치 눈 속에 피어난 장미꽃 같았다. 저러고 쳐다볼 때마다 그녀의 심장은 치명적인 해로움에 발작을 일으켰다.

소니도르는 큼하고 헛기침을 한 뒤에 물었다.

"저건 전하의 행복했던 추억인가요? 눈이 내렸던 날의……."

"네게 그래 보인다면 그런 거겠지."

애매한 대답이었다. 그녀는 저 쌍둥이들이 지금쯤 어떻게 되었을까 고민해 보다가 왠지 비극적인 결말밖에 떠오르지 않아 생각하는 것을 그만두었다. 그리고 얌전히 그의 뒤를 따라 걷기로 했다.

마르멜은 사모예드가 한눈파는 것을 멈추고 자신을 따라오자 그제야 만족스러운 기색을 보였다. 어차피 결국 한눈을 판 상대도 마르멜이고, 지금 옆에 있는 것도 마르멜인데 말이다.

이해할 수가 없다니까. 그녀는 그를 어이없다는 눈빛으로 올려다보았다.

"네가 커지니까 불편하군. 사람이라면 손이라도 잡을 텐데."

안아 줄까? 기대 어린 얼굴로 그가 묻자 소니도르는 필요 없다며 고개를 흔들었다. 그러자 그가 다시 불만스럽게 미간을 찌푸렸다.

그러거나 말거나 그녀는 황태자가 먼저 사람 얘기를 꺼낸 것이 반가웠기 때문에 화색을 띠며 입을 달싹였다.

그래요, 저는 이래 봬도 사람이랍니다! 직립보행을 하는 바로 그 동물요! 하지만 까만 코와 털에 집착했던 마르멜을 떠올리고는 이내 차게 식은 얼굴을 했다.

"사람이라고 해도 결국 두 발로 걷고 털 달린 괴생명체 정도로 생각하고 계신 거죠?"

"그냥 네가 인간인 모습이 상상 안 될 뿐이야."

"음……."

그녀는 자신의 특징을 어떻게 설명해야 할지 잠시 고민에 빠졌다.

"여우와 색이 좀 비슷하려나."

"털색이?"

"……머리카락 색이 말입니다."

털색이라니. 역시 인간 취급해 줄 생각이 전혀 없잖아!

"그리고 머리카락이 길고 좀 심하게 구불거려요. 눈은 녹색이고."

"왠지 쪼끄마할 것 같군."

아니, 어떻게 알았지? 황태자에게 신기가 있다는 말은 들어보지 못했는데. 마치 직접 보기라도 한 것 같은 말투에 소니도르는 뜨끔해졌다. 그리고 순식간에 비애에 잠겼다.

가뜩이나 테리 놈이 맨날 난쟁이 똥자루라고 놀리기나 하는데 말이다. 키 높이 구두를 신게 된 것도 다 하늘 같은 사장님 정수리를 내려다보는 게 마음에 안 들어서였는데.

그래도 여전히 내려다보이는 건 마찬가지일 때의 설움이 몰아쳤다.

그녀는 저도 모르게 큰소리로 거짓말을 했다.

"안 작거든요! 저 키 커요!"

키 높이 구두를 신으면 작지는 않았다. 물론 크지도 않았지만 말이다.

"크다고? 나보다?"

"아뇨…… 당연히 전하보다는 작죠."

"작군."

"작은 거 아니거든요! 평균이에요, 평균!"

"작은 거다."

그가 의기양양하게 웃었다.

으아아, 다시는 키 작은 사람을 무시하지 마라! 그녀는 마르멜을 향해 온몸으로 몸통 박치기를 날렸고 방심하고 있던 그는 잠시 휘청거렸다.

마르멜은 결국 날뛰는 개를 감당하기가 힘들었는지 무언가 결심한 모양이었다. 그는 복도 중반쯤 지나가다가 흰 꽃이 꽂혀 있는 화병을 발견하고는 멈춰 섰다.

"흐음."

그리고 꽃을 빼더니 그것을 하나하나 엮기 시작했다. 대체 무엇을 하는 건지 가만히 지켜보니 좋은 솜씨는 아니었지만 둥글게 엮어 화관 같은 것을 만드는 것 같았다. 황태자에게 동물을 좋아하는 것 외에 저런 귀여운 면모가 있을 줄은 몰랐는데 말이다.

그런데 왜 갑자기 꽃을 엮으시는 거지?

"그런 것도 하실 수 있으세요?"

"어린 시절에 어머니께 잠깐 배운 것도 같아. 어렴풋이 기억나는데…… 생각보다 몸은 잘 기억하고 있는 모양이군."

여전히 정확히는 기억하지 못하는 모양이었다. 그녀는 왠지 애잔한 마음이 드는 것과 동시에 조금 설레고 말았다. 여자라면 대부분 꽃을 좋아하기 마련이고, 그건 소니도르 또한 마찬가지였으니까.

특히 그녀는 염세주의인 마르멜과 달리 세상의 모든 존재가 아름답다고 찬양할 수 있는 낙천적인 사람이었다.

'설마 나 주려고?'

전하께서 타나토스 꽃 말고 다른 꽃을 알고 계실 줄은 몰랐는데 말이다. 또 죽음이나 파멸 같은 꽃말을 가진 우중충한 것이 화병에 꽂혀 있을 줄 알았는데.

소니도르가 기대 어린 시선으로 자세히 살펴보니 그것은 국화꽃이었다.

"……"

국화 꽃다발을 왜 엮으십니까. 왜…… 그거 설마 나 주려고? 대체 왜…… 설마 벌써 제 죽음에 대한 명복을 빌어 주시려고 그러십니까. 사모예드의 새까만 눈동자가 쉴 새 없이 흔들렸다.

"다 됐다."

완성된 화관은 생각보다 크기가 컸다. 마치 목걸이 같았다.

그는 어쩐지 섬뜩하게 웃으며 그것을 그녀의 목에 걸어 주고는 어디서 가져왔는지 모를 끈을 연결했다. 그렇게 소니도르는 국화꽃으로 완성된 개목걸이를 차게 되었다.

대체 어디서부터 반박을 해야 할지 모르겠다. 차라리 가죽 끈으로 된 목걸이였으면 이렇게까지 비참하지는 않았을 텐데.

"멍멍."

다시는 마르멜에게 덤비지 말아야겠다고 결심하며 그녀는 우울한 얼굴로 그가 이끄는 대로 질질 끌려갔다.

그러던 와중에 또 마르멜의 기억의 잔재를 만났다.

여태까지 봤던 잔재 중에서 가장 어려 보였다. 기껏해야 네 살 혹은 다섯 살. 그는 눈이 내리는 창밖을 하염없이 바라보다가 창문을 살짝 열어 손을 창밖에 내밀었다. 그러다가 눈꽃이 팔랑팔랑 내려와 손가락에 앉기라도 하면 물방울이 되어 사라지는 걸 신기하다는 듯 바라봤다.

그는 몇 번이나 그것을 반복하다가 결국 환하게 웃으며 큰 소리로 외쳤다.

"어머니! 눈이 내려요!"

아까 봤던 기억의 잔재만큼이나 사랑스러운 마르멜이었다. 소니도르는 어머니라는 말에 화들짝 놀라 고개가 돌아갔다.

좀 더 멈춰 서서 지켜보고 싶었는데 큰 마르멜이 어림도 없다는 듯 그대로 끌고 갔다. 눈꽃처럼 흰 머리카락을 허리까지 늘어트린 여인의 가녀린 뒷모습이 어렴풋이 보였다.

"개야."

"네?"

"나한테 집중해."

아니…… 결국 동일 인물이잖아요. 그녀는 왠지 억울해졌다. 나름대로 열심히 일하고 있는데 왜 자꾸 방해하는지 모르겠다.

물론 어린 시절의 마르멜이 심각하게 귀여워서 좀 빤히 쳐다보기는 했다. 사심이 전혀 없었다고 하면 거짓말이겠지만, 농땡이 피우고 있는 건 절대 아니었다.

소니도르는 지금 자신의 모습이 비록 개일지라도 눈은 매의 눈이라며 과장해서 떠벌렸다.

"빨리 소스를 찾아서 나가야죠. 저희의 목적은 그거잖아요."

"중구난방으로 튀어나오는 내 기억을 본다고 해서 뭐가 달라진다는 거지?"

"제가 전에 한 말 잊으셨어요? 소스가 될 수 있는 건 아주 소중한 기억이나 물건, 장소, 행동, 신념……."

"저건 아주 소중한 기억이 아니니 되었군."

황후와 함께했던 추억이라면 소중한 기억에 속할 줄 알았는데 그는 아니라고 했다. 본인이 아니라고 했으니 아닌 건가?

뭐 황태자 본인만큼 자신을 잘 알고 있는 사람이 어디 있겠느냐마는. 그녀는 찝찝한 기분을 지우지 못한 채로 얌전히 마르멜의 뒤를 따라갔다.

본궁에 있는 황태자의 방은 황태자 궁에 있는 처소보다는 훨씬 작았지만, 여전히 그 위용이 어마어마했다. 게다가 색이 입혀지니까 몇 배는 더 화려해져서 어쩐지 본능적인 거부감이 느껴졌다.

네가 있을 곳이 아니라고 속에서 누군가 끊임없이 외치는 느낌이라고 해야 할까. 너무 넓으니 왠지 홀로 덩그러니 남겨져 있는 기분이라 생각하며 소니도르는 주변을 돌아보았다.

너무 웅장하고 또 외로워 보였다.

그곳에서 그녀는 또 다른 기억의 잔재를 보았다. 여전히 어린 시절의 마르멜이었다.

아이는 소파 위에 앉아 바닥에 닿지 않는 다리를 흔들흔들 흔들다가 등받이에 등을 기대고는 푹 한숨을 몰아쉬었다. 그는 얼마 지나지 않아 금방 잠이 들 것처럼 고개를 꾸벅였다.

그때 갑자기 문이 열리더니 시녀가 들어왔다. 어린 마르멜은 누가 시키기라도 한 것처럼 허리를 꼿꼿하게 세우고 근엄한 척하는 표정을 가장했다.

시녀는 쟁반 위에 놓인 찻잔을 테이블 위에 올려놓았고 마르멜이 표정을 와락 구겼다. 그것도 잠시 자신의 불만이 지금 얼굴에 다 드러나고 있다는 걸 깨달은 것인지 애써 웃어 보였다.

"그만 나가 봐."

아이는 시녀를 향해 명했다.

이것은 또 무슨 기억일까 가만히 지켜보니, 어린 마르멜이 조만간 찻물을 마시고 쿨럭 기침을 토했다. 가슴이 답답한지 퍽퍽 내려치다가 다시 기침을 뱉었는데 그의 손바닥에 살짝 핏물이 비쳤다.

"피?!"

소니도르는 아무 생각 없이 가만히 지켜보다가 경악해서 외쳤다. 아이는 그런데도 그걸 꼿꼿하게 마시고 있었다.

"저, 저게 뭐예요! 지금 피를 토했잖아요!"

그러자 팔짱을 낀 채 고개를 비스듬히 기울이고 있던 큰 마르멜이 대수롭지 않게 답했다.

"독을 마셨을 뿐이다."

"그렇군요. 독을 마셨을 뿐이군요……, 가 아니잖아요! 독을 왜 마셔요?!"

별것도 아닌 것에 유난 떨지 말라는 말투라서 하마터면 그냥 그렇군요 하고 넘어갈 뻔했다.

"만성 증상이 없는 독이다. 독에 내성이 생기라고 먹는 거지. 어차피 소량일 뿐이었어. 어린아이는 원래 면역력이 약해서 그런지 유독 몸에서 받지 못했던 모양이지만."

"독을 몸에서 받아들이는 사람이 어디 있습니까……."

애초에 독의 사전적인 의미부터 건강이나 생명에 해가 되는 성분이라는 뜻인데 말이다. 황태자의 후계자 교육이라는 건 정말 일반인의 상식으로 받아들이기에 무리가 있었다.

어린 마르멜은 한참 콜록콜록 기침을 토해 내다가 이마에 맺힌 식은땀을 닦아낸 뒤에 자리에서 일어나 책상으로 향했다. 그리고 양피지와 잉크, 깃펜과 그의 얼굴만 한 책을 꺼내 무언가 열심히 끄적거리기 시작했다.

아이는 한참 시간이 흘렀는데도 요지부동으로 계속 입으로 무언가를 외우는 듯 중얼거리거나 글자를 써 내려갔다.

목 없는 시녀가 마르멜과 소니도르에게 마카롱과 허브티를 가져다줄 때까지도 말이다.

사모예드가 기억의 잔재에 시선을 고정한 채 굳어져 있자 마르멜이 그녀의 목줄을 당겼다.

"저건 대체 언제 사라지지?"

그래도 그녀의 시선이 어린 자신에게서 떨어지지 않자 그는 개의 주둥이를 붙잡아 자신 쪽으로 돌렸다.

소니도르는 놀라 잠시 눈을 동그랗게 뜨다가 이내 굉장히 심각한 얼굴을 했다. 그래 봤자 개의 얼굴일 뿐이었지만.

"전하 왜 혼자 공부하고 계시는 거죠? 귀족이나 황족들은 아카데미에 다니지 않나요?"

"저땐 아주 어릴 때잖아. 가정교사가 따로 있었다."

"아니 그래도…… 보통 저렇게 혼자 공부해요? 독을 마시고서?"

"보통은 자기 전에 마신다만 저 때는 전날에 몰래 마시지 않은 걸 아버지께 들켰지. 그리고 과제는 늘 산더미처럼 쌓여 있기 때문에 시간 나는 틈틈이 공부해야 한다. 기본 아닌가."

그게 기본이었어? 그녀는 마르멜의 기본에 기함한 뒤에 소름이 끼친다는 듯 몸을 부르르 떨었다.

아무리 장차 제국을 다스려야 한다고 해도 결국 황태자도 인간일진대 어떻게 인간의 한계를 뛰어넘는 극한의 것들만 요구한단 말인가. 심지어 저걸로도 모자라 인간관계도 전부 황제의 선에서 끊어 버렸으니, 미쳐 버린 것에서 그친 게 차라리 다행이었다.

"……언제부터 저렇게 공부하셨어요?"

"네 살 때부터?"

"지금껏 무사히 살아 계시는 게 신기합니다만."

"무슨 뜻이지?"

그녀는 아무것도 아니라는 듯 고개를 흔들었다. 저렇게 필사적으로 살아가는 게 기본이라는 사람에게 무슨 말이 통할까.

꽤 오랜 시간이 흐른 뒤에야 책상에 앉아서 무언가 열심히 끙끙 적어 대던 어린 마르멜이 사라졌다.

기억의 잔재를 처음부터 끝까지 응시하던 소니도르는 그제야 테이블 위에 놓인 마카롱을 향해 시선을 돌렸다.

일단 먹는 게 먼저라고 테이블 위에 고개를 얹은 뒤에 코를 킁킁거리자 마르멜이 접시를 저 멀리 치워 버렸다. 그러니까 그녀의 얼굴이 닿지 않는 곳까지 말이다.

"개들은 원래 이런 거 먹으면 안 되는 거 아닌가? 초콜릿도 먹으면 죽는다던데."

"전 진짜 개가 아니잖아요!"

눈앞에서 마카롱을 빼앗긴 그녀가 입을 벌린 채 망연자실한 표정을 지었다. 심지어 그가 목줄을 짧게 잡고 있어서 반대쪽으로 돌아갈 수도 없었다.

"저한테 왜 이러시는 거죠?"

국화꽃 줄기가 이렇게 튼튼한지 몰랐다. 그녀가 아무리 줄을 당겨도 목만 졸릴 뿐 끊어지지 않는 것 보니 그가 무슨 특별한 수를 쓴 모양이었다.

한참 사방팔방 줄을 당기며 버둥거리던 소니도르는 벗어나려 애써 봐도 거부조차 할 수 없다는 걸 깨달았다. 그녀는 혀를 빼물고 헥헥거리다가 테이블 위에 앞다리를 올리고서 간절한 눈으로 마르멜을 올려다보았다.

"주인님……."

"두 번은 안 통해."

"원하시는 게 뭡니까."

"뽀뽀."

그가 자신의 볼을 톡톡 건드리면서 말했다. 그걸 왜 바라는 걸까. 뽀뽀라고 해도 사모예드의 뽀뽀는 그냥 축축한 코를 볼에 가져다 대는 것뿐일 텐데 말이다.

하지만 정 그걸 원한다면 못 할 것도 없었다.

소니도르가 박치기라도 할 것처럼 무서운 기세로 마르멜의 볼에 주둥이를 날리자 그가 옆으로 슬쩍 피했다. 그와 동시에 그녀의 상체를 끌어안으면서 웃음기 어린 목소리로 속삭였다.

"아까부터 돌진만 하는군."

"멍!"

"좀 살살 다뤄 줄 순 없나? 이러다가 볼에 구멍 뚫리겠어."

"본능 같은 거라 어쩔 수가 없네요."

그녀는 어서 대라면서 그의 볼에 주둥이를 마구 들이댔다. 축축한 코가 몇 번이나 볼에 닿았다가 떨어졌다.

침 범벅이 된 마르멜은 결국 웃음을 터트리며 장미 모양 마카롱을 집어 소니도르의 입에 넣어 주었다. 그녀는 그것을 행복한 얼굴로 우물우물 녹여 먹었다.

역시 꿈에서도 미각은 똑같이 느껴졌다. 시간만 있다면 꿈속에서 먹고 싶은 것 다 먹을 텐데.

"네가 아까 물었지. 눈 내리는 날에 관련된 행복한 추억이 있느냐고."

"기억나셨나요?"

사모예드가 순진무구한 얼굴로 가만히 올려다보자 그가 부드럽게 미소 지으며 그녀의 머리를 쓰다듬었다.

몇 번이나 털을 쓱쓱 쓰다듬던 그는 약간 잠에 취한 노곤한 목소리로 답했다.

"바로 지금."

마르멜은 그녀의 턱을 붙잡아 당겨서 멋대로 쪽 입을 맞췄다. 이번엔 코도 아니라 입이었다. 물컹한 입술의 감촉이 느껴졌다.

소니도르는 입을 꾹 다문 채로 완전히 멍청하게 굳어졌다. 그때였다. 그녀가 목에 걸고 있던 국화꽃에서 빛이 나더니 마치 공기 중으로 증발하듯이 조금씩 닳아 순식간에 사라졌다.

끼익, 끽.

그와 동시에 황궁 건물 어딘가에서 뭔가 크게 엇나가는 듯한 소리가 들려왔다. 조금씩 진동하던 건물이 큰 폭으로 위아래로 흔들리기 시작했다.

아주 요란한 소리가 들렸다. 천장에 달린 샹들리에가 불안한 소리를 내며 좌우로 움직여 댔다. 불안하게 깜빡거리던 불이 완전히 꺼졌다.

거의 천장부터 바닥까지 이어진 거대한 창문과 스테인드글라스가 고막을 찢을 정도로 큰 소리를 내며 앞에서부터 차례로 쨍강, 쨍강, 쨍강하고 깨졌다. 유리창이 거의 바스러진 것에 가까웠다.

정신이 하나도 없었다. 대체 무슨 상황인지 파악할 새도 없이 머리까지 탈탈 털리도록 흔들려야 했다.

갑자기 웬 지진!

그녀가 컹컹 짖으며 천장만 응시하고 있자 마르멜이 그녀를 테이블 밑으로 집어넣었다. 천장에서 가루 같은 것이 떨어졌기 때문이었다.

얼마나 이러고 있었을까. 중심을 잡지 못한 채 이리 흔들 저리 흔들거리다 보니 드디어 땅이 흔들리는 것을 멈췄다.

"……."

"……."

두 사람은 한참이나 컴컴해진 방 안에서 침묵했다.

창문 유리가 완전히 사라진 창틀 밖 하늘이 순식간에 새빨갛게 물들었다. 노을이라고 하기에는 핏물을 떨어트린 것처럼 기괴할 정도로 붉었다.

이내 해는 완전히 자취를 감추고, 구름은 서서히 검은 보랏빛으로 번져 가기 시작했다. 여전히 눈은 정신없이 내리고 있었는데 하늘 때문에 흰 눈마저 아주 짙은 색으로 보였다.

"이게 뭐지?"

오랜 침묵 끝에 먼저 입을 연 것은 마르멜이었다.

소니도르는 테이블 밑에서 빼꼼 머리를 내밀며 주변을 살피다가 소파 위로 멋대로 올라왔다. 그리고 그 커다란 몸체로 제멋대로 마르멜의 무릎 위에 올라와 품속을 파고들었다.

지진이 나기 전에 뭔가 충격받을 만한 일이 있었던 것도 같지만 일단 겁이 나는 게 먼저였다.

그녀는 누가 듣기라도 하는 것처럼 작은 목소리로 속닥거렸다.

"소스를 찾았나 봐요."

"대체 어떤? 국화꽃이 사라진 것과 관련이 있나?"

"네. 방금 전하께서 말씀하셨잖아요. 지금 행복하시다고."

"지금 것도 해당하는 건가."

"그럼요. 현재도 해당하죠. 희망하는 미래도 해당하는걸요."

소니도르는 마르멜과 그냥 몇 마디 얘기 나누고 마카롱을 받아먹은 기억밖에 없었는데 말이다. 그런데 그게 소스가 될 줄은 몰랐다.

'그러고 보니 전에 여우의 털색이 아름답다고 꼬셨더니 간단하게 색을 되찾았지.'

심지어 그것이 그대로 소스가 되어서 황궁이 생겨나지 않았던가. 저번에는 그냥 우연인가 싶었는데 두 번이나 겹치니 신기함을 넘어서 의아했다.

대체 얼마나 동물을 좋아하면 모든 소스가 소니도르와 연관되어 있단 말인가. 심지어 정작 그녀는 크게 한 일도 없는데 이렇게도 간단히…….

'동물 마니아.'

그녀는 마르멜을 동물 애호가에서 한 단계 더 높은 칭호를 내리기로 했다.

"황궁 안에 들어오고 나서부터 계속 기억의 잔재를 봤잖아요. 이곳은 과거에 묶여 있는 전하의 세계입니다. 그런 곳이 이렇게나 흔들린다는 건 결국 세계가 불안정하다는 뜻이겠죠."

"나쁜 건가?"

"아뇨. 결과적으로 보면 좋은 징조예요. 전하의 더 깊은 내면으로 들어온 거니까."

"좋은 징조가 내린 것치고는 살벌하군."

"내면 깊이 들어왔다는 건 결국 깨……, 아니 이곳을 벗어날 시기가 가까워졌다는 거죠."

그 말은 즉 마르멜이 깨어나지 않기를 바라는 세계가 조만간 날뛰기 시작할 것이라는 뜻이었다. 어쩌면 이제 그녀 자신뿐만 아니라 그도 위험해질지도 몰랐다.

소니도르는 푸른 하늘이 눈이 아플 정도로 새빨간 색으로 변한 것을 흘낏 응시하고는 얼른 그를 돌아보았다. 그리고 그의 어깨를 앞발로 짚은 뒤에 매우 진지한 말투로 입을 달싹였다.

"전하, 저 아무래도 곧 사라질 것 같은데 혼자서 괜찮으시겠어요?"

그러자 마르멜도 덩달아 진지한 말투로 답했다.

"다음번엔 무슨 동물로 변할 생각이지?"

"그건 제 의지가 아니라 저도 모르는…… 그게 중요한 게 아니잖아요!"

소니도르는 얼떨결에 분위기에 휩쓸려 답하다가 이내 재빨리 정신을 차리고 외쳤다.

"전하께서 위험해지실지도 모른단 말입니다!"

"알고 있어."

"괘, 괜찮으세요?"

"죽으면 죽는 거고."

그래, 이게 문제였다. 마르멜이 악착같이 살아갈 의지가 별로 없다는 것 말이다.

말을 마친 것과 동시에 갑자기 누군가 굳게 닫혀 있던 방문을 똑똑 소리 나게 두들겼다.

"히익!"

가뜩이나 잔뜩 긴장하고 있던 소니도르가 몸을 부르르 떨며 기겁했다. 처음에는 가벼운 두들김에 가까웠던 그것이 얼마 지나지 않아 쾅쾅 두들기는 소리로 바뀌었다. 한참이나 계속 그러다가 안쪽에서 반응이 없자 이젠 문짝이 부서질 기세로 들썩였다.

발로 차기라도 하는 건가! 그녀가 꺅꺅 비명을 질렀다. 온몸이 사시나무 떨듯 덜덜 떨리자 그가 진정하라는 듯 그녀의 허리에 팔을 둘러 바짝 끌어안았다.

대체 누가 황태자의 방문을 저렇게 예의 없이 두들긴단 말인가. 그것도 땅 위의 존재들이 하필이면 하나같이 목이 없는 마르멜의 꿈속에서 말이다.

두려움이 아주 하늘을 찔렀다.

"혹시 문 잠그셨어요?"

"그럴 리가."

"……."

소니도르는 소파 위에 태연하게 앉아 있는 그를 앞발로 퍽퍽 밀었다.

"상황이 이렇게 위급하게 돌아가면 위기라는 것을 좀 느껴보세요! 생존본능을 깨우는 겁니다!"

그녀는 마르멜의 옷자락을 물고 얼른 어디라도 숨으라고 낑낑거리며 잡아당겼다.

"전하 같은 상황에서 죽으면 끝 이런 게 아니란 말입니다. 어쩌면 진짜로 영원히 잠드실 수 있어요! 심연보다 더 깊은 곳, 아무것도 없는 깜깜한 암흑에서 영원히 의식은 깨어 있는 채로 죽음보다 더한 고통을……!"

"알겠다. 진정 좀 해."

소니도르가 마치 용한 점쟁이처럼 음산한 목소리로 겁을 주자 그가 한숨을 내쉬며 몸을 일으켰다. 저게 걱정하는 건지 저주를 내리는 건지 모르겠다.

마르멜은 거침없이 걸어가 늘 침대 옆에 세워 두는 검을 검집째 들었다. 여차하면 베어 버리면 된다고 생각한 건지 그가 건들거리는 태도로 검을 던졌다가 받았다.

여전히 심각성은 전혀 느껴지지 않는 모양이었지만 그래도 멀뚱히 소파에 앉아 있을 때보다는 나았다.

"되도록 싸우지 말고 숨으세요. 전하께선 혼자지만 저들은 셀 수도 없이 많으니까요."

소니도르는 그렇게 말하면서 드레스 룸을 가리켰다. 차례로 침대 밑, 장식장 안 등등 숨을 만한 곳을 앞발로 척척 짚어 주자 마르멜의 표정에 불만이 서렸다.

아무것도 하지 말고 저런 구석진 곳에 들어가서 꼼짝없이 숨죽이고 있으라고?

"숨는 기분도 더럽고 쫓기는 기분도 더러워서 싫어. 차라리 죽이면 안 되나?"

"죽이면 끝이 없다니까요."

수십 개 되는 개미굴에서 개미가 기어 나오는 것을 하나하나 잡아 죽이는 것과 비슷했다. 게다가 마르멜의 땅 위의 존재는 애초부터 목이 없었기 때문에 심장을 찌른다고 죽을지도 의문이었다.

"안전제일! 몸에 새기세요!"

그녀가 우왕좌왕하는 사이에 다시 한 번 쾅 하고 문짝이 흔들렸다.

그는 고개를 한쪽으로 기울이더니 턱을 쓸며 의아하다는 듯 물었다. 아주 태평하기 짝이 없는 데다가, 문짝을 차고 있는 상대를 굉장히 한심하게 여기는 듯한 말투였다.

"문이 열려 있는데 그냥 문고리를 열고 들어오면 될 것을."

"그런 생각 하지 마세요! 꿈속에서는 생각하는 대로 이루어질 확률이 높단 말입니다!"

으아아아! 조급함에 머리가 하얗게 비워진 소니도르가 결국 마르멜을 덮쳤다.

"얌전히 제 말 들으세요!"

사모예드가 펄쩍 뛰었다. 붕 떠서 달려드는 것도 모자라 머리로는 명치를 가격했다.

무게와 가속도까지 더해서 온 힘을 다해 짓누르는데 당해낼 재간이 없었다. 특히 마르멜처럼 동물 앞에서는 자동으로 무장해제가 되는 사람은 더더욱 그랬다.

그는 충분히 피할 수 있음에도 불구하고 소니도르가 그대로 날아가 벽에 몸을 박을까 봐 움직이지 않았다. 심지어 그녀가 혹시 다치기라도 할까 봐 손에 쥐고 있던 검을 옆으로 던져 버리기까지 했다.

"윽……!"

마르멜은 전까지 포함해서 벌써 세 번째 명치를 얻어맞고 작게 신음을 흘렸다. 여우의 앙탈에 가까운 공격과는 묵직한 무게부터가 달랐다.

그가 찌푸렸던 눈가를 슬며시 뜨자 사모예드가 네 발로 위에 올라타서 그를 내려다보고 있었다. 꽤 심각한 모양인데 어째 그 모습조차 천사처럼 웃고 있는 걸로밖에 보이지 않았다.

"전하, 잘 들으세요. 전 두 번이나 연속으로 꿈속에 들어와서 아마 피로가 한계에 달해 있을 거예요. 최대한 빨리 다시 들어오려고 노력하겠지만, 혹시나 기절해 버리면 바로 못 올지도 몰라요."

"그런가."

"그러니까 되도록 한곳에 숨어 계세요. 물론 목숨의 위협을 느끼셨다면 당장 도망가셔야 하고요."

다시 쾅 하고 문짝이 들썩였고 동시에 절대로 부서지지 않을 것 같았던 문고리에서 불길한 소리가 났다. 동시에 창밖의 붉은 하늘이 조금씩 조각나서 떨어지기 시작했다.

그녀의 말은 점점 알아듣기 힘들 정도로 빨라지더니 종내에는 침을 튀기면서까지 열변을 토했다.

"지금 이렇게 어이없이 돌아가시면 앞으로 세상의 사랑스러운 동물들은 다 못 보고 말 거라고요!"

소니도르는 세상의 모든 음식을 다 찾아가서 먹고 싶어 하는 자신을 대입해서 말했다.

누가 들으면 저런 걸 설득이라고 하냐고 혀를 찼겠지만 분명 확실하게 효과가 있었다. 찰나의 순간 마르멜의 붉은 눈동자가 크게 흔들렸기 때문이었다. 그는 분명히 동요하고 있었다.

그녀는 자신이 말하고도 그의 반응을 보니 어이가 없었다. 대체 왜 이런 협박이 먹히는 거냐고. 왠지 지금까지 떠들었던 자신이 바보처럼 느껴졌다.

마르멜은 큰 깨달음을 얻은 얼굴로 답했다.

"그렇군. 하프물범을 한 번도 못 보고 죽는 건 곤란하다."

"……."

"아직 기린도 못 봤어. 코뿔소도 못 봤고 판다도……."

"알았으니까 빨리 숨으세요."

"응."

그는 언제 숨기 싫다고 했느냐는 듯 커다란 소니도르를 덜렁 들어 올려 왼쪽 옆구리에 꼈다. 그리고 반대쪽 손으로 검을 집어 들고 얌전히 드레스 룸 문을 연 뒤 그 안으로 들어갔다.

마르멜은 행거에 나란히 걸려 있는 화려한 정복들을 옆으로 착 넘긴 뒤 그 속에 몸을 숨겼다.

행거에서부터 벽까지의 거리가 상당해서 어둠 속에 숨어들면 쉽게 찾지 못할 것 같았다. 또 양옆으로도 워낙 넓어서 도주할 타이밍을 확보하기 용이했다.

가까스로 어떻게든 숨긴 숨었다. 소니도르가 안도의 한숨을 내쉴 때쯤 마침내 콰드득 하고 무언가 박살 나는 소리와 함께 금속의 물체가 바닥에 쨍강하고 떨어지는 게 들렸다. 동시에 세상의 암전이 찾아왔다.

❖

시야가 스멀스멀 까맣게 물드는 것과 동시에 그녀가 눈을 번쩍 떴다.

지하 내부라 지금이 몇 시인지 도통 알 수 없었다. 잠들고 나서 며칠이 지났는지조차도 알기 힘들었다. 그녀는 굳어서 움직이지 않는 손을 끙끙거리며 마르멜의 상의 안에서 빼냈다. 그리고 다급하게 외쳤다.

"하기스!"

잠긴 목으로 꽥 소리를 질렀더니 곧바로 기침이 튀어나왔다. 소니도르는 숨넘어갈 듯이 기침을 토해 내면서 하기스에게 빨리 오라고 닦달했다.

온몸이 두들겨 맞은 것처럼 욱신거리고 정말 이대로 가다간 기절할 것 같은 수마가 밀려왔다. 그녀는 가까스로 잠들고 싶은 충동을 억누르고 두 눈을 부릅떴다.

소니도르는 몰랐지만, 이미 꼬박 하루가 지난 다음 날 밤이었다. 황제가 그녀에게 준 2주라는 기간에서 거의 이틀이 다 되어 가는 시점이었다.

의원과 기사, 그리고 조수 모두 그녀와 마르멜 곁에서 꾸벅

꾸벅 졸고 있다가 다급한 목소리에 하나둘씩 깨어났다. 테리는 깜짝 놀라 벌떡 일어나다가 우당탕 바닥을 구르고 다시 바닥에서 잠들었다.

크리스티안은 그 꼴을 보고 쯧 하고 혀를 차더니 그의 뒷덜미를 붙잡고 번쩍 들어 다시 의자에 앉혀 놓았다.

하기스는 아직 잠기운이 어린 얼굴로 재빨리 다가와 능글맞게 웃으며 물었다.

"오빠가 그렇게 보고 싶었어?"

"말고 회복 주문요!"

빨리! 그녀가 다급한 목소리로 닦달하자 상황이 심각하게 돌아간다는 걸 눈치챈 모양이었다.

의원은 군말하지 않고 그녀의 머리를 짚은 뒤 회복 주문을 영창했다. 그의 손가락 끝에서 잠시 흰 빛이 맺히더니 반짝이는 빛 알갱이들이 이내 소니도르의 이마에 스며들었다. 그러자 머리가 싸해지면서 마치 박하 잎을 씹은 것처럼 정신이 맑게 개었다.

흐리멍덩하게 풀렸던 눈이 다시 제 빛을 찾자 하기스가 말했다.

"마법은 만능이 아닌 거 알지? 피로는 점점 몸에 누적되니까 계속되면 몸에 안 좋아."

"알아요. 이번만이에요."

"한 번이 두 번 되면 오빠가 울 아기 억지로 침대에 눕혀서 강제로…… 재워 버린다?"

"뭐래. 아까는 어서 들어가라더니."

그녀가 눈가를 비비다가 피식 헛웃음을 뱉어 냈다. 그러자 하기스는 그녀의 몽실몽실한 주홍색 머리카락을 마구 흐트러 트리며 장난스럽게 웃었다.

가뜩이나 굽실거리는 머리가 엉망진창으로 헤집어지자 소니도르가 잠시 씩씩거리며 성질을 부렸다. 의원은 귀신같이 산발한 그녀를 보고 씩 웃더니 말했다.

"늘 네 몸 상태 보고 판단해서 말하는 거지. 지금 좀 아슬아슬하다. 빨리 갔다 와."

"그 전에 제 머리 꼴을 원래대로 돌려놓으면 유혈 사태는 없을 것입니다."

"그래그래."

제대로 듣긴 한 거야?

소니도르는 잠시 하기스를 흘겨보았으나 이내 다급한 상황이라는 걸 떠올리고는 다시 마르멜을 끌어안았다.

늘 그를 얼음에 비유하며 차갑다 차갑다 했었는데 하도 그녀가 끌어안아서 그런지 체온이 조금 높아진 것 같았다. 그녀는 미적지근해진 마르멜의 등 뒤, 옷 안으로 손을 집어넣고는 열심히 의식을 찾아 헤매었다.

이번에도 찾지 못하면 대체 어디까지 마르멜을 더듬어야 하는지 걱정했으나, 다행히도 아주 먼 곳에서 의식의 끄트머리가 보였다.

됐다. 저 정도면 붙잡을 수 있을 것 같았다. 그녀는 낑낑거리며 자신의 의식을 팽팽하게 늘려 그의 것과 엮었다.

소니도르는 속으로 안도의 한숨을 내쉰 뒤 긴장한 기색이 역력한 얼굴로 세계를 창조했다.

✤

진짜 싫다. 이런 건 늘 질색인데 말이다. 가끔 대담한 것 같으면서도 여전히 겁이 많은 소니도르는 창조된 세계가 서서히 윤곽을 드러내자마자 주변을 경계하며 살폈다.

이번에는 곧바로 황궁 안이었다. 분명 하늘은 아까와 같은 눈 오는 겨울날의 낮임에도 불구하고 건물 내부는 어두웠다. 건물 안에 있는 모든 불이 꺼졌기 때문이었다.

어두워! 무서워! 어두워! 무서워! 어두워! 무서워!

이번에는 자신의 정체를 파악할 생각조차 하지 못하고 일단 무작정 달렸다. 마르멜은 늘 꿈에 들어오는 순간부터 그녀의 주변에 있었기 때문에 아마 지금도 멀지 않은 곳에 있을 터였다.

그런데 왜 달려도 달려도 앞으로 나아가지 않는 것 같은지 모르겠다. 빠르게 달리고 있긴 한데 몸체가 확연히 작아져서 그런지 상대적으로 느리게 느껴졌다.

전하께서는 괜찮으려나. 아까 누가 미친 것처럼 문을 두들기다가 문고리를 부수기는 했지만, 꼭 그가 위험에 처했으리라는 보장은 없었다. 소니도르라면 죽이려고 들지도 모르겠지만, 꿈의 주인인 마르멜은 그냥 주변을 빙빙 돌면서 경계할 뿐일 수도 있었다.

그도 그럴 것이 소스를 찾기 전까지는 시키는 대로 말을 들었는데 갑자기 소스 하나에 돌변해서 죽이려고 들 리가 없지 않은가. 그건 단계를 너무 훌쩍 뛰어넘는 일이었다.

문제는 애초에 꿈속이 워낙 제멋대로인지라 그럴 수도 있고, 아닐 수도 있다는 것이었다. 일단 소니도르가 아무런 제약 없이 꿈속으로 들어온 것으로 봤을 때 마르멜이 아직까진 무사하단 뜻이었다.

그녀는 제발 땅 위의 존재가 그를 죽이려고 들지 않았기 때문에 무사한 것이기를 바랐다.

'제발 쫓고 쫓기는 추격전만은 아니기를.'

소니도르는 속으로 기도하다가 아차 하고 생각하는 걸 관두었다.

'꿈속에서 그런 생각 하면 진짜로 쫓긴다고!'

알고 있음에도 늘 무심코 불길한 쪽으로 치우치고 마는 이놈의 생각!

그녀가 생각을 타박하며 달리고 있을 때였다. 그러기가 무섭게 갑자기 뒤에서 '다다다다' 하고 무언가가 무서운 기세로 쫓아오는 소리가 들렸다.

두다다다다!

까아아아악!

뒤돌아보면 죽는다! 뒤돌아보면 죽는다! 뒤돌아보면 죽는다!

그녀는 너무 놀라서 소리조차 지를 수도 없었다. 머리끝까지 겁에 질려서 털을 바짝 세웠다. 오로지 뒤돌아보지 않겠다는 집념 하나로 무조건 미친 듯이 앞을 향해 달리기 시작했다. 돌아보면 분명 다리가 굳어서 움직이지 못할 게 뻔했기 때문이다.

정말 너무 싫다! 엄청나게 싫다고 이 꿈!

소니도르는 속으로 몇 번이나 마르멜의 꿈속을 저주하면서 눈물을 흩뿌리며 뛰어갔다. 그러던 와중에 황궁 벽 모서리 구석진 곳에 뻥 뚫린 쥐구멍 같은 것을 발견했다.

분명 주먹만 한 크기였는데 왠지 들어갈 수 있을 것 같은 기분이 들었다.

망설일 시간 같은 건 없었다. 그녀는 주저할 새 없이 곧바로 몸을 날렸고, 바닥에 몸을 미끄러트려서 쥐구멍 속에 쏙 하고 들어갔다.

다행히도 뒤에서 무서운 기세로 쫓아오던 무언가는 쥐구멍을 지나쳐 저 멀리 달려가고 있었다. 고개를 살짝 내밀어 살펴보았더니 아니나 다를까 목이 없는 시녀였다.

소니도르는 다시 구멍 속으로 몸을 숨기고 숨을 죽였다. 발걸음 소리가 점점 멀어지더니 어느새 복도 끝으로 자취를 감췄다.

"흐아아, 죽는 줄 알았네."

나는 생쥐였던 건가……. 소니도르가 쥐구멍에 들어간 채로 두 눈을 깜빡였다.

떨떠름한 심정으로 누워서 자신의 앞발을 올려다보았더니 쥐라고 하기엔 많이 달랐다. 손톱도 길쭉하고 팔도 길쭉하고 왠지 몸체도 길쭉한 것 같고 전체적으로 길쭉한 게 쥐라기보단 차라리 족제비에 가까워 보였다.

어째 쥐구멍도 몸에 꽉 끼는 것 같았다. 설마 끼인 건 아니겠지? 그녀는 불안한 생각을 애써 지우며 앞다리를 쥐구멍 바깥턱에 걸치고 낑낑거리며 몸을 빼내려고 애썼다. 그런데 아무리 앞다리에 힘을 줘도 뒷다리 빠지지 않았다.

꼈다.

그녀는 당황해서 저도 모르게 울었다.

"꾸웩꿱!"

이건 또 무슨 거위 울음소리냐!

생각 외로 울음소리가 컸다. 소니도르는 혹시라도 누가 들을까 봐 재빨리 입을 다물었다. 하지만 불행히도 그녀의 울음소리를 누가 들은 모양이었다.

멀어졌던 걸음 소리가 다시 가까워지자 그녀는 쥐구멍에 나오지도, 그렇다고 들어가지도 못하고 딱딱하게 굳어졌다. 여전히 상체 부분만 구멍에서 나온 상태였다.

다시 낑낑대며 어떻게든 구멍 속에 몸을 욱여넣어 봤지만 헛수고였다.

발걸음 소리가 어느새 지척에서 들렸다. 복도 끝 코너를 돌아 누군가가 가까워지자 소니도르는 두 눈을 질끈 감았다. 어떻게든 피하려고 해 봤지만 결국 죽는 모양이었다.

이왕 죽일 거라면 꿈속이라고 해도 고통은 똑같이 느껴지니까 단칼에 죽여 줬으면 좋겠다. 제발 밟아서 죽이는 것만은 아니기를. 목 없는 사람에게 그런 배려심을 바라기는 힘들 것 같았지만.

누군가가 다가오자 코끝에 비릿한 피 냄새가 아른거렸다.

그건 발걸음 소리가 가까워질수록 점점 더 코를 찌를 듯이 짙어졌다.

아까 잡아서 족칠 것처럼 무서운 기세로 뛰어오던 목 없는 시녀와는 달리 걸음이 느긋하고 또 여유로웠다.

비린내가 이내 눈살이 찌푸려질 만큼 심해지자 서서히 포위망을 좁히듯 다가오던 누군가가 그녀 앞에서 뚝 하고 멈췄다. 그리고 왠지 온몸이 따끔거릴 정도의 엄청난 시선이 느껴졌다.

시선을 견디다 못한 소니도르가 결국 몸을 뒤틀며 실눈을 뜨자 갑자기 제 몸통만 한 손이 가까워졌다.

"꿱!"

그는 쥐구멍에 끼어 있는 미어캣을 붙잡고 뽁 소리가 나게 뽑아냈다. 그러자 소니도르가 화들짝 놀라 몸을 일자로 뻣뻣하게 세웠다. 질끈 감고 있던 눈은 어느새 튀어나올 것처럼 부릅 뜨였다.

다행히도 그녀를 붙잡은 건 목 윗부분이 없는 사람이 아니었다.

"여기 있었군."

오히려 지금까지 열심히 찾아다니던 마르멜이었다.

어디서 물방울이 바닥에 떨어지는 둔탁한 소리가 들린다 했더니 그가 들고 있는 검에서 나는 소리였다.

그는 검에 맺힌 핏방울을 건성으로 털어 냈다. 그런 뒤에 그녀를 자신의 어깨 위에 얹고 흘러내린 앞머리를 쓸어 올렸다.

새하얀 머리카락의 군데군데마다 검붉은 피가 엉겨 있었고, 옷은 이미 피에 흠뻑 젖어 붉게 물들어 있었다. 멀쩡히 잘 움직이고 있는 걸로 보아 본인이 흘린 피는 아닌 것 같았다.

그가 무사했던 이유는 땅 위의 존재가 그를 죽이려고 하지 않아서가 아니었다. 그냥 그들이 덤비기 전에 마르멜이 알아서 처리했기 때문이었다.

얌전히 숨어 계시라고 그렇게 단단히 일러두었건만 이미 한 탕 신나게 날뛰었는지 그의 모습은 상당이 흐트러져 있었다.

마르멜은 자신의 어깨 위에서 두 발로 버티고 서 있는 소니도르를 돌아보며 말했다.

"미어캣도 처음 봐. 역시 죽지 않길 잘한 것 같군."

그녀는 그런 그가 굉장히 낯설게 느껴졌다. 최근 어린 시절의 연약한 모습과 동물을 사랑하는 친화적인 모습만 봐 왔기 때문이었다.

하지만 기억을 조금만 되돌려 보아도 그는 분명 처음부터 이런 사람이었다. 아니 맨 처음 꿈에서는 오히려 지금보다 더 심한 광기에 절어 있었고, 그때에 비하면 지금은 많이 유해진 편이었다.

고작 며칠 전에 일어난 일이었는데 왜 이렇게 낯설게 느껴지는 걸까. 이게 다 치명적인 어린 시절과 동물 앞에만 서면 한없이 다정해지는 성격 때문이었다.

그녀가 답했다. 딱히 답변이라기보단 저도 모르게 뱉은 감탄사 비슷한 것이었다.

"꾸웨엑⋯⋯."

"왜 그러고 울지?"

아뇨. 그냥 제가 괜한 걱정을 한 것 같아서요. 소니도르는 속으로 중얼거리며 긴 팔로 마르멜의 목에 꼭 매달렸다.

그는 다시 느긋한 걸음으로 걸어가면서 주변을 건성으로 살폈다. 완전히 자취를 감춘 목 없는 시녀를 제외하고는 다행히 주변에서 어슬렁거리는 땅 위의 존재는 없었다.

마르멜은 실낱같은 긴장감조차 완전히 지워 버린 뒤에 치켜들었던 검을 내리며 바닥에 질질 끌고 가듯 걷기 시작했다.

끼긱, 끼기긱.

날카로운 검날이 바닥과 마찰하는 소리가 침묵으로 쌓인 복도를 가득 채웠다. 어두컴컴한 황궁 내부에서 번쩍번쩍하고 불꽃이 튀었다. 이러다가 곳곳에 숨어 있는 목 없는 것들이 하나도 빠짐없이 전부 다 튀어나오게 생겼다.

소니도르는 마르멜의 목에 둘렀던 손을 들어 그의 양 볼을 붙잡고 짤짤 흔들었다.

"지금 뭐 하시는 거예요?"

그는 볼이 꾹 눌린 채로 그녀를 돌아보며 답했다.

"도발."

"아니 대체 왜요?!"

"하나씩 튀어나오는 게 짜증 나서 한꺼번에 처리할까 하고."

"목숨 거는 내기는 제발 그쯤해 주세요. 제 심장이 남아나질 않겠어요."

"내기가 아니라 실력이다. 난 도박 같은 건 안 해."

아무리 실력이 뛰어나셔도 파도처럼 밀어닥치는 땅 위의 존재를 전부 한꺼번에 베어 내는 건 불가능했다. 설령 가능하다고 할지라도 애초에 그 광경을 눈에 담고 싶지도 않았다. 개미

떼처럼 달려드는 목 없는 인간을 멀쩡한 정신으로 보고 있을 수 있을 리가 없었다.

아, 상상해 버렸어! 이 복도에 가득 찰 정도로 한꺼번에 우르르 몰려와서 동시에 나에게 달려드는 걸 상상했다고!

소니도르는 몸을 부르르 떨면서 당장 마르멜을 저지했다.

그녀가 그의 한쪽 볼을 떡 주무르듯이 쥐어뜯으며 말했다.

"안 돼요! 그만둬요! 싫어요!"

"왜지? 네가 죽을 일은 없어."

"아…… 진짜 하지 마요. 울 것 같아요."

그 말은 진심이었다. 차라리 목 없는 시녀에게 수십 번을 쫓기더라도 그것만큼은 결코 겪고 싶지 않았다.

소니도르는 물기 어린 목소리로 웅얼거리더니 눈물을 글썽였다. 동시에 필사적으로 마르멜의 볼을 온몸으로 꾹꾹 눌렀다. 마치 그렇게 하면 그가 멈추기라도 하는 줄 아는 것처럼 말이다.

마르멜은 그대로 걸음을 뚝 멈췄다. 그리고 자신의 어깨 위에서 끙끙거리며 혼자서 뭔가를 열심히 하고 있는 듯한 미어캣을 떼어 냈다.

손바닥에 얹어 놓고 유심히 살펴보니 눈이 촉촉한 것이 금방이라도 눈물을 떨굴 것 같았다. 툭 건드리면 으앙 하고 울음을 터트릴 것 같은 작은 동물을 눈앞에 두니 왠지 그대로 울리고 싶은 충동을 느꼈다.

더 하면 울려나?

마르멜은 장난기 가득한 소년 같이 입꼬리를 끌어 올리며 손가락을 움찔 떨었다. 하지만 얼마 지나지 않아 다시 무표정으로 돌아왔다. 울면 신기하긴 하겠지만 별로 재밌을 것 같진 않았다.

"그럼 이제부터 뭘 해야 하는 거지?"

마르멜은 미어캣의 배와 가슴을 엄지손가락으로 간질이며 물었다. 앗, 간지러워! 소니도르가 울먹이던 것을 멈추고 몸을 동그랗게 말면서 꿱꿱 하고 울었다.

두 눈을 질끈 감으면서 팔다리를 버둥거리는 그녀를 보고서 그는 그제야 만족스럽게 웃었다. 아무래도 울리는 것보다는 이쪽이 더 재밌는 것 같았다.

한참 시간이 흐르고 나서야 마르멜이 그녀를 다시 어깨 위에 올려놓았다. 겨우 그의 손아귀에서 벗어난 소니도르가 솜방망이 같은 앞발로 그를 퍽퍽 때리면서 말했다.

"간지러워서 죽는 줄 알았잖아요! 제가 작으니까 만만해 보이시는 건가! 그야 만만하겠지만!"

그녀는 다시 그의 볼을 쭉쭉 늘리며 쥐어뜯다가 어느 정도 분이 풀리자 작게 헛기침을 하며 답했다. 그러니까 이제부터 …….

"일단 최대한 빠르게 움직여야죠."

"어떻게?"

"무작정 돌아다니면서 느낌으로 소스를 찾아야 해요. 이왕이면 개인적인 추억이 담긴 은밀한 장소일수록 더 좋죠. 본궁 처소는 이미 가 봤으니 이제 황태자 궁으로 가 볼까요?"

"대책 없다는 뜻이군."

……대책 없는 건 전하의 꿈속이거든요? 애초에 평범한 꿈이었다면 이렇게까지 두려움에 떨지도 않았을 테고, 색을 되찾느라 시간을 허비하지도 않았을 거다.

그나마 마르멜이 동물 마니아라서 빨리 내면으로 침투할 수 있었지만 말이다. 불행 중 다행이긴 했지만, 답 없는 꿈이라는 건 여전했다. 소니도르가 인상을 팍 구기면서 심통이 난 얼굴을 해 보이자 마르멜이 피식 웃었다.

그는 아래쪽으로 향하는 계단을 밟으면서 말했다.

"지하 통로로 가자."

마르멜은 척척 거침없이 걸음을 옮기더니 황제의 집무실에 멋대로 침입했다. 그곳에는 서류를 산처럼 쌓아 두고 열심히 펜을 굴리는 황제가 있었다.

기억의 잔재는 그곳에서 꼼짝도 하지 않고 시종일관 열심히 서류만 들여다보고 있었다. 가끔 보좌관으로 보이는 사람과 몇 마디 얘기를 나누는 것 외에는 전혀 움직임이 없었다.

소니도르는 그의 모습에서 자기 방 책상에서 내리 과제를 하고 있던 마르멜을 겹쳐 보았다.

그런데 왜 황제가 집무실에서 일하는 모습이 기억의 잔재로 남아 있는 걸까. 황태자가 옆에서 계속 지켜보지 않는 한 저런 잔재가 남을 리가 없는데 말이다.

그녀가 의문을 품기가 무섭게 황제가 일하는 책상 앞에 초조한 기색으로 서 있는 어린 마르멜을 볼 수 있었다.

아이는 등 뒤로 손끝을 맞잡은 채 연신 꼼지락거리고 있었다. 뭔가를 말하고 싶은 듯했지만 채 소리가 되어 입 밖으로 나오지 못하고 계속 입술만 달싹여 댔다.

황제는 아이 쪽으로는 눈길조차 주지 않은 채 서류를 팔락이며 물었다.

"용건이 없으면 찾지 말라 일렀거늘. 꽤 한가한 모양이로군."

"어, 어제부터 호른가 영애와 영식이 보이지 않습니다."

"지금 네 시녀와 시종의 행방을 짐에게서 찾는 건가."

"저는 어디서 그 아이들을 찾을 수 있는지 몰라서……."

아이는 점점 말끝을 흐리다가 입술을 꾹 물며 고개를 숙였다. 그러자 앞머리가 사르르 흘러내려 그의 눈가를 가렸다.

호른가의 영애와 영식이라면 정황상 저번에 봤던 그 캐러멜 색 머리카락을 가지고 있는 쌍둥이를 말하는 것 같았다. 놀이 상대이자 그의 시녀, 시종으로 보였기 때문이었다.

소니도르가 어린 마르멜의 흰 머리카락 사이에서 투명하게 반짝이는 것을 발견한 순간 큰 마르멜이 그대로 쓱 그들을 지나쳤다. 그리고 집무실 한쪽에 마련된 거대한 책꽂이를 별로 힘도 들이지 않고 옆으로 스윽 밀었다. 애초에 쉽게 밀리도록 설계된 듯했다.

그는 유난히 색이 다른 벽을 손바닥으로 짚으며 뭐라고 작게 웅얼거렸다. 그러자 그의 손에서 희미한 빛줄기가 퍼지더니 아까까지 없던 문 같은 것이 생겨났다. 저번에 크리스티안이 했던 마법과 똑같은 것처럼 보였다.

환영 마법이 걸려 있는 것을 무효화시키는 마법.

하지만 지금 마르멜에게는 특별히 차고 있는 펜던트 같은 것이 없었다. 설마 마나를 운용하실 수 있으신 건가?

'요즘 황태자의 기본 소양에는 마법도 포함되어 있나?'

소니도르가 의아하게 여길 즈음 다시 기억의 잔재의 목소리가 들렸다.

"정말 배워야 할 게 산더미로군."

황제는 코끝으로 길게 한숨을 뱉어 내며 말했다.

"이 아비가 아무도 믿지 말라 한 말은 귓등으로도 듣지 않은 게냐."

"하지만 그 아이들은 아이일 뿐이지 않습니까! 그들이 무슨 죄가 있다고!"

"어린 건 죄가 아니다. 하지만 무지한 건 죄가 되지."

"아버지!"

그들의 대화는 점점 격해졌다. 하지만 소리는 점점 더 멀어져 이내 들을 수가 없게 되었다. 큰 마르멜이 소니도르를 어깨에 엎고 거침없이 지하 통로를 향해서 걸어 들어갔기 때문이었다.

그의 꿈속에서 펼쳐지는 광경 모두 그녀에게 낯설었지만, 지하 통로만큼은 굉장히 익숙한 장소였다. 그녀는 통로에 들어온 순간 실제 모습과 별반 다를 게 없다는 것에 안도할 뻔했다. 벽에 나란히 늘어선 발광석들이 음침하게 일렁이며 깜빡거리지만 않았어도 말이다.

마치 바람 앞의 등불처럼 한없이 위태롭게 빛나고 있었다.

마르멜은 한참을 말없이 그저 통로를 걸었다. 표정은 딱히 분노의 기색이 없이 강물처럼 잔잔하기만 해서 기분이 좋은 건지 나쁜 건지조차 구분하기가 힘들었다.

소니도르는 괜히 그의 눈치를 살피며 말을 꺼낼 타이밍을 재고 있었다.

"전하 방금 본 건⋯⋯."

"쉿."

마르멜이 검지를 입가에 가져다 대며 억지로 그녀가 입을 다물게 했다.

"개인적인 추억이 담긴 은밀한 장소라면 여기만 한 곳이 없지."

그가 목소리를 낮추며 말했다. 소니도르는 왜 그가 갑자기 저렇게 소곤거리는지 의아했으나 얼마 지나지 않아 알 수 있었다. 통로의 끝에서 라이젤 가드 기사단 정복을 입은 사내가 어렴풋이 보였기 때문이었다.

크리스티안이 입은 옷과 같은 옷이었기 때문에 멀리 떨어져 있어도 단박에 알아볼 수 있었다.

하필이면 저 사내는 목이 없었다. 불행히도 기억의 잔재가 아니라 땅 위의 존재인 듯했다. 그와 그녀가 발각되는 순간 앞 뒤 잴 것 없이 미친 듯이 뛰어야 하는 그들 말이다.

시녀와 추격전을 벌였던 순간과는 비교도 할 수 없는 위압감이 느껴졌다. 무려 기사 한 명이 군대 하나의 병력과 맞먹는다는 라이젤 가드였다.

맞서 싸운다는 선택지에는 애초부터 죽는다는 결말 하나밖에 주어지지 않았다. 그렇다면 남은 건 도망밖에 없었다.

소니도르는 저도 모르게 반사적으로 바닥에서 쥐구멍 같은 것을 찾고 있었다.

그러다가 핫, 하고 정신을 되찾았다.

명색이 꿈 장인인데, 죽을 땐 죽더라도 마르멜만 놔두고 도망을 갈 수는 없었다.

불안하던 발광석이 깜빡이기 시작했다. 완전한 암전이 찾아왔다가 다시 희미하게 붉은빛이 통로 내부를 밝혔다가 다시 암전이 찾아오기를 반복했다.

아무것도 보이지 않다가 빛이 밝아져 올 때마다 저 통로 끝에 있던 라이젤 가드가 점점 가까워지더니, 어느새 근처라고 말할 수 있을 수준까지 다가왔다.

허억! 수, 숨이 안 쉬어진다!

극한의 공포에 질린 소니도르가 어깨 위에서 발을 헛디뎌 떨어지는 것과 동시에 마르멜이 그녀를 확 낚아챘다. 그리고 등을 돌려 무서운 속도로 달려가기 시작했다.

꿈의 끝자락

순식간에 주위 풍경이 휙휙 하고 지나갔다. 동시에 그녀의 눈도 빙글빙글 돌아갔다. 그가 팔을 흔들며 달릴 때마다 소니도르는 그의 손에 쥐인 채로 열심히 앞뒤로 흔들렸다.

멀미 때문에 토기가 밀려오고 눈알이 튀어나올 것 같았다. 높은 곳까지 들어 올려졌다가 곧바로 휙 떨어져 온몸의 장기가 무중력 상태에 돌입한 듯한 기분이 들었다.

그녀는 자유낙하를 수십 번도 넘게 반복했다. 그러다 보니 뒤에서 라이젤 가드가 달려서 쫓아오는지 굴러서 쫓아오는지 신경 쓸 겨를이 전혀 없을 정도로 지옥을 맛보고 있었다.

꺄악! 까아아아악! ……우웨엑!

소니도르가 헛구역질하는 소리를 내자 마르멜은 열심히 달리면서 와이셔츠 단추 몇 개를 풀었다. 왜 갑자기 옷을 풀어 헤치는지 의아할 새도 없이 그녀는 그대로 그의 가슴팍에 넣어졌다.

"잠깐 지금 어디에 넣는 거……! 오, 오웩!"

"조금만 참아."

염통이 쫄깃했던 감각이 사라지긴 했지만 경악스러운 건 마찬가지였다. 미어캣은 그의 단단한 가슴팍과 그녀를 안전하게 지탱해 주는 옷감 사이에 껴서 얼굴과 앞발 두 개만 내놓고 있었다.

어안이 벙벙하여 한참 멍해진 채로 눈을 깜빡이자 그제야 시야도 제대로 돌아오고 토기도 좀 가셨다. 그녀는 앞발을 꼼지락거리며 자세를 잡다가 의외의 안정감을 느끼고 얌전해졌다.

정신을 되찾으니 다시 위기감이 몰려왔다. 그녀는 지금 상황이 어떻게 돌아가는지 확인하고 싶었으나 도저히 이 상태에서 고개를 돌려 확인할 수가 없었다.

마르멜은 지하 통로를 망설임 없이 능숙하게 내달리고 있다. 소니도르는 그의 날카롭고 단단한 턱선을 올려다보다가 조금 더 귀를 기울여 보았다.

그러자 가벼운 몸놀림으로 날쌔게 달려가는 그의 뒤로, 지축을 울릴 정도로 묵직한 걸음 소리가 뒤따랐다. 위협적인 걸음 소리는 멀어지기는커녕 어째 점점 더 가까워지는 것 같았다.

이러다가 붙잡히겠어!

조마조마했다. 그녀가 와이셔츠를 꾹 움켜쥐며 시선을 내리자 바로 코앞에 코너가 보였다.

마르멜은 코너를 도는 것과 동시에 그 반동으로 재빨리 몸을 빙글 돌렸다. 그리고 무서운 기세로 추격하는 라이젤 가드를 마주 본 채 검을 치켜들었다.

모든 것은 찰나라고 여겨질 만큼 순식간에 일어났다. 점멸하는 불빛 사이에서 검과 검이 서로 맞부딪치는 요란한 소리와 함께 새하얀 불꽃이 튀었다.

고막이 터질 것 같은 굉음이 통로 내부를 가득 울렸다. 마르멜은 최대한 라이젤 가드의 공격을 가볍게 흘렸으나 압도적인 힘 차이 때문에 밀려날 수밖에 없었다.

최정예 기사라는 말이 괜히 있는 게 아니었다. 마르멜이 몸을 잠시 뒤로 물리자 그는 재빠르게 급소만 노려 검을 놀렸다. 속도만큼은 절대 뒤처지지 않아 몰아치는 공격마다 어떻게든 막아서긴 했지만 얼마 지나지 않아 손목이 나가고 말았다.

마르멜은 오른손을 못 쓰게 됐다는 걸 알아차리고 망설임 없이 검을 왼손으로 바꿔 들었다. 동시에 쇄도하는 라이젤 가드의 참격을 피해 몸을 낮추면서 그의 품속에 파고들어 검을 휘둘렀다.

급소를 노린 게 아니고 오히려 팔 쪽을 노리고 한 공격이었다. 소니도르는 이리저리 흔들리는 와중에 마르멜이 기사의 손목에서 뭔가를 베어 내는 것을 보았다.

기사의 빈틈은 그것으로 끝이었다. 그가 검 손잡이를 양손으로 움켜쥐며 공격을 막아 냈고 금속은 다시 치열한 불꽃을 튀기며 서로 맞부딪쳤다. 동시에 마르멜의 검날이 그대로 반절로 뚝 부러져 허공을 갈랐다.

마르멜은 미련 없이 검을 버리고 아까 손목에서 베어 낸 무언가를 낚아채 지금껏 달려온 곳 맞은편으로 달려갔다. 도망가는 속도가 전에 비해 비교할 수 없을 정도로 빨라졌다.

소니도르는 얼굴을 때리는 맞바람에 눈이 시려 눈물을 질질 흘리면서 생각했다. 아까는 일부러 속도를 늦춘 게 틀림없다고.

대체 뭐 때문에 속도를 늦추면서까지 라이젤 가드와 맞서 싸운 걸까. 그녀는 마르멜이 왼손이 무언가를 꾹 쥐고 있는 것에 잠시 시선을 주었다.

의문을 풀 새도 없었다. 그는 왠지 어딘가 익숙한 통로를 달려 익숙한 벽 앞에 멈춰 서서 그곳을 손바닥으로 짚고 주문을 읊었다. 그러자 짧게 빛이 터지더니 굉장히 익숙한 돌문이 나타났다.

마르멜은 한쪽 손목이 나가고 다른 쪽 손으로는 뭐를 꾹 쥐고 있는 와중에도 돌문을 여닫고 다시 마법을 썼다. 그러자 유일한 출입구가 완전히 사라져 보이지 않게 되었다.

"끄, 끝난 건가요?"

소니도르가 숨을 헐떡이며 물었다. 긴박한 상황은 지나갔지만, 그녀는 여전히 마르멜의 와이셔츠를 놓칠세라 꾹 쥐고 있었다.

마르멜은 덜렁거리는 자신의 오른쪽 손목을 보고 잠시 혀를 차더니 왼손으로 쥐고 있던 것을 입술에 물었다. 그리고 가슴팍에 매달린 미어캣을 꺼내 바닥에 놓아주었다.

소니도르는 드디어 발이 땅에 닿았다는 안도감에 제자리를 빙글빙글 돌다가 바닥에 누웠다.

바닥 좋아. 바닥 사랑해. 중력 최고. 그녀는 애플이라는 학자가 발견한 만유인력의 법칙에 무한한 찬사를 보내며 잠시 바닥에 등을 댄 채로 이리 뒹굴 저리 뒹굴 했다.

마르멜은 벽에 기댄 채 덜렁이는 손목을 끼워 맞추고 있다가 그런 그녀를 보고 큭큭대며 웃었다.

그녀는 웃음소리를 듣고 고개를 들다가 그의 붉은 입술 사이에 물려 있는 은색으로 반짝이는 펜던트를 발견했다. 전에 크리스티안이 반장갑에 달랑이고 있던 거랑 비슷한 거였다.

'마법을 사용할 때마다 반짝 빛났었지 아마.'

마나를 운용할 수 있도록 도와주는 것인 게 틀림없었다.

우두둑하고 뼈와 뼈가 맞물리는 소리가 들리자 마르멜의 눈가가 살짝 고통으로 일그러졌다. 하지만 그것도 잠시 그는 오른쪽 손목을 빙빙 돌리며 상태를 확인하고는 다시 무표정으로 돌아왔다. 그의 행동이 '기능에는 이상이 없군' 하고 말하는 것 같았다.

소니도르는 걱정할 새도 없이 알아서 스스로 치료하고 멀쩡해지는 모습을 보고 잠시 눈동자를 굴렸다.

"괜찮으세요?"

그녀가 묻자 마르멜은 입술에 물었던 펜던트를 손가락 사이에 끼워 돌리며 답했다.

"걱정해 주는 건가?"

"당연하죠. 전 다쳐도 깨어나면 회복되지만, 전하께서는 아직 깨어날 수가 없으시니 다치면 안 된다고요."

"낙원에서는 다쳐도 금방 고쳐졌는데."

그가 일이 귀찮게 됐다는 듯 혀를 찼다.

고쳐지다니 무슨 물건도 아니고. 왜 저런 식으로 말하는지 그의 성장 배경을 조금만 엿봐도 원인을 알 수는 있었다.

하지만 그렇다 치더라도 마르멜이 본인의 몸에 너무 무관심한 건 사실이었다. 아끼던 물건에 금이 생겨도 저 정도로 태연하지는 않겠다. 소니도르는 고친다는 표현에 불만을 품는 사이에 그의 말이 이어졌다.

"게다가 내면 깊이 들어올수록 할 수 있는 게 없어져. 풍경을 통제하는 것도 이젠 잘 안 돼."

그가 손가락을 까딱이자 마른 덩굴이 벽돌 사이를 파고들어 자라났다. 하지만 얼마 자라지도 못해 이내 파스스 검은 가루가 되어 흩어졌다. 상황이 생각보다 심각해 보였다.

소니도르는 바닥을 굴러다니는 것을 관두고 자리에서 벌떡 일어났다. 그리고 주변을 돌아보았다.

통로 때부터 어딘가 익숙한 길이다 했더니 역시나 이곳은 현실에서도 마르멜과 소니도르가 함께 있는 곳이었다. 가구들은 전부 달랐으나 내부 구조가 분명 마르멜이 잠들어 있는 그 방이 맞았다.

몇 년 전 옛날이지? 그녀는 지금보다 디자인이 단순하고 낡은 가구들을 살피다가 황태자를 돌아보았다.

"전하께선 조만간 이곳에서 벗어날 수 있을 거예요!"

소니도르는 막연한 희망을 과장해서 떠벌리기 시작했다. 그러다가 콧방귀를 뀌는 마르멜에게 번쩍 들려 다시 간지럼에 몸부림을 쳐야 했다.

꺅! 능수능란한 손가락 놀림!

"그 펜던트는 뭐죠?"

그의 손바닥 위에서 동그랗게 몸을 말고 있던 소니도르가 물었다. 마르멜은 은색 동전 같은 것을 손가락으로 튕겼다가 받으며 말했다.

"이게 없으면 못 들어와. 라이젤 가드는 원래 마법을 못 쓰니까."

"목이 없어서 어차피 못 쓸 것 같은데요."

"그건 그렇지."

주문을 영창할 수 없으니까. 그가 피식 웃으면서 말을 이었다.

"사실 기사마다 가문의 문양이 새겨져 있거든."

마르멜이 손에 들린 펜던트를 가만히 내려다보다가 마치 어루만지듯 손가락으로 쓸었다. 아주 잠깐이었지만 그의 눈에 씁쓸한 감정이 스쳤다가 이내 사라졌다.

그는 입꼬리를 끌어 올리더니 아주 지척에 있는 소니도르도 거의 들릴 듯 말 듯한 작은 목소리로 중얼거렸다.

"……광폭한 검술은 여전하시군요, 숙부님."

황태자의 숙부라면 그녀도 자료에서 읽은 적이 있었다. 과거 마르멜의 호위 기사이자 그의 든든한 버팀목이 되어 주던 인물이었으나 황제에 의해서 황후와 함께 단두대형에 처해졌다고.

아까 그렇게 무시무시한 기세로 달려들던 라이젤 가드가 사실은 머리가 잘린, 황태자의 외숙부인 모양이었다.

전혀 예상치도 못했던 상황에 그녀는 할 말을 잃었다. 마르멜은 선홍색 눈동자를 깜빡이며 펜던트를 몇 번 더 만지작거리다가 말했다.

"별로 기분이 좋지 않군."

그러고는 그것을 저 멀리 던져 버렸다. 펜던트가 맞은 편 벽에 부딪혀 튕기더니 몇 번 팅팅 소리를 내곤 완전히 멈췄다. 그의 입가에 조소가 피어올랐다.

"……."

소니도르는 숙연했던 분위기를 한순간에 와장창 부숴 버리는 은발의 청년을 황당하다는 눈빛으로 올려다보았다. 어차피 꿈에서 깨면 사라지는 거니까 굳이 펜던트를 가지고 있어도 의미가 없기는 하지만…….

마르멜은 소니도르를 바닥에 내려놓은 뒤 미어캣의 앞발을 붙잡고 이리저리 흔들었다.

"뭐죠."

뒷다리로 선 채로 앞발이 오른쪽으로 흔들렸다가 왼쪽으로 흔들리길 반복했다. 때아닌 홀라춤을 추게 된 그녀가 이게 대체 뭐 하는 짓인가 아련한 눈빛을 할 때쯤 마르멜이 입을 열었다.

"여기에 얽힌 기억이 많아 머리가 터질 지경이다."

"괜찮으세요?"

"아니, 안 괜찮아. 걱정해 주는 건가?"

"네…… 걱정하는 거 맞으니까 그만 물어보세요."

표정에서는 고통스러운 흔적을 찾을 수 없었지만, 그의 새하얀 이마에는 저번처럼 땀방울이 송골송골 맺혀 있었다. 저번

황궁 복도에서처럼 기억이 물밀 듯이 쏟아지는 모양이었다.

지금 그의 모습을 보니, 마르멜은 마치 소니도르가 춤을 추는 모습을 보면 두통이 사라진다고 믿는 듯했다. 매우 진지한 얼굴을 하고 있어서 뭐라고 하기도 힘들었다.

미어캣은 결국 자신의 몸을 완전히 그에게 맡겼다. 홀라춤도 모자라 왈츠까지 한 곡 추고 난 다음에서야 마르멜의 손에서 벗어날 수 있었다.

그는 이마에 맺힌 땀을 닦아 내면서 어쩐지 완전히 치유된 편안한 얼굴을 했다.

'정말 영문을 모르겠군.'

소니도르는 생각했다.

마르멜은 춤을 추느라고 녹초가 된 그녀를 들고 낡은 침대 위에 털썩 걸터앉으며 물었다.

"이곳에는 왜 기억의 잔재가 없지?"

"글쎄요. 이곳에 얽힌 기억이 많다고 하셨으니 아마 조만간 전하께 가장 소중했던 기억부터 차례로 나타나지 않을까요."

꿈속에서는 말이 씨가 된다고 했다. 그녀의 말이 끝나기가 무섭게 아까 돌문이 있었던 곳에서 기억의 잔재가 보였다. 아주 아름답고 인형 같은 외모의 소녀였다.

그녀는 마치 유령처럼 벽을 스윽 통과해서 나타났다. 소니도르는 기겁을 했다.

아마 과거에 실존했을 그녀는, 분명 열려 있는 돌문을 그저 지나쳤을 뿐이었겠지만 무서운 건 무서운 거였다. 황태자의 외숙부와 죽음의 추격전을 벌인 뒤라 잔뜩 겁먹은 상태여서 더욱 그랬던 걸지도 몰랐다.

소녀는 금을 녹여 만든 듯 아주 농도가 짙은 머리카락을 한 쪽으로 땋아 늘어뜨리고 태양 같은 황금색 눈동자를 깜빡였다. 머리와 눈 색 때문인지 전체적으로 굉장히 화려하다는 인상이 강했는데, 그녀의 가녀린 외모가 그것을 상쇄시켜 주었다. 아름다운 것도 아름다웠지만 계속 눈길이 가는 묘한 분위기의 소녀였다.

그녀는 입을 열어 옥구슬 굴러가듯 아주 여리고 고운 목소리로 말했다.

"나의 멜. 역시 나를 만나러 와 줬구나."

"......"

마르멜은 소녀가 나타나자 떨리는 시선을 그녀에게 고정한 채 주먹을 꾹 쥐었다.

설마 우리를 볼 수 있나? 그럴 리가. 기억의 잔재는 과거의 행동을 그대로 반복할 뿐이었다. 다시 자세히 살펴보니 역시나 그녀의 시선은 마르멜에게서 묘하게 엇나가 있었다.

소니도르는 소녀가 응시하는 곳을 따라 고개를 돌렸다. 그러자 전에 보았던 기억의 잔재보다 확연하게 성장한 마르멜이 반대편 침대 너머에 서 있는 게 보였다.

남자인지 여자인지 헷갈릴 정도로 예뻤던 아이는 이제 제법 소년 태가 날 정도로 자라 있었다.

소년 마르멜은 소녀에게서 눈을 떼지 못했다. 저러다가 얼굴에 구멍이 뚫리겠다 싶을 정도로 강렬한 시선을 보내면서 입으로는 퉁명스럽게 말했다.

"널 만나러 온 건 아니다."

그러자 금발의 소녀가 입가를 가리며 후후 웃으면서 답했다.

"그럼?"

"그냥 지나가는 길에 생각나서 잠시 들렀을 뿐이야."

그의 창백한 볼은 어느새 붉게 달아올라 있었다.

"전하, 그게 바로 절 만나러 온 거랍니다."

"시끄러워……."

본인도 얼굴이 수습할 수 없을 정도로 붉어진 걸 느낀 건지 자신의 눈가를 손바닥으로 가리며 고개를 푹 숙였다. 마치 땅에 머리를 박으면 자신이 보이지 않는 줄 아는 타조처럼 말이다.

저번에 뱁새의 치명적인 애교를 보고 부정맥 운운할 때도 저러더니. 아무래도 마르멜이 부끄럽거나 가슴이 뛸 때 무의식중에 하는 버릇인 듯했다.

"왜 이렇게 늦었어?"

"외숙부께서 아무리 가브 널 만나는 일이라도 수련을 일찍 마칠 수는 없다고 하셔서."

"흐응."

소년이 변명하듯 재빨리 덧붙이자 그녀는 그에게 다 안다는 음성을 흘렸다. 어린 마르멜도 아차 싶었는지 입을 꾹 다물었다.

저래서야 지나가는 길에 우연히 들르기는커녕, 사실 그녀를 만나기 위해 수련도 일찍 마치려 했다는 것까지 전부 들통

난 꼴이었다.

좋아하는 사람 앞에서는 아무리 똑똑한 사람도 바보가 된다더니. 마르멜이 딱 그 짝이었다.

"그냥 네가 보고 싶었다 솔직하게 말해 주면 정말 기쁠 것같은데."

그 말을 듣고 나서야 소년이 솔직하게 답했다.

"……보고 싶었어."

가장 소중한 기억. 소년과 소녀의 풋풋한 대화. 소니도르는 소년 마르멜의 순진하기 짝이 없는 반응을 한참 신기하게 응시하고 있다가 깨달았다.

'아, 혹시 첫사랑? 남자는 죽어서도 잊지 못한다는 그건가.'

그녀는 전 의뢰인 레퐁스 씨를 떠올리며 호기심 가득한 눈을 깜빡였다.

"아아, 착하다. 우리 멜."

"어린애 대하듯 말하지 마."

소녀가 큰 마르멜과 소니도르를 지나쳐 소년 마르멜이 있는 곳까지 다가갔다. 그녀는 눈가를 덮고 있는 소년의 손을 떼어 낸 뒤에 그 위에 쪽 입을 맞추며 활짝 웃었다. 태양이 반짝이듯 꽃이 만개하듯, 시선을 휘어잡고 넋을 잃게 하는 아름다운 미소였다.

소년 마르멜뿐만 아니라 소니도르까지 정신을 놓은 채 하염없이 바라볼 정도였다. 천사가 천사를 보고 웃는다! 천사끼리 만났어. 눈이 멀어 버릴 것 같아.

그녀는 두 사람의 후광 때문에 너무 눈이 부신 나머지 실눈을 뜨며 두근거리는 심장을 짚었다.

소년의 얼굴은 이제 터질 지경이었다. 그가 붙들린 손을 확 빼내면서, 자신의 눈만큼이나 붉어진 얼굴로 더듬거렸다.

"너, 너 방금……."

"나도 날이 더할수록 네가 더 보고 싶어지는걸."

"아니 방금……."

"지금 이렇게 마주 보고 있는데도 나는 너와 헤어지고 난 다음을 생각해. 이번에는 또 어떻게 견뎌야 할까."

소녀는 살짝 씁쓸하게 웃으며 벽 쪽으로 시선을 돌렸다. 그 모습이 마치 사랑하는 연인에게 버림받은 듯 굉장히 처량해 보였다.

그녀가 애달픈 표정을 짓자 어린 마르멜이 굉장히 쩔쩔매는 기색을 보이다가 결국 입술을 일자로 꾹 다물었다. 지금 황자의 신분인 그로서는 해 줄 수 있는 게 아무것도 없었기 때문이었다.

고작 황제의 눈을 피해 이런 지하 통로에서 겨우 드문드문 만남을 가질 수 있는 정도였다. 그것도 그의 외숙부와 황후의 도움이 없었더라면 아예 만날 수조차 없었을 것이다.

"곧 황태자 즉위식이 있어."

"알아. 아르케 제국 백성 모두가 아는걸?"

"아버지께 가브 너와의 약혼을 허락해 달라 청할 거다. 아무리 아버지라도 사랑하는 여자까지 건드리시진 않겠지. 설령 그렇다 할지라도 넌 내가 지킬 테니까."

"사랑?"

"말이 그렇다는 거지. 그냥 적당히 걸러서 들어."

"얼굴 또 빨개졌다."

"시끄럽고 이거나 받아."

소년은 소녀에게 반짝이는 장식을 건넸다. 중앙에 커다란 샴페인 보석이 박혀 있는 아주 값비싸 보이는 브로치였다. 약혼 얘기를 꺼내면서 저걸 건네주는 걸로 보아 그 나름의 증표인 모양이었다.

그녀는 자신의 눈 색과 똑 닮은 보석을 내려다보면서 환하게 웃었다. 진심으로 행복해 보이는 소녀의 미소는 찬란하게 반짝였다. 소년도 마치 그녀의 웃음에 전염되기라도 한 듯 부드러운 미소를 입가에 머금었다.

이 상황에서 유일하게 심기 불편한 기색을 보이고 있는 건 큰 마르멜뿐이었다. 안쪽에서 이를 악물었는지 그의 턱이 바짝 긴장하고 있는 게 보였다.

그는 그대로 소니도르를 침대 위에 놓아 버리고 침대 헤드 쪽에 기댄 채로 자신의 머리카락을 헤집었다. 피가 번져 군데군데 붉게 보이는 결 좋은 머리카락이 그의 손길에 사르르 흩어졌다.

후. 깊게 한숨을 몰아쉰 마르멜이 고개를 젖혀 천장을 응시하며 물었다.

"저걸 없앨 수는 없나."

"……네. 저절로 사라질 때까지 기다리거나 여기를 나가는 수밖에 없어요."

"속이 메스꺼워."

기억을 그저 머릿속으로 떠오르는 것과 잔재를 두 눈으로 직접 보는 것과는 또 다르겠지. 많이 아픈 기억인가 보다. 진심으로 보기 싫어하는 모습을 보고 소니도르는 잠시 고민했다.

여기서 나가려면 아까처럼 라이젤 가드와 지옥의 추격전을 벌여야만 했다. 마르멜의 발이 빠르니 어찌어찌 도망은 칠 수 있겠지만, 그러면 여기까지 온 보람이 없지 않은가.

왔다 갔다 할 시간이 없었다. 게다가 이 지하 통로에 얽힌 이야기가 더 있을 거라고 그녀의 직감이 말하고 있었다. 소니도르는 시선을 천장에 고정한 채 꼼짝도 하지 않는 그에게 다가갔다.

침대 위에서 네 발로 걸어 다가간다니. 누가 말만 들으면 음흉한 웃음을 지으며 좋은 시간 보내라고 하겠지만, 유감스럽게도 한쪽은 인간이요, 한쪽은 동물이었다.

미어캣은 마르멜의 단단한 배 위로 올라가 앞발로 그의 옷자락을 꾹 쥐었다. 옷에 핏자국이 굳어 있어 섬뜩하긴 했지만, 그에게서 도움만 받아서 그런지 무섭다는 생각은 별로 들지 않았다.

이제 마르멜에 대한 두려움은 거의 사라진 모양이었다.

무엇보다 상대는 동물 마니아였으니 동물일 동안에는 무슨 짓을 해도 용서받을 거란 자신감이 있었다.

"기분이 좋지 않으시면 어쩔 수 없군요."

그녀는 후 한숨을 내쉬면서 비장한 표정을 지어 보였다.

"그동안 봉인해 두었던 제 춤 솜씨를 뽐낼 수밖에."

"춤을 출 줄 알아?"

"그럼요. 나무토막 댄스라고. 사람이 과연 어디까지 뻣뻣해질 수 있는지 그 한계를 시험하는 춤이지요. 특히 저는 전문가에게 '관절이 없는 줄 알았다.'라는 평가지 들은 적 있는 몸으로 이 분야에선 저만한 스페셜리스트가 없답니다."

"못 추는 모양이군."

아앗, 그렇게 정곡을 찌르시면 어떡합니까!

모든 연기에 자신이 있는 소니도르였으나, 늘 춤에 관련되어서는 몸이 따라 주지 않기 때문에 허술해질 수밖에 없었다. 특히 의뢰인이 귀족이라면 소중한 존재 또한 귀족일 수밖에 없었는데, 무도회장에서 그녀의 뻣뻣한 춤 솜씨를 보고 의심을 사다가 일이 틀어지는 경우가 종종 있었다.

그녀는 잘난 척 떠들던 것을 멈추고 마르멜의 옆구리를 푹하고 찔렀다. 그리고 다시 헛기침하며 덧붙였다.

그는 누구 하나 때려죽일 듯 살벌한 기운을 풍기던 것을 멈추고 흥미진진한 시선으로 그녀가 재롱떠는 것을 응시했다.

"뇌쇄적인 코브라 댄스도 있지요."

목과 몸이 마치 분리된 듯 현란하게 머리를 움직이는 춤이었다.

……잠깐만. '목과 몸이 마치 분리된 듯'이라니! 소니도르는 본인이 생각하고도 순간 소름이 돋아 앞발로 자신의 몸을 마구 쓸었다. 무슨 이런 잔인한 춤이.

마르멜은 제 위에서 부르르 떠는 미어캣을 멀뚱멀뚱 쳐다보다가 의아한 목소리를 했다.

"지금 위로하는 건가?"

"알면서 묻지 마시죠. 민망하니까."

"네 춤을 보면 당연히 기분이 풀리겠지. 어디 한번 춰 봐."

말은 그렇게 했지만, 그의 기분은 이미 풀린 듯 보였다. 마르멜은 소니도르의 나무토막 댄스를 보고 끅끅거리며 몸을 들썩이며 웃었다.

"아 진짜 귀여워."

웃음기 어린 목소리로 작게 중얼거린 그는 그녀의 앞발을 붙잡고 또 멋대로 왈츠를 추게 했다. 미어캣은 그의 배 위에서 몇 번이나 빙글빙글 제자리를 돌았다.

그러는 사이에 그의 심기를 불편하게 했던 금발의 소녀와 소년 시절 마르멜이 완전히 사라져 자취를 감췄다.

그곳에 기억의 잔재가 존재했다는 것을 유일하게 증명하는 건 바닥에 떨어진 브로치뿐이었다. 그는 그곳에 잠시 시선을 준 뒤에 다시 소니도르를 돌아보며 입꼬리를 올렸다. 그리고 그녀의 이마를 손가락으로 쓸면서 말했다.

"대체 뭘 믿고 이렇게 귀여운지 모르겠군."

"하하? 제가 한 귀여움 하죠."

"역시 가둬 놓고 키우고 싶어."

"아니 전 인간이라니까요……."

"현실에서도 동물로 변신할 수는 없나?"

"폴리모프 마법이라도 동물로 변할 수는 없습니다. 전하께서도 아실 것 아니에요."

동물 취급에 저도 모르게 거절의 말만 뱉던 소니도르는 순간 무언가 깨달음을 얻었다. 아니지, 이거 혹시 살 기회인 건가?

어쩌면 이 최악의 상황에서 황태자라는 든든한 지원군이 생길지도 몰랐다. 지원군이 생겨도 황제가 마음먹은 이상 자신을 죽이기야 하겠지만, 없는 것보다는 낫지 않은가.

그녀는 언제 매몰차게 말했느냐는 듯 재빨리 태도를 바꿨다.

"하지만 전하의 꿈속에서 저는 언제나 사랑스러운 동물 친구들이랍니다!"

"내 꿈……?"

"그럼요. 이곳에서 벗어나셔도 잠은 계속 주무실 테고 꿈은 계속 꾸실 거잖아요."

"그 생각을 못 했군."

마르멜은 동요하는 기색이 역력한 표정을 지었다. 그녀의 말에 크게 혹하며 동물 친구들을 아주 절실하게 원하는 눈빛이었다.

온갖 종류의 동물들을 굳이 먼 곳까지 갈 필요 없이 자면서 볼 수 있다는 건 그에게 있어서 천국이나 다름없었다. 게다가 그냥 동물도 아니고 내용물은 소니도르였기 때문에 슬슬 피하거나 하지 않고 자신에게 우호적이었다.

마음껏 만질 수도 있는 데다가 대화도 통하고, 말이 많아 시끄럽긴 하지만 애교도 많고, 겁도 많고, 위로할 줄도 알고, 귀엽고, 또 귀엽고, 귀엽고…….

'음. 귀엽지.'

그는 생각을 이어 나가다가 의아함을 느끼고 살포시 고개를 기울였다.

방금 뭔가 알 것도 같았는데 결론이 나기도 전에 머릿속이 뿌예졌다. 마치 잠에서 깨어난 뒤 꿈속 내용을 떠올리면 기억 중간중간이 흐리멍덩해지는 것처럼 말이다.

끝자락이 보일락 말락 했던 것 같았는데 이내 흔적도 없이 사라져 버리자 아주 찜찜하기 짝이 없다. 마르멜은 이게 대체 뭔가 한동안 고민해 보다가 결론이 나지 않자 초조한 듯 손가락을 툭툭 두들겼다.

아무튼, 동물은 좋았다. 그 안에 든 게 말이 통하는 인간이라 더욱 좋았다.

"네가 있었다면 견딜 만했을지도 몰라."

가만히 곁에 있는 것만으로도 치유되고 말이지. 그는 그대로 결론지어 버리고, 소니도르의 콧잔등을 괜히 톡톡 건드리며 말했다. 마르멜의 입가에는 어느새 기억의 잔재와 똑같은 소년 같은 미소가 피어 있었다.

그는 그녀를 어깨 위에 올린 뒤에 침대 밑으로 내려왔다. 마르멜은 기억의 잔재가 떨어트리고 간 샴페인 브로치를 주워 들었다. 자세히 보니 커다란 결정 옆으로 자잘한 다이아몬드가 마치 눈꽃처럼 박혀 있었다. 그는 그것을 내려다보며 물었다.

"소중한 추억이 담긴 물건. 이건 소스인가?"

"그럴 확률이 아주 높죠. 기억의 잔재가 떨어트려 놓고 갔으니."

소니도르는 고개를 끄덕이며 답했다. 그들은 그렇게 한참을 멀뚱멀뚱 서 있었다.

"······."

"······."

하지만 시간이 지나도 아무런 일도 일어나지 않았다. 내면 깊숙한 곳에 들어오면 아주 미세한 변화라도 있어야 하는데 말이다.

아니면 혹시 지하에 있기 때문에 그들이 변화에 눈치채지 못한 것뿐인 걸까? 그렇다 치더라도 너무 잠잠했다.

침묵에 견디다 못한 소니도르가 혼잣말하듯 중얼거렸다.

"왜 아무 일도 일어나지 않는 거지?"

그러자 하염없이 브로치를 내려다보던 마르멜이 답했다.

"그 이유 왠지 알 것 같군."

그는 보석을 순식간에 손가락으로 짓이겨 깨트렸다. 절대 깨지지 않을 것 같았던 단단한 보석이 그의 손안에서 다 타고 남은 연탄재처럼 바스러졌다.

가루가 되어 버린 브로치의 잔해는 손가락 사이사이로 흘러내려 바닥에 닿기도 전에 마치 증발하듯 사라졌다. 애초부터 존재하지 않았다는 듯이 말이다.

마르멜이 브로치를 깨트려 버리자 동시에 끝없는 어둠, 무저갱처럼 어두운 검은빛이 터져 나왔다. 그 어느 색보다 강렬한 존재감을 드러내는 검정은 땅을 타고 올라와 시야를 순식간에 암흑으로 물들였다.

소니도르는 설마 벌써 깨어날 시간인 건가, 혹시 이번에도 강제로 쫓겨난 건가 하는 불안감에 떨었으나 아무래도 그건 아닌 모양이었다. 오랜 시간이 흘러도 깨어나려는 기색은 보이지 않았다.

저번에 큰 지진이 일어났던 것처럼 이번 것은 내면 깊숙이 들어왔다는 징조인 듯했다. 그녀는 마르멜의 목에 바짝 붙어 매달린 채 주위를 살폈다.

사위가 온통 새까매서 어디가 앞이고 뒤인지 구분할 수가 없었다. 심지어 땅도 하늘도 암흑이라 어디가 위인지 아래인지도 파악하기 힘들었다. 지금 제대로 땅을 딛고 서 있는지 중력의 법칙을 무시하고 물구나무를 서 있는지조차 모르는 상황이었다.

"저, 전하. 옆에 계신 거 전하 맞죠?"

소니도르는 말을 더듬거리면서 물었다.

"별걱정을 다 하는군. 내가 아니면 누구겠어."

"주변에 아무것도 없어요. 깜깜해요. 무서워요. 설마 우리 둘 다 심연보다 깊은 곳에 떨어진 건 아니겠죠?"

마르멜은 미어캣을 흘낏 내려다보다가 안심하라는 듯 그녀의 등을 손바닥으로 감싸 쥐고 쓸어 주었다. 그리고 저 멀리 아른거리는 잔상을 손가락으로 가리키며 말했다.

"그게 뭔지는 모르겠지만 아마도 아닌 모양이군. 저기 뭔가 있어."

그의 말대로 뭔가 뿌연 것이 아른거리고 있었다. 소니도르는 단박에 화색을 띠며 얼른 저곳으로 가자면서 그를 재촉했다.

마르멜은 순순히 그녀의 말을 따라 잔상이 보이는 곳을 향해 걸어갔다. 잔상은 마치 신기루처럼 흐릿해졌다가, 다시 선명해지기를 반복하더니 어느새 완전히 형태를 갖추고 뚜렷해졌다.

기억의 잔재였다.

"아, 내면 가장 깊은 곳에 왔나 보네요."

흐아아, 살았다. 10년 감수했네. 혹시 지금까지 했던 모든 노력이 물거품이 되었을까 봐 무서워 죽는 줄 알았다. 다행히도 그게 아니라 고지가 멀지 않았다는 징조일 뿐이었다.

소니도르는 이곳이 심연보다 깊은 곳이 아니라는 안도감에 추욱 늘어졌다. 마르멜은 흐물흐물해진 미어캣이 혹시 어깨에서 떨어지기라도 할까 봐 들어서 손바닥 위에 올려놓았다.

그녀는 손바닥에 앉은 채로 두 눈을 깜빡였다.

기억의 잔재가 뚜렷해지긴 했는데 여전히 색만 뚜렷하고 전체적으로 뿌연 느낌이었다. 반투명한 유령같이 흐릿한 게 아니라 마치 안개에 둘러싸인 듯 흐릿했다. 틀린 글자 위에 흰 물감을 부어 버린 것처럼 말이다.

소니도르는 이런 형태를 한 기억의 잔재를 알고 있었다. 그것은 크게 두 가지 경우로 나뉘었다.

첫 번째는 기억이 마모되고 사라져 기억이라기보단 거의 자신이 느꼈던 감정 정도로만 남은 경우.

두 번째는 스스로 기억을 지운 것 중에서도 계속 그 기억이 틀린 거라고 꾸준히 자신을 세뇌하고, 세뇌하고, 속이고 또 속여서 결국 없던 기억으로 만들어 버린 경우였다. 어쩌다가 불현듯 떠올라도 결국 자신의 망상일 뿐이라고 넘겨 버리고 마는 그런 기억.

자신을 속이니 상처받을 일도 없었다. 그에게는 결국 일어나지 않은 일이었을 뿐이니까. 아무래도 저 기억의 잔재는 두 번째 경우에 속하는 것 같았다. 그 증거로 황태자는 뿌연 기억의 잔재를 응시하며 이렇게 말했다.

"이번에는 별로 두통이 일지 않는군."

소니도르는 말없이 그의 손가락을 위로하듯 토닥였다. 마르멜은 또 무슨 재롱을 부리는 거냐고 멀뚱히 내려다보기만 했지만 말이다.

마치 얼굴이 없는 것처럼 보이는 은발의 남자가 무언가를 탕 하고 내리치는 듯한 행동을 보였다. 아무래도 과거에는 저 자리에 테이블 따위가 있었던 모양이었다.

그는 라이젤 가드 기사단 정복을 입고 있었는데 황제의 개라고도 불리는 위치이거늘 하는 말은 충격 그 자체였다.

"폐하의 전횡은 아주 끝도 없군요. 영원히 우리에겐 기회 따윈 주어지지도 않을 겁니다."

"……."

"아니, 애초에 그럴 생각이 있기라도 하신가? 정말 개라도 된 기분이야. 제국을 위해 이 한 몸 바친 내게 라이젤 가드가 가당키나 하다고 생각해? 말해 봐, 아우디케."

정중하게 시작했던 말은 끝내 시정잡배처럼 난잡해지기 시작했다. 남자는 하! 하고 헛웃음을 터트리더니 말을 이었다.

"뱀 같은 황제가 날 한낱 짐승으로 전락시켰어. 애초에 아무것도 하지 못하도록 목줄을 채워 버렸다고. 한계야. 나는, 이제 더는 견딜 수가 없어."

"일단 진정 좀 해라. 넌 늘 그 조급함이 문제로구나. 또 섣불리 나서 일을 그르칠 셈이냐."

"누이, 들어 봐. 마르멜은 아주 똑똑해. 하나를 가르치면 열을 아는 게 총명하다는 말로도 모자랄 정도야. 이 불합리한 정세와 폭정으로 인한 행정 체계, 그리고 탄압받는 장인들에 대해서도 무척이나 회의적이지. 성품이 온화하고 군중을 휘어잡는 카리스마도 가지고 있어. 그는 아직 어리지만 분명 사랑받는 황제가 될 거야. 장담해."

여인은 남자가 말을 거침없이 쏟아 내자 깊은 한숨을 토해 냈다. 그녀는 가녀린 몸매와 허리까지 늘어진 화려한 은발을 가지고 있었는데, 그 색이 마르멜의 머리카락 색과 똑같았다. 분명 전에도 본 적이 있었다.

소니도르는 황궁 복도에서 스쳐 가듯 본 기억의 잔재와 똑같은 뒷모습이라는 걸 깨닫고 놀란 얼굴로 입을 다물지 못했다. 그녀는 마르멜의 어머니이자 이 제국의 국모인, 아니 국모였던 황후 아우디케였다.

그녀는 마치 의자에 걸터앉는 것 같은 행동을 보인 뒤에 잔잔한 목소리로 말했다.

"이미 폐하께선 네게 한 번의 기회를 주셨다. 이번에도 일이 잘못되면 너뿐만 아니라 우리 가문 전체가 위험에 처할 거다. 참고 인내하고 기다리라고 그리 이르지 않았느냐. 때를 기다려라. 때를."

"그 '때'가 대체 오기라도 한답니까? 마마."

"호른 가문이 어찌 됐는지 넌 보지 못한 게냐. 어쩜 이리도

참을성이 없어. 이러다가 볼론타 가문까지 멸문당하면 우리는 큰 지지 기반을 잃게 되는 거다. 볼론타 가문의 영애가 황자의 마음을 얻고 약혼을 약속받을 때까지 기다려야 해."

"황제가 눈치채면 어차피 그것도 끝이야. 뱀의 눈은 어디에도 달려 있어. 지금도 어디서 우리의 대화를 엿듣고 있을지도 모르지."

아무래도 과거 그들의 대화를 엿듣고 있는 건 황제가 아니라 마르멜인 듯했다. 그의 꿈속에서 기억의 잔재로 남아 있으니 말이다. 황후를 누이라고 부르는 라이젤 가드라면 분명 그의 외숙부 하나밖에 없겠지.

소니도르는 점점 더 돌이킬 수 없는 방향으로 치닫기만 하는 그들의 대화를 듣고만 있을 수밖에 없었다.

"그럼 적어도 즉위식을 마칠 때까지 기다려."

마치 반역을 저지르고 황제를 폐위시키기라도 할 것 같은 대화가 아닌가.

혹시 이것 자체가 조작된 기억 아닐까? 황제의 의심병이 사실은 병이 아니었다는 사실은 지금껏 봐 왔던 그 어떠한 기억의 잔재보다 더 충격적이었다.

소니도르도 순간 의심을 품을 정도였는데 당시 이 사실을 알게 된 마르멜은 어땠을까. 그가 정신적으로 입었을 타격은 그녀로서는 도저히 상상조차 할 수 없었다.

게다가 여러 가지를 유추해 볼 수 있는 황후의 말 또한 그랬다.

멸문당했다는 호른 가문은 얼마 전에 보았던 캐러멜색 머리카락을 지닌 쌍둥이들의 가문 아닌가. 마르멜의 어린 시절 놀이 상대이자 그의 시종, 시녀였던 밝고 명랑한 아이들.

소니도르는 황제의 집무실에서 어린 마르멜이 그들을 어떻게 한 것이냐 크게 따지고 들었을 때를 떠올렸다. 그때 분명 황제 모습을 한 기억의 잔재는 이렇게 말했다. 어린 건 죄가 아니나 무지한 건 죄가 된다고.

그들의 가문인 호른 가문도 사실은 반역 세력이었다는 거라면, 애초에 황후가 오로지 순수한 목적으로 그 아이들을 마르멜의 곁에 붙여 놨다고 생각하기 힘들었다.

설마 큰 지지 기반이라는 볼론타 가문의 영애라면 아까 보았던 천사 같은 미소를 가진 아름다운 소녀인 걸까. 마르멜이 가브라고 불렀던…….

"아!"

그 순간 갑자기 세상이 조각조각 부서져 내렸다. 너무 갑작스러웠다. 이곳은 소니도르의 영역인 하늘이 없었기 때문에 깨어나려는 징조를 확인하는 게 불가능했던 탓이었다.

그녀는 이번만큼은 자신이 왜 깨어나는지 아주 확실하게 알 수 있었다. 억지로 몸을 혹사해서 한계에 달한 것이다. 깨어나면 기절하듯 잠들어서 한동안 마르멜의 꿈속에 찾아오지 못할 게 분명했다.

황태자는 이곳에서 그녀가 찾아올 때까지 계속 홀로 있어야만 했다. 암흑 속에서, 유일하게 있는 거라곤 지우고 싶어 계속 자신을 세뇌해야만 했던 기억의 잔재 곁에서.

소니도르는 당황하는 기색을 숨기지도 못한 채 걱정이 역력한 표정으로 마르멜을 올려다보았다. 유리알 같은 눈동자를 허공에 고정하고 있던 그는 공허한 눈빛으로 그녀를 내려다보았다.

"나도 알아. 이건 내 환상일 뿐이지. 폐하의 광기에 당위성을 주기 위한 내 망상……."

"……."

잠시 입술을 달싹이던 그가 말했다.

"……가지 마."

낮고 덤덤했지만 동시에 금방이라도 끊어질 듯 위태롭게만 들리는 목소리였다.

"전하…… 꼭 다시 올게요. 네?"

소니도르는 그에게 앞발을 뻗었다. 마음 같아서는 곁에 남아 또 실없는 소리를 지껄이거나 춤을 추면서 위로하고 싶었다. 하지만 가지 않을 수가 없었다. 이건 그녀의 의지가 아니었다.

무너지는 하늘은 여전히 마르멜의 사정 따위는 신경도 쓰지 않는 듯 소나기처럼 쏟아져 내리기만 했다. 그때 미어캣이 앞으로 쭉 내민 앞발 위로 방울진 물방울이 뚝 하고 떨어져 내렸다.

순식간에 그녀의 손바닥이 축축하게 젖었다.

어?

그게 뭔지 알아차릴 틈도 없었다. 고개를 들어 확인하려는 것과 동시에 이번에는 완연한 어둠이 찾아왔다.

소니도르는 갑자기 폭풍처럼 몰아치는 수마에 정신을 차릴 수가 없었다. 늪의 파도가 마치 자신을 덮치는 것만 같았다.

눈을 뜰 새도 없이 의식이 그대로 기절하듯 뚝 끊겨 버리고 말았다. 그녀는 순식간에 수렁에 빨려 들어간 것처럼 새근거리는 숨소리를 내며 잠에 빠져들었다.

✥

몸이 천근만근 무거웠다.

소니도르는 코끼리가 자신을 짓누르는 꿈을 꾸면서 몸을 뒤척이며 끙끙 앓는 소리는 내고 있었다. 한참 코끼리 다리 밑에 깔렸는데 갑자기 마르멜이 나타나서 그녀를 빤히 내려다보는 것 아닌가.

구해 달라고 억눌린 목소리로 청하니 그가 고개를 기울이며 말했다.

'동물이 하는 일은 전부 옳은 거란다. 넌 인간이니 얌전히 깔리는 게 당연한 것 아닌가.'

'……'

'것보다 코끼리 등 위에 타 봐도 되나?'

소니도르도 어느 순간부터 이것이 꿈이라는 것을 어렴풋이 눈치채고 있었으나, 마르멜이라면 실제로도 저럴 것 같아서 눈물을 흘렸다. 인간이기 서러워지는 건 또 처음이다.

한참 뒹굴거리며 잠투정을 하던 그녀는 어느 순간 침대에서 벌떡 일어나며 외쳤다.

"망할 코끼리!"

그와 동시에 현기증이 일었다. 그녀는 이마를 짚으며 잠시 고개를 푹 숙이고 있다가 이내 정신을 차리고 조금씩 눈꺼풀을 들어 올렸다.

의식은 술잔에 녹아든 얼음처럼 서서히 되돌아왔다. 얼마나 내리 잤는지 허리가 이제 한계임을 주장하고 있었다. 지금 당장 움직이지 않으면 굳어 버리고 말 거라고.

그녀는 손가락으로 머리를 꾹꾹 지압하며 침대 위에서 몸을 일으켰다. 동시에 다리에 힘이 들어가지 않아 앞으로 철퍼덕 엎어지고 말았다.

"어이쿠."

소니도르는 바닥에 누운 채로 멍하니 눈을 깜빡였다. 몸을 일으키려 하는데 팔에도 힘이 들어가지 않아 몸을 반 바퀴 데굴 굴리는 수밖에 없었다.

그렇게 천장을 마주하게 되자 그녀는 자신을 내려다보는 크리스티안과 눈이 마주쳤다. 그는 지금 뭐 하느냐는 듯 눈썹을 까딱였다.

"테리랑 의원님은요?"

소니도르가 어색한 웃음을 지으며 묻자 기사는 한숨을 내쉬며 그녀를 번쩍 들어 올렸다. 마치 어린아이처럼 손쉽게 들어 올려지자 그녀는 괜히 민망해져서 눈동자를 굴렸다.

하긴 검으로 검을 단박에 끊어 버릴 정도의 괴력을 가진 기사들이니 여자 한 명쯤 가볍게 들어 올리고도 남을 것이다. 저번에는 마르멜까지 공주님 안기로 들어 올렸고 말이다. 하지만 역시 민망하니까 그만둬 줬으면 좋겠다.

그녀는 다시 침대 위로 얌전히 옮겨졌다.

"그 두 놈은 시끄러워서 자라고 옆방으로 보냈다. 곧 불러오지."

"자고 있으면 굳이 저 때문에 깨우실 필요는 없어요. 몸에 좀 힘이 안 들어가긴 하지만 푹 자서 개운한 것 같기도 하고 ……."

어……. 소니도르는 아무 생각 없이 말하다가 퍼뜩 정신을 찾았다. 태자 전하! 전하를 내면 가장 깊은 곳에 홀로 놔두고 와 버렸다! 그것도 모자라서 잠이나 퍼질러 자고 있었다니!

몸은 여전히 그만 좀 혹사하라고 비명을 질러 댔으나 피로만큼은 맑게 개었다. 그게 오히려 더 두려웠다. 세 번이나 연속으로 내리 꿈속에 들어갔을 때의 피로가 개운하게 풀릴 정도면 대체 얼마나 시간이 흐른 건지 모르겠다. 적어도 이틀은 지났다는 얘기인데.

그녀는 어린 풀잎 같은 녹색 눈동자를 덜덜 떨면서 바로 옆에 누워서 잠들은 마르멜을 돌아보았다. 당연히 그가 잠에서 깨어났다거나 하는 기적은 일어나지 않았다.

"저 푹 잤어요? 얼마나……?"

"네가 태자 전하의 꿈속에 들어간 지 닷새 지났다."

"으악!"

소니도르는 저도 모르게 꽥 비명을 질렀다. 다, 닷새. 나흘도 아니고? 그렇게 오랫동안 기절해 있었다니 믿을 수가 없었다.

아무리 피곤해도 그렇지 이런 시국에 잠을 그렇게 늘어지게 잔 자기 자신에게 놀라고 말았다.

그렇다면 황제가 준 기간에서 거의 일주일이 흘렀고 마르멜은 일주일의 반절을 넘는 시간 동안 홀로 갇혀 있었다는 뜻이었다. 그의 꿈속에서 같이 있었던 시간을 제외하고서도 말이다.

이건 말도 안 된다. 소니도르는 자신이 미쳤던 게 틀림없다고 머리를 쥐어뜯으려고 하다가 치렁치렁하게 잡히는 게 없자 자신의 뒷머리를 더듬었다.

이건 또 뭐야. 머리는 또 왜 이래. 누가 그녀의 머리를 곱게 땋아서 깔끔하게 올려 주기라도 한 것 같았다.

대체 칙칙한 남정네 셋과 잠든 황태자 하나밖에 없는 이런 지하 통로에서 누가 이렇게 뛰어난 손재주를 가지고 있단 말인가. 그녀가 혼란 가득한 얼굴로 머리를 더듬고 있기만 하자 크리스티안이 말했다.

"아까 의원이 열심히 네 머리를 만지작거리긴 하더군."

어. 그러고 보니 꿈속에 들어가기 전에 머리를 원래대로 돌려놓으라고 타박을 준 기억이 있었다. 소니도르는 마땅히 할 말을 찾지 못하고 입술을 달싹였다.

그런 변태 의원에게 이런 여성스럽고 세심한 면이 있을 줄이야. 아니 대체 여자 머리 땋아서 올리는 법은 어디서 배우셨담.

나중에 살아남으면 좀 배워 볼까. 그녀는 자신의 볼을 긁적이다가 다시 퍼뜩 정신을 차렸다.

"아무튼, 시간도 없고 엄청나게 급하니까 저는 다시 들어가 볼게요."

"시간이 없다는 건 충분히 인지하고 있다만 좀 먹고 씻어라."

"이 방 기본적으로 클린 마법 걸려 있지 않았어요?"

아무리 안 씻어도 계속 몸에서 향긋한 비누 향이 나던데. 그녀가 자신의 팔을 들어 킁킁거리자 역시 아무런 냄새도 나지 않았다. 오히려 향수를 뿌린 듯 시원 달콤한 향내가 코끝을 간질였다.

뭐, 아무리 마법이 걸려 있다 해도 안 씻으면 찝찝하긴 한지라 여유가 있으면 씻고 싶은 마음도 없잖아 있지만 지금 그럴 여유 따윈 전혀 없었다.

크리스티안은 입을 꾹 다물면서 대답하기를 주저하다가 결국 툭 던져 놓듯 말했다.

"좀 휴식도 취하라는 뜻이다. 네 구멍 난 위장이 지금 울부짖는 것 같은데."

"……울부짖기까진 안 했습니다."

구멍 난 위장이라니! 그렇게까지 먹지는 않았거든요! 소니도르는 꼬르륵거리며 요동치는 배를 붙잡으며 말했다. 물론 그녀의 말은 전혀 설득력이 없었다.

기사가 의심스럽게 그녀를 쳐다보며 말없이 손가락으로 테이블 위에 쌓여 있는 음식들을 가리켰다. 그녀는 배를 붙잡고 잠시 끙끙대는 신음을 흘리며 허리를 숙였다. 순간 허기에 위장이 쪼그라들어 뱃가죽이 등가죽에 들러붙는 줄 알았다.

먹을 게 세상에서 제일 중요하긴 하지만…….

"지금 전하께서 울고 계실지도 모른다고요!"

"울어……?"

"네."

크리스티안이 별 해괴한 소리를 다 듣는다는 표정을 지었다.

"성정이 온화하시긴 하지만 그렇게 여리신 분은 아니시다."

그 말을 듣고 소니도르가 콧방귀를 뀌며 누운 채로 팔짱을 꼈다. 애초에 마르멜을 두고 온화하다는 표현을 사용하는 것부터 크리스티안은 황태자에 대해 개뿔도 모르고 있음이 틀림없었다.

"나 참, 기사님이 뭘 아세요? 세상만사에 무심하신 분이…… 읍!"

그러자 기사는 들을 생각도 없다는 듯 테이블 위에 있는 카스텔라를 포크로 찍어 멋대로 그녀의 입에 쑤셔 넣었다. 하필이면 부드럽긴 하지만 한꺼번에 먹으면 묘한 퍽퍽함이 느껴지는 디저트를 고르다니.

혹시 일부러 그런 게 아닌지 그녀가 뱁새눈을 떴다. 그 와중에 어떻게 구웠는지 카스텔라에서 향긋한 나무 내음이 혀끝에 감겼다. 소니도르는 오만상을 쓰면서도 그것을 착실히 우물우물 씹어 삼키면서 말했다.

"누워서 먹으면 체해요!"

"네가 언제 그런 걸 신경 쓰긴 했나?"

"맞는 말이라 반박할 수가 없네!"

그녀는 기사가 건네주는 물을 사양하지 않고 꿀꺽꿀꺽 마시며 답했다. 닷새나 잠들었는데 음식이 부담 없이 들어가는 것 보니 하기스가 꾸준히 마법을 걸어 준 모양이었다. 덕분에 상태가 그렇게 나쁘지 않았다. 몸에 힘이 들어가지 않는 것만 빼면 말이다.

소니도르는 이제 정말 들어가 봐야 한다고 쐐기를 박은 뒤에 마르멜을 끌어안았다. 하지만 이내 세상이 무너진 듯 한숨을 내쉬었다.

"후우…… 역시 안 되나."

눈을 꾹 감은 채 그의 맨 등에 슬금슬금 손바닥을 밀어 넣어 봤지만 역시 소용이 없었던 탓이다. 당연히 내면 가장 깊은 곳에 갔으니 의식이 밑바닥에 있겠지.

그녀는 하는 수 없이 손을 슬금슬금 움직여서 마르멜의 가슴팍으로 옮겼다. 몸에 힘이 들어가지 않는 탓에 어째 자신이 그의 몸을 심각하게 더듬고 있는 것 같았다.

'성희롱 죄송합니다, 전하.'

하지만 일촉즉발의 상황이잖아요. 그녀는 눈물을 삼키며 속으로 중얼거렸다. 변태가 아닙니다. 치료의 일환이라고.

어느새 소니도르의 손바닥은 마르멜의 심장, 정확히 그 위에 닿아 있었다. 이곳이 신체 부위 중에서 가장 의식을 붙잡기 쉬운 곳이었다.

살갗 위에서 아주 확실히 뛰고 있는 일정한 심장 소리를 느끼며 그녀는 그의 의식을 어렵지 않게 잡아챘다.

시야가 순식간에 어둡게 물들었다. 그의 마지막 꿈에서 보았던 풍경처럼 사방이 암흑이었다.

이왕이면 아니길 바랐으나 역시 그녀의 예상대로 마르멜은 이곳에서 벗어나지 못한 모양이었다. 설마 진짜로 여기서 울고 계시는 건 아니겠지. 어서 엉망진창으로 뒤집힌 그의 내면을 치유해 줘야 할 텐데 말이다.

어느새 그녀는 황태자를 왠지 지켜 줘야 할 것 같은 상대라고 멋대로 결론지어 버린 뒤였다. 누구라도 그의 성장 배경을 보면 그렇게 말할 것이다.

미어캣이었을 때 느꼈던 두려움은 거의 사라지고 없었다. 오히려 두려움보다는 어떻게든 전하를 지켜 주고야 말겠다는 용맹함이 그녀의 내면에서 피어났다.

그녀는 몸을 낮추며 주변을 휙휙 돌아보다가 한 치 앞도 보이지 않는 내면을 걷고 또 걸었다. 어째 걸음걸이가 어슬렁어슬렁하는 것 같기도 하고, 네 발로 걷는 데다가 몸놀림이 유연한 게 고양이인가 싶었다.

고양이치고는 묵직한 느낌인데.

'사바나 캣?'

그녀는 자신의 발바닥을 내려다보았다. 역시나 젤리가 있었다. 그런데 좀 심각하게 컸다.

대체 어떻게 하면 이런 무지막지한 발바닥 크기가 나오는 건지 유심히 살펴보니 갑자기 발톱 집에서 날카롭고 단단한 발톱이 슉 하고 튀어나왔다.

설마.

황갈색 털과 검은 줄무늬를 보고 긴가민가하고 있을 때 갑자기 어디선가 인기척이 느껴졌다. 그녀는 저도 모르게 몸을 바짝 긴장하며 낮게 으르렁하고 울었다.

듣는 순간 몸을 바짝 긴장하게 하는 이 맹수의 울음소리는 누가 들어도 호랑이였다. 그것도 이렇게 깊은 울음소리라면 호랑이 중에서도 체급이 상당할 것 같은 아주 큰 호랑이.

소니도르는 저도 모르게 도망칠 뻔하다가 제 입에서 나온 소리라는 걸 깨닫고 제자리에서 움찔 떨었다.

내가 호랑이라니!

"……시베리안 호랑이."

그리고 어디선가 작게 중얼거리는 목소리를 듣고 고개를 획돌렸다.

바닥에 나른하게 기대서 누워 있던 마르멜이 동그랗게 뜨인 눈으로 그녀를 응시하고 있었다. 울고 있기는커녕 지루해 죽겠다는 듯 바닥에 늘어져 있는 모습을 보니 허탈함과 동시에 안심이 들었다.

하긴 누구라도 이런 암흑밖에 없는 곳에 닷새나 갇혀 있으면 슬슬 지루해서 미쳐 가기 직전이었겠지.

소니도르가 안도의 한숨을 내쉬며 마르멜에게 다가가려고 했다. 그런데 그가 처음으로 동물로 변한 그녀의 모습을 보고 몸을 뻣뻣하게 굳혔다.

아무리 동물을 좋아해도 본능적인 위협을 느낀 듯 털을 세우듯 온몸을 긴장시키고 있었다. 설마 호랑이는 좋아하지 않는 건가? 그녀가 변하는 동물들은 기본적으로 다 그가 호감을 품고 있는 종류뿐일 텐데 말이다.

그는 천천히 몸을 일으켜 세우며 물었다.

"꿈 장인?"

그 말에 소니도르가 고개를 끄덕이며 답했다.

"저 맞아요."

어째 사람 말을 하는데도 으르렁대는 소리가 섞여 들리는 것 같은데 착각이겠지. 그러자 그가 다가오지도 못하고 그렇다고 물러서지도 못한 채 팍 인상을 쓰며 물었다.

어째 닷새간 아무것도 하지 못한 채 멀뚱멀뚱 보내야만 했던 짜증까지 함께 섞인 듯한 어투였다.

"기다리다 지쳐 죽을 뻔했는데 날 진정 죽일 셈이냐?"

전에 그가 종종 말하곤 했던 '그렇게 귀여워서 날 죽일 셈이냐?' 와 같은 말이었건만 뜻 자체는 전혀 다른 것 같았다. 진심으로 자신을 죽일 거냐고 묻고 있었다.

"아무리 호랑이 모습이라도 사람을 막 잡아먹는다거나 하지는 않는다고요."

소니도르는 왠지 억울해졌다. 본인도 호랑이로 변하고 싶어서 변한 게 아닌데 말이다.

한참 망설이던 마르멜은 결국 결단을 내린 것인지 빠른 걸음으로 성큼성큼 다가와 그녀의 앞에 섰다. 그러자 황갈색 털과 검은 줄무늬가 새겨진 호랑이가 바로 코앞에 있었다.

미어캣에서 호랑이라니. 너무 격변한 것 아닌가. 당연히 귀여운 모습으로 찾아올 거라고 기대했기 때문에 이 지루한 곳에서도 기다린 건데 말이다.

왜 이리 늦게 왔느냐고 따지고 싶었지만 소니도르가 변한 건 호랑이 중에서도 풍채가 좋은 데다가 멋있고 잘생긴 시베리안 호랑이였다.

마르멜은 호랑이의 머리를 끌어안으며 말했다.

"너무 커서 품 안에 안기지도 않잖아."

그는 투덜거리며 그녀의 털을 조심스럽게 쓰다듬었다.

"부드럽나요?"

"영 못 쓸 정도로 거칠어."

말은 그렇게 해도 그의 손길은 멈출 생각을 하지 않았다. 그는 계속 호랑이의 털을 쓱쓱 쓸어 주었다. 귀엽진 않아도 마음에는 든 모양이었다.

소니도르가 안심하며 쭈그려 앉자, 마르멜이 여기 오라고 바닥을 탁탁 쳤다. 바닥이랄 것도 없는 깜깜한 어둠뿐이었지만 말이다. 그녀는 그가 시키는 대로 다가가 바닥에 엎드려 누웠다. 그러자 그 또한 깍지를 껴서 뒤통수에 댄 뒤에 그녀를 베고 편하게 누웠다.

"다음에는 귀여운 걸로 찾아와."

얼굴에 만족스러운 미소나 지우고 그런 말을 했으면 좋겠다.

'누가 봐도 완전히 마음에 들어 하고 있잖아.'

소니도르는 어이가 없었으나 이내 고개를 절레절레 흔들며 어련하시겠냐고 답했다. 혹시나 울고 계시지 않을까 했는데 다행히도 그런 건 아닌 모양이었다.

인정하긴 싫지만 그렇게 여리신 분은 아니라고 한 크리스티안의 말이 맞는 듯했다.

"호랑아. 여기서 벗어날 수 있겠어?"

"소스를 찾으면요."

"소스고 나발이고 저걸 지금 수백 번도 넘게 본 것 같아."

마르멜은 허공에서 또다시 나타난 기억의 잔재를 턱짓으로 가리키며 눈을 감으며 말했다. 이젠 대화 행동 하나도 빠짐없이 전부 외웠다고.

그는 기억의 잔재가 말을 꺼내기도 전에 그들이 할 말을 토씨 하나도 틀림없이 전부 줄줄 읊었다. 마치 노래 흥얼거리는 듯 말이다.

처음 대화부터 중반까지는 소니도르가 미어캣이었을 때 같이 들었던 내용이었다. 하지만 그 이후부터는 도중에 깨어났기 때문에 그녀로서는 처음 듣는 대화였다.

황후가 말했다.

"즉위식 이후라도 너무 일러. 황자는 고작 열셋이 아니냐. 아무리 총명해도 그 어느 백성이 어린아이에게 어진 통치를 기대하겠어. 나는 그게 걱정이다. 대외적으로 세워 놓기에도 아직 여물지 못했어. 황실의 위신을 떨어뜨리기밖에 더하겠느냐."

"그런 사사로운 것에 얽매여 있다가 누이 말처럼 호른가 꼴이라도 날 작정이오? 나는 더는 미룰 수 없다고 확신해. 지금이 바로 그 '때'야. 하지만 걱정하는 누이의 마음도 이해가 가지 않는 건 아니니 마마의 말대로 즉위식까지는 기다려 보도록 하지."

흐릿했던 사내의 입가에 잠시 비릿한 웃음이 번졌다가 사라졌다.

"하지만 괜한 걱정이라 하고 싶군. 내가 분명 말하지 않았어. 마르멜은 사랑받는 황제가 될 거라고……."

그는 말끝을 길게 늘이며 천천히 의자에 앉아 있는 황후에게 다가가 그녀의 어깨를 단단하게 짚으며 말했다.

"어리다는 건 전혀 문제가 되지 않아. 어리기 때문에 우리의 도움이 필요한 것이지."

"그렇다 해도 대외적인 이미지가……."

"그놈의 위신. 체면, 권위 따지다가 언제 한몫 잡으려고 그래? 오히려 지금보다 더 자라면 위험할 수가 있어. 제 손으로 우릴 쳐 내려고 할지도 모른다고. 지금처럼 불안정할 때 확실히 몸도 마음도 송두리째 휘어잡아 둬야 해."

마르멜의 몸도 마음도 이용하겠다는 소리로밖에 들리지 않았다. 들으면 들을수록 아주 가관이었다. 대체 인간이 어디까지 잔인해질 수 있는 것인지 그 한계의 끝을 보는 것만 같았다.

황제처럼 직접 목을 베어내진 않아도 사람의 마음을 철저하게 찢고 짓밟는 짓을 저들은 하고 있었다.

권력욕에 눈이 멀어 그 이외의 것들은 아무것도 보려고 하지 않는 것 같았다. 소니도르는 그들의 대화를 다시 들으며 의심을 점점 확신으로 굳혔다.

아무래도 마르멜을 꼭두각시처럼 세워 둘 생각을 하는 것 같았다. 그래서 백성들에게 환호와 지지를 받을 만한 어리고 사랑스럽고 또 총명한 황제가 필요한 것이고.

저들이 정말 이 나라의 정세와 비틀린 행정 체계, 장인들의 처우를 신경 쓰기나 하는지 의문이었다. 그냥 황제에게 배척받는 외척 가문은 아무 권력도 행사할 수 없다는 것에 불만을 품고 있는 것으로밖에 보이지 않았다.

사내는 황후의 어깨를 으스러지도록 꾹 쥐다가 이내 낮게 웃음을 터트리며 힘을 빼고 마치 격려하듯 툭툭 두들겼다. 그리고 그녀의 옆을 스쳐 지나가면서 마치 타박하듯 아주 큰 소리로 말했다.

"누이께선 언제까지 혼자 고결하실 생각이오?"

그 대화를 끝으로 다시 기억의 잔재가 수증기처럼 흩어져 사라졌다. 소니도르는 마지막 사내의 대사까지 똑같이 따라 한 마르멜을 내려다보다가 주저하는 목소리로 물었다.

"괜찮으세요?"

안부를 묻는 말이건만 여전히 으르렁대는 낮은 울음이 말소리에 섞여 살벌했다. 그러자 그가 피식 웃으면서 답했다.

"처음엔 듣기 괴로웠지만 수백 번 듣다 보니 해탈했다. 대체 소스는 어디 있고 내게 원하는 게 뭔지 짐작조차 못 하겠군."

정말 체념과 초탈의 경지에 이른 사람의 말투였다. 호랑이의 약간 연둣빛이 도는 날카로운 금안이 지진을 일으키듯 덜덜 흔들렸다.

대, 대체 내가 없던 닷새 동안 무슨 일이. 소니도르는 마르멜의 정신 상태가 안녕하신지 심각하게 걱정이 되기 시작했다. 설마 진짜로 모든 걸 다 놔 버리신 건 아니겠지. 망가져 버리신 건 아니겠지!

그녀는 마르멜의 어깨를 붙잡고 짤짤 흔들고 싶은 충동이 일었으나 그랬다간 그의 몸 어디 한군데 부러질 것 같다는 걸 깨닫고 얌전히 엎드려 있을 수밖에 없었다.

하지만 다시 똑같은 기억의 잔재가 허공에 나타나자 저도 모르게 포효하고 말았다. 저것이 실제 있었던 사실이든, 사실 마르멜의 망상이었든 이제 상관없는 문제였다. 대체 저들은 사람 마음을 어디까지 갈가리 찢을 생각이란 말인가. 제발 작작 좀 해 줬으면 좋겠다.

소니도르가 씩씩대자 그가 깜짝 놀란 토끼 같은 눈으로 그녀를 올려다보았다.

"왜 그래?"

"전하 지금부터 여기서 나갈 거예요. 제가 구해 드릴게요!"

"뭐?"

호기롭게 외친 그녀는 갑자기 자리에서 벌떡 일어났다. 그리고 호랑이의 등에 기대 누워 있다가 봉변을 당한 마르멜의 뒷덜미를 확 물어 자신의 등에 태웠다.

그는 자신의 몸이 붕 떴다가 호랑이의 등에 안착하자 어안이 벙벙해서 아무런 말도 나오지 않았다. 대체 이게 뭔가 상황 파악을 하는 사이에 소니도르가 하늘을 올려다보며 크게 울었다.

"꽉 잡으세요. 무슨 일이 있어도 꼭 여기서 빼내 드릴 테니까."

그리고 무서운 속도로 달려 나가기 시작했다. 마르멜은 떨어지지 않기 위해 그녀의 목에 팔을 단단히 두를 수밖에 없었다.

소니도르는 끝없는 어둠을 달리고 또 달렸다. 어느새 호랑이의 등 위에서 균형을 잡은 마르멜이 그녀의 등에 얼굴을 묻으며 눈을 감았다. 몸이 들썩일 정도로 흔들렸지만, 왠지 모를 안정감이 느껴졌다.

사실 말을 하지 않아서 그렇지 그는 지금 상당히 지쳐 있었다. 계속 꿈속에서 잠들지도 깨어나지도 못한 채로 되새기고 싶지도 않았던 기억들을 반복해서 봐야만 했으니 말이다.

심지어 잊어버린 줄 알았던, 그러길 바랐던 기억들까지도 다시 기억나고 말았다.

호랑이가 바람을 가르고 휙휙 달리는데 바람 소리는 없었다. 그리고 깜깜한 풍경이 바뀔 일도 없었다. 다시 살포시 눈꺼풀을 들어 올린 마르멜이 지나가는 목소리로 중얼거렸다.

"호랑아. 지금 계속 같은 곳을 돌고 있는 거 알고 있지?"

"……."

그들의 왼편에는 대체 어디서 나타났는지 알 수 없는 기억의 잔재가 아른거렸다. 앞으로 열심히 달리고 있는데도 마치 그들을 쫓아오기라도 하는 듯 계속 옆에 있었다.

같은 곳을 돈다고 하기보다는 그냥 저 잔재가 계속 따라붙고 있다고 하는 편이 나을 것 같았다. 오른쪽으로 틀어도 따라오고, 왼쪽으로 틀어도 따라오고, 지그재그로 달려도 따라왔다.

소니도르는 결국 달리는 것을 멈출 수밖에 없었다. 이왕 호랑이가 된 것 멋있는 척 좀 해 보고 싶었는데 상황이 왜 이리 안 따라 주는지 모르겠다.

호기롭게 외치며 달려 나가면 좀 내면 밖으로 꺼내 주든가 하지 눈치라고는 눈곱만큼도 없는 꿈 같으니.

그녀는 괜히 투덜거리면서 다시 박력 넘치게 으르렁하고 낮게 울었다. 빛 좋은 개살구가 따로 없었다.

"저걸 해결하지 않는 한 벗어나지 못할 것 같네요."

아무리 겉모습이 호랑이라도 결국 소니도르는 소니도르였다. 그녀의 시무룩한 목소리에 마르멜이 미소를 지으며 팔을 앞으로 쭉 뻗어 그녀의 콧잔등을 마구 쓰다듬어 주었다.

그러자 호랑이가 그르렁거리는 소리를 내다가 이내 포효와 같은 재채기를 터트렸다. 마르멜은 자신의 몸이 날아가기라도 할 것처럼 아주 크게 들썩이자 침묵하며 얌전히 손을 거둬들였다.

귀엽긴 한데 감당할 자신이 없다. 역시 자신보다는 좀 작았으면 좋겠다고 그는 생각했다.

"어떻게 해결하는데?"

"일단 제게 모든 것을 허심탄회하게 털어놓으신다거나."

"기각."

"왜죠!"

이쯤 되면 마르멜이 어느 정도 마음을 열었을 줄 알았다. 게다가 본의는 아니었지만 절대 알아서는 안 될 비밀까지 전부 알아 버린 마당에 말이다.

"어차피 죽을 목숨인데 새삼스러울 게 뭐가 있다고! 설마 예전에 믿지 않겠다고 한 말이 지금까지 유효한 겁니까!"

소니도르는 버럭 소리를 지르며 볼을 부풀렸다. 호랑이라 부풀어지지도 않고 바람이 이빨이나 주둥이 사이로 다 새어 나갔지만.

뿡뿡거리는 그녀를 보고 마르멜이 웃음을 터트렸다.

"그래, 인정할게. 호랑이도 귀여워."

아니, 그냥 네가 귀여운 건가?

그가 그렇게 말하며 호랑이의 머리 위에서 불쑥 고개를 내밀었다. 소니도르는 바로 지척에서 보이는 조각 같은 얼굴에 깜짝 놀라 움찔 떨었다가 치켜들었던 앞발을 서서히 내렸다.

너무 놀라서 순간 저도 모르게 황태자의 머리를 날릴 뻔했다. 그리고 자신이 그런 행동을 할 뻔했다는 것에 다시 한 번 놀라고 말았다.

십년감수했네. 전하를 내 손으로 심연보다 깊은 곳으로 보낼 뻔했어.

"두 번 귀여웠다가는 죽을지도."

마르멜도 그녀의 발이 재빠르게 제 머리가 있는 곳을 향해 다가왔었다는 것을 느꼈다. 그는 다시 얌전히 머리를 집어넣어 그녀의 이마에 턱을 기댔다. 그리고 허탈하게 질린 얼굴로 작게 웃음을 흘렸다.

후후후.

소니도르는 어딘지 살벌하고 광기가 가득 어린 웃음소리에 소름이 돋아 털을 바짝 세우고 말았다. 뒷덜미를 꽉 움켜잡은 손길에서 숨겨지지 않은 지배욕이 드러난 것 같은데, 부디 착각이었으면 좋겠다고 생각했다.

"그, 그러니까 깜짝 놀라게 하지 마세요."

"네가 조심해. 난 연약하니까."

"……."

……연약? 소니도르는 등 위에서 여전히 피 냄새를 풀풀 풍기는 마르멜을 돌아보았다.

어디 연약한 사람 다 죽었나.

지금 당장 검만 들려 줘도 지난번에 드래곤을 도륙했을 때처럼 호랑이도 두 개로 댕강하고 썰 수 있을 것 같은데. 물론 동물 마니아인 그의 성정에 그럴 리가 없었지만 말이다.

할 말이 많았으나 지금처럼 맨몸이라면 호랑이와 비교했을 때 연약한 건 사실이었으니 그냥 넘어가기로 했다.

하긴 마르멜이라면 코끼리가 발로 자신을 짓밟으려 해도 허허롭게 웃기나 할 것이다. 꿈에서처럼 동물이 하는 짓은 전부 옳고, 인간은 얌전히 깔리는 게 당연하다고 양팔이나 벌리고 있겠지.

소니도르가 속으로 툴툴거리는 사이 그는 또 같은 말을 반복하는 기억의 잔재를 보며 물었다.

"물리적인 공격은 통하지 않나?"

"저번에 우리 몸을 막 통과하는 거 보셨잖아요. 머릿속에 남아 있는 기억의 찌꺼기, 잔재일 뿐이에요. 언제 녹화했는지도 기억 안 나는 영상구를 창고에서 우연히 찾은 개념이랄까."

"그렇다면 영상구의 기록을 없애면 어떨까."

"헉. 전하의 머리를 깨트리면 안 돼요!"

"……그렇게까진 말 안 했어. 맹수가 되더니 생각하는 것도 그런 쪽으로 치우치는 건가."

마르멜이 의심스럽게 눈가를 가늘게 좁히며 물었다.

"설마 지금 내 머리를 호시탐탐 노리고 있는 건 아니겠지."

소니도르가 그럴 리가 있겠냐고 휙휙 소리가 나게 고개를 저었다. 그녀의 얼굴은 저절로 떫은 감을 씹은 듯 떨떠름해질 수밖에 없었다. 불과 얼마 전까지 자신의 목 위의 안부를 걱정했던 건 그녀 쪽이었는데 말이다.

이것도 전세 역전이라고 할 수 있는 걸까.

"여기에서 소스를 찾는 건 포기했어. 그냥 지워."

"어떻게요? 내면의 기억을 완전히 지우는 건 불가능해요."

그녀가 앞발을 휙휙 흔들며 말하자 마르멜이 얌전히 좀 있으라고 그녀의 목을 끌어안아 단단하게 죄었다. 켁.

"이미 사용한 영상구에 다른 걸 녹화하고 싶을 땐 어떻게 하나."

"새로운 걸 녹화해서 덧씌우죠? 아……."

소니도르는 그가 한 말의 의미를 깨닫고 눈을 동그랗게 뜨며 크게 입을 벌렸다. 오, 그러고 보니 그런 방법이 있었다. 내면 가장 깊이 있는 기억을 지워 낼 수 있을 정도의 강렬한 다른 기억으로 바꾸면 되는 것이다.

하지만 해결 방법을 찾았다고 기뻐하는 동시에 무언가 깨닫고 주저하는 목소리로 물었다. 그건 당연히 제안한 마르멜도 알고 있을 만한 이야기였다.

"그럼 여기 있던 기억은 사라지는데 괜찮으시겠어요?"

"사는 데 지장 없어."

"그냥 소스를 찾는 게 낫지 않을까요? 기억을 지운다는 건 역시 좀……."

"그럼 나랑 여기서 저걸 수천 번도 넘게 더 볼 생각인가?"

마르멜이 화를 꾹 눌러 참는 목소리로 빈정거리듯 물었다. 정말 소스를 찾을 마음이 없는 모양이었다. 꿈 장인으로서 내면 가장 깊숙한 곳의 기억을 바꾼다는 건 내키지 않는 일이었으나 본인의 의지가 저렇게 확고하다면 어쩔 수가 없었다.

소니도르는 푹 한숨을 내쉬며 일단 마르멜을 자신의 등 위에서 내려오게 했다. 아무리 앞으로 달려도 벗어날 수 없다는 걸 깨달은 이상 그를 태워 봤자 의미가 없었다.

"좋아요. 그럼 아주 강렬한 기억을 만들죠."

"흐음, 예를 들면?"

아니 여기는 아무것도 없는 암흑 속인데 갑자기 그렇게 물어봐도 생각이 날 리가. 기억의 잔재를 제외하고 있는 거라곤 마르멜 본인과 호랑이인 소니도르 자신밖에 없는데 말이다.

그녀는 끙 소리를 내며 머리를 굴리다가 이내 선생님에게 발표하듯 앞발을 들어 올리며 말했다.

"호랑이의 입에 머리를 들이밀어 보면 아주 강렬하게 기억나지 않을까요."

"나 갑자기 너한테 아주 강렬한 기억을 심어 주고 싶어지는데……."

"실언이었습니다."

대체 무슨 짓을 하려고. 소니도르는 입꼬리를 싸악 쪼개며 다가오는 마르멜을 피해 뒷걸음질 치며 답했다. 그는 소니도르가 자신이 한 말을 재빨리 수습하자 아쉬운지 쳇 하고 혀를 찼다.

그러니까 대체 무슨 짓을 할 생각이었던 건데. 그녀는 마르멜에게서 멀찍이 떨어지면서 생각했다. 분명 앞발 펀치 한 방에 나가떨어질 인간인데 왜 이렇게 겁먹게 되는 건지 도저히 알 수가 없다고 말이다.

맹수도 두렵게 하는 패기!

패기의 마르멜은 턱을 손가락으로 쓸며 고민에 빠졌다. 본인도 딱히 생각나는 게 없는 모양이었다. 애초에 호랑이를 눈앞에서 지켜보고 이리저리 쓰다듬고 등에 탄 것만 해도 꽤 강렬한 기억이 될 것 같은데 말이다. 하지만 여전히 기억의 잔재는 사라지지 않았다.

그는 오랜 시간 고민한 끝에 입술을 달싹였다.

"너 말이야."

"네, 말씀하세요."

"늘 네가 나타날 즈음이나 사라지기 직전에 날씨나 시간이 순식간에 뒤바뀌었어."

"그건 하늘이 제 영역이라서 그래요."

"네 영역? 네가 조절할 수 있다는 뜻이야?"

"꿈에 들어오기 직전에는요. 하지만 들어오고 나서는 제가 어떻게 마음대로 할 수 없어요. 그냥 제가 꿈속에서 벗어나게 될 때를 알려 주는 지표일 뿐이죠."

그녀가 열심히 대답하며 방심하는 틈을 타서 마르멜이 그녀 옆에 성큼 다가와 멋대로 등판에 기댔다. 마치 빨랫줄 위에 널린 빨래 같은 자세였다. 가만 보면 그는 벽이든 바닥이든 기둥이든 어디든 나른하게 기대 있는 것을 정말 좋아하는 듯했다.

그가 흥미 가득한 목소리로 그녀의 털을 쓸면서 물었다.

"그럼 반대로 땅은 나의 영역이겠군."

"그렇죠."

"너 목 없는 것들을 땅 위의 존재라고 불렀잖아. 그렇지?"

땅 위의 존재는 마르멜의 영역인 땅에서, 그의 무의식이 불러낸 생명체의 형태였다. 그리고 이곳은 그의 무의식이 목 없는 사람의 형태를 만들어 낸 것이고 말이다. 그녀가 고개를 끄덕이자 그가 기다렸다는 듯이 재빨리 덧붙이며 물었다.

"그럼 하늘 아래의 존재는 어디 있지?"

"아, 수호령요? 수호령이라면 공간의 제약 없이 불러낼 수 있긴 하지만."

소니도르가 발톱으로 자신의 머리를 긁적이며 답하다가 비명을 질렀다. 아 따가워! 그녀는 따끔따끔한 정수리를 젤리로 박박 문대면서 눈물을 찔끔거렸다. 그리고 마르멜에게 굉장히 건성으로 질문을 던졌다. 마치 그녀의 질문에 그가 할 대답을 이미 알고 있는 것처럼 성의 없는 태도였다.

"전하 영적인 존재를 믿으세요?"

"아니."

"그 전에 절 믿으세요?"

"글쎄."

그래도 단박에 아니라고 답하지는 않았다. 그동안의 노력이 완전히 헛된 건 아닌 모양이었다. 하지만 '글쎄'라는 답으로는 수호령을 불러내기에 믿음이 모자라도 한참을 모자랐다.

"믿음이 없기에 소용이 없는 거랍니다."

"하."

믿음? 믿음 때문이라고? 마르멜이 되물으며 코웃음을 쳤다. 그것도 모자라 그녀의 몸에 더욱 깊숙이 기대 배를 붙잡으며 웃음을 터트렸다. 생각하면 생각할수록 그녀의 말이 웃겼던 모양이었다.

그는 '믿음'이라는 단어를 중얼거린 뒤 다시 한참 큭큭대며 웃다가 겨우 웃음을 멈추고 붉어진 눈가를 손가락으로 훔쳤다. 너무 웃어서 눈에 물기까지 어려 있었다.

소니도르는 영문을 모르겠다는 표정을 짓다가 이내 황궁 계단 근처에서 보았던 기억의 잔재를 떠올리고 작게 탄식했다. 아무도 믿지 말라고 마르멜을 계단에서 굴러떨어지게 한 황제를 말이다.

그런 짓을 당했는데 믿음이라는 것에 회의적일 수밖에 없겠지. 그녀는 자신이 경솔하게 입을 놀렸다는 것을 자각하고 쩔쩔매기 시작했다.

그녀가 역시 죄송하다고 사과하는 게 낫겠다고 생각할 때쯤 마르멜이 입을 열었다.

"좋아. 믿을게."

"엥?"

소니도르는 저도 모르게 얼빠진 소리를 내고 말았다. 그러자 마르멜이 다정함과 살벌함이 동시에 느껴지는 기묘한 말투로 말했다. 털을 쓰다듬는 그의 손길이 어딘지 느긋하고 진득해졌다.

"나의 믿음은 가벼워. 폐하처럼 무턱대고 의심하지 않아."

"……가벼워요?"

"그래, 종잇장처럼."

그가 그 말을 꺼내자마자 하늘에서 나비 모양을 한 수호령이 팔랑팔랑 내려와 소니도르의 이마 위에 앉았다. 대체 이게 얼마 만에 보는 수호령인지 모르겠다. 몇 년을 가도 한번 볼까 말까 할 정도인데 그것도 마르멜의 꿈속에서 보다니.

그녀는 믿을 수가 없어서 입을 떡하고 벌리다가 덜덜 떨리는 앞발을 들어 수호령 앞으로 가져다 댔다. 그러자 하얀빛으로 둘러싸인 나비가 다시 팔랑 날아올라 그녀의 앞발 위에 앉았다.

"폐하께선 믿음만큼 부질없는 게 없다고 하셨지. 그 말만큼은 동의해."

"하지만 이거…… 진실로 믿지 않으면 불러낼 수 없는 건데."

다른 누구도 아니고 마르멜이 수호령을 불러냈다. 그것도 믿음만큼 부질없다고 말하면서 말이다. 그녀가 거의 넋이 나간 듯이 중얼거리자 그가 입꼬리를 끌어 올리며 답했다.

"애초에 가볍게 믿는 만큼 버리는 것에 가차 없단 거다. 그게 나의 믿음이지."

동시에 쏟아져 내린 수백 마리의 나비가 그들을 둘러쌌다.

……이게 가벼워요?

소니도르는 작게 중얼거리며 자신과 마르멜을 둘러싼 수백의 나비 모양 빛을 돌아보았다.

대체 몇 마리인지 셀 수조차 없었다. 팔랑거리는 흰 빛이 그들을 품에 안고 반짝하고 빛을 내더니 어느새 새까맣던 사위를 하얗게 하얗게 물들였다.

반짝이는 빛에 눈이 시려 눈꺼풀을 꾹 닫자 훈훈한 온기가 느껴졌다. 마치 따뜻한 눈밭에 서 있는 것 같았다.

믿음이 강할수록 더 많은 수호령이 나타나고, 수호령이 많아질수록 더 큰 능력을 발휘한다. 이 정도가 가볍게 믿는 거라면 대체 깊게 믿었을 때 몇 마리가 나타나는 걸까. 마르멜의 마음이 이 정도로 넓을 줄은 꿈에도 몰랐는데 말이다.

아무리 생각해도 그가 거짓말을 하고 있다는 결론밖에 나오지 않아 소니도르는 눈을 가늘게 뜨고 그를 살폈다. 정말 거짓말을 하는 건지, 아니면 본인도 자각하지 못하는 건지 모르겠다.

아무튼, 수호령은 그녀를 꽤 많이 신뢰하고 있다는 증표이기도 했기 때문에 이 일로 더는 따지지 않기로 했다.

'신뢰라.'

그 단어를 떠올리자 그녀는 어쩐지 기분이 좋아져 입가에 저절로 부드러운 미소가 퍼졌다.

빛의 무리 안에서 마르멜은 태연하게 나비 모양 수호령을 향해 손가락을 뻗고 있었다. 그들은 구름처럼 몽글몽글했고, 손가락 끝에 닿기라도 하면 신기루처럼 사르르 흩어졌다.

나비는 오랜 시간 소니도르와 마르멜을 둘러싸고 있다가, 그들의 온기에 몸이 훈훈하게 데워졌을 때쯤 한 마리씩 천천히 상공을 향해 날아갔다.

소니도르는 끝없이 날아가는 하얀 빛의 수호령을 가만히 응시했다. 그들이 지나간 자리가 햇빛을 받은 모래알처럼 반짝였다. 구름보다 높은 곳으로 올라간 수호령은 이제 빛의 잔상 정도로만 흔적을 남긴 채 사라지고 없었다.

"아주 강렬한 기억……."

마르멜은 고개를 젖힌 채 허공을 향해 손을 뻗으며 중얼거렸다.

태양은 불꽃보다 뜨겁게 타오르며 제 존재감을 드러냈고, 하늘은 시리도록 푸른 색이었다.

왠지 속에서 무언가가 울컥 치솟았다. 가슴이 간질거리는 것도 같다. 그가 며칠 만에 마주한 하늘에 시선을 뺏긴 사이에 어느새 다섯 잎 겹겹이 쌓인 연분홍 꽃이 손바닥 위에 내려앉았다.

해가 중천에 떠오른 어느 봄날의 아침, 하얀 눈밭은 사라지고 사방을 향기롭게 수놓은 복숭아꽃이 만개했다. 마치 수호령이 새겨 놓고 떠난 것 같았다.

그는 손바닥 안에 떨어진 꽃망울을 잠시 빤히 내려다보다가 말했다.

"역시 수호령이란 이름만 들어도 예쁠 것 같았어."

소니도르는 수많은 꽃나무에 시선을 빼앗긴 채 입을 헤 벌리고 있다가 그 말에 퍼뜩 정신을 차렸다. 잠깐만, 역시라니.

예쁠 것 같았다니.

"설마 그런 이유로 수호령을 믿으신 거예요?!"

수호령이라는 개념은 몇백 년 전 데센시아 부족민들을 통해서 온 대륙으로 퍼졌다. 상상의 존재이자 신화로서 말이다.

이젠 모두가 통상적 상식으로 수호령은 동물의 형상을 하고 있다고 믿고 있었다. 꼭 그런 것도 아닌데 말이다. 소니도르처럼 곤충일 수도 있었다.

아무튼, 거기까지 생각이 미치자 동물 마니아인 마르멜이 다른 마음을 품고 수호령을 믿기로 한 것 아닐까 하는 의심이 들었다. 그가 소니도르에게 무한한 신뢰를 보내는 것보다 그쪽이 더 설득력이 높았다.

수호령을 동물이라고 생각해서 불러낸 게 분명해! 나비는 동물이 아니라 곤충이긴 하지만, 아무튼 작고 하늘하늘하고 예쁘다는 건 변함이 없으니까 만족스러웠겠지!

"그럼 또 무슨 이유가 있지?"

그리고 이어지는 마르멜의 대답은 그녀의 의심을 확신으로 바꿔 주었다. 소니도르는 그가 자신을 믿은 이유도 전부 동물의 모습을 하고 있기 때문인 게 확실하다고 생각했다.

그녀는 오묘하게 빛나는 금색 눈동자를 반쯤 접으며 답했다. 어딘지 표정도 목소리도 굉장히 뚱했다.

"됐어요. 착각한 제가 잘못이죠."

"무슨 착각을 했는데?"

마르멜은 활짝 핀 작은 꽃망울을 호랑이의 머리 위에 얹어 주며 물었다. 그리고 소니도르의 얼굴을 마주 보며 흐드러지게 피어난 꽃보다 더 꽃같이 웃었다.

"으, 으윽."

소니도르는 저절로 풀어지는 얼굴 근육을 다잡으려 안간힘을 쓸 수밖에 없었다. 아니, 이런 근육 중에서 가장 지조 없는 근육 같으니! 그런데 고작 그런 걸로 막기에 마르멜의 웃음은 너무 치명적이었다.

흩날리는 꽃잎을 등지고 선 순백의 미남이라니. 황태자는 온통 새하얬지만, 유일하게 두드러진 색조의 요요한 붉은 눈동자는 마치 빨려 들어갈 듯 강렬했다.

순간 소니도르는 장인 중에서도 잘생기기로 소문난 남자를 애인을 두고 있는 한 소녀의 말을 떠올렸다. 그녀의 말에 따르면 서로 피 터지게 싸우다가도 얼굴 보고 풀리고, 무심한 말에 울컥 화가 나더라도 얼굴 보고 풀리더란다.

그때는 그 말이 잘 와 닿지 않았는데 이젠 확실히 알 것 같다. 세상 그 어느 미남을 옆에 가져다 대도 혼자 독보적으로 빛날 것 같은 마르멜이 저리 웃으니까.

'화를 낼 수가 없어……'

아니 애초에 내가 화를 낼 수 있는 처지였던가? 기라고 하면 기고, 짖으라 하면 짖어야 하는 위치이거늘. 애초에 멋대로 착각한 건 그녀 자신이고 말이다.

소니도르는 허허롭게 웃으며 아무것도 아니라는 듯 고개를 저어 보였다.

"내면 가장 깊은 곳에서 벗어났네요. 대단하세요, 전하."

"왠지 빈정거리는 것 같은데."

"설마 그럴 리가요. 오해이십니다."

"갑자기 어투가 딱딱해진 것 같은데."

"아니라니까요."

얼굴에서 미소를 지워 낸 마르멜이 불만스럽게 눈썹을 치켜들었다. 그제야 주제도 모르고 쿵덕쿵덕 날뛰던 심장이 조금 안정을 되찾았다.

그가 좋아하는 동물의 모습을 한 채로 하루에도 수십 번 저 미소를 마주하다 보면 진짜 부정맥이라도 오지 않을까.

전하께서 하루만 치명적이었으면 좋겠다. 매일 치명적이라 심장이 남아나질 않는다.

"그런데 이쯤 되면 완전히 꿈 밖으로 벗어나야 하는 것 아닌가? 왜 아직도 여기지?"

"그야 소스를 못 찾으셨잖아요. 그냥 내면의 기억을 다른 기억으로 덮었을 뿐이죠."

"소스를 못 찾았는데 그럼 내면 밖으로는 어떻게 나온 건가."

"수호령이 옮겨 줬죠. 현실에서 그들의 힘은 미미하게 작용하지만 꿈에서는 그 효과가 크답니다. 불러내기 힘들어서 그렇죠."

전하께서 마음에 들어 하시는 그 예쁜 수호령이 그렇게 대단한 존재이지요. 소니도르가 퉁명스러운 기색을 애써 숨기며 말을 잇자 마르멜이 그녀를 빤히 쳐다보면서 중얼거렸다.

"역시 빈정거리는 것 같은데."

하지만 아무리 의심을 품어도 그녀는 입을 일자로 꾹 다문 채 대답해 줄 생각을 하지 않았다.

"애초에 여긴 어디쯤이지?"

"그건 저도 모르죠. 땅 위의 존재가 미친 듯이 쫓아오지 않는 걸로 봐선 일단 상당히 내면 밖으로 끄집어내진 것 같은데."

그녀의 말을 듣고 마르멜이 손가락을 까딱이자 바닥에 토끼풀이 퐁퐁 피어나기 시작했다. 다시 풍경을 통제할 수 있게 된 것이다.

힘은 돌아왔으나 지금까지 과거를 헤집으며 돌아다녔던 일들이 순식간에 헛수고가 되어 버리자 그의 표정이 영 좋지 못했다.

'내면 깊숙이 들어갈수록 깨어날 확률이 높아진다고 큰소리를 쳤는데, 수호령이 이런 똥을 주고 떠날 줄이야.'

소니도르도 차분한 말투로 얘기하고 있긴 했지만 초조함을 느끼고 발톱으로 땅을 박박 긁고 있었다. 시간이 얼마 없었다.

"그럼 이제 어떻게 해야 해."

"점점 내면 깊은 곳으로 파고들어 과거를 통해 소스를 찾는 건 끝났다, 이거죠."

"나갈 방법이 없다는 뜻이야?"

"그럴 리가요."

그들이 대화하는 사이에 한차례 봄바람이 불었다. 아까부터 계속 쏟아지는 별들처럼 허공을 수놓던 꽃잎들이 우수수 그들에게 떨어져 내렸다.

의도치 않게 온몸으로 꽃을 받아 낸 소니도르가 털 곳곳에 꽃잎을 매단 채 말을 이었다.

"제가 예전에 한 말 기억하시죠? 유대를 통해서 소스를 찾는 것."

"희망이란 마음의 작은 불씨는 사람 유대를 통해 키울 수 있다는 낙관론 말인가."

누가 천재 아니랄까 봐 흘러가듯 한 말을 아직도 기억하고 있었다.

"정확해요."

소니도르가 눈을 동그랗게 뜨며 고개를 끄덕이자, 마르멜은 곁에 다가와 털에 묻은 꽃잎을 떼어 주며 말했다.

"신념, 믿음, 애정, 욕구?"

그녀가 소스가 될 수 있다고 옛날부터 계속 주장하던 추상적인 단어의 나열이었다.

"그렇죠."

"알잖아. 내겐 신념조차 없어."

"……."

마르멜은 잠시 입을 다물었다가, 눈꺼풀을 나른하게 내리뜨며 물었다.

"내 믿음은 왜 소스가 되지 못한 거지? 수호령까지 불러냈잖아."

"본인 입으로 종잇장처럼 가볍다 하시지 않으셨습니까."

"그럼 여기서 뭘 더 어떻게 하란 말인가."

"좀 더 의욕을 내 주세요. 그리고 절 더 믿으세요!"

"그건 어려운데."

"어째서!"

시간도 얼마 없는데! 소니도르는 저도 모르게 울상을 지으며 앞발로 쾅 하고 땅을 내리쳤다.

그러자 마르멜이 하나하나 떼어 준 보람도 없이 온몸에 붙었던 꽃잎이 다 팔랑팔랑 흩날렸다. 그것도 모자라 바로 근처에 있던 복숭아나무에서 꽃망울이 우수수 떨어져 그들을 덮쳤다. 순식간에 분홍 꽃잎으로 물들어 버린 그들은 서로를 마주 보며 눈을 깜빡였다.

"……."

"……."

잠시 침묵하던 마르멜은 말없이 소니도르의 콧잔등에 묻은 꽃잎을 떼어 내 주었다. 코앞까지 손을 뻗었던 그가 손을 거둬들이며 유난히 붉은 색소가 도드라진 입꼬리를 씨익 끌어 올렸다.

그녀는 왠지 민망해져서 앞발로 얼굴에 묻은 꽃잎들을 탈탈 털어 냈다. 마르멜은 반짝이는 새하얀 은발에 꽃망울을 몇 개 매단 채 그녀의 행동을 보고 고개를 기울였다.

그리고 바람결처럼 흘러가는 말투로 중얼거렸다.

"소스를 만드는 모든 근원은 애정이로군."

"네?"

"신념이란 굳게 믿는 마음, 믿음과 욕구는 애정을 느낀다면 자연히 따라오는 것이지."

그리고 바람결처럼 흘러가는 말투로 중얼거렸다.

"애정이라……."

마르멜은 멋대로 소니도르의 앞발을 가져가 품에 끌어안으며 말했다.

"전부터 마음에 안 들었는데."

"네?"

"전하라는 호칭 마음에 안 들어. 너무 딱딱하군."

"그럼 뭐라고 불러요?"

"주인님?"

"……."

그 호칭이 그렇게 마음에 드셨습니까. 소니도르는 반박하는 것도 귀찮아져서 그냥 침묵으로 답했다.

하지만 마르멜은 그녀가 침묵으로 구렁이 담 넘듯 넘어가려 하는 것을 귀신같이 눈치채고는 같은 요구를 반복해서 말했다. 이번에는 좀 더 확실한 명령이었다.

"주인님이라고 불러 봐."

"그냥 전하라고 하면 안 될까요. 그게 딱 좋을 것 같아요."

"주인님."

"……."

대체 왜 주인님에 저렇게 집착하는 건지 모르겠다. 가끔 한두 번 말하는 거야 어디까지나 자신의 모습이 동물인 것을 고려한 장난이었지만 아예 황태자를 주인님이라고 부르는 건 내키지 않았다. 누굴 주인으로 섬기고 싶은 마음도 없고 말이다.

뭐 주종 관계 사이에서 쌓는 유대도 따지고 보면 유대지만 그녀는 그렇게 충성심이 높은 사람이 아니었다. 그녀가 유일하게 한결같이 충성할 수 있는 건 돈밖에 없었다.

소니도르는 그가 조금도 물러날 기색을 보이지 않자 일단 잘 달래서 설득하기로 마음먹었다.

"저, 일단 제가 전하의 사용인도 아니고 전하께서 깨어날 동안만 폐하께 고용된 것 아닙니까. 그리고 보통 황궁에서는 사용인들도 전부 전하를 전하라 부르잖아요?"

"그건 그렇다만. 네가 그들과 같다고 생각하는 건가?"

"그럼 대체 뭔데요. 주인님이라니 제가 노예인 것도 아니잖아요."

"노예 취급하는 게 아니야. 그런 의미가 아니라는 건 너도 알잖아."

마르멜은 더없이 진중한 목소리로 말을 이었다.

"나는 널 동물 취급할 뿐이야."

"뭐가 다르죠. 아니, 더 심해졌잖아요!"

이럴 줄 알았다. 예전부터 확신하고 있긴 했지만, 동물 취급이라고 아주 쐐기를 박았어!

소니도르는 빽 소리 지르며 그의 품 안에서 자신의 앞발을 확 빼냈다. 호랑이의 거센 움직임에 잠시 마르멜이 휘청거렸으나 이내 중심을 잡고 그녀의 눈을 뚫어져라 응시했다.

그는 눈을 흥미로 반짝이다가 뾰족한 송곳니를 드러내며 웃었다. 마치 '어쭈, 이것 봐라?' 하고 말하는 것 같았다.

짓궂은 소년 같은 얼굴이었다. 마르멜은 허리를 굽히더니 고양이처럼 양팔로 바닥을 짚은 채 등을 동그랗게 말았다. 그녀와의 거리를 가늠하듯 뒤로 몇 걸음 물러나기까지 했다.

왠지 불안감을 느낀 소니도르가 잠깐 하고 외쳤으나 마르멜이 그녀를 덮치는 게 더 빨랐다. 당황한 호랑이는 허둥대다가 혹시나 그가 딱딱한 호랑이 등뼈에 부딪혀 다칠까 봐 저도 모르게 땅바닥을 굴러서 벌러덩 엎어졌다.

자 이제 와라! 마르멜은 그녀의 행동이 우스웠는지 푸핫 웃음을 터트리며 그녀와 함께 토끼풀 밭 위를 굴렀다.

요란한 행동에 다시 꽃잎이 팔랑팔랑 그들 위에 떨어져 내렸다. 마르멜은 호랑이의 목을 꼭 끌어안은 채 흰 가슴 털에 얼굴을 묻다가 고개를 불쑥 들어 올리며 물었다.

"그러고 보니 이상하군."

"또 뭐가 이상하십니까."

해로운 얼굴이 그녀를 내려다본 채 샐쭉하게 웃자 저도 모르게 말투가 딱딱해졌다.

"나는 네게 충분히 애정을 느끼는 것 같은데 여기서 더 무슨 애정이 필요하지?"

"그 애정이 동물에 대한 애정이잖아요."

"네가 동물의 모습을 하고 있는데 그럼 어쩌라는 건가."

"저 자체를 좋아하시면…… 잠깐 이거 뭔가 이상한데요."

소니도르는 아무 생각 없이 말을 잇다가 자신이 한 말을 되짚어 보고 기겁했다.

잠깐만, 잠깐만. 그렇게 말하니까 엄청나게 이상하게 들리잖아!

나 자체를 좋아하라니 미친 게 틀림없다. 이런 말을 할 의도는 전혀 눈곱만큼도 없었는데 왜 결론이 이렇게 난 거지? 그녀의 시선이 마구잡이로 흔들렸다. 만약 그녀가 인간이었다면 지금쯤 분명 얼굴 전체가 새빨갛게 달아올랐을 거다.

동요하는 호랑이의 얼굴을 바로 코앞에서 지켜본 마르멜이 한심하단 목소리로 툭 하고 던졌다.

"그걸 이제야 자각하다니 바보인가."

바보라니! 그녀는 울컥 치밀어 오르는 화를 꿀꺽 삼키며 재빨리 변명했다.

"그러니까 전하의 동물 사랑은 저라는 동물에 한정된 사랑이 아니라 동물애, 그러니까 동물 전체에 대한 사랑이잖아요. 결론적으로 저를 동물이라는 분류에 포함된 하나의 덩어리로 보고 계시기 때문에, 하나의 개체로서 인식을 하셔야 그것이 결국 소스가 되고……"

소니도르의 말이 밑도 끝도 없이 주절주절 이어지자 마르멜은 그것을 절반쯤 듣다가 결국 중간에 끊어 냈다.

"그래. 아마 너에게 애정을 느껴."

"네? 방금 뭐라고……"

소니도르의 목소리가 삑 하고 음을 이탈했다. 만약 말에도 힘이 있다면 방금 그가 한 말은 그녀의 머리를 아주 강하게 후려치고 갔을 것이다.

그녀가 한 대 얻어맞은 표정을 짓자 마르멜이 대수롭지 않다는 목소리로 말을 이었다.

"넌 그냥 동물이 아니다. 특별한 동물이지."

아주 김빠지는 말이었다.

"결국 동물이잖아요!"

"그럼 널 사람으로서 믿고 좋아하라는 건가?"

"어…… 그게 그렇게 되나?"

아, 아닌데. 이거 아닌 것 같은데. 그녀의 머리가 과부하 상태에 걸리고 말았다. 소니도르는 진정 자신이 원하는 게 뭔지 알 수 없어서 머리를 뻥뻥 돌리다가 눈까지 뻥뻥 돌아갈 지경에 이르렀다.

일단 마르멜과 신분의 차이 때문이라도 같은 위치에 설 수는 없겠지만, 적어도 같은 종으로 인정받았으면 좋겠다고 생각했다. 동물 취급은 아무래도 좀 서러우니까.

물론 마르멜이 그녀에 한해서 신뢰와 믿음을 주고 애정까지 준다면 이곳을 벗어나는 건 순식간이겠지만, 그런 것까지는 바란 적도 없었다.

그냥 서로 깊은 유대를 느낄 만큼 신뢰하는 그런 벗 같은 관계까지는 괜찮다고 생각했지만. 그 정도 깊은 관계여야 나중에 소니도르가 황제에게 죽을 위기에 처해도 도와줄 생각이 들 것 아닌가.

그래, 이거다. 벗이 되고 싶었던 거였어. 그래, 나는 전하께 허튼 마음 같은 건 애초에 품고 있지 않았다고. 소니도르가 오랜 고민 끝에 결론을 내리고 안도의 한숨을 내쉬었다.

그녀가 깊이 고민한 시간 동안 마르멜도 나름대로 고민 끝에 결론을 내린 모양이었다.

호오, 하고 작게 감탄을 흘린 그는 천천히 허리를 세워 그녀의 배 위에 앉아 버리며 눈을 나른하게 내리떴다. 그의 입가에 의미심장한 미소가 어려 있었다.

"내게 사랑하라고 말하다니. 당돌하군."

"……네?"

아냐, 전하. 그게 아니야. 대체 혼자서 무슨 결론을 내린 거야.

소니도르가 반박할 틈도 없이 그의 말이 이어졌다.

"확실히 동물을 사랑하는 것과 인간을 사랑하는 건 달라. 동물은 믿음 없이도 언제든지 사랑할 수 있으니까."

흰색에 가까운 연분홍 꽃잎이 마르멜의 손안에 떨어졌다. 그가 그것을 쥐어짜듯 꾹 그러쥐다가 펴자 꽃잎이 처참할 정도로 꾸깃꾸깃 짓이겨져 있었다.

"왜냐하면, 이미 내 손안에 있기 때문이지. 그들의 의지는 상관없어. 내가 죽을 때까지 사랑해 줄 거니까. 그러면 동물들도 아무 의심 없이 내게 마음을 열게 되어 있거든."

동물의 모습을 하고 있던 소니도르는 오싹 하고 소름이 돋았다.

"아니, 평소에 그런 생각을 하고 계셨단 말입니까?"

여우를 끌어안고 내 여우가 되어 달라 속삭일 때도, 사모예드를 보고 목줄을 채우고 싶다고 했을 때도, 미어캣에게 가둬 놓고 키우고 싶다고 했을 때도 전부 그런 뜻으로 한 말이었어?

뭐 그런 살 떨리는 애정론이 다 있답니까.

하긴 생각해 보면 보통 사람들이 동물을 키우는 건 귀엽다는 이유도 있긴 하지만, 길들여서 내게만 온전히 애정을 보이길 바라는 마음도 분명 있을 것이다. 하지만 그런 순수한 마음을 저런 식으로 이상하게 곡해해서 말하니까 무섭게 들리잖아요. 꽃잎은 왜 구겨. 왜.

"하지만 정작 따로 키우던 동물은 없다고 들은 것 같은데 ·······."

"그야 키우고 싶다는 생각이 든 건 너뿐이니까. 그래서 말했잖아. 특별한 동물이라고."

"저 지금 좀 소름 끼치는데요. 저에 대한 집착을 버려 주세요."

"이미 늦었어."

"꺄악!"

털을 쭈뼛쭈뼛 세우던 한기가 등줄기를 내달렸다. 소니도르는 진심으로 소리 질렀다. 아까는 동물 취급이 서러웠다면, 이제는 진심으로 동물로 취급받고 싶지 않아졌다.

그러자 마르멜이 서운한 기색을 보이며 눈썹을 축 내려뜨렸다. 대체 왜 그가 저런 가증스러운 표정을 짓는지 모르겠지만, 황태자를 때리고 싶다는 생각이 든 건 지금이 처음이었다.

"그, 그럼 인간의 사랑은 뭔데요?"

"인간은 내 모든 것을 송두리째 다 바쳐서 사랑해야 한다고 생각해."

"저보고 낙관론자라고 하시더니 전하께서도 꿈과 환상으로 가득 차신 것 아닌가요."

그러고 보니 마르멜은 열아홉 살이었다.

"내 감정에 충실하면 상대도 호응을 해 주겠지. 사람 마음은 어떻게 할 수 없으니까 억지로 가둬 두고 키운다고 날 사랑하게 되는 건 아니잖아."

거 비유 좀 다른 걸로 할 수 없습니까. 자꾸 그렇게 얘기하니까 사람이 동물을 키우는 게 엄청나게 잔인하게 들리잖아요. 소니도르가 눈썹을 파르르 떨면서 생각했지만 저만큼 공포로 와 닿는 설명이 없었기에 그냥 얌전히 듣기로 했다.

"그러니까 내 전부를 던져 사랑할 각오가 없다면 애초에 시작하지도 않을 거다."

"음…… 그렇군요."

불경한 생각이지만 어쩌면 평생 시작도 못 하시고 명을 달리하실 수도 있겠다.

소니도르는 원치도 않게 마르멜의 애정론을 처음부터 끝까지 들은 뒤 고개를 끄덕이며 답했다. 그리고 앞발을 들어 자신의 위에 앉은 마르멜을 옆으로 슬슬 밀어냈다.

아까부터 얌전히 있긴 했지만 사실 장난 아니게 무거웠다. 아무리 호랑이가 되었다고 해도 같은 무게를 덜 느끼게 되는 건 아니지 않은가.

마르멜은 순순히 그녀의 위에서 내려와 순진해 보이는 눈망울을 깜빡였다. 가증스러워!

"그냥 믿음으로 하죠, 우리. 애초에 애정 얘기를 꺼낸 게 누구죠? 전하셨죠? 이거 전부 의미 없는 대화였어요. 시간 낭비였다고요."

"왜, 내가 싫어?"

"……아니 그건 아닌데."

"그럼 좋은가 보군."

"왜 그런 식으로 몰아가시는 거죠!"

소니도르는 속으로 수십 번도 넘게 외쳤다.

정말 싫다. 동물의 사랑 같은 건 받고 싶지 않아! 일방적으로 집착하고 구속하고 감금하는 사랑 싫다고!

차라리 저를 신뢰해 주시면 제 능력을 한계까지 발휘해서 아주 성심성의껏 봉사해 드리겠습니다. 언제든지 불러 주시면 불철주야 달려와 시키는 대로 일하겠습니다! 물론 보수는 그만큼 주셔야 하고요, 으아아!

"말했잖아. 네가 말한 소스의 조건을 충족하기 위해서는 결국 애정밖에 없다고."

"아니, 대체 결론이 왜 그렇게 극단적인 겁니까."

필사적인 심정이 된 그녀는 저도 모르게 무리수를 뒀다.

"전하께선 제 취향이 아닙니다."

"뭐?"

그러자 마르멜은 못 들을 말이라도 들은 것처럼 황당하다는 반응을 보여 주었다. 그는 건들건들한 자세로 귀를 후비는 시늉을 하더니 한쪽 눈가를 찌푸리며 다시 물었다.

"뭐라고 했어? 다시 말해 봐."

아주 날건달이 따로 없었다.

그래도 소니도르가 대답이 없자 이제는 입술이 맞닿을 것처럼 얼굴을 바짝 들이대고 불그스름한 눈가를 야하게 접어 내리며 입술을 달싹였다.

"다시 말해 봐."

"저, 전하에게는 설레지 않아요."

설렌다기보다는 심장을 폭행하는 것에 더 가까웠다. 두근을 넘어서 지끈거릴 정도의 충격이니까 거짓말은 아니었다. 방금도 또 저 해롭고 폭력적인 얼굴에 두들겨 맞은 기분이었다.

그녀가 뒷말을 삼킨 채로 시치미를 뚝 떼며 답하자 마르멜이 말없이 그녀에게서 슬며시 물러났다. 그리고 무언가 고민에 빠진 듯 시선을 아득히 멀리 던지며 턱을 괴었다.

그러자 바닥에 떨어진 복숭아 꽃잎들과 토끼풀이 한 번에 시들어 말라비틀어지더니 땅을 가르고 수백 개의 꽃이 피어났다.

전에 색채 없는 세계에서 봤던 것보다 더 생생한 검은색 잎에, 굳은 피를 머금은 것 같은 짙은 검붉은 색의 줄기를 가진 타나토스 꽃. 죽음의 상징이었다.

"······전하. 설렘이 생기는 것 같아요. 심장이 나대기 시작합니다."

이 두근거림이 그 두근거림인지 모르겠지만, 아무튼 두근거린다!

"역시 그렇지?"

마르멜이 기다렸다는 듯이 해맑게 웃으면서 답했다. 그가 다시 그녀의 곁으로 다가가 머리를 토닥이자 대체 이게 뭔가 싶었다.

대체 이 종잡을 수 없는 황태자가 바라는 것은 뭘까. 진정 나를 길들여 애완동물로 만들고 싶은 건가.

소니도르는 나중에 깨어나고 나서 자신이 그를 주인님이라고 부르면서 목줄을 차고 감금당한 걸 상상하다가 부르르 떨었다.

머릿속으로 가정해 보는 것만으로도 오한이 든다. 역시 나중에 살아남게 된다면 그냥 튀어 버리는 편이 가장 현명한 선택일 것 같았다.

"그렇게 주인님이 싫다면 어쩔 수가 없군. 멜이라고 불러."

소니도르의 털을 쓰다듬는 마르멜의 등 뒤로 꽃비가 쏟아져 내렸다.

햇살에 반짝이는 꽃잎도, 그것을 등진 채 서 있는 마르멜도 찬연하게 빛났다. 소니도르는 살랑이는 여린 잎들을 눈으로 좇으며 생각했다.

'혹시 기분이 좋으신 건가.'

그러고 보니 충격의 연속으로 미처 깨닫지 못하고 있었는데 마르멜의 심상 세계 안에서 무려 꽃나무가 피어났다.

기괴하게 일그러진 지옥의 꽃도 아니고, 죽음을 상징하는 타나토스도 아니고, 가시덩굴도 아니고 국화꽃도 아닌 복사꽃이 시야에 닿는 곳마다 만개했다. 꽃향기가 폐에 한가득 차오르는 기분이었다.

그러고 보니 복사꽃 꽃말이…… 전에 꽃집을 운영하고 있는 식물 장인에게서 들은 것 같은데 잘 기억이 나지 않았다.

뭔가 엄청난 꽃말이었는데. 듣는 순간 '오' 하고 작게 감탄사를 날릴 정도로 낭만적인 꽃말이었던 것만 기억나고 정작 중요한 건 떠오르지 않았다.

설마 전하께서 저런 달콤하고 아름다운 풍경을 만들어 낼리는 없고, 역시 수호령이 한 거겠지? 하지만 땅은 어디까지나 그의 영역인데 수호령이 거기까지 관여를 할 수는 없을 텐데. 아주 강력한 믿음이라면 또 다르겠지만 말이다.

소니도르가 의아함을 느끼고 고개를 갸웃거렸을 때 마르멜이 신중한 얼굴로 뭔가 고민하는 듯싶더니, 이내 즐거워 보이는 미소를 지으며 이렇게 말했다.

"네 애칭 '쏭' 어때."

"묘하게 개 이름 같은 건 제 착각인가요."

"그럼 황금이."

"아니 그게 뭡니까."

"네 본명? '황금빛으로 이루어진 꿈들'이니까 줄여서 황금이."

"……그냥 소니라고 불러 주세요."

황금이라니. 그런 향토적인 애칭은 싫습니다. 그녀가 정색하며 소니라고 불러 달라 청하자 마르멜이 아쉽다는 표정으로 작게 혀를 찼다. 왜 저런 미련 가득한 얼굴로 쳐다보는지 그녀는 전혀 이해할 수가 없었다.

황금아 이리와. 황금아 손. 황금아, 기다려! 이렇게 말해 보고 싶으셨던 건가? 동물 마니아인 마르멜의 입장에서 생각해 본다면 이해는 할 수 있었다. 이해한다고 해도 황금이라고 불리는 건 정말 싫었지만.

"것보다 이 꽃들 없앨 수는 없나요? 가시가 따가워요."

타나토스의 가시는 장미보다 훨씬 날카로웠고 또 털에 엉켜 살에 파고들기 쉬웠다. 그녀는 검은 꽃잎을 앞발로 툭툭 건드리면서 정말 아프다는 듯 엄살을 부렸다. 아직 몸은 가시 근처에도 가지 않았는데 말이다.

마르멜은 깜찍하게 구는 소니도르의 재롱을 보고 피식 웃더니 손을 휘둘러 다시 타나토스를 거둬들였다. 그리고 그녀의 털을 살짝 당길 정도로 덥석 붙잡으며 말했다.

"자, 이제 불러 봐. 내 이름."

말투는 여성스러웠으나 어딘지 모르게 거친 손길에서 조급함이 느껴졌다. 어서, 불러 봐. 그렇게 말하고 있는 것 같았다.

그녀는 순식간에 말라비틀어져 버린 죽음을 상징하는 꽃을 내려다보다가 천천히 입술을 달싹였다. 마르멜이 저기까지 양보를 해 줬는데 거절했다가는 다시 호칭이 주인님인 것도 모자라 황금으로 돌아갈 게 뻔했다.

"멜 님."

"멜. 존칭 붙이지 마."

"……메엘."

그가 몹시 어려운 요구를 했다. 소니도르는 먹기 싫은 음식을 억지로 삼키는 아이 같은 표정으로 겨우 한 글자를 질질 끌면서 말했다.

'폐하께서 아시면 날 두 번 죽이려고 드시겠군.'

단칼에 안 죽이고 황족 모독죄로 갖가지 고문을 자행하실지도 모르겠다는 불길한 예감이 들었다. 어디로 향해도 결국 문제다. 진퇴양난은 바로 이걸 두고 하는 말인가 보다.

"다시. 제대로 불러 봐. 응?"

그녀는 결국 배 째라는 심정이 되고 말았다.

좋아 이렇게 된 거 그냥 진격한다!

"멜!"

"잘했다."

마르멜이 그녀의 양 볼을 붙잡고 털을 마구 쓰다듬으면서 말했다. 숨길 수 없는 기쁨과 흐뭇함이 동시에 어린 저 얼굴을 어디선가 많이 본 것 같았다. 왠지 '잘했어, 뽀삐! 잘했다!' 하고 외치고 있는 것 같잖아.

소니도르가 눈을 게슴츠레하게 뜬 채로 찜찜하기 짝이 없는 기분을 맛보고 있는 사이에 그가 또 멋대로 그녀의 호칭을 정해 버리고 말았다.

"쏭."

그는 바닥에 토끼풀과 여러 풀꽃을 피워 낸 뒤에 그 위에 편한 자세로 털썩 앉았다. 그리고 자신의 무릎을 탁탁 두들기며 그녀를 불렀다.

소니도르는 저 외면하고 싶어지는 호칭보다도 그가 피워 낸 꽃에 놀라워하고 있었다. 저기 있는 건 라일락 꽃나무잖아. 자주색 안개처럼 피어난 자잘한 꽃망울과 진한 꽃 내음이 코끝을 간질였다.

"쏭. 이리와."

······이번에도 지옥의 꽃이 아니야? 이번에는 주변에 수호령도 없었는데 말이다. 혹시 기억의 잔재들을 보고 돌아다니면서 뒤죽박죽 섞였던 기억 중에 꽃과 관련된 기억을 되찾은 걸까.

소니도르는 어쩐지 찡한 감동이 밀려와 앞발로 눈가를 덮었다. 이야, 세상의 모든 아름다운 것들 전부 쓸모없다고 하시던 그 전하께서 이렇게 바뀌었어요. 저렇게 멀쩡하고 예쁘고 향기로운 꽃을 피워 내실 줄이야 역시 동물의 힘은 위대했다.

그나저나 라일락의 꽃말이 뭐였지.

“세 번 부를까?”

그 말에 그녀는 냅다 달려가 그의 무릎 위에 머리를 베고 누워 버렸다. 애초에 강요한 건 마르멜이었으니 무거운 건 그의 몫이었다.

그는 아무리 무거워도 상관없다는 듯 엄마 미소를 지으며 그녀의 이마에 쪽 입을 맞췄다. 호랑이보다 귀여운 동물로 찾아오라고 한 지 얼마나 됐다고 이미 호랑이에 홀딱 빠져 버린 모습이었다.

나중에 정말 코뿔소 내지는 코끼리 같은 동물로 찾아와도 저럴 것 같다는 게 가장 두려웠다. 그러다가 진짜 밟혀 죽어요, 멜.

“그럼 이제 뭐 할까, 우리.”

“뭘 뭐 해요.”

“널 사랑하라며?”

“그런 말 한 적 없는데요?!”

“바보로구나. 네가 한 말도 까먹다니.”

아냐! 억울해! 그녀가 옆으로 드러누워 있다가 억울함에 앞발을 휘둘렀다. 마르멜은 위협적으로 날아오는 앞발을 피해 상체를 재빨리 옆으로 움직여 피했다.

그러자 후웅, 하는 엄청나게 위협적인 바람 소리가 그의 귓가를 때렸다. 가까스로 피한 것이다. 낮게 웃음을 터트린 그가 어디 더 해 보라는 듯이 붉은 눈을 번뜩이자 소니도르가 얌전히 제 발을 기도하듯 모았다.

“죽을죄를 지었습니다.”

"앙탈도 두 번 부리다간 죽겠구나."

"이게 앙탈로 보이십니까……."

본의 아니게 당황해서 휘두른 거긴 했지만 자칫하면 죽을 수도 있었는데 앙탈 정도로 취급하다니. 그는 대체 동물 앞에 서는 어디까지 호구가 되는 걸까. 아무튼, 일단 이게 중요한 게 아니었다.

"제가 타인의 꿈에서 그 사람의 마음을 얻기 쉬웠던 이유는 수면자가 가장 원하는 사람으로 제 모습이 변하기 때문이에요. 그런데 멜은 그런 사람이 없잖아요. 그래서 이곳에서 유대를 쌓을 사람이라고는 저밖에 없는 것이고, 저를 통해서 밖에 나가라는 거죠."

소니도르는 결코 자신을 사랑하라고 말한 적이 없다고 필사적으로 주장했다. 마르멜은 그 말을 듣고 복잡하다는 듯이 자신의 머리를 흐트러뜨렸다.

사실 저런 비슷한 말을 그녀에게서 몇 번이나 들은 후였다. 하지만 아무리 그녀를 특별하게 생각한들 소스가 될 낌새는 전혀 느껴지지 않았다. 왜일까. 이제 좀 깨어날 때도 되지 않았나. 그는 자신이 느끼기에도 잠들기 전에 비하면 많이 변한 상태였다.

해는 쨍쨍하고, 이제 추위 따윈 느껴지지 않을 정도로 온기로 충만했다. 또 사방이 꽃밭이고, 자극적인 향기로 가득 찼고, 풍요로운 색들은 눈이 다 부실 지경이었다. 그는 여전히 저걸 아름답다고 생각하진 않았다. 그렇다고 필요를 느낀 것 또한 아니었다.

하지만 무채색으로 죽어 있는 세계보다 저 풍경이 생기로 넘치는 소니도르에게는 무척이나 어울린다는 걸 알고 있을 뿐이었다.

그녀와 함께 있으면 활기가 전해지는 것 같았다. 정적인 세상이 조금이나마 유동적으로 변했다. 이 감정을 뭐라고 표현해야 할까.

그래, 숨통이 트이는 기분이었다. 꽉 막혀 있던 무언가가 드디어 뚫린 것처럼.

"도통 모르겠군."

이렇게나 그녀가 전해 준 것이 많고 강렬한 감정을 느끼는데 소스가 되지 못한 까닭을 말이다. 마르멜은 호랑이의 앞발에 달린 커다란 젤리를 꾹꾹 누르면서 생각에 잠겼다.

덤벼드는 땅 위의 존재들이 없어서 더할 나위 없이 평화로웠지만, 이 평화는 그에게 알 수 없는 답답함만 안겨 주었다. 대체 뭘까. 왜 깨어나지 못하는 거지?

소니도르는 그를 따라 생각에 잠겼다가 문득 스치는 생각이 있었다.

"혹시 과거에 미련이 있어요?"

"없어."

"……아니 조금만 고민해 보시고 얘기를…….."

"없어."

"뭐 그렇게까지 말씀하신다면 그런 거겠지만."

소니도르는 마르멜이 정색하자 뻘쭘하게 눈동자를 굴리다가 다시 곰곰이 생각해 보았다.

"멜은 본인의 감정을 잘 표현하시나요?"

"그걸 질문이라고 하는 건가."

그는 타박하듯 그녀의 코를 톡 건드리면서 말했다. 굳이 물어보지 않아도 그건 제국 전체에 퍼져 있는 황태자에 대한 소문과 꿈속에서 만난 그의 진실한 내면을 비교해 보면 금방 답이 나왔다.

마르멜은 가식과 거짓됨을 가면처럼 쓰고 있는 사람이었다. 만약 그가 자신의 성격대로 살고 있었다면 절대 성군이 될 재목이라는 소문은 퍼지지 않았을 것이다.

소니도르는 전에 그녀에게 의뢰를 맡겼던 레퐁스 씨를 떠올렸다. 그는 무려 50년 전의 첫사랑에게 꿈속에서 고백해 보고 싶다는 이유로 그녀의 사무소에 찾아왔다.

그만큼 사람에게는 그 순간 자신의 감정에 솔직하지 못했던 것이 미련으로 남는 것 아닐까. 50년의 세월도 잊지 못해 가슴속에 묻고 살아오는데 지금 느끼는 감정은 더 괴롭도록 절절하지 않을까.

"자신에게 솔직해지는 것도 중요해요."

"흐음."

"말로 표현하는 것도 그만큼 중요하죠. 물론 전하의, 아니 멜의 위치가 위치인 만큼 함부로 온전히 마음을 내보일 수는 없겠지만 여기는 꿈속이잖아요."

"……."

"듣고 있는 사람은 저밖에 없어요."

자 마음껏 말하세요! 소니도르는 바보같이 입을 헤 벌리고 웃었다. 호랑이 얼굴로 최대한 해롭지 않게 보이려고 노력하면서 지은 웃음이었는데, 곧바로 마르멜의 꿈속에서 쫓겨나고 말았다.

망할!

황태자 마르멜

마르멜 리카르얀 K 아르케.

그가 지나온 삶을 정의하자면 톱니바퀴에 가까웠다. 허무를 품은 날 없는 톱니가 돌고, 돌고 또 돌고, 돌고 돌았다. 혼자 미끄러지고 엇나가고 헛바퀴를 돌면서 또 돌고, 돌고, 돌다가 결국 엇물린 또 다른 날카로운 톱니에 의해서 날이 새겨졌다. 그렇게 무른 톱니였다.

과거는 점점 일그러질 뿐이었다. 구겨진 종이를 아무리 펴보려고 해도 결국 구겨진 종이인 것처럼, 아무리 돌이키려 노력해도 결국 그 자리였다. 글자를 새길 수 없을 정도로 꾸깃꾸깃하고 너덜거렸다.

마르멜은 눈 내리는 창밖을 멍하니 내다보며 느리게 눈을 깜빡였다.

아니, 안되지. 이대로는 망가질 뿐이었다. 그는 생각했다. 망가지지 않기 위해서는 어떻게 해야 하는 걸까? 고민 끝에 그는 이미 걸레짝이 된 자신을 추스르기 위해 되뇌고 또 되뇌었다.

과거는 과거일 뿐이다. 이미 지나간 순간일 뿐이다. 잃는다 한들 사는 데 큰 지장은 없었다.

그렇게 지나간 나날들을 하나씩 지워 나가고 있었는데 마르멜은 그냥 어느 순간, 자신이 이 자리에 서 있다는 걸 깨달았다. 꽁꽁 얼어붙은 창문에 작게 숨을 토해 내자 뿌옇게 입김이 서린 것이다. 그는 이 땅 위에 숨 쉬고 살아 있었다.

뭘 하고 있는 건가, 나는.

마르멜은 손가락으로 무의식중에 들숨 날숨을 반복하는 코를 더듬었다. 희미한 숨결이 느껴졌다. 내가 살아 있었나. 그렇게 의아함을 느끼며 창밖을 응시하고 있었는데 하필 우연히 복도를 지나가던 황제가 그를 발견했다.

황제의 옆에는 마르멜의 어린 시절 스승이자, 늘 황제의 곁에서 그를 보좌해 주는 앤더슨 공작 가 장남이 있었다.

"눈을 좋아하는 건가."

평소의 황제라면 절대 하지 않았을 질문이었다. 마르멜은 그 질문에 천천히 고개를 끄덕이며 예 하고 답했다. 별로 눈이 좋아해서 내다본 건 아니었는데 말이다. 그냥 어느 순간 창밖을 내다보고 있었다는 걸 깨달았을 뿐이었다.

싫어하는 것도 아닌지라 긍정을 하자 시선 끝에 닿아 있던 보좌관 얼굴에 검은 반점 같은 것이 아른거리는 게 보였다. 반점은 순식간에 구더기처럼 그의 얼굴에 퍼져 얼굴 전체를 새까맣게 덮었다.

"왜 그러지?"

"눈에 뭔가 들어간 모양이군요."

또 이상한 환각을 보았다. 환각이겠지. 갑자기 반점 같은 게 사람 얼굴에 뒤덮일 리가 없었다. 마르멜은 자신의 눈을 꾹꾹 누르며 아무것도 아니라는 듯 태연하게 답했다.

가끔 이상한 환각 같은 것을 본다는 건 그 누구에게도 절대 말할 수 없는 사항이었다. 황제라면 말할 것도 없었다. 황태자의 정신 상태가 온전치 못하다는 걸 안다면 그는 얼른 완치하라고 몇 번 기회를 주다가, 개선의 여지가 없다면 포기하고도 남을 사람이었다.

하지만 마르멜은 알고 있었다. 이건 고칠 수 있는 종류의 것이 아니었다.

언젠가부터 그의 세계는 색을 잃었다. 짙으면 검정이고, 흐리면 하양이었다. 흑과 백. 그 사이에 섞인 흐리멍덩한 회색의 세계 안에서 그는 살아가고 있었다.

색이 없다고 해서 딱히 사는 것에 지장은 없잖아. 들키지만 않으면 돼. 들키지 않을 자신도 있었다. 누가 갑자기 물건을 들고 와서 '이 색은 무슨 색입니까' 하고 딱 집어서 묻지 않는 한 말이다. 또 그런 질문을 받는다고 해도 능숙하게 넘겨 버릴 수 있었다. '그럼 그대는 무슨 색으로 보이는가'라는 식으로 말이다.

하지만 사람의 얼굴이 더는 보이지 않게 되었다는 건 꽤 심각한 문제였다. 그는 점점 사람의 얼굴을 구분하기가 힘들어졌다. 처음은 가면을 뒤집어쓴 것처럼 모두가 똑같이 보이기 시작하더니, 날이 더할수록 머리가 그림자에 잠긴 것처럼 새까맣게 아무것도 보이지 않게 되었다. 마치 검은 구더기에 빈틈

없이 뒤덮인 것처럼 목 위의 얼굴을 더는 볼 수가 없게 된 것이다.

처형장 위의 검은 복면을 뒤집어쓴 것처럼.

아아, 사람이 이렇게 미쳐 가는구나. 마르멜은 생각했다.

그러나 여전히 죽지 않은 채 숨은 쉬고 있었기에, 사람을 목소리와 체격으로 구분하기 시작했다. 그가 유일하게 자신에게 기댈 수 있는 건 한번 보거나 들으면 기억할 정도로 기억력이 뛰어나다는 것 하나뿐이었다.

누구든 근처에서 마르멜을 발견하면 그쪽에서 먼저 말을 걸어오기 때문에 그는 자신의 광증을 어떻게든 얼버무릴 수 있었다. 모든 사람에게 전부 다정하게 대하는 버릇도 아마 이때부터 생겼을 것이다. 눈 뜬 맹인이 된 것 같았다. 자신이 보고 있는 세계를 믿을 수가 없었다.

하지만 계속 살아갔다.

환각은 날이 더할수록 심해졌다. 가끔 손도 대지 않은 음식 위에 검은 반점이 기어 다니는 걸 볼 수 있었다. 그럼 마르멜은 말없이 식기를 내려놓고 접시를 제 앞에서 밀어냈다.

잠 못 이루는 밤이 많아졌다. 색을 잃은 세계, 불을 끄면 정말 한 치 앞도 보이지 않는 암흑 속에서 자신의 숨소리를 세고는 했다. 술이나 여자는 더더욱 할 수 없었다. 그는 자신이 무방비해지는 순간 짙은 혐오와 불안을 느꼈다.

그리고 그의 아버지이자 황제, 카딘이 목 없는 드래곤으로 보인 순간 마르멜은 직감적으로 자신의 상태가 더는 돌이킬 수 없다는 걸 느꼈다.

단단히 미쳤군.

모든 동물은 자신이 죽을 때가 되면 그것을 직감한다고들 한다. 그 또한 그런 직감을 느꼈다. 한계의 끝에 다다랐다. 그 끝이 눈앞에 아른거렸다. 새까만 구덩이이었다. 곧 나락으로 떨어지겠지.

어렴풋이 느꼈던 불안감은 이제 그를 통째로 잠식하기 시작했다. 좋은 머리와 제법 반반한 얼굴, 그리고 온화한 성정으로 자신을 포장하는 것조차 감당하기 힘들 지경에 이르렀다.

눈에 띄게 수척해지는 마르멜에게 머리 없는 주치의가 물었다.

"태자 전하. 혹시 최근 힘든 일이라도 있으십니까?"

그는 그저 피식 웃으며 답할 뿐이었다.

"그런 게 있을 리가. 그냥 불면증이 심해진 게 원인인 것 같군."

"수면제 양은 이제 줄이셔야 합니다."

"의원인 그대의 말을 따라야지. 애초에 먹어도 소용이 없으니."

수면 마법은 수면제보다 더 큰 후유증과 의존증을 가져오기 때문에 남용해서는 안 된다. 마르멜은 의원이 방 밖을 나가자 탁자 위에 놓인 물과 약을 응시했다. 검은 구더기가 그것을 갉아 먹었다.

새하얀 약이 검게 물들었다. 그것이 약을 타고 올라와 손가락 끝을 검게 물들이기 시작했다. 아마 조만간 저 검은 것이 나까지 삼키게 될 것 같아. 마르멜은 짙어진 눈가를 손바닥으로 덮으며 낮은 목소리로 중얼거렸다.

"차라리 영원히 잠들 수 있으면 좋겠군."

세상이 침묵으로 가득 찼으면 좋겠다. 소리를 잃었으면 좋겠다.

아니, 모두가 눈이 멀어 버렸으면 좋겠다.

아니, 아니다. 본인이 어디로 향하는지도 모르고 끊임없이 같은 길을 빙빙 돌았으면 좋겠다. 어제와 같은 오늘, 오늘과 같은 내일. 쳇바퀴를 돌다가 결국 자신을 잃어버릴 정도로 망가지면 좋겠다.

'그래, 전부 사라졌으면 좋겠어.'

한 치 앞도 보이지 않는 답 없는 미래는 그의 귓가에 대고 광기 어린 목소리로 속삭였다.

다 죽여. 네 아버지를 죽여. 황위를 계승받고 그의 광기를 이어받아 네가 견디다 못해 무너지기만을 기다리는 하이에나 같은 것들을 처형시켜 버려. 아무도 믿지 마. 그 누구도 네 허무를 채워 줄 이는 없어. 그렇다면 그들의 뜨거운 피로 채워. 목줄을 휘어잡고 칼날을 비틀어 모두를 네 발아래 두라고. 그러면 너는 영원한 안식을 얻게 될 거야.

영원한 안식을 얻고 싶었다.

적어도 인간으로 남고 싶었다.

아버지의 심장을 찌르고 싶었다.

차라리 누가 날 죽여 줬으면 좋겠다.

깊게 잠들 수 있는 건 아니었지만, 가끔 얕게라도 잠이 드는 날이면 눈을 뜨기가 힘들었다. 어제보다 주변을 침식한 것들이 자꾸만 그를 향해 다가왔다. 처음엔 그저 거슬릴 정도였는데, 이젠 거의 시야의 절반 이상을 차지할 정도였다.

그는 더 이상 밖을 나갈 수가 없었다. 누구에게도 털어놓을 수 없었다. 그냥 아프다고 상태가 좋지 않다 방 안에 틀어박히는 나날이 많아졌다. 황제는 나약하다고 혀를 찼다.

맞는 말이었다. 나약하고 천성이 다정한 그는 천륜을 어기고 광기에 몸을 맡기는 대신 차라리 자신을 갉아먹는 쪽을 택했다.

그날은 수면제를 먹지 않은 날이었다. 마침내 검은 환각이 그의 세계를 온통 덮을 때 마르멜은 깊은 잠에 빠져들고 말았다.

❖

"아."

갑자기 무릎이 가벼워졌다. 마르멜은 소니도르가 사라진 자리를 내려다보며 눈을 깜빡였다. 그녀가 있었던 흔적이라고는 호랑이 무게에 눌려 찌부러진 풀꽃들뿐이었다.

그는 저릿저릿한 다리를 몇 번 꼼지락거리며 움직이다가 이내 참았던 숨을 터트리며 바닥에 대자로 누웠다. 하늘은 여전히 푸르렀다. 그 말은 그녀가 또다시 꿈속에서 억지로 쫓겨났다는 뜻이었다.

나중에 다시 들어오면 또 토라져서 잔소리를 퍼붓거나 걷어
차겠군. 다음에는 걷어차여도 자신이 죽지 않도록 작은 동물이
찾아왔으면 좋겠다고 그는 생각했다. 호랑이에게 걷어차이는
건 아무리 꿈이라도 아프겠지.

"그런 무리한 요구를 하니까 그렇잖아."

마르멜은 작게 중얼거리며 손바닥으로 눈가를 덮었다. 본인
은 깨닫지 못하고 있었지만, 그의 귓등은 바닥에 흩어진 꽃잎
만큼이나 분홍빛이었다. 한참을 그러고 있었더니 바로 머리 위
에 있던 복숭아 꽃나무에서 꽃망울이 우수수 떨어져 그의 얼굴
을 덮었다.

마르멜은 벌떡 상체를 일으켜 그것을 탈탈 털어 내고 미간
을 살포시 찌푸렸다.

마음을 온전히 내보이라니. 들으면 감당할 자신이라도 있는
것처럼 당당하게 말하는 게 참 기가 찼다. 하지만 소니도르는
이미 그에 대해 많은 것들을 알고 있었다. 직접 말하지는 않았
어도 간접적으로 어느 정도 자신에 대해 파악했을 거라고 생각
했다. 알면서도 그런 말을 한 것이다.

"……."

처음에는 어차피 죽을 목숨이니 놔둘 생각이었는데, 이제는
그녀가 겁에 질려 도망가지나 않을까 걱정이었다.

"죽을 각오로 지켜 내라고……."

잔망스러운 여우의 한마디가 귓가를 맴돌았다.

어릴 때는 무력하고 무지했기에 모든 것을 잃을 수밖에 없
었고, 크고 나서부터는 그냥 곁에 아무도 없었던 것 같았다. 마

음을 터놓는다는 건 곧 그에게 사형선고나 다름없었으니까 진심을 필사적으로 숨기는 것밖에 할 수 있는 게 없었다.

하지만 꿈에서 깨어나지 않는다는 걸 알고 나서부터, 그리고 소니도르가 그의 꿈속에 찾아와 멋대로 헤집고 다니고부터 상황은 많이 변했다.

아주 많이 변했다.

지켜 줄게. 그러니까.

"도망이나 가지 마."

도망가게 두지 않을 거니까.

한차례 바람이 일었다. 마르멜은 그 한마디를 바람결에 흘려보내며 그만의 여우를 기다렸다.

계속. 그리고, 계속.

꿈속의 변화는 늘 마르멜에게 달려 있었다. 마르멜의 의도로 생겨난 변화도 있었고, 본인이 자각하지 못한 새 의식이 흐르는 대로 생겨나는 경우도 있었다. 하지만 그가 뜻했든 아니든 결국은 다 자신의 내면에 달려 있다는 건 다르지 않았다.

처음에는 세상을 마음대로 휘두를 수 있는 감각이 묘한 충족감과 쾌감을 안겨 줬는데, 이제는 성가시기만 했다. 괜히 시간 감각만 상실하게 되고 만 것이다.

얼마나 시간이 흘렀을까. 마르멜은 애초부터 시간 감각 같은 게 없긴 했다. 더 정확하게 말하자면 예전엔 신경조차 쓰지 않았다는 쪽에 더 가까웠다. 오늘도 살아 있다는 걸 새삼 깨달았을 때를 제외하곤 하루는 늘 빠르게 흘러갔다. 일상에 쫓기다 그냥 문득 정신을 차리면 몇 달 가까이 지나 있을 때도 있었다.

꿈속에 갇히면서 어느 정도 마음의 안정을 되찾았다고 봐도 되는 걸까. 이제 더는 속이 울렁거리는 환각을 보지 않았지만, 전보다 더 괴로워졌다. 요즘은 하루를 더할수록 더…….

기약 없는 약속을 싫어하게 되었다. 하릴없이 기다리는 것도 한계가 있었다. 무료했다. 꿈속에서는 할 수 있는 일이 많았지만 정작 하고 싶은 일은 하나도 없게 되었다.

언제쯤 네가 올까.

눈이 시렸다. 마르멜은 손으로 태양 빛을 그러쥐며 눈을 가늘게 떴다. 그리고 혹시나 하고 하늘을 응시하며 손가락을 아래로 휙 떨어트렸다. 그러자 하늘은 순식간에 빛을 잃고 석양으로 타오르더니 이내 검푸른 빛으로 물들었다.

하늘이 마르멜의 영역으로 돌아섰다는 건 소니도르가 이곳에 없다는 뜻이었다. 역시 나갔다는 거겠지. 그는 이미 알고 있는 것을 굳이 두 번이나 확인해 본 끝에 나무 기둥에 등을 기댔다.

억지로 쫓아내면 더 많이 아프다고 했으니까 오래 걸릴 것이다. 본의 아니게 아프게 한 건 미안했지만, 역시 다시 꿈속에 찾아왔을 때 반응이 궁금해서 작게 웃음이 튀어나왔다.

정말 그렇게까지 온몸으로 살아 있다고 주장하는 생물은 처음이었다. 세 치 혀를 놀려도 얄밉지가 않았다. 적어도 그녀가 자신을 기만하고 있다는 느낌은 받지 않았으니까 말이다.

모든 게 거짓된 세상에서 서로 속고 속이며 한평생을 겪어 보면 그냥 느낌이 왔다. 그들이 바라는 게 뭔지, 그에게 다가오는 목적이 뭔지, 그리고 그들을 어떻게 대해야 하는지까지도 말이다.

하지만 소니도르가 무엇을 목적으로 자신을 깨우고자 하는지는 이상하게도 명확히 파악하기 힘들었다. 어떨 때는 생존을 원하는가 싶을 때도 있고, 어떨 때는 황제에게 잡힌 약점 때문인가 싶을 때도 있고, 어떨 때는 정말 자신을 진심으로 걱정하는 것만 같아서…… 물론 황제에게 고용된 것뿐인 그녀가 그럴 리가 없겠지만.

그래, 살아 있다는 표현만큼 더 정확한 게 없는 것 같다. 살아 있었다. 뱀처럼 간사하고, 뱁새처럼 귀엽고, 여우처럼 요망하고, 사모예드처럼 씩씩하고, 미어캣처럼 혼자 있기 싫어하고, 호랑이처럼 용맹했다. 이런 유형의 동물, 아니 사람은 처음 겪어 보는 것이라 호기심을 느꼈을 뿐일지도 몰랐다.

한 번쯤 배신당한다 해도 용서해 줄 수 있을 것 같다. 물론 그다음은 장담할 수 없지만.

—자신에게 솔직해지는 게 필요한 것 아닐까요?

"……."

대체 여기서 어디까지 더 솔직해져야 하는 거지? 네게 애정을 느낀다고 말하기까지 했는데.

그의 고개가 서서히 뒤로 젖혀졌다. 마르멜은 바로 머리 위의 복사 꽃나무를 올려다보고 있었다. 그나저나 언제 저런 게 잔뜩 피어났을까. 수호령이 나타난 이후로 사라지질 않았다.

마르멜은 나뭇가지에 피어난 꽃망울들을 손바닥으로 가렸다가 옆으로 치워 냈다. 당연히 우수수 떨어져 가지만 남으라고 한 행동이었는데 이상하게 세계가 말을 들어 먹질 않았다. 여전히 분홍색 꽃들은 가지 위에 건재했다.

"흐음."

그러고 보니 이상했다. 꽃잎은 장마를 맞은 나뭇잎처럼 계속 떨어지기만 하는데 가지에는 빈 곳이 보이지 않았다. 전혀 줄어드는 것 같지가 않았다. 꿈속이라 그런 건가? 화사하게 만개한 꽃들 사이로 여백이라곤 없었다.

그는 의아함에 고개를 기울이다가 천천히 떨어지는 꽃을 따라 시선을 내렸다. 그러자 흩날리는 분홍 잎 사이로 갓 태어난 것처럼 보이는 어린 꽃사슴이 있었다. 꽃사슴은 몸을 잔뜩 웅크린 채 다리를 부들부들 떨면서 겨우 한 걸음씩 내딛고 있었다.

심장이 멎는 줄 알았다.

"……전하."

부들부들. 부들부들부들부들.

꽃사슴이 부들거렸다. 분명 다리가 후들거려서 제대로 걷지 못하는 것일 텐데 왠지 상당한 분노로 떨고 있는 것처럼 느껴졌다. 마르멜은 혹시 그녀가 넘어지기라도 할까 봐 안절부절못하며 자리에서 일어났다.

숨 쉬는 것도 잊고 있다가 겨우 정신을 차리고 천천히 숨을 들이쉬었다. 하지만 그 와중에도 이 말은 꼭 해야겠다 싶어서 그녀에게 다가가며 말했다.

"전하가 아니라 멜."

"멜이고 나발이고 저번에 제가 말씀드렸던 것 같은데 절 멋대로 쫓아내면 엄청난 고통이 뒤따른⋯⋯!"

마르멜은 그녀의 말이 하나도 귀에 들어오지 않았다. 그저 꽃사슴을 들어 올려 빤히 얼굴을 내려다보기만 했다. 아기 꽃사슴은 제 몸체에 비해 길쭉한 다리를 마구 흔들며 저항을 했지만, 이 몸으로는 걷어차는 것조차 제대로 할 수가 없었다. 하필이면 새끼라 제대로 몸을 가누기도 힘들었다.

분명 멋대로 쫓아내지 말라고 저번에도 부탁했던 것 같은데 한 번도 아니고 두 번이나 그러다니 용서할 수 없다! 내가 호랑이였을 때 발이라도 한번 밟아 봤어야 하는 건데! 소니도르는 제 의지대로 움직이지 않는 다리를 휘적거리며 휘젓다가 성질이 뻗쳐서 울었다.

"삐이이!"

목이 졸린 듯한 울음소리였다. 그녀는 한참 삑삑거리며 버둥거리다가 제풀에 지쳐 축 늘어졌다. 하지만 마르멜이 한 손으로 그녀를 지탱하고 다른 한 손으로 그녀의 짧고 통통한 흰 꼬리를 집요하게 만지작거리자 결국 더 분노하여 소리쳤다.

"삐이이⋯⋯, 쿠워어어어엉!"

그녀의 울음소리를 듣고 마르멜이 흠칫 놀랐다. 괴리감에 기겁해서 그대로 꽃사슴을 바닥에 떨어트릴 뻔했다. 이게 지상에 사는 생명체의 울음소리인가? 어떻게 하면 삑삑이 장난감 같은 소리가 갑자기 흥분한 불곰 소리로 변할 수가 있지?

그는 처음 듣는 사슴 소리에 충격으로 굳어졌다가, 소니도르의 꼬리를 건드리는 것을 관두고 다시 그녀의 얼굴을 들여다보았다. 호수같이 맑은 눈망울이 물기를 머금고 깜빡이고 있었다.

"같은 동물의 울음소리가 맞나?"

"몰라요……. 그게 더 중요해요? 저는 지금 고통받고 있어요."

"나 때문에?"

"꼭 그런 건 아니지만, 확실히 멜이 쫓아내서 고통에 몸부림치기는 했죠."

마르멜은 꽃사슴을 괴롭게 했다는 죄악감이 어린 얼굴로 순순히 사과했다.

"잘못했어."

"……."

진심으로 사과하고 있는 얼굴이라 왠지 더 열받는다. 소니도르는 분명 자신이 사람 모습이었으면 절대 저런 얼굴은 하지 않았을 거라며 속으로 투덜댔다. 그녀는 지금 몸도 마음도 괴로웠다.

이제 황제가 준 기간이 고작 닷새도 채 남지 않은 시점이었다. 꿈속을 빠져나온 뒤 회복 기간까지 생각한다면 지금은 정말 유일하게 남은 기회였다. 그런데 제대로 걷지도 못하는 새끼 사슴이 되어 버렸으니 초조함에 입이 바짝 마를 지경이었다. 차라리 성체의 사슴이었다면 뒷발로 뻥뻥 차면서 빨리 진심을 뱉으라 닦달을 했을 텐데.

힘도 쓰지 못하는 연약한 몸이 되어 버렸으니, 남은 건 동정심을 유발하는 작전밖에 없었다. 꽃사슴은 몸을 부들부들 떨며 눈물을 흘렸다. 눈물 연기에 혼신의 힘을 쏟아부은 그녀의 새까만 눈망울에서 닭똥 같은 눈물이 뚝뚝 잘도 굴러떨어졌다.

"멜, 이번이 진짜 마지막이에요. 폐하께서 주신 기간이 얼마 남지 않았어요. 만약 실패하면 저는 물론이고 데센시아 부족민 전부 위험에 처하게 될 거예요."

연기도 연기였지만, 무엇보다 절절한 진심이 담겨 있었다. 소니도르는 자신이 죽을 때 죽더라도 개죽음만은 피하고 싶었다. 솔직히 말해서 비밀리에 부족민을 구한 영웅이 되고 싶었다. 어차피 죽는다면 의뢰에 실패해서 죽은 장인이 되느니, 차라리 모두를 구한 의미 있는 죽음을 맞이하고 싶었다.

누구나 그럴 것이다. 그녀와 같이 세트로 묶여 버린 테리도 딱히 아무 말도 하지 않았지만 분명 그렇게 생각하고 있을 것이다. 눈물 연기를 하는 그녀의 시선에서 결연한 의지가 느껴지자 마르멜이 그녀를 바닥에 내려놓았다. 그리고 자신도 바닥에 엎드려 턱을 괴고 그녀와 눈높이를 맞추며 물었다.

"왜 그들이 위험에 처해야 하는 거지?"

"부족민의 저주가 다시 시작됐다고 생각할 테니까요."

"저주?"

마르멜은 왜 갑자기 저주의 이야기가 나오는지 잠시 이해할 수가 없었다. 그는 기억을 더듬듯 눈살을 찌푸리다가 이내 기억이 난 듯 되물었다. 고대 제국사에도 기록된 내용이었다.

"아르케 제국이 그들의 땅을 침략했던 당시를 얘기하는 건가? 그러니까 5백 년 전의 저주?"

"네."

기록에는 뚜렷하게 명시되어 있긴 하지만, 몇몇 역사학자들 사이에선 전설 같이 취급받는 이야기였다. 그러니까 제국민들 이 부족민들을 경멸할 수 있는 정당성을 주기 위해 지어낸 이 야기에 불과하다는 게 그 학자들의 입장이었다.

그들은 사실 부족민의 저주가 아닌 고대 황족을 멸하기 위 한 음모가 아니냐는 음모론도 제기했다. 다른 세력, 다른 세력 이다 못해 역모를 꾀한 제국민이 개입한 것 아닌가 하는 아주 위험한 주장이었다.

그 외에도 부족민을 뿌리부터 증오할 수 있도록 만든 요소 들은 역사 속에서 어렵지 않게 찾아볼 수 있었다. 역사계의 큰 별이자, 서기관의 아버지라 불렸던 한 학자는 4백 년 전 그 근 거를 모아 논문을 발표했다.

—현재까지 알려진 주술 장인 중 타인을 해하는 주술을 행하 는 장인은 없다. 데센시아 부족민의 근원을 찾아 계보를 따라 올라가 보아도, 한 핏줄을 완전히 멸하게 할 정도의 강력한 저 주에 관련된 주술은 찾을 수 없다. 저주에 관련되어 위험하고 사특한 주술을 행하는 자들은 오로지 어둠 속에 은둔하여 사는 흑주술사뿐이었다.

그는 결국 허위 사실 유포로 고문받은 끝에 죽고 말았지만 말이다.

"확실히 내 증상이 저주와 비슷하긴 하군."

마르멜은 덩달아 심각해졌다. 자신이 겪는 고통에 급급해서 미처 거기까지는 생각이 미치지 못했다. 그리고 보니 어린 시절에는 독의 내성을 기른다고 꾸준히 마신 탓에 늘 골골거렸고, 하필 잠든 것도 성인이 되자마자였다. 그가 혼자 여유롭게 이곳에서 지내는 날들이 길어질수록 저 밖에서는 피바람이 몰아칠 수도 있다는 것이다.

"왜 그걸 진작 내게 얘기하지 않았지?"

"신경 쓰일 테니까요. 멜이 현재 끌어안고 있는 문제도 있을 텐데 괜히 심리적인 부담감까지 더할 필요는 없잖아요. 그걸 안다고 해서 빨리 벗어날 수 있는 것도 아니고. 그리고 멜은 천성이 여리고 다정해서……."

"내가 뭐?"

"천성이 여리고 다정해서?"

"……."

마르멜은 마음에 들지 않는다는 듯 눈 사이를 가늘게 좁혔으나 딱히 반박할 말이 없어 입을 다물었다.

그 또한 자신이 모질고 매정하고 피도 눈물이 없었으면 좀 더 세상 살기 편해지지 않았을까 절절히 느끼는 중이라 더욱 그랬다. 거슬리면 치워 버리면 될 것을, 혹은 강압 받는 모든 것들에 순응하며 인정하면 될 것을 굳이 버티고만 있는 걸까. 늘 고민이었지만 결국 답은 하나였다. 천성이기 때문이다.

"그럼 아버지께서도 그렇게 생각하시고 계시는 건가? 부족민의 저주라고?"

마르멜이 괜히 퉁명스럽게 묻자 소니도르가 고개를 갸웃거리다가 답했다.

"아마 안 믿으실걸요? 하지만 믿지 않아도 원하시면 그런 소문을 퍼트릴 수는 있으시겠죠. 온화하고 부족민들도 사랑으로 품어 주신 태자 전하께 배은망덕한 놈들이 다시 저주를 내리기 시작했다……라는 식으로요."

"그러면 백성들의 원성이 그쪽으로 잠시나마 돌아가겠군."

"폐하 입장에서야 일거양득이겠죠. 이쪽은 개죽음이지만."

"개죽음이라……."

그는 왜 소니도르가 이 일에 이렇게까지 필사적이었는지 알 수 있었다. 약점이 잡혀 있을 거라고 짐작하긴 했지만, 생각보다 그녀가 안고 있는 부담의 규모가 컸다.

마르멜은 머리가 다 지끈거려 이마를 짚으며 깊게 한숨을 몰아쉬었다. 부족민 학살이라니, 폐하께서는 아직도 그 패를 버리지 않으신 건가. 그들의 존재 자체로도 제국에 얼마나 큰 힘이 되고 있는지 모를 리 없을 텐데 말이다. 흉흉한 민심에 급급하기보다 지금은 부족민 한 명 한 명의 가치를 높게 평가하고 처우를 개선해야 할 때였다.

'폐하께서 모르실 리가 없지.'

이 길고도 긴 꿈속에서 깨어난다면 굳이 아버지가 나서서 그런 일을 벌일 필요가 없었다. 마르멜이 그렇게 생각하기가 무섭게 누군가가 귓가에 대고 속삭이는 소리를 들었다.

네가 일어나지 않으면 참사가 시작될 거야. 그러자 그는 환청을 향해 빈정거리듯 속으로 답했다. 하지만 깨어난다고 해도 문제지. 꼭 지켜 줘야 할 존재가 있는데 아무런 힘이 없거든.

늘 그래 왔잖아. 눈뜬 채 잠들어 있었잖아. 적정선 안에서 아버지를 거역하는 일 없이 무해한 얼굴로 빙글빙글 웃기만 했지. 잠들어 있는 지금이랑 다를 게 없었지.

그러자 환청이 깔깔 웃으며 물었다. 그런 네가 지켜 낼 수 있겠어? 과연?

마르멜은 아무런 대답도 할 수가 없었다.

"……."

밖에 사정이 대충 어떻게 돌아가는지는 알겠다.

마르멜은 풀밭 위에 엎드려 있다가 몸을 반 바퀴 굴러 푸른 하늘을 올려다보았다. 소니도르가 들어오고 나서부터 어느새 시간은 다시 오전으로 뒤바뀌어 있었다.

역시 햇빛은 눈이 부셨다. 그가 손바닥으로 해를 가리자 손가락 사이로 빛이 새어 나왔다. 멀뚱히 하늘을 보는 사이에 소니도르가 후들거리는 다리로 휘적휘적 걸어와 멋대로 그의 가슴 위에 앉아 버렸다.

"자 어서 말하세요, 진심을! 제게 모든 것을 털어놓는 겁니다!"

"싫어."

"아 또 왜요!"

꽃사슴이 신경질적으로 빽 하고 소리를 질렀다. 마르멜은 하늘을 응시하는 것을 관두고 서서히 시선을 내려 얼굴을 코앞까지 들이댄 그녀를 보았다.

사랑스러운 게 바로 앞에서 눈을 끔뻑대는데 가만히 있을 수 있을 리가 없었다. 그는 소니도르의 양 볼을 붙잡고 콧잔등에 기습적으로 입을 맞춘 뒤에 말했다.

"어쩜 점점 말이 험해지는 것 같다만."

얼굴이 붙잡힌 그녀가 마르멜을 앞굽으로 팍팍 쳐 댔다. 아프기는커녕 간지러웠다.

"안 험해지게 생겼어요? 시간이 얼마 안 남았다니까요?"

"급할수록 돌아가란 말이 있지. 일단 뒷일부터 생각하고 있으니 잠시 조용히 하고 있으렴, 아가."

삑삑 시끄럽게 울어 대는 사슴의 앞다리를 덥석 잡으며 마르멜이 말했다. 그는 꽃사슴이니 꽃 같은 말만 하라며 사슴의 앞굽을 손가락으로 만지작거렸다.

이쯤 되면 또 살벌하게 웃으며 협박이나 할 줄 알았는데 그냥 계속 심각한 표정으로 고민에 빠져 있었다. 소니도르는 마냥 여리고 지켜 줘야 할 존재로 보였던 그가 지금은 제법 진중하고 어른스러워 보여서 당황했다.

뭐라고 해야 할까. 황태자 같았다. 원래 황태자였지만.

"꼭 개죽음이 아닐 수도 있어."

오랜 침묵 끝에 마르멜이 입을 열었다. 소니도르는 그 말을 듣고 단박에 화색을 띠며 물었다.

"방법이 있어요?"

"아마도."

그는 고개를 끄덕이며 애매한 대답을 내놓았다. 그녀는 활짝 폈던 얼굴을 서서히 실망감으로 일그러트리며 울상을 지었다. 아마도라니! 그렇다는 건가 아니라는 건가.

"저는 좀 더 확실한 대답을 바랍니다!"

꽃사슴이 삑삑거리자 마르멜이 바닥을 더듬거리더니 그녀의 입에 꽃잎을 던져 넣었다.

뭣! 입에 꽃잎이 들어갔어!

소니도르는 그것을 뱉으려고 퉤퉤거리다가 실수로 그 맛을 보고야 말았다. 딱히 쓰지도 않고 달지도 않았지만 향기로운 향내만이 입안 가득 퍼졌다. 그녀는 꽃잎이 뜻밖에 먹을 만하다는 사실에 놀라 잠시 굳어져 있다가 열심히 우물거리기 시작했다. 우물우물. 아직 유치가 나지 않아 잇몸으로 씹는 느낌이었지만 향기가 쪽쪽 빨린다.

마르멜은 자신이 준 꽃잎을 잘 먹고 있는 꽃사슴이 기특했는지 그녀의 머리를 쓰다듬으며 물었다.

"꽃사슴은 내가 잠든 이유를 알고 있어?"

꼬, 꽃사슴……. 직관적이긴 했지만, 지금까지 들은 것 중 가장 낯간지러운 호칭이라 소니도르가 얼굴을 일그러뜨렸다. 그녀는 향내가 다 빨린 꽃잎을 퉤 뱉으며 답했다.

"대충은요. 그동안 보고 들은 게 있으니까요."

지금까지 봐 왔던 기억의 잔재만 쭉 늘어놓아도 문제점은 어렵지 않게 찾을 수 있었다. 황제의 학대에 가까운 철혈 교육법과 더불어 주변에 그를 이용할 목적으로 접근했던 사람들밖에 없었다는 것 말이다.

게다가 하나같이 그에게 다정하고 사랑과 애정을 베풀며 인간적인 모습으로 접근했기 때문에, 어린 마르멜에게 있어서 배신의 충격은 이루 말할 수 없었을 것이다.

그가 잠든 데에는 아마 여러 가지 복합적인 이유가 있을 거라고 소니도르는 생각했지만, 일단 부족민의 저주가 아니라는 사실 하나만은 확실히 알고 있었다. 그리고 가장 근본적인 이유는 주변에 자신의 속을 털어놓을 이 하나 없다는 절망감이라고 생각했다.

그건 처음 서기관에게 마르멜에 관한 서류를 전해 받았을 때부터 대충 예상하고 있었던 것이었다. 그녀가 고개를 끄덕이자 그가 그녀의 턱을 살살 긁으면서 물었다.

"그걸 아버지께 말한 적이 있었나?"

말한 적이 없다.

소니도르는 마르멜이 턱을 만져 주자 노곤한 얼굴을 하다가 그 사실을 깨닫고 잠시 눈을 동그랗게 떴다. 그러고 보니 황제는 그녀에게 상황이 어떻게 되어 가느냐 묻기는 했지만, 대체 마르멜이 왜 쓰러졌는가에 대해서는 딱히 궁금해하는 눈치가 아니었다.

부족민의 저주가 아니라는 걸 알고 있든 아니든 보통 아들이 쓰러진 이유 정돈 물을 수 있는 것 아닌가. 마치 빨리 깨어나기만 한다면 아무래도 상관없다는 것처럼 느껴졌다. 오히려 라이젤 가드인 크리스티안 쪽이 더 마르멜의 안부를 걱정하는 느낌이었다.

"아뇨, 없어요."

묻지를 않으니 나서서 말할 이유도 없었다. 왠지 안쓰럽게 느껴져 소니도르는 저도 모르게 주저하는 목소리로 답하고 말았다. 정작 그는 전혀 신경도 쓰지 않는 눈치였지만 말이다.

"잘됐군."

아니, 대체 뭐가요? 그녀가 그렇게 되묻는 듯한 눈빛을 하자 그가 답했다.

"부족민의 저주로 하자는 거다."

"……네? 제가 지금 잘못 들은 것 같은데요?"

"제대로 들었어."

"네? 잠깐…… 네?"

도저히 그가 한 말뜻을 이해할 수가 없어 그녀는 한참을 더 듬거렸다. 지금 그러니까 이왕 이렇게 된 거 그냥 자포자기로 다 같이 죽자 이런 건가? 자폭하자고? 그것도 아무런 죄 없는 사람들을 끌어들여서?

마르멜이 그런 말을 할 리가 없다는 생각과 그럼 지금 네 귀로 들은 말은 무엇이냐는 생각이 서로 충돌하며 머릿속을 하얗게 탈색시켰다.

하지만 그의 말은 여기서 끝이 아니었다.

"고대의 역사서를 살펴보면…… 쏭, 내 말 듣고는 있는 거냐?"

마르멜은 동상처럼 굳어진 꽃사슴의 코를 톡톡 건드렸다. 그러자 그녀의 코가 씰룩거리더니 영혼을 잃고 텅 비어 버렸던 눈동자에 다시 생기가 돌았다. 그는 피식 웃으며 말을 마저 이었다. 데센시아 부족민으로서 소니도르도 한 번쯤 들어 본 적 있는 역사에 대한 이야기였다.

루칸 7세는 고대 황족의 피를 이어받은 마지막 황제였다. 고작 열일곱, 매우 어린 나이였지만 마지막 남은 핏줄이란 이유로 그 위태로운 자리에 올라야만 했다. 하지만 그의 운명은 정해져 있었다. 성인이 되는 날 쓰러져 영원히 잠에서 깨어나지 못하는 것.

이미 정해진 미래와 운명에 대해 극도의 공포를 느낀 루칸 7세는 직접 신성 제국으로 가서 신의 의지를 전해 들었다.

—파멸의 끝을 알리는 시작은 그 피로써 풀 수밖에 없다.

애초에 신탁이라는 건 해석의 여지가 많았고 받아들이기 나름이다. 신이 인과율을 벗어나지 않는 범위 내에서 적당히 모호한 말을 골라 던지기 때문이었다. 그래서 신탁은 들어도 별 도움이 되지 않는 경우가 많았기 때문에, 지푸라기라도 잡는 심정으로 찾는 경우가 많았다.

그런데 하필이면 신의 의지를 전해 들은 루칸 7세는 고작 2년이라는 시한부 인생을 앞두고 저주를 풀기 위해 혈안이 되어 있던 상태였다.

그 결과, 부족민의 피를 제물로 저주를 풀기 위해 수많은 부족민이 학살당하고 말았다. 역사에 다시없을 대학살이 일어나게 된 것이다.

"많은 이들이 희생당했지만 결국 루칸 7세는 잠들었고 고대 황족의 핏줄은 씨가 말랐으며 역사 속으로 사라졌지. 그걸 주동한 루칸 7세나 선동된 백성들이나 너무 멍청해서 할 말이 나오지 않을 정도로 멍청하지만 그런 수치스러운 과거가 있었다."

"그, 그랬죠?"

마르멜이 자신의 조상이자 선대 황제를 신랄하게 비판하자 소니도르가 그를 떨떠름하게 바라보며 말했다.

루칸 7세가 많은 이들을 죽음으로 몰아넣은 희대의 멍청이라는 건 인정하지만 말이다.

"그런데 역사 얘기는 갑자기 왜요?"

"그러니까 나는 이 모든 게 부족민의 저주였다고 말할 거다."

"영문을 모르겠습니다."

부디 이 미천한 소인이 알아듣게 설명해 주시겠습니까. 그녀가 답답해 죽겠다는 듯 앞발로 마르멜의 볼을 꾹꾹 누르면서 말했다. 그는 볼이 눌려 입술이 튀어나온 채로 답했다.

"파멸의 끝을 알리는 시작은 그 피로써 풀 수밖에 없다는 과거의 신탁을 이용하자는 거지."

"어떻게요?"

"애초에 부족민의 피를 이어받은 너희 장인들밖에 저주를 풀 수 없다고 하는 거다. 그 증거로 꿈 장인인 네가 날 보란 듯이 이곳에서 벗어나게 해 주면 되겠지."

"아! 이제 이해했어요. 그런 방법이 있었네요!"

저주를 풀 수 있는 게 장인들밖에 없다면, 아무래도 섣불리 죽이기 힘들겠지. 마르멜이 깨어난다면 소니도르 또한 살 수 있는 방도가 있다는 것이다. 물론 그가 깨어난다는 걸 전제로 하는 얘기였지만, 어떻게든 살 방법이 있다는 건 기쁜 일이었다.

입을 벌리고 활짝 웃던 그녀는 동시에 테리와 하기스를 떠올리고 주저하는 목소리로 물었다.

"저, 이런 말 할 처지가 아니라는 걸 알지만 제 조수랑 의원 님도 계시는데 그분들도 살릴 방도는 없나요?"

"장담은 못 하겠다만 노력은 해 보지."

"하, 진짜 감사합니다."

"감사는 나중에 해."

소니도르는 이리 가든 저리 가든 당연히 빼도 박도 못 하고 죽을 거라고 생각했다. 하지만 지금은 희망의 빛이 희미하게나 마 보였다.

전하께서 날 살려 주기로 마음먹으셨구나! 역시 동물 효과 는 놀라웠다. 코끼리로 들어온 게 아니라 귀여운 꽃사슴이어서 천만다행이었다.

마르멜 덕분에 그녀가 목숨을 건지게 되면, 그는 아마 보답 으로 다양한 동물 모습을 한 채 꿈속에 들어오라는 말을 할지 도 몰랐다. 하지만 살 수 있다면 그 정도쯤이야 뭐, 일도 아니 었다.

물론 당연히 시급은 주실 거라고 믿었다. 무려 황태자인데 목숨을 구해 주지 않았느냐 생색내며 돈에 인색할 리가 없겠 지.

밝고 행복한 미래가 보였다. 일단 꿈에서 깨어나야 하겠지 만.

"도박은 절대 하지 않는다는 말을 했던 것 같은데, 아무래도 그 말 취소해야겠군. 어쩌면 밖으로 나가는 그 즉시 매 순간을 걸어야 할지도 몰라."

매 순간을 걸어야 한다는 건 아무래도 목숨이겠지. 마르멜이 잠시 생각에 잠긴 듯 시선을 아득한 곳에 던지며 턱을 괬다. 그가 정확히 무슨 생각을 했는지는 알 길이 없었지만 하는 말로 보아 무언가 큰 결심을 한 모양이었다.

소니도르는 그의 결심을 적극적으로 응원해 줄 생각이었다. 그녀가 할 수 있는 일이라면 뭐든 해 주고 싶었다.

"좋아요. 그럼 이제 멜의 진심을 말해 보세요!"

소니도르는 어떤 속마음을 털어놓든 언제든지 그를 받아들이고 다독여 줄 각오로 가득 차 있었다. 그러니까 과거의 한탄이나 힘들었던 일들을 허심탄회하게 털어놓는다면 말이다.

그로 인해 급속도로 생기는 신뢰감, 유대, 믿음! 이 아이는 곁에 두고 벗으로 삼아도 될 것 같아. 고민이 있으면 털어놓고 위로받고 같이 해결 방안을 제시해 줄 수 있는 친우로서 말이지! 하고 마르멜이 감동의 눈물을 흘리며 같이 꿈속을 벗어나게 될 거라는 계획까지 세워 둔 상태였다.

눈빛을 반짝이며 기대감에 차있는 소니도르를 향해 마르멜이 말했다. 나름 속으로 오랫동안 고민한 끝에 나온 결론이었다.

"널 좋아하는 것 같아."

"네? 동물을요?"

"너."

"동물이라서요?"

그녀는 입을 헤 벌리며 멍청한 표정으로 되물었다. 마르멜에게 고백 비슷한 것을 들은 것도 같았다. 그것도 지겹게 들은 동물을 향한 무한한 애정과 예찬론이 아니었다.

이번에는 또 무슨 말장난인가 싶어서 소니도르가 계속 동물을 가져다 붙이자 그가 답답하다는 듯 인상을 구겼다. 이건 전부터 계속 동물 타령을 한 마르멜의 책임도 어느 정도 있었다.

"좋아해, 너를. 아마 너라서."

아무리 없애려 해도 꼼짝을 안 하던 복숭아 꽃망울이 우수수 떨어졌다. 그의 얼굴은 민망함 때문에 점점 더 찌푸려지기 시작했다.

"그러니까 제가 특별한 동물이라서요?"

"아오."

자업자득이었다.

그가 답답해하든 말든 소니도르는 두려움에 덜덜 떨 수밖에 없었다. 좋아한다고 직접 고백할 만큼 '특별한 애정'을 받는 동물이 되어 버리고야 만 것이다.

이건 깨어나자마자 목줄을 채우겠다는 선포? 자신은 결국 살아남는 대신 황태자의 개로서 일평생을 살아가야 한단 말인가.

그녀가 더욱 엉뚱한 생각에 빠지려고 할 때쯤 마르멜이 말했다.

"동물 얘기는 좀 집어치워."

뭐? 동물 얘기가 아니었어? 소니도르는 어딘지 간절해 보이는 그의 말을 듣고 나자 더욱 놀라고 말았다.

"하지만…… 동물 좋아하시잖아요. 아니, 동물만 좋아하시는 거 아니었어요?"

"누굴 동물 성애자로 보고 있는 건가. 내가 동물이랑 연애라도 할 것 같아?"

"네."

"아냐. 아니라고. 긍정하지 마."

대체 내 이미지가 왜 이렇게 됐지. 마르멜은 말이 통하지 않는 꽃사슴을 붙잡고서 그녀가 이해할 때까지 설명하고 싶은 오기가 생겼다. 아니면 바닥에 타나토스 꽃을 피우고서 널 좋아한다고 한 글자씩 되짚어 주거나 말이다.

하지만 입술을 달싹이던 그는 왠지 자신이 굉장히 한심하게 느껴져서 그만두었다. 협박까지 해서 고백을 전한다고 해도 그에겐 아무런 이득도 없었다. 소니도르는 분명 겁을 집어먹고서 알겠다고 대답할 게 뻔했으니까.

"뭐, 동물과 연애하는 일까지는 없더라도…… 제가 특별한 동물이라면서요?"

"그래. 그러니까 특별하다고."

알아들을 생각이 없는 건가. 아니면 알아듣고 싶지 않은 건가. 아니면 그냥 내가 싫은 건가.

다시 침묵 속에서 꽃잎만 흩날렸다. 마르멜은 초조함과 더불어 피로까지 급속도로 몰려와 고개를 젖히고서 손바닥으로 눈가를 가리면서 말했다. 그가 부끄러워할 때 어김없이 튀어나오는 버릇 중의 하나였다.

"인간 동물 떠나서 그냥 네가 좋은 것 같아."

목소리에도 색이 있다면 지금 마르멜의 목소리는 그의 귓등만큼이나 달아오른 붉은색이었다.

소니도르는 방금 그가 한 말에서 진심을 읽어 내기는 했지만, 도저히 믿기지 않아서 시선을 이리저리 굴렸다. 차라리 지독한 농담이었으면 좋겠다.

장차 황제가 될 아르케 제국의 황태자가 천한 장인을 좋아하게 된다고? 황제가 알게 된다면 겨우 붙여 놓은 그녀의 목숨을 다시 친히 뜯어 놓고도 남을 것이다. 그녀의 새가슴, 아니 사슴 가슴이 철렁이기 시작했다.

아냐, 이건 고백 같은 게 아닐 거다. 괜히 설레발을 칠 필요는 없었다.

그도 그럴 것이 마르멜은 소니도르가 현실에서 어떤 얼굴을 하고 있는지조차 모르는 상태였다. 어떻게 한 번도 모습을 보지 않은 채 좋아한다는 말을 할 수 있단 말인가. 그것도 그들이 만난 지 아직 한 달이 채 되지 않은 시점에서 말이다. 설령 진짜 호감을 느꼈다고 해도 인간의 모습을 본다면 달라질 수 있었다.

게다가 마르멜은 전에 인간을 진심으로 사랑하게 된다면 자신을 송두리째 바치겠다는 말을 하지 않았는가. 소니도르는 지금 그의 감정이 그렇게까지 깊지 않다 확신할 수 있었다. 꿈속에서 가장 좋아하는 동물의 모습으로 나타나 살갑게 구는 그녀에게 가벼운 호감만을 품지 않았을까.

가벼운 호감. 이것만큼 정확한 표현이 없을 것 같다.

이성적인 의미가 아니라 마치…… 그래. 저 살랑이는 꽃잎 정도의 감정인 것이다.

"이곳에서의 저와 현실에서 저는 다를 수 있어요. 제 본모습을 보지도 않으시고 제가 좋다고 하실 수 있으세요?"

"그건……."

"부정하지 마세요. 멜은 이미 동물 마니아의 수준을 훨씬 뛰어넘었어요. 본인도 자각하지 못할 정도로 이미……."

"아니라고 몇 번을 말해."

어찌 되었든 상대방이 전혀 듣고자 할 의지가 없어서 그렇지 마르멜은 진심을 전했다. 그는 땅이 꺼지도록 한숨을 내쉬면서 제 가슴팍 위에서 멋대로 자리를 차지하고 있는 꽃사슴을 집어 들었다. 그리고 난 뒤 상체를 일으키자 어디서 날아왔는지 모를 나비 한 마리가 팔랑거리며 꽃사슴의 귀 위에 앉았다. 수호령이었다. 소니도르가 간지러움을 느끼고 귀를 파닥거리며 흔들자 이번에는 나비가 마르멜의 어깨 위에 앉았다.

그는 나비를 흘낏 응시하며 작게 중얼거렸다. 필사적으로 부정하려고 하는 그녀 때문에 어느새 마르멜의 말투는 장난스럽게 변해 있었다.

"언제는 나보고 널 사랑하라고 하더니."

"그런 말 한 적 없거든요!"

그는 작게 웃음을 흘리며 그녀를 품에 안았다.

"그래, 네 말도 일리가 있지. 내가 너무 성급했군."

저 말을 꺼낸 소니도르는 모르겠지만 정말 그녀의 말도 일리가 있었다. 왜냐하면, 영원히 잠들기 전에 분명 마르멜은 심한 정신병을 앓고 있었기 때문이었다. 환각이 그를 늘 그림자처럼 쫓아다녔다.

지금은 소니도르로 인해서 꿈속 풍경이나마 아름답게 변했다고는 하지만 깨어나면 글쎄, 장담할 수가 없었다. 눈을 떴는데 검은 구더기가 그녀의 얼굴을 파먹어 새까맣게 뒤덮고 있을 수도 있었다. 아니, 그럴 확률이 굉장히 높았다.

아무리 이곳에서의 그녀가 좋았다고 해도 머리가 없는 상태까지 좋아하게 될 수 있을까. 글쎄. 마르멜은 전혀 자신이 없었다. 그는 늘 얼굴조차 보이지 않는 인간들을 불신했고, 또 극도로 혐오했다.

'이번에도 내 광증이 문제인가.'

수호령 한 마리가 두 마리 되고, 두 마리가 세 마리 되고, 세 마리가 네 마리 되고. 다시 수백 마리의 빛이 팔랑이며 내려와 그들을 둘러쌌다. 깊은 믿음을 상징한다고 하던가. 반짝이는 흰빛이 꽃 내리던 사위를 감싸 안는다. 주변이 온통 희게 물들었다.

마르멜은 전에 수호령이 찾아왔을 때와 같은 풍경을 응시하며 눈을 나른하게 내리떴다. 분명 전에는 자신의 종잇장 같은 믿음에도 이렇게 쏟아져 내리는구나 하고 생각했는데, 이제는 잘 모르겠다.

유대를 통한 사람의 감정이란 이리도 복잡했다. 순간순간 느끼는 자신의 감정마저 파악하기 힘들 정도로 사람을 바보로 만들었다. 하지만 문제는 이리 복잡하고 머리 아픈 순간마저 괴로울지언정 싫지는 않다는 거겠지. 그래서 배신당했던 순간은 그다지도 아프고 고통스러웠던 거고.

'이번 한 번쯤, 이 아이라면 믿어 봐도 되지 않을까.'

애정을 느끼는 상대라면 믿는 것도 꽤 괜찮은 기분이었다. 비록 그 애정의 깊이가 얕다고 하더라도 말이다. 더는 상처받고 싶지 않았지만, 이미 마음의 준비는 그만의 여우를 만난 순간부터 되어 있던 모양이었다.

마르멜은 어린 날처럼 그저 입을 다물고 마음을 닫고 도망가는 것을 택하는 대신 차라리 상처 입더라도 이대로 밀어내는 꽃사슴을 끌어안고 싶었다.

"멜, 머리에 또 꽃 붙었어요."

그래도 그녀에 대한 마지막 배려로 일단 한 발자국 물러서기로 했다. 분명 성급했던 자신의 잘못도 있었으니까.

"그래 네가 특별해서 좋아."

그는 머리에 붙은 꽃망울을 떼어 내며 어딘지 반쯤 해탈한 목소리로 말했다. 그러자 소니도르는 그럼 그렇지 하는 표정으로 안도하다가 활짝 웃으며 답했다.

"제가 좀 한 특별 하죠!"

"……."

마르멜은 말없이 그녀의 입에 다시 꽃봉오리를 물려 주었다. 마치 이거 물고 다시는 입을 열지 말라고 말하는 것만 같았다.

소니도르는 어딘지 찜찜한 기분이 들어 꽃을 우물우물 씹어 먹으며 그를 올려다보았다. 그는 눈밭처럼 새하얗게 물든 주변을 멀거니 내다보다가 천천히 시선을 내려 그녀를 뚫어져라 응시했다.

속을 읽어 낼 수 없는 강렬한 감정이 새빨간 눈에 잠시 일렁이는 것 같았다. 하지만 이내 그것은 환상처럼 사라지고 꽃사슴을 빤히 쳐다보던 그의 입가에는 부드러운 미소가 어렸다.

눈빛과 표정이 따로 논다는 건 이럴 때를 두고 하는 말인 모양이었다.

"이제는 그만 깨어나고 싶구나."

그가 금기를 입에 담자 소니도르가 경직한 얼굴을 했다. 하지만 아무리 기다려도 주변은 잠잠했다. 그만큼 내면 밖으로 끄집어내진 것인지, 아니면 이미 수호령에 둘러싸인 그들에겐 땅 위의 존재가 달려들지 않는 것인지 알 수 없었다. 하지만 그의 말에 땅 위의 존재가 아닌, 하늘 아래의 존재인 수호령이 아주 크게 반응하기 시작했다. 하얗게 반짝이던 그들이 이젠 눈을 뜨기 힘들 정도로 빛을 냈기 때문이었다. 마치 여름날 작렬하는 태양을 맨눈으로 바라봤을 때의 고통이 엄습했다.

내 눈! 내 시력!

소니도르는 비명을 지르며 마르멜의 품에 고개를 파묻었다. 눈물이 줄줄 흘러나왔다. 마르멜은 자신의 가슴팍에 주둥이를 마구 문대는 그녀 때문에 키득거리며 웃다가 작은 목소리로 흥얼거리듯 속삭였다.

"널 마주하는 게 두렵지만, 역시 현실에서 만나고 싶어."

"두려워요?"

"그래, 두려워. 내가 모든 걸 망치게 될까 봐."

소니도르는 눈물을 흘리면서 겨우 고개를 들었다. 여전히 눈은 꾹 감은 채였다. 눈이 퉁퉁 부은 채로 오만상을 쓰고 있는 아기 꽃사슴을 보고 마르멜이 결국 웃음을 터트렸다.

왜 이렇게 귀여운지 아주 잠시라도 감상적일 시간을 주지 않는다. 정말 이렇게 사랑스러운데 꿈에서 깨어나면 머리가 보이지 않게 되는 걸까? 그렇다면 어떤 표정을 하고 있을지 볼 수 없으니 굉장히 아쉬울 것 같았다.

"그걸 두려워하실 건 없으세요. 말했잖아요. 괜찮아지실 때까지 곁에 있어 드리겠다고."

"그건 꿈속에 한정된 것 아니었나?"

"목숨 건졌다고 돈만 챙기고 튀기에는 저도 정이 많이 들어 버렸거든요. 이렇게 사람의 유대가 위험한 거랍니다."

"확실히 그렇군."

제 몸이 타오르는 줄도 모르고 빛을 갈망하는 불나방 꼴이지. 마르멜이 누구에게 하는 건지 알 수 없는 말을 작은 목소리로 중얼거리며 덧붙였다.

소니도르가 눈을 뜨지 못하는 와중에도 불만 어린 표정을 지어 보였다. 전부터 늘 생각했던 거지만 제발 비유를 좀 온화하게 할 수는 없는 걸까.

"후회해도 소용없어."

인생은 늘 그렇듯 후회의 연속이었다. 하지만 시간을 되돌려 선택을 다시 할 수 있는 것도 아니니 그 부분에 대해서 소니도르는 어쩔 수 없다고 생각했다. 하지만 늘 그녀는 마음이 시키는 대로 움직였으니, 후회는 할지언정 다시 돌아간다고 해도 같은 선택을 하게 되겠지. 이 선택을 훗날 정말 뼈저리게 후회하게 된다면 그때 가서 우는 수밖에.

그녀는 대답 대신에 다시 그의 품에 고개를 파묻었다.